KB000049

# 임금님의 첫사랑 1

임금님의 첫사랑 1

지은이 • 신봉승
발행인 • 김윤태
발행처 • 도서출판 선
북디자인 • 추정희

등록번호 • 제15-201호
등록일자 • 1995년 3월 27일
초판 1쇄 발행 • 2009년 3월 15일

주소 • 서울시 종로구 낙원동 58-1 종로오피스텔 314호
전화 • 02-762-3335
전송 • 02-762-3371

값 10,000원
ISBN 978-89-6312-001 0 04810
전2권 978-89-6312-000 3 04810

# 임금님의 첫사랑

1

신봉승 역사소설

철종 1849~1863년

선

차 례



2

# 강화도령

## 1

강화도江華島

강화도에서 사는 사람들은 '한양 80리' 라고들 하지만, 《동국여지승람東國輿地勝覽》에는 135리라고 적고 있다. 총면적 302.4㎢, 해안선의 연장이 99㎞라면 결코 작은 섬이 아니다.

고려산高麗山을 비롯한 마니산摩尼山, 길상산吉祥山 등의 영봉이 우뚝하고, 갑곶나루甲串津, 가릉포嘉陵浦, 승천포昇天浦, 조산포造山浦 등의 크고 작은 20여 개의 포구가 바다에 접해 있으니 가위 우리나라 5대 섬의 하나다운 천혜의 조건을 갖추었다.

마니산은 원래 '마리산' 으로 불렸던 강화도의 명산이다. 해발 469.4m의 정상에는 단군에게 제사를 지냈던 참성단塹星壇이 있다. 단의 높이는 10척이요, 위는 모가 나고 아래는 둥글다. 1955

년부터 전국체육대회의 성화를 여기서 점화하고 있으니 영산의 모습으로도 손색이 없다.

강화도는 역사의 고장으로도 불린다. 그만큼 강화도는 이 나라 역사의 부침과 그 운명을 함께하고 있다. 1232년, 몽골군의 침입으로 조정과 왕실을 이곳으로 옮긴 이후 40여 년간 고려왕조의 도읍이 되기도 했다. 몽골군의 침공을 부처님의 힘으로 물리치기 위하여, 1236년부터 판각하기 시작하여 1251년에 완성한 것이 지금 해인사海印寺에 보존되어 있는 국보 32호인 '팔만대장경八萬大藏經' 이다.

조선왕조에 들어와서도 1636년(인조 14) '병자호란丙子胡亂' 때에는 청나라의 대병에게 처참하게 유린되었고, 1866년(고종 3)에는 프랑스 함대에 의해 포격을 당한 '병인양요丙寅洋擾' 의 소동이 있었다. 그로부터 10년 뒤인 1876년(고종 13)에는 일본 군함 운양호의 함포사격을 받으면서 '병자수호조약丙子修好條約' 이 강제로 체결된 곳이기도 하다.

강화도는 또 눈물의 섬이라고 불린다. 고려조가 개경환도를 앞두고 무인정권武人政權이 무너지면서 삼별초三別抄군이 강화도를 휩쓸어 피비린내 나는 도륙을 감행한 일도 있었고, 조선조에 들어와서는 수많은 사람들이 여기로 귀양을 왔으니 통한의 눈물로 얼룩진 섬이 아니겠는가. 수양대군首陽大君이 주도한 '계유정난癸酉靖亂' 으로 안평대군安平大君이 이 땅에 유배된 이래 연산군燕山君 또한 강화 교동喬桐에서 파란 많은 삶을 마쳤고, 광해군光海君

에 의해 이곳으로 유배된 나어린 영창대군永昌大君은 방 안에 갇힌 채 증살蒸殺이 되었고, 광해군 또한 이곳에 위리안치圍籬安置(죄인의 배소에 울타리를 치는 것)되었다가 제주도로 옮겨 가기도 했다.

강화도의 불교문화도 거론하지 않을 수 없다. 고려 조 때 '팔만대장경' 이 여기서 판각되었다는 것은 앞서 언급하였지만, 정족산에 위치한 전등사傳燈寺는 창건연대가 고구려 때로 거슬러 올라가야 할 만큼 고색창연한 사찰이다. 지금도 사람들의 발길이 끊이지 않는 전등사는 고구려 소수림왕 11년(381) 아도화상阿道和尙이 창건한 것이라 전해지고 있는데, 1266년(고려 원종 7)에 중창되었다. 지금 남아 있는 대웅전은 1615년(광해군 7)에 다시 기공하여 광해군 13년(1621)에 준공한 것으로, 추녀 끝에 보주寶珠를 나열하여 조선조 중기의 건축물을 대표하고 있다. 전등사는 본래 진종사眞宗寺라 불렸으나 고려 충렬왕 때에 지금의 이름으로 개칭되었다.

고려 말의 목은牧隱 이색李穡은 전등사를 둘러보고 다음과 같이 노래하였다.

납극蠟屐(밀 칠한 나막신) 신고 산에 오르니 흥이 절로 맑은데
전등사 늙은 중이 나의 행차를 인도하네.
창밖의 먼 산은 하늘 끝에 벌려 있고
누樓 밑에 부는 바람 물결치고 일어나네.
성력星歷은 오태사伍太史가 까마득한데

구름과 연기는 삼랑성三郎城에 참담하여라.

정화궁주 원당願幢을 뉘라서 고쳐 세울 건가.

벽기壁記(벽에다 이름이나 글을 써 둔 것)에 쌓인 먼지 나의 마음 상하게 하네.

이 밖에 선수암善首庵, 정수사淨水寺, 국정사國淨寺, 월명사月明寺, 사왕사四王寺 등이 있는데, 모두 오랜 역사를 지닌 사찰들이다.

강화섬은 본래 고구려의 혈구穴口인데, 신라 때에 해구海口라 고치고, 고려로 넘어와 지금의 이름으로 정착되었다. 지형 자체가 금성탕지金城湯池의 천연요새라 외적이 침입해 올 때마다 이곳으로 몽진하매 일명 '강도江都'로도 불리게 되었다.

2

헌종 15년(1849) 5월…. 화창한 봄날, 강화도의 갑곶나루를 향해 거룻배 한 척이 떠간다. 통진나루에서 갑곶까지는 빤히 보이는 거리지만 거친 물결로 이름난 해협이다. 그래서 고려를 침공하였던 원나라 장수들은 해협이 너무 좁아 거친 강쯤으로 착각하였고, 물이 짜다 하여 염하鹽河라고 불렀다.

험한 물결로 이름난 강화해협이 오늘따라 잔잔하기 그지없다.

하늘까지 맑아서 노니는 갈매기의 깃털까지도 세세하게 보인다.

앞자리 뱃머리에 앉은 준수하면서도 품격 넘치는 초로의 노인에게로 사람들의 시선이 모아진다. 큰 갓에 호박 갓끈을 늘어트린 노인의 모습은 한눈에 보아도 고관대작임이 분명하다. 거룻배에 같이 탄 사람들이래야 여남은 남짓한 강화섬 토박이들이지만 누구도 그와 눈빛조차도 마주치려 하지 않는다. 그럴 수밖에 없다. 강화도에 큰일이 생길 때마다 그런 낯모르는 고관이 다녀갔기 때문이다.

떡장수 윤씨가 못 참겠다는 듯 펑퍼짐한 엉덩짝을 흔들며 급하게 노인의 곁으로 옮겨 갔던 탓에 거룻배가 크게 기우뚱거린다.

"아니 또 사람 잡아갈 일이 생겼시니꺄?"

떡장수 윤씨의 진한 강화도 사투리에 초로의 노인은 온 얼굴에 미소를 담으며 반문한다. 강화섬에는 '넉살 좋은 광해년' 이란 말이 있다. 부지런하고 활기에 찬 강화도의 아낙들을 그렇게 부른다. 광해년이란 강화년의 사투리다. 떡장수 윤씨는 넉살 좋은 광해년의 상징과 같은 존재다.

"왜? 그런 불민한 기운이라도 있던가?"

"아니 뭐, 그런 건 아니지만…."

"허허허. 그럼 되었지 않은가. 나는 전등사에 계시는 무공선사를 뵈러 가는 길일세."

"아, 예…. 지는 또."

떡장수 윤씨는 공연히 떠벌린 입초사에 민망해 하면서 딴전을 피웠지만 그래도 배에 탄 사람들은 안도하는 기색이 완연하다.

멀리 갑곶나루가 보이는 언덕에 세워진 이섭정利涉亭이 그 유서만큼이나 아름답다. 한강과 임진강의 흐름이 합쳐져 조강祖江이 되어 서쪽으로 구부러지면서 바다로 들어가지만, 따로 흐르는 물줄기가 모여서 갑곶甲串이 되었다고 한다. 원나라의 침공을 받은 고려 조정은 강화도에 몽진蒙塵하여 난을 피했는데…, 원나라의 병사들이 쫓아와서 가로놓인 바다를 바라보며 '우리 갑옷만 쌓아 놓아도 건널 수가 있겠다' 고 말했다 하여 '갑곶나루' 가 되었다는 설도 전해진다.

배에서 내린 초로의 노인은 전등사 쪽을 향해 빠른 걸음을 옮겨 간다. 이른바 장김壯金(안동 김씨)의 세도勢道를 이끌어 가는 두령 김좌근金左根이다. 순조 때부터 시작된 장장 50년의 세도를 빈틈없이 수행하는 쉰 세 살의 김좌근을 사람들은 임금보다 더한 위세를 누린다고 한다. 조정은 물론 나라의 실권까지를 좌지우지하는 대왕대비 순원왕후純元王后가 김좌근의 친누님이다. 그런 김좌근이 호종조차도 거느리지 않은 채 은밀하게 강화섬으로 들어섰다면 말 못할 곡절이 있을 게 분명하다.

떡장수 윤씨는 작심을 한 듯 엉덩짝을 흔들면서 김좌근을 따라나선다. 아무래도 미심쩍은 데가 있었기 때문이다. 두 사람의 걸음이 호젓한 산길로 들어섰을 때 김좌근은 걸음을 멈추며 뒤돌아보았고, 윤씨는 기겁을 하면서 굳어진다.

"허허허, 놀라긴. 거 강화섬에 원범이라는 더벅머리 총각이 있다는데 본 일이 있는가?"

윤씨는 원범元範이란 소리에 반색하면서 김좌근의 턱밑까지 기어든다.

"잡아가야지요. 그 원수 같은 놈부터 잡아가면 내 떡 판 돈 다 드리겠시니다. 잡아가시겠시니까?"

원범이란 소리에 떡장수 윤씨의 험담이 폭포처럼 쏟아졌지만, 김좌근은 오히려 느긋한 웃음을 담으면서 안도한다.

"왜? 원범이란 아이가 자네 집 기물이라도 훔치던가?"

"아이고 아이고, 기물이면 말도 안 합지요. 제 외동딸년을 훔치려고 들었다니까요. 제발 좀 잡아가세요. 그놈 잡아가면 나는 두 발 쭉 뻗고 잡니다."

"이 사람아. 귀한 딸 간수하는 것은 원범이 몫이 아니라 자네 몫일세."

김좌근은 불쑥 그 한마디를 남기고 다시 걸음을 옮긴다. 아까와는 딴판으로 빠른 걸음이다. 윤씨는 넋을 놓은 사람처럼 그 자리에 우뚝 선 채 움직이지 못한다.

전등사傳燈寺의 경내가 가까워지면서 여울물 소리가 들린다. 이름 모를 새들의 지저귐은 왜 저리도 흥에 겨운가. 김좌근은 선경仙境으로 들어선다는 생각으로 경내 가까이로 다가간다.

전등사는 고려조의 원종 7년(1266)에 중창되어지기까지 진종사眞宗寺로 불렸다. 충렬왕 원비元妃가 불전에 등잔燈盞을 올렸다 하여 절의 이름이 '전등사'로 바뀐 것으로 전해진다.

소리 내 조잘대는 계곡을 낀 아름드리 은행나무 오른쪽으로 대조루對潮樓가 우뚝하다. 대조루는 돌기둥이 떠받친 2층 구조의 목조건물로 전등사 경내로 들어서는 입문 구실을 한다. 김좌근은 두 손을 가지런히 모으면서 상체를 굽히고 대조루를 들어선다.

'과시 선경이로세.'

김좌근은 속진俗塵을 털어 낸다는 경건한 마음으로 대웅보전大雄寶殿(지금은 보물 178호)으로 다가선다. 자연석을 잘 맞추어 쌓아서 기단을 높이고 그 정면 중앙에 계단을 설치하여 큰 법당의 댓돌로 오르게 되어 있다. 덤벙주추에 민흘림의 기둥을 그랭이 하여 세웠는데 귀솟음을 한 모습이 잘 드러나 보이는 조선조 중기의 목조건물의 특징을 그대로 드러내는 아름답고 웅장한 모습이다. 게다가 금빛 찬란한 석가여래상, 약사전藥師殿(보물 179호)에 이르기까지 어디 하나 불심이 미치지 않은 곳이 없다.

"아니, 이게 무슨 바람이야. 허허허."

희끗희끗한 짧은 머리칼이 보이는 무공선사無空禪師가 다가서며 너털웃음을 웃는다.

"형님, 그간 무량하셨습니까?"

김좌근은 주지승 무공선사를 형님이라고 부른다. 출가하기 전 무공선사의 속명이 김선근金先根, 김좌근과는 같은 항렬의 장김 일족이면서도 지금은 나라의 스승으로 예우 받고 있는 큰스님이다.

김좌근은 승방으로 인도되었고, 총명하게 생긴 사미승沙彌僧

명찬으로부터 큰절을 받는다.

"허허허, 아무리 어리시기로 스님의 절을 받다니요."

"큰시님께서는 소인더러 시님 되기는 글렀다고 꾸중만 하시니다."

"옛기 이놈, 당장 가서 곡차 차비나 하렷다."

승방에서는 술을 곡차穀茶라는 우스갯소리로 대신한다. 무공선사는 천하의 고승으로 예우 받는 승려답게 자잘한 법속에 얽매이지 않는다. 게다가 천하의 대세도 김좌근과 마주 앉았다면 당연히 곡주를 마시면서 세상 돌아가는 얘기를 입에 담아야 제격이다. 게다가 조정의 행태나 외척의 방자함을 나무라는 것도 무공선사의 몫이 아니겠는가.

"장김의 세도가 어언 오십 년이면…, 이제 그만 물러설 때도 되질 않았나."

안동 김씨 일문이 세도를 누리기 시작한 것은 정조正祖의 뒤를 이어 순조純祖가 보위에 오르면서부터다. 11세에 왕위에 오르고 13세에 중전을 맞이할 때 당시의 좌승지였던 김조순金祖淳의 따님이 간택된다. 어린 임금을 돌보면서 조정의 실세로 등장한 김조순은 극심했던 파당 간의 갈등을 잠재우면서 서서히 외척 정치의 길을 열어 간다. 그때로부터 지금까지 무려 49년 동안 장김 일문이 국권을 장악하고 있었다면 문자 그대로 '나는 새도 떨어트리는 장김' 의 위세가 아니고 무엇인가. 지금의 왕실에서 가장 웃전인 대왕대비 순원왕후가 그 김조순의 따님이요, 무공선사와 자리를 함께한 김좌근이 순원왕후의 아우이자 김조순의 아들이라면 임금 못지않은 권력의 실세임이 분명하다.

"허허허. 형님 또한 장김이 아니십니까…."

"나라꼴이 하도 구차해서 하는 소릴세. 하옥荷屋이라도 정신을 차렸으면 해서야."

하옥은 김좌근의 호다. '하옥'이라는 말 한마디에 세상이 움츠러든다는 소문도 있다. 김좌근은 화제를 바꾼다.

"강화섬에 원범이라는 아이가 있다면서요?"

순간 무공선사가 소스라친다. 심상치 않은 일이 벌어지고 있음이라고 짐작한 때문이다.

"왜 또…! 그 아이에게 사약이라도 내릴 참인가."

"원, 형님도. 사약이라는 게 어디 아무에게나 내린답니까."

"자네들 하는 짓거리가 하도 수상쩍어서 하는 소리야."

"제발 좀 고정하세요, 형님…."

"고정이라니, 그 아이 형에게 사약을 먹여서 죽게 한 지가 겨우 5년이야. 알고나 있는가! 고얀 사람들 같으니."

무공선사의 노성일갈怒聲一喝이 터져 오르는데도 김좌근은 태연히 술 사발을 비운다. 태산교악泰山喬嶽이라는 말이 있다. 지금의 김좌근의 모습이 그러하다. 조정의 모든 실권을 한 손에 쥔 그라면 무공선사의 일갈쯤에 흔들릴 사람은 아니다.

"허면…, 왕실에 우환이라도 있던가…?"

무공선사가 가라앉은 목소리로 다시 운을 뗀다. 혹시 다음 대의 왕재를 살피고 다니는가 싶어서다.

"원, 형님도 금상의 춘추가 이제 스물 셋입니다."

하긴 그렇다. 지금의 임금인 헌종憲宗의 춘추 이때가 스물셋, 임금의 자리에 있은 지도 아직 15년 밖에 되지를 않는다. 이런 판국에 헌종의 뒤를 이을 왕재를 찾고 있다면 말이 되지를 않는다. 그렇다면 촌각도 나누어 써야 할 권신權臣 김좌근이 단신으로 강화섬으로 달려와 원범을 살펴야 할 까닭은 무엇인가.

끙, 하고 무공선사는 신음을 뱉어 낸다. 차마 입에 담기 민망한 노릇이지만 장김의 세도에 반발하여 대역을 꾀한 무리가 있다고 치자, 원범을 그 수괴로 만들어서 처단하는 것으로 정적을 궤멸시킬 궁리를 하고 있다면 어찌 되는가. 원범은 형 이원경李元慶의 전철을 밟으면서 사약을 마셔야 하고 그로 인해 장김의 세도는 더 탄탄하게 굳어질 터이다. 무공선사는 혼란에서 헤어나질 못한다. 그때 김좌근이 다시 입을 연다.

"그 원범이라는 아이가 글은 좀 깨우쳤습니까?"

무공선사는 대답 대신 화가 난 목소리로 명찬을 부른다. 사미승이 재빨리 들어와 앉는다.

"원범의 일이거든 이 아이에게 묻게…."

무공선사는 퉁명스러운 목소리를 뱉어 놓고 승방을 나간다. 김좌근의 얼굴에는 태연한 미소가 스쳐 지나간다.

"스님께서도 원범이라는 아이를 잘 아십니까?"

"알다 뿐이겠시니까? 하루에도 열두 번씩 만나는 것을요."

마침내 김좌근의 얼굴에 화색이 돈다. 그리고 원범에 대해 소상히 알려 줄 것을 당부한다. 원범의 행실을 입에 담는 사미승의 목소리는 청산유수와도 같다. 어느 때는 원범의 마음속에라도 들어갔다가 나온 양 소상하기 그지없다.

"사람들이 모두 원범이더러 왕손王孫이라고 하는데…, 혹시 가짜가 아닙니까?"

"가짜라니요. 아주 당당한 왕손이십니다."

"당치 않아요. 왕손이면 사람이 지켜야 할 법도라는 게 있어야 하는데…, 원범이는 산짐승 같아서 뛰어다닐 줄만 알지 찐득한 데가 없어서 머슴 노릇도 못하니다."

김좌근은 큰 시름에 잠기듯 눈을 감는다. 그러면서도 원범에 대해서는 보다 소상히 알고 싶다.

"원범이란 아이가 문자는 좀 익혔습니까?"

"《천자문千字文》은 떼었다고 제 입으로 말했으니까, 글자는 읽을 줄 아니다."

김좌근의 얼굴이 더 환하게 밝아진다. 원범이가 글을 읽을 줄 안다는 소리에 크게 안도하고 있음이 완연하다.

"원범의 마음 씀은요?"

"마음 씀이야 비단 같으니다. 양순이 사랑하는 것도 지극하고요."

"양순이라니요…?"

"떡장수 딸인데…."

"허허허, 그 얘기면 그만 되었습니다."

김좌근은 비로소 원범을 비난하던 떡장수의 봇물 같았던 목소리를 기억하며 소리내 웃다가 다시 정색한다.

"저와 함께 원범이가 있는 곳에 가 주시겠습니까?"

"아이고, 큰시님과 함께 가오소서. 그래도 원범이가 꼼짝도 못하는 것은 큰시님 앞이거든요."

김좌근은 사미승의 진언이 옳다고 여겼다. 그는 곧 무공선사에게 원범이가 사는 움막에 함께 갈 것을 청한다.

## 3

조금은 걷기 힘들 정도의 비탈길이다. 앞장선 사미승은 쪼르르쪼르르 잘도 달리는데 뒤따르는 김좌근은 숨이 가쁘다. 그의 곁을 따르는 무공선사의 얼굴은 무겁기 그지없다. 김좌근이 퇴락한 종친 중에서도 원범과 같은 더벅머리 왕손을 찾고 있다면 필시 주상(헌종)의 환후가 심상치 않아서가 아니겠는가. 설혹 그렇기로 원범과 같은 무지렁이를 왕재로 보고 있다면, 이건 큰일이 아닐 수 없다. 그렇다고 국상도 나기 전에 다음 대의 왕재를 거론할 수도 없다. 무공선사는 한숨을 놓는다.

김좌근은 무공선사의 속내를 들여다보듯 입을 연다.

"형님, 백성들이야 외척의 세도에 지쳤노라 나무랄 테지만…, 따지고 보면 지금과 같은 태평성대가 있었습니까? 저는 그 모든 걸 장김의 노고로 자부합니다."

"그건 오만일세. 고관대작의 집에서는 약식이 썩어 나가는데…, 백성들은 초근목피로 연명한대서야 나라의 체통이 서겠는가?"

"그게 세상 사는 이치가 아니겠습니까? 왕후장상도 세상이 균등해지게는 다스리지 못해요."

"쯧쯧쯧, 대체 원범일 만나서 뭐하게. 궐 안이 태평무사하다면서?"

"허허허. 형님 말마따나 장김이 철이 들어서 왕손 하나 보살피겠다면 마음을 놓으시겠습니까?"

온 나라의 대소사를 살펴서 자신의 입맛에 맞도록 이끌어 가는 천하의 대세도大勢道 김좌근이다. 비록 사사롭게는 형님이 된다 해도 무공선사의 반발에 본심을 드러낼 까닭이 없다.

"야, 양순아…!"

멀리서 사미승의 소리치는 목소리가 들린다. 김좌근은 정신이 번쩍 든다. 원범의 움막가까이 왔다는 생각 때문이다.

원범의 움막은 보기만 해도 참담하다. 아무리 살펴봐도 사람이 살 만한 곳이 아니다.

엉거주춤 마당에 서 있던 계집아이 하나가 김좌근과 무공선사가 가까이로 다가서자 재빨리 움막 뒤로 몸을 숨긴다.

"이런 변이 있나…."

김좌근은 딱하다는 듯 움막 주위를 둘러본다. 아무리 둘러보아도 사람이 살았다는 흔적은 찾아지지 않는다.

"어떤가? 왕실 자손은 고사하고, 이렇게 사는 백성이 있고서야 나라를 온전하게 다스렸다고 하겠는가?"

가난은 '나라님도 구원하지 못한다' 는 속언이 있지만, 원범의 움막은 가난 때문에 비참한 것은 아니다. 온 강화섬 사람들의 외면으로 왕손 한 사람이 피눈물을 흘리면서 살고 있다면 그것이 어찌 강화섬만의 일이겠는가. 그리고 곧 한바탕 소동이 일었다. 떡장수 윤씨가 헐레벌떡 달려들면서 양순의 머리채를 낚아챘다. 그리고 고래고래 소리친 때문이다.

"정신 차려라 이년아. 허구한 날을 여기 와 있으면 밥이 나오냐, 옷이 나오냐. 당장 내려가자 이년아!"

떡장수 윤씨는 양순의 머리채를 잡은 채 김좌근의 앞으로 나서며 원한에 사무친 듯한 넋두릴 풀어낸다.

"제발 좀 잡아가세요. 원범일 잡아가야 내 딸 양순이가 시집을 갑니다. 기왕 원범일 찾아오셨으니 이번만은 꼭 좀 잡아가셔야 하니다."

"거 주둥이 닥치지 못해!"

무공선사의 일갈이 있어도 윤씨의 넋두리는 수그러들 줄 모른다.

"큰시님, 혼자 사시는 시님이 식구 소중한 것을 알기나 하시니까? 원범이 그 놈이 도둑놈이지, 지 놈이 언감생심 우리 양순일…."

"원범이 탓할 것 없어. 손바닥도 마주쳐야 소리가 나!"

"가자 이년아, 가서 너 죽고 나 죽자 이년아, 으이구 못된 년."

윤씨는 울부짖듯 소리치며 양순일 끌고 나간다. 귀청을 찢어내는 듯한 소동이 가시면서 원범의 움막은 적막강산이 된다. 누구도 입을 열지 못하는 허망한 꼴이 되었기 때문이다.

해질녘이 되어서야 원범은 산더미 같은 나뭇지게를 짊어지고 움막에 나타난다.

"고생이 많다. 늦었구나."

무공선사에게 꾸벅 머리를 숙인 원범이 가까이로 다가서는 김좌근을 보자 흠칫 놀라면서 지게를 벗어던진다. 여차하면 달아날 태세다.

"인사 여쭈어라. 하옥 대감이시니라."

"하옥…, 대감…!"

원범은 불덩이 같은 시선으로 김좌근을 쏘아보면서 뒷걸음치고 있다.

"허어. 내가 함께 있지를 않느냐."

"대감이라면서요. 대감이면 나 죽이려고 왔어요. 우리 형님도 대감이 죽였어요."

원범의 떨리는 목소리는 애처롭기 그지없다. 김좌근은 그런 원범의 모습을 찬찬히 살핀다. 김좌근이 원범의 몸을 한 바퀴 돌았을 때다. 원범은 다급하게 몸을 돌리며 달아나기 시작한다.

"야, 이놈아. 원범아…."

무공선사가 소리쳤고, 사미승 명찬이가 원범의 뒤를 따라 쏜살같이 달려간다.

"원범의 사정은 하옥이 본 대로야."

"고맙습니다. 충분히 살폈습니다."

"그나마 다행일세. 내려가세나."

두 사람은 비낀 햇살이 쏟아지는 비탈길을 천천히 내려가기 시작한다.

산협의 밤은 수렁처럼 깊어진다.

원범과 사미승은 바위에 등을 대고 앉았다. 마치 귀기鬼氣와도 같은 늑대소리가 들리는가 싶더니 천둥소리가 밀려온다. 그리고 눅눅한 바람이 분다.

"하옥이 누구냐?"

원범이 먼저 입을 연다. 아무래도 두려움이 가시지 않는 모양이다.

"왕손이라면서 하옥도 몰라. 안동 김씨 척신戚臣 중에서 제일 센 사람…."

"그럼 영의정 대감이냐?"

"이런 젠장, 왕손이라는 게 하옥도 몰라! 영의정은 허수아비고, 하옥이 제일 무섭다는데도! 하옥 김좌근 대감에게 밉보이면 살아남지도 못해…."

원범은 위기감을 느낀다. 5년 전, 형님이 사약을 마시고 죽는 광경이 눈앞을 스쳐갔기 때문이다. 그때 원범은 열네 살이었다. 피를 토하며 죽어 가는 형님을 안고 얼마나 울었던가. 원범은 하옥 김좌근이 자신을 찾아온 것은 또다시 종친을 제거하기 위한 음모라고 확신한다. 살아남기 위해서는 달아날 수밖에 없다.

"안 되겠다, 나 갈래."

원범은 재빠르게 몸을 일으키며 비탈길을 내리닫는다.

"야, 원범아. 어디가 원범아."

사미승이 몸을 일으키는데 후드득후드득 빗방울이 떨어지기 시작한다. 번갯불이 번쩍 스쳐 지나가면서 빗줄기가 거세진다. 사미승 명찬은 단숨에 원범의 움막까지 달려갔으나 원범은 보이지 않는다.

"원범아…, 원범아!"

번쩍 하늘이 찢어지며 불기둥이 쏟아져 내렸고, 우당탕 천둥소리와 함께 장대 같은 빗줄기가 쏟아져 내린다.

## 4

너무도 엄청난 비바람이다. 번갯불은 하늘을 쪼개듯 불을 뿜었고, 천둥소리는 귀청을 찢어 낼 듯 아우성친다. 게다가 집채 같은 파도가 거룻배를 가랑잎처럼 춤추게 한다. 원범은 잡았던 노를 놓치면서 뱃전에 쓰러져 구른다. 사력을 다해 뱃전을 잡으면 다시 파도에 휩쓸리면서 몸을 가눌 수가 없게 되곤 한다.

사미승을 남겨 두고 산비탈을 구르듯 내려온 원범은 강화섬을 벗어나야 한다는 일념, 그래야 목숨을 부지할 수 있다는 생각, 형님처럼 사약을 마시지 않으려면 바다를 건너야 한다는 생각으로 무작정 거룻배에 뛰어올라 노를 젓기 시작하였다. 지나가는 소나기쯤으로 여겼던 빗줄기에 폭풍이 실리면서 거룻배는 한 잎 낙엽처럼 출렁거렸다.

원범은 뱃전을 또 구른다. 벌써 수십 번도 더 굴렀다. 거센 빗줄기와 성난 파도, 거룻배는 원범의 몸뚱이를 이리 굴리고 저리 굴리면서 바다 위를 떠간다. 원범은 서서히 의식을 잃어 갈 수밖에 없다.

그리고 또 얼마나 긴 시간이 흘렀을까. 원범은 귓속을 맴도는 이상한 소리를 듣는다. 바람 소리 같기도 하고 새소리 같기도 하다. 아득히 먼 곳에서 도란도란 주고받는 사람소리일지도 모른다. 원범은 눈을 떴어도 시계視界는 뿌옇게 흐려 있다.

"이제야 정신이 드느냐?"

원범은 안간힘을 다하면서 주위를 살펴본다. 방은 좁고 기물은 없었어도 눈앞에 앉은 사람의 모습에는 귀티가 있다. 원범은 몸을 일으켜 볼 생각이었지만 온몸이 저리고 아파서 움직일 수가 없다.

"목숨을 부지한 것만으로 천행이다. 어디서 배를 탔느냐?"

"여긴…, 뭍이니까…?"

"뭍이라니, 강화 교동이니라."

원범은 강화 교동喬桐이라는 말에 숨이 꽉 막힌다. 죄지은 사람들이 부처付處되는 섬, 설혹 죄짓지 않았어도 모함에 걸려서 귀양살이를 하는 섬, 죄인의 이름으로 이 섬에 쫓겨 오면 살아서 나가기가 어렵다는 교동섬에 누워 있다면 어찌 되는가.

"걱정할 것 없다. 나는 여기서 귀양살이를 하는 남원군이니라."

원범이 부처되어 있는 남원군南原君 이광李洸이 누구인지를 알 까닭이 없다. 다만 '군' 자가 들어 있어서 종친일 것이라는 짐작이 들 뿐이다. 원범의 가통을 따져도 종친인 것이 분명하였기에 두려움보다는 곧 신뢰 쪽에 무게를 두게 된다.

"저는 강화섬에 사는 이원범이라구…."

"아니 무에야? 네가 정녕 강화도령 원범이더냐?"

남원군 이광은 소스라친다. 자신은 인평대군麟坪大君의 방계傍系다. 그렇다면 《선원보璿源譜(왕실의 족보)》로 따져도 원범과는 먼 숙질 간이 된다.

"네 가계는 소상히 알고 있더냐?"

"아버님의 군호君號가 전계군全溪君이라는 것만 아옵니다."

남원군 이광은 울컥하고 치미는 탄식을 삼키기까지 한참 동안 멍하니 앉아 있어야 했다. 어쩌다가 왕실의 피를 받은 사람들이 이런 지경으로 몰락을 했는지 참담한 생각이 들어서다. 잠시 숨을 고른 남원군 이광은 원범의 가계를 요약하여 설명한다.

더벅머리 총각 이원범李元範. 그는 당당한 왕족이다. 아버지 영조英祖에 의해 뒤주 속에 갇힌 채 굶어서 숨진 비운의 왕자 사도세자思悼世子가 그의 증조부임에랴. 사도세자에게는 다섯 왕자가 있었다. 의소세손懿昭世孫(세손 책봉을 받았으나 일찍 죽었다)과 정조正祖가 정비인 혜경궁 홍씨의 소생이었고, 은언군恩彦君 인裀과 은신군恩信君 진禛은 숙빈肅嬪 임씨林氏 소생이며, 은전군恩全君 찬禶은 경빈景嬪 박씨朴氏 소생이다. 이 중 은언군 인이 원범의 할아버지다.

은언군 인은 남달리 총명하여 임금(영조)의 손자인데도 관작을 받았으나, 관운은 따르지 않았다. 1771년(영조 47)에 모함을 받아 직산현稷山縣으로 쫓겨났다가 1774년(영조 50)에 누명을 벗고 다시 서용되었으나, 아들의 반역죄에 연루되어 1786년(정조 10)에 강화도로 부처되었다.

은언군에게도 세 아들이 있었다. 큰아들 상계군常溪君 담湛, 둘째 아들 풍계군豊溪君 당瑭은 은전군의 양자로 갔고, 셋째 아들이 전계군全溪君 광壙이다. 은언군이 강화도로 귀양을 오게 된 것은 큰아들인 상계군이 반역죄로 몰려 사약을 받았기 때문이었고, 그때 셋째 아들 전계군도 아버지와 함께 강화도에 부처되었다. 이때부터 은언군과 전계군 부자의 강화도 귀양살이가 시작되었다. 불행은 여기서 끝나지 않았다.

1801년(순조 1)에 있었던 '신유사옥辛酉邪獄'의 소용돌이 속에서 은언군의 아내 송씨宋氏와 며느리 신씨申氏가 중국에서 온 주문모周文謨 신부에게 세례를 받았다 하여 강화도의 배소에서 처형되기에 이르자 은언군까지 이 일에 연루되어 처형되고야 만다. 그야말로 멸문의 화를 입은 것이나 다름이 없다.

전계군에게도 세 아들이 있었다. 맏이가 원경이고, 둘째인 경응景應은 어려서 죽었으며 셋째가 원범이지만 일찍부터 의지할 곳이 없었다. 한 때, 전계군은 두 아들을 거느리고 잠시 도성으로 돌아와 경행방慶幸坊에서 살았다. 그러나 배소配所에서 지친至親을 잃은 고통을 당한 때문일까, 도성으로 돌아온 지 채 2년이 못 되어 전계군이 세상을 떠나기에 이르자 졸지에 원경과 원범은 천애의 고아가 되고 만다. 원경은 전계군의 적실嫡室인 최씨崔氏 소생이었고, 원범은 계실繼室 염씨廉氏 소생이다. 원범의 어머니 염씨는 전계군이 강화도에 부처되어 있을 때 맞아들인 아낙이다.

두 형제는 이 집 저 집 떠돌아다니면서 눈칫밥을 얻어먹을 수밖에 없다. 원경은 몹시 총명해 눈칫밥을 얻어먹으면서도 사람들의 귀여움을 받았으나 원범은 그렇지가 못했다. 이들 형제에게 다시 불행이 닥쳐왔다. 당시의 조정은 풍양豊壤 조씨趙氏의 수중에 있었으나, 이들 풍양 조씨 일문을 밀어내면서 다시 권문세도로 등장한 안동安東 김씨金氏 일문은 헌종에게 계사가 없음을 빌미로 똑똑한 왕족들을 견제하기 시작했다. 여기에 걸려든 것이 원경이다. 어느 날 아침 일어나 보니 원경은 역모의 우두머리가 되어 있었다. 이로 인해 원경은 다시 강화도로 위리안치된다. 원범은 갈 곳이 없다. 그는 형이 위리안치되어 있는 강화섬으로 다시 돌아왔어도 형과는 자유롭게 만날 수조차 없다. 게다가 죄인의 집안으로 전락된 왕손이라 누구도 원범을 아는 체하지 않는다.

집안의 내력을 대충 살핀 남원군 광이 원범에게 묻는다.

"네 형 또한 사약을 받지 않았더냐. 그 참혹한 꼴을 보았느냐?"

"예, 사약은 배소에서 받았는데…."

원범은 말을 이어 가지 못할 정도로 흐느껴 운다. 남원군은 그런 원범을 탓하지 않는다. 원범이 마음 놓고 울어 보는 것도 첨일 것이라는 생각이 들어서다.

원경은 18세가 되던 해 사약을 받았다. 원범은 피를 토하면서 죽어가는 형의 시신을 안고 통곡을 했으나 만사휴의萬事休矣였다. 이때 원범의 나이 14세. 아무도 그를 돌보아 주는 사람이 없었다. 할아버지, 할머니, 어머니, 형까지 대죄인이 되어 처형을 받고 보니 사람들은 원범이와 얼굴을 마주치는 것조차 두려워했다.

배소의 밤은 적막하기 그지없어도 오순도순 정을 나누기에는 안성맞춤이다. 남원군 광은 원범과 함께 바닷가로 나선다. 잔잔하게 밀려오는 밤 파도를 밟으면서 남원군 광은 회한으로 얼룩진 심회를 토로한다.

"네 형에게 사약을 내렸던 무리들이 장김이니라. 그들이 국권을 전횡한 지가 반백 년이면 이젠 망할 때도 되지를 않았겠느냐. 모르긴 해도 곧 끝장이 날 것이니라."

원범은 자신의 움막을 찾아왔던 김좌근의 얼굴을 떠올려 본다. 비록 자신에게 악의를 드러내지는 않았어도 그의 존재를 알게 된 것이 얼마나 다행인가.

"두고 보면 알 것이니라. 지난 경자庚子(1840)년에 청나라가 영길리英吉利(영국)와 전쟁을 하였다가 큰 봉변을 겪었다고 들었다. 세상이 변하고 있음이 아니더냐."

남원군 이광이 입에 담고 있는 전쟁이란 청나라 상해에서 발발한 아편전쟁阿片戰爭을 말한다. 이 전쟁의 패퇴로 청나라는 치욕의 남경조약南京條約을 체결하여야 했고, 결국 이 조약이 청나라를 망국의 길로 접어들게 하였다. 벌써 9년 전에 있었던 이 엄청난 변화를 조선 조정만이 읽지 못하고 있었다면 우물 안의 개구리로 지탄받아야 마땅하다.

"나는 장사치들을 따라 여러 차례 대국엘 다녀왔느니라. 대국이 망하는 것은 세계의 변화를 헤아리지 못하였기 때문이다. 우물 안의 개구리는 하늘이 넓은 줄 모르다가 죽는다. 중국이 그렇다면 조선도 그런 전철을 밟을 것이니라."

"……."

나무꾼 더벅머리 총각 원범이 남원군 광이 입에 담는 심오한 이야기를 알아들을 까닭이 없다. 그러나 듣고 또 듣노라니 조선이 모르는 세계가 있다는 사실만은 어렴풋이 알게 된다.

"이 나라 조선은 이씨의 나라가 아니더냐. 그런데도 이가는 설 곳이 없고, 장김의 전횡만이 기세를 부리는 지경이면, 나나 너는 절치부심 할 수밖에 다른 방도가 없지를 않겠느냐!"

절치부심切齒腐心이 무엇인가. 이를 갈면서 마음을 썩인다는 뜻이라면 복수의 염을 불태우라는 뜻도 포함된다.

"살아남아야 한다. 너도 나도 장김이 무너질 때까지 우선은 살아남는 것이 상책이다. 바보 노릇을 하던 천치 노릇을 하던 살아남고서야 밝은 세상을 보게 될 터이 아니더냐!"

"……."

원범의 마음이 조용히 흔들린다. 바보가 되든 천치가 되든 살아남는 것이 상책이라면 자신은 이미 그 길로 들어서 있다는 생각이 들어서다.

남원군 광은 원범의 회복을 위해 극진한 노력을 다하면서도 왕실의 피를 받았음을 눈물겹도록 타일러 주입한다. 원범은 태어나서 처음으로 스승을 만난 감격을 맛보면서 눈앞이 환하게 밝아지는 희열을 맛본다.

# 첫사랑

## 1

김좌근은 강화섬에서 돌아온 다음에도《선원보략璿源譜略》만을 뒤적이고 있다. 헌종에게 후사가 없음을 우려하여 다음 대의 보위를 이어 갈 왕재를 살피고 있음이다. 53세의 원숙한 나이에 조정의 요직을 두루 거친 장김의 두령이다. 헌종의 춘추가 한창이라 해도 병약하기 그지없다. 만에 하나라도 후사 없이 세상을 떠나면 어찌 되는가. 외척의 세도를 흔들림 없이 이끌어 가기 위해서도 손아귀에 넣을 수 있는 만만한 왕재가 필요하다.

왕손들을 살필 때마다 가장 먼저 눈에 띄는 사람이 남연군南延君의 아들들이다. 남연군은 본시 인평대군麟坪大君의 후손으로 사도세자의 아들 은신군 진의 양자로 들어간 왕족이다. 그는 타고난 난봉꾼에 술주정뱅이요, 노름꾼이었으나 아들들만은 번듯하게 잘 두었다.

남연군에겐 모두 네 아들이 있다. 흥녕군興寧君 창응昌應을 비롯한 흥완군興完君 정응晸應, 흥인군興寅君 최응最應, 그리고 흥선군興宣君 하응昰應(고종 임금의 아버지) 등의 4형제가 바로 그들이다. 이들은 헌종과 가장 가까운 종친들이 분명했으나 형제들이 번창한 것이 문제다. 임금의 형제가 번창하면 척족들이 세도를 부릴 수 없음을 김좌근이 모를 까닭이 없다. 궐 밖에서 왕재를 찾을 때는 되도록 외로운 처지에 있는 사람이어야 제격이다. 그래서 몰락한 종친 중에서 골라잡는 것이 편하다. 강화섬에 다녀온 것도 그 때문이다.

다음으로 눈길이 끌린 사람은 덕흥대원군德興大院君(선조의 생부)의 후손이자 완창군完昌君의 아들인 도정都正 이하전李夏銓이다. 이하전은 형제도 없고 가문도 세가 약했으며 아직 장가도 들기 전인 어린 나이다. 김좌근이 원하는 임금의 후보로는 아주 제격이다. 그러나 그의 지나친 총명함이 마음에 걸린다.

군강신약君强臣弱이요, 군약신강君弱臣强이라 함은 만고의 진리다. 임금이 거세면 신하가 약해지기 마련이요, 임금이 허약해야 신하들이 날뛰기가 쉽다는 말이기 때문이다. 김좌근은 '쩝' 하고 입맛을 다시며 《선원보략》을 소리 나게 덮는다.

"입궐 차비 서둘렷다."

김좌근의 자비가 시위소리도 요란하게 창덕궁으로 향한다. 길 가는 사람들도 양옆으로 물러설 수밖에 없다. '하옥 대감 행차'

라는 소리만 들어도 산천초목이 떨었던 시절이다.

궐 안이라 하여 다를 바가 없다. 내관들은 물론 상궁, 나인 들도 허리를 굽히며 눈치를 살펴야 한다. 김좌근은 대왕대비 순원왕후의 거처로 인도된다.

"누님, 문후 여쭈옵니다."

"호호호. 어서 오시게나. 난 하옥을 봐야 시름이 펴진다네."

순원왕후의 춘추 61세, 순조비로 입궐한 지 어언 48년이요, 헌종 조 초기에는 무려 6년 동안이나 수렴청정垂簾聽政(임금의 뒤에 발을 치고 정무를 살피는 것)을 했던 왕실최고의 어른이다. 사사롭게는 김좌근의 친누님이라 두 사람 사이는 언제나 정겹다.

"누님, 이제야 왕실의 시름을 덜게 되었습니다."

"시름을 덜다니?"

"다음 대의 보위를 이어 갈 왕재를 찾았습니다."

"오, 왕재를…."

순원왕후의 얼굴에 함박 같은 웃음이 돈다. 금상今上(헌종)의 옥체가 부실하고, 슬하에 자식이 없었던 탓에 사속지망嗣續之望(대를 이어 가려는 소망)의 걱정이 잦아들 날이 없다. 순원왕후의 내심 또한 걱정이 태산과 같았는데, 대를 이을 왕재를 찾았다면 얼마나 다행인가.

"이런 경사가 있나. 대체 누구야, 그 왕재가…?"

김좌근은 소매 속에서 《선원보략》을 꺼내 순원왕후의 앞에 펼쳐 놓는다. 그리고 장조莊祖(사도세자)에서 원범에게 이르는 은언군의 가계를 세세히 설명하면서 이미 강화섬에 가서 그를 만나 보고 왔음도 아울러 고한다. 그러나 기뻐할 줄 알았던 순원왕후의 안색이 금시 하얗게 바래지면서 마른 목소리를 토해 낸다.

"가계야 탓할 바가 못 된다 해도…, 글을 모르는 아이를 보위에 올린대서야…."

"누님, 천만다행으로 천자문은 읽었다니까 까막눈은 아니고, 그 다음이야 보위에 오르고도 능히 깨우칠 수 있음이옵니다."

"아무리 그렇기로…."

순원왕후는 선뜻 허락을 하지 않는다. 그러나 김좌근은 집요하게 설득한다.

"누님, 원범이 아직 열아홉이면…, 누님께서 다시 수렴청정을 하셔야 할 일이고, 또 조정의 대소사는 저희들의 몫이 아니겠습니까?"

초록은 동색이라는 속언이 있다. 순원왕후가 김좌근의 속마음을 읽지 못한대서야 말이 되는가. 안동 김문의 영달을 위해서는 허수아비 임금을 세워야 한다. 그 길이 최선임은 말할 나위가 없었어도 순원왕후는 다시 걱정스럽게 묻는다.

"나야 하옥의 뜻을 따를 수 있을 것이나, 조정 중신들이 뭐라 할지…."

장김의 50년 세도가 하늘을 찌른다면, 호시탐탐 틈새를 노리는 세력도 있게 마련이다. 풍양 조씨 일문은 왕대비 신정왕후神貞王后(추존한 익종 비)에 의존하고 있으며, 그녀의 숙부 조인영趙寅永

도 아직은 건재하다. 순원왕후는 그들의 반발을 걱정하고 있다.

"누님, 차마 입에 담기 민망한 말씀이오나, 국상이 있고 나면 누님의 언문교지諺文敎旨 한 장이 계사繼嗣(다음 임금)를 정하게 됩니다. 그때는 누님의 말씀이 곧 국법이 아니겠습니까?"

"……!"

"아무 내색도 마시고 계시다가 국상 당일 '전계군의 제3자 원범을 계사로 삼노라' 는 언문교지를 묘당에 내려 주시면 될 줄로 압니다."

"하옥만 믿겠네…."

강화섬의 더벅머리 총각 이원범이 헌종의 후사가 되어 임금의 자리에 오른다면 어찌 되는가. 그런 터무니없는 일이 있고서도 국정이 온전하게 굴러간다는 보장이 있을까. 그러나 장김의 두령 김좌근에 의해 이 은밀한 계책은 완벽하게 익어 가고 있다.

## 2

원범의 행방불명은 홀로 남은 양순에게는 충격이 아닐 수 없다.

양순은 원범의 움막을 오르내리며 종일을 운다. 눈등이 붓도록 울어도 걱정은 잦아들지 않는다. 평소 알게 모르게 원범을 돕던 친구들도 움막으로 모여든다. 키가 훤칠한 배만석裵萬石,

꾀주머니 감동호甘東浩, 새신랑 서제민徐濟民 등이지만 그들에게도 도무지 할 말이 없다. 그들은 원범과 양순의 사이를 누구보다도 잘 알고 있었기에 눈등이 붓도록 울고 있는 양순이가 불쌍할 뿐이다.

"원범이 좀 찾아봐. 굶어서 죽었다면 시체라도 찾아야지…."

양순은 또다시 움막을 나서며 울음 터트린다.

"양순아, 어디 가는데…."

"원범일 찾아야지. 원범이가 불쌍해서…."

양순이는 터덕터덕 걷는다. 온 얼굴이 눈물로 범벅이 되었어도 벌써 몇 번을 걸었던 길을 다시 걷는다. 양순이는 원범이 나뭇짐을 지고 오르내리던 비탈길을 환하게 안다. 또 빗줄기를 피하던 바위굴도 알고 있다. 원범의 발길이 머문 곳은 양순의 발길도 머물렀던 곳이기 때문이다.

시원한 산정에 오르면 바다가 내려다보인다.

아름드리 소나무에 기대앉으면 원범의 마음도 편해진다. 그럴 때 원범은 《논어論語》의 내용을 들려주곤 했다.

"벗이 멀리서 찾아오니 또한 즐겁지 아니하랴."

"《천자문》에는 그런 거 없어."

"그래 없지. 남이 나를 알아주지 않아도 노여워하지 않으니 참으로 군자가 아니겠느냐."

"그거 《천자문》이 아니지?"

"음, 이건 《논어》에 나오는 첫 줄이야."

"《천자문》까지만 읽었다면서…?"

"어, 어어. 들은풍월이야. 죽은 형님이 들려주었거든…."

양순은 원범이 거짓말을 하고 있는 것을 알고 있으면서도 속아 주는 것이 늘 즐겁고 재미있다. 불안하고 위축된 원범의 마음을 헤아리고 있노라면 사람 노릇을 하고 있다는 생각이 들곤 해서다.

반나절을 돌아서 원범의 발길이 머문 곳을 모두 찾아 헤매도 원범의 모습은 고사하고 흔적도 찾아지지 않는다.

'멍청이보다 못한 사미승 같으니라고!'

양순은 불현듯 사미승 명찬이 미워진다. 지난 밤 원범을 마지막 본 사람이 명찬이라기에 무슨 말을 하고 헤어졌는지를 꼬치꼬치 물었을 때 명찬의 대답은 참으로 불길했다.

"이런 젠장, 왕손이라는 게 하옥 김좌근도 몰라! 영의정은 허수아비고, 하옥이 제일 무섭다는데도! 하옥 대감에게 밉보이면 살아남지도 못해…."

원범이가 들어서 가장 겁나는 말, 원범에게는 명찬의 말이 위협이나 다름이 없다. 형님 원경이 사약을 마시고 죽을 때, 원범은 의금부의 나졸을 밀어내고 피를 토하는 형의 상체를 부여잡고 울부짖었었다.

"형님 형님, 죽지 마세요 형님."

원범의 울부짖음이 형장을 눈물바다로 만들었다는 사실을 강화섬 사람들은 모두 알고 있다. 검붉은 피를 토하며 꿈틀거리는 형의 마지막 모습은 열네 살 원범에게는 지옥의 형상이나 다름이 없다.

원범이 버림받은 사람으로 외톨이가 된 것은 이때부터다. 살기 위해서는 모든 것을 자신이 해결해야 했다. 밥을 먹는 것도 잠을 자는 일도 자신이 해결해야만 목숨을 부지할 수 있다면 그 고초를 어찌 말이나 글로 적을 수가 있음이던가. 원범은 토굴이나 다름이 없는 움막을 마련하고 혼자 살 수밖에 없다. 식은 밥덩이라도 얻어먹기 위해서는 하루 종일 남의 집 일을 해야 했다. 그것도 불러서 가는 것이 아니다. 아무 데고 일거리가 있으면 뛰어들었다. 노임이라는 것은 있을 수가 없다.

왕족이란 말도 허울에 불과하다. 차라리 예사 범부였다면 머슴살이라도 할 수 있다. 또 왕족이란 말은 언제나 그의 온몸을 짓눌러 왔다. 도성에서 병사들이 내려와 '너는 대역죄인이다' 라고 소리치는 날이면 형처럼 사약을 마시고 피를 토하면서 죽을 게 아니던가. 원범은 그런 꿈을 꾸다가 벌떡 깨어나곤 했다고 고백하기도 했다.

세월은 원범의 목을 조이며 흘렀어도 이젠 어엿한 더벅머리 총각으로 성장했다. 얼굴은 수려했고 몸은 건장하다. 그러나 세수를 하지 않는 날이 많았으므로 언제나 얼굴에는 땟국이 흘렀고, 옷은 헤지고 더러워서 냄새가 난다. 그런 가운데서도 즐거움이 없는 것은 아니다.

"이거 먹어 봐. 어제 제사 지냈어."

양순이 제물을 한 보따리 싸 오는 날이면 원범은 포식한다. 그런 날에는 양순이가 원범의 얼굴을 씻기고 머리를 빗겨 주면서 감동하곤 했었다.

"와, 진짜다. 너 진짜 왕손인가 보다."

원범은 왕손이라는 소리를 싫어한다. 죽음과 연결되는 소리로 들리기 때문이다. 그래도 마음씨 착한 양순이가 곁에 있다는 것이 그에게는 큰 힘이며 삶의 보람이다.

원범은 사랑에 눈 떠가기 시작한다. 양순이를 만나는 날이면 공연히 가슴이 두근거린다. 가까이 있을 때는 몰라도 헤어지고 나면 그리워진다. 그렇다고 양순의 집으로 달려갈 수도 없다. 떡장수 윤씨가 몽둥이를 들고 나와서 혼쭐을 내기 때문이다.

"이놈아, 죽으려면 혼자 죽지 우리 양순이는 왜 끌어들여!"

이런 날이면 원범은 고개를 푹 숙이고 부들방죽을 가로지르며 혼자 걷는다. 그럴지도 모른다. 자신으로 인해 다른 사람들이 다칠지도 모른다는 생각, 그런 생각이 원범을 혼자 있게 하였다.

비바람이 소동 친 날로부터 3일이 지나고서야 원범은 강화섬으로 돌아온다. 양순이는 펑퍼짐한 원범의 가슴으로 뛰어들며 울음부터 터트린다.

"어디 갔었는데…, 어디 갔다 왔는데, 죽은 줄 알았잖아. 장사 지낼 궁리까지 했지 않아!"

"잘못했다. 내가 잘못했다니까. 이젠 아무 데도 안 간다니까…."

원범의 어리광은 전과 다르다. 원범은 전보다 더 천치가 된 듯, 바보가 된 듯, 익살스럽고 발랄한 미치광이 노릇을 하면서도 양순이만을 아끼고 사랑한다.

떡장수 윤씨는 원범을 만나면 원범을 휘몰아치고, 양순을 끌어다 광에 가두고 원범과 만나는 것을 엄중하게 금해도 보지만, 그때마다 배만석 등 원범의 친구들의 기지로 양순을 원범의 품으로 돌려준다.

원범과 양순은 강화섬의 산하를 짐승처럼 뛰놀며 싱싱한 젊음과 사랑을 다시 과시한다. 강화섬 사람들에게는 이들 두 사람의 사랑이야기로 언제나 화제만발이다.

## 3

그리고 열흘 남짓 지난 6월 6일에 국상이 난다.

조선왕조 스물네 번째 임금인 헌종이 재위 15년, 스물세 살의 춘추로 세상을 떠난다. 참으로 애석한 노릇이 아닐 수 없지만, 후사가 없이 승하한 까닭으로 조정 대신들은 황망하기 그지없다. 정승들과 판서들이 후사를 논의하고 있을 때 대왕대비 순원왕후의 언문교지가 내려진다.

— 전계군의 제삼자 원범을 대행대왕의 계사로 삼노라.

대소 신료들은 경악을 금치 못한다. 이들이 원범을 알 까닭이 없다. 승정원에서는 서둘러 《선원보략》을 찾아서 빈청으로 들여보낸다. 기다리고 있던 대소신료들의 시선이 일제히 한곳으로 모이면서 사색이 된다.

"허어!"

"그 어른이 어디에 계시답니까?"

"강화도에서 지게발이를 하신답니다."

"지게발이를…."

중신들은 혀를 찬다. 이게 어디 말이 되는가. 도성 안에 멀쩡한 종친들이 있는데, 왜 하필이면 강화섬의 지게발이가 보위를 이어야 하는가. 더구나 선대가 대역 죄인으로 처형을 받지 않았던가.

"이거야 원, 그분이 글은 아신답니까?"

"지게발이를 하신다는데, 글을 아실 까닭이 없지요."

"글을 모르시는 분을 어찌 보위에 모신답니까!"

중신들이 다시 술렁이고 있을 때 선혜청宣惠廳 당상堂上 김좌근이 들어서면서 나무라듯 입을 연다.

"대왕대비 마마께서 교지를 내렸으면 봉영奉迎 채비를 서둘러야 하지를 않겠소이까?"

"……!"

그 순간 고개를 번쩍 들고 김좌근을 쏘아보는 사람이 있다. 영부사領府使 조인영趙寅永이다. 풍양 조씨 일문의 두령 격인 그가 아니던가.

'네놈의 소행이렷다!'

조인영의 눈빛은 무서웠다. 무언의 힐문이나 다를 것이 없다. 그러나 김좌근은 입가에 잔잔한 미소를 담으면서 다시 입을 연다.

"제가 가서 뵙고 왔습니다. 나무랄 데 없는 왕재셨습니다."

좌중은 숨을 멈춘다. 어찌 이리도 치밀할 수가 있는가. 장김 오십 년의 세도를 지켜 가기 위해 빈틈을 보이지 않는 김좌근의 모습은 그야말로 태산교악 그대로다.

"사왕이 정해졌으면 봉영의 채비를 한시도 늦출 수가 없어요. 그래야 국상 절차를 의논할 수 있을 게 아닙니까?"

누구도 김좌근의 말을 나무랄 수가 없다. 후사가 정해졌다면 서둘러 모셔 와야 즉위식을 올릴 수가 있다. 또 그래야 국장 절차를 논의할 수가 있지를 않겠는가. 김좌근은 그 점을 채근하고 있다.

순원왕후는 봉영대신 정원용鄭元容과 도승지 홍종응洪鍾應을 강화섬으로 보내 새 임금님으로 지명된 원범을 모셔 오게 한다.

'이렇게 당할 줄이야….'

조인영은 탄식했으나 천 번을 후회해도 소용없는 일이다. 풍양 조문에서 후사를 살펴 놓지 못한 것이 불찰일 뿐이다. 원범이 보위에 오른다면 안동 김문이 승승장구할 것은 뻔한 이치다. 아니나 다를까, 왕대비 신정왕후는 지체 없이 조인영을 불러들인다.

"숙부님, 대체 이게 무슨 경우랍니까!"

"모두가 하옥의 소행이 아니겠습니까?"

"하옥…."

안동 김문과의 대결의지를 꺾지 않고 있던 왕대비 신정왕후도 하옥의 소행이라는 말에는 입을 다물고 만다. 게다가 순원왕후의 교지까지 있고서는 이미 때도 늦었거니와 지명된 후사를 뒤집을 수는 더욱 없다.

그리고 다음 날인 6월 7일.

점심때가 되면서 강화섬의 갑곶나루터가 갑자기 시끌벅적거리기 시작한다. 난데없이 10여 척의 크고 작은 배가 포구로 밀려들어서다. 호위대장이 이끄는 군사들이 기치창검을 번득이며 줄지어 쏟아져 나왔고, 뒤이어 한 채의 휘황찬란한 황금채련黃金彩輦이 미끄러지듯 뭍으로 올라온다. 그 뒤를 금관조복을 갖춘 두 사람의 대신이 따르고 있다. 봉영대신 정원용과 도승지 홍종응이다. 삽시간에 갑곶나루터는 이 알 수 없는 행차를 구경하려는 사람들로 인산인해가 된다.

"상감님의 행차다!"

사람들은 입을 모아 중얼거린다. 황금채련에 상감님이 타고 있을 것으로 믿은 때문이다. 그럴 수밖에 없다. 호위대장의 뒤를 따르는 병사들의 수가 만만치 않았고 기치창검도 예사롭지 않아서다.

"빈 가마야, 가마가 비었어!"

누군가가 언성을 높이자 구경하던 사람들이 술렁거린다. 상감님이 타고 있으리라 믿었던 채련이 비어 있다면 거기에 타야 할 분을 모시러 왔을지도 모를 일이기 때문이다. 그러나 강화섬에는 그럴 만한 사람이 없다고 생각하는 사람들이기에 궁금증은 끝없이 부풀어 오른다.

뭍으로 오른 빈 채련은 거침없이 고려산 밑으로 움직이기 시작한다. 이 또한 수상쩍은 일이다. 당연히 행궁行宮으로 가야 할 채련이 고려산 밑으로 가고 있는 것도 이상하다.

"국상이 난 게로군…."

무공선사는 염주 알을 굴리며 중얼거린다. 행렬은 그만을 남겨 놓고 멀어지고 있다.

"시님, 시님…."

"양순 어미 아닌가, 벌이는 괜찮구…?"

"무슨 일이시니꺄? 상감님이 타는 가마가 비었다니요, 심상찮은 일이 아니니꺄?"

양순 어미 윤씨는 까마득히 멀어진 행렬을 바라보며 아무래도 미심쩍다는 듯이 되묻는다.

"고진감래라 하더니… 나무관세음보살…."

"시님, 무슨 말씀인지… 누굴 태우러 왔시꺄?"

무공대사는 세세한 말을 입에 담지 않는다. 양순 어미는 안달을 하듯 다시 묻는다.

“시님, 저희 같은 무지렁이는 알면 안 되는 일이니까?”

“안 될 거야 없겠으나, 난들 소상히야 알겠는가? 그저 이 섬이 발칵 뒤집힐 것이라는 생각이 드네만….”

“이 섬이 발칵 뒤집히다니요… 경사는 경사니까?”

“암, 경사일 테지….”

“…….”

양순 어미는 입을 딱 벌린 모습으로 무공선사의 얼굴을 살피고 있다.

“양순 어미는 집으로 돌아가 있게. 짬을 보아 내가 들를 테니까.”

무공선사는 빠른 발걸음을 내디디며 말한다.

“저, 저기 큰시님…!”

양순 어미는 멈칫거리며 소리쳤으나 무공선사의 빠른 걸음은 이미 시야에서 멀어지고 있다.

‘양순 어미는 집으로 돌아가 있게….’

무슨 뜻일까. 자신에게 집으로 돌아가라 한다면 황금채련과 자신이 무관하지 않다는 뜻이다. 양순 어미는 쿵쿵거리는 가슴을 달래며 걸음을 옮겨 놓기 시작한다.

배만석과 감동호가 채련의 행렬과 마주친 곳은 고려산의 지맥인 북산 기슭에서다.

“뭐지…?”

"아니, 멈추어 서네…."

만석이 손을 들어 행렬을 가리킨다. 행렬은 원범의 움막 근처에서 멈추어 서고 있다.

"원범일 잡으러 왔나 보다…."

"원범일…?"

"그래, 원범이 형도 한양서 사람이 와서 죽였어!"

감동호는 놀란 눈빛을 움막에 보내고 있다. 기치창검을 든 병사들이 움막의 주위를 에워싸고 있다. 호위대장은 병사들에게 뭐라 명하고 있는데, 그때마다 병사들이 무리를 지으며 민첩하게 움직이는 것이 보인다.

"원범일 찾아야겠다."

두 사람은 쏜살같이 북산 중턱을 향해 달리기 시작한다.

"원범아! 원범아!"

배만석이 걸음을 멈추고 두 손을 입에 모으며 소리친다. 산울림만 되돌아올 뿐 원범의 모습은 보이지 않는다.

"원범아…!"

두 사람은 있는 힘을 다해 소리치며 다시 중턱으로 치달아 오른다. 그때 나뭇짐을 지고 산을 내려오는 원범이 보인다.

"야, 원범아!"

배만석이 세차게 소리치자 원범은 숙였던 허리를 펴며 히죽 웃는다.

"야, 원범아, 큰일 났어, 인마…."

"큰일…? 뭐가…."

"널 잡으러 왔어!"

"어서 피해야지, 인마!"

배만석과 감동호이 숨 가쁘게 몰아친다. 원범은 놀란 눈으로 두 사람을 바라본다.

"군사들이 떼를 지어 느이 집으로 들어섰다니까."

"황금가마도 왔어, 인마."

원범은 쿵 하고 가슴이 철렁 내려앉는 것을 느낀다. 그는 나뭇지게를 벗어 던지며 힘없이 주저앉는다.

'기어이… 나도 형님처럼….'

원범은 5년 전 역적의 누명을 쓰고 피를 토하며 죽어 가던 형 원경의 마지막 모습을 떠올린다. 형에게 아무 잘못이 없다는 것은 세상이 다 안다. 교동에 있는 남원군 이광은 죄 없는 형을 죽인 것이 바로 안동 김씨라면서 격분하기까지 했다.

"네 형이 사약을 받은 것은 왕족이기 때문이니라. 몸에 왕실의 피가 흐르고 있었음이야…. 네 형을 죽이고서야 외척의 세도가 더 성할 것이기 때문 아니겠느냐!"

원범의 몸은 사시나무 떨듯 한다. 자신에게도 사약 사발을 내밀면 어찌 해야 하나. 두려움은 가차 없이 밀려든다.

"어떡할 거야, 달아나든가 해야지…."

"다 소용없어…."

원범의 대답 소리는 탄식이나 다름이 없다.

"그럼, 네 발로 걸어갈 거야?"

배만석이 소리치자 원범의 질린 듯한 눈언저리가 축축이 젖어 든다.

"아닐 수도 있어. 죽일 사람인데 가마가 왜 와."

"한양 가서도 죽일 수가 있어."

"그러면 끌고 가지, 가마가 왜 오냐구."

감동호가 제법 설득력 있게 말하자, 배만석은 멍청해졌고 식었던 원범의 얼굴에는 생기가 돌아온다.

"……."

원범은 힘없이 몸을 일으킨다. 그리고 사생을 결단한 사람처럼 나뭇짐을 다시 진다.

"야, 죽을지도 모른다는데두!"

"할 수 없지, 뭐…."

원범이 나뭇짐을 지고 일어설 때다. 산기슭으로 병사들이 올라오는 것이 보인다. 새신랑 서제민이 앞장서서 달려오고 있다.

"야, 야, 원범아. 니가 임금이래! 임금이라는 거야…!"

이건 또 무슨 소린가. 잠시 전까지만 해도 '사약을 받으면 어쩌나' 끔찍한 생각으로 몸을 떨었는데, 이번에는 임금이 되다니. 도무지 말 같은 소리를 해야지. 원범은 망연자실한 모습으로 서 있을 뿐이다. 다가온 병사들이 공손하게 입을 연다.

"어서 내려가시죠. 봉영대감께서 기다리고 계십니다."

"봉영대감…!"

"전하를 모시러 오신 대감이십니다."

"전하, 야 너보고 전하란다…."

배만석의 놀람은 아무 소용도 없다. 병사 두 사람은 원범이 지고 있는 지게를 벗겨서 밀어 던진다.

"뭐하는 거야, 왜들 이래!"

"고정하소서, 전하."

병사 두 사람은 원범의 옷에 묻은 먼지를 터는 등 법석을 떤다. 그리고 잠시 후 원범은 병사들의 인도를 받으며 움막으로 간다.

"저기 오십니다."

강화부에서 나온 관원 이시원李是遠이 원범에게로 달려간다. 봉영대신 정원용과 도승지 홍종응은 온몸이 뻣뻣하게 굳어질 뿐 몸을 움직이지 못한다. 지금 당장 주상으로 모셔야 할 사람, 바로 그 이원범이 더벅머리 총각, 아니 볼품없는 초부樵夫의 모습으로 다가오고 있었기 때문이다.

'저분을 어찌 주상으로…!'

원범이라 하여 다를 것이 없다. 그 또한 두리번두리번 금관조복을 입은 두 사람을 바라보다가 시선을 땅으로 떨군다. 이젠 무공선사가 나설 수밖에 없다.

"원범아, 오늘까지만 옛날대로 부르마. 도성에서 너를 모시러 오신 봉영대신 정원용 대감이시니라."

원범의 시선이 봉영대신 정원용에게서 머문다. 통성명 전이라도 임금의 시선임이 분명하다. 정원용은 원범에게로 다가서면서 정중히 허리를 굽힌다.

"전하, 신 판중추부사 정원용, 대왕대비 마마의 분부 받자옵고, 전하를 모시러 왔사옵니다."

순간 사위가 조용해진다. 새소리도 들리지 않는다. 오직 햇살만이 쏟아져 내릴 뿐이다.

"신 승정원 도승지 홍종응 문후 여쭈옵니다."

도승지 홍종응은 맨바닥에 엎드리며 큰절을 올린다. 둘러선 사람들은 이 경천동지할 광경을 지켜보면서도 숨소리조차 내지 못한다.

"전하, 어제 승하하신 대행대왕 전하의 뒤를 이어 보위에 오르시게 되셨사옵니다."

"보위…?"

원범이 그들이 말하는 바를 알아들을 수가 있을까. 잠시 전까지 나무를 하던 자신이다. 그런 자신에게 '전하'는 무엇이며, '보위'는 또 무엇이란 말인가.

"서둘러 도성으로 가셔야 하옵니다."

순간, 원범은 교동에서 만난 남원군 이광의 목소리를 떠 올린다.

'바보가 되던, 천치가 되던 우선은 살아남는 것이 상책일 것이니라!'

원범은 희죽희죽 웃으면서 너스레를 떨어 본다.

"대감들께서 뭔가 잘못 아시고 오신 것 같소. 나는 죄인의 손자요, 죄인의 동생일 뿐이오."

"당치 않으시옵니다. 신등은 전계군의 제3자를 모시러 왔사옵니다."

"나는 아니 갈 것이오. 돌아가시거든 그리 전해 주시오."

왕손의 피는 정말 있는 것일까. 죽어 넘어가야 할 원범의 반응이 뜻밖으로 당차다.

"전하, 대왕대비 마마의 교지는 국법이옵니다. 아무도 이를 거역할 수 없음을 유념해 주시오소서."

"나는 이대로가 좋아요. 그냥 여기서 살게 해 달라니까요!"

원범의 반응은 점차 강해진다. 내버려 두면 달아날 위험도 있다. 무공선사는 이 점이 걱정스럽다.

"가야 한다. 주상이 먼저 국법을 어긴대서야 말이 되느냐? 어서 떠날 채비 서둘라는데도."

"양순이는요. 양순인 어떡하고 나만 떠나요!"

"……."

아, 드디어 무공선사의 입에서 비명 같은 신음이 토해진다. 원범에게는 양순의 존재가 결코 남남일 수는 없다. 비록 그들의 몸은 둘이지만 마음은 하나일 수밖에 없다. 무수한 고통을 참고 견디면서 목숨을 부지할 수 있었던 것도 양순이가 있었기 때문이다.

"그래, 네 마음을 내가 왜 모르겠느냐만…, 그래도 오늘은 떠나야 한다. 때를 봐서 양순이는 내가 데리고 갈 테니까. 오늘만은 이대로 떠나라니까."

"글쎄, 혼자서는 안 간대도요. 임금 노릇 안 하면 그만이지. 안 가요!"

원범이 세차게 몸을 돌리자 둘러섰던 병사들이 에워싼다. 도승지 홍종응이 원범에게로 다가서면서 정중하게 진언한다.

"전하, 서둘러 의관을 정제하소서."

도승지의 진언이 비록 정중하였어도 원범에게는 위협으로 들린다. 원범은 무공선사의 표정을 살핀다. 그대로 따라야 한다는 눈짓이 날아온다. 원범은 도승지 홍종응을 따라 움막 안으로 들어간다.

초가의 밖은 어느새 사람들로 들끓고 있다. 더러는 원범이 끌려가는 줄로만 알고 달려온 사람들이었고, 또 더러는 귀하게 되어 한양으로 갈 것이라고 짐작한 사람들도 있다.

방문이 열리고 도승지 홍종응이 먼저 나와서 원범이 신고 갈 각신을 가지런히 놓고 호위대장에게 눈짓했다.

"환궁 채비 서둘렷다!"

황금채련이 방문 앞으로 옮겨지고 병사들은 양 옆으로 도열한다. 정원용이 다가와 허리를 굽힌다. 이어 갓 도포 차림의 원범이 나와서 각신을 신는다.

"와!"

구경하는 사람들의 탄성이 터져 오른다. 저 귀공자를 어찌 더벅머리 총각 원범이라 하랴. 생판 딴사람이다. 아무리 옷이 날개라지만 놀라지 않을 수가 없다.

"오르소서, 전하…."

원범의 표정은 굳어 있다. 그는 잠시 운집한 사람들에게 시선을 준다. 탄성이 다시 한 번 인다. 원범은 가는 한숨을 놓으며 천천히 채련에 오른다.

"상감님일세!"

"원범이가…?"

"임금이라니까. 우리 원범이가 임금이 되었어…."

백성들의 술렁임 속에서 채련은 들린다. 원범은 누군가를 찾는 시선을 굴리고 있다. 첫사랑 양순일 찾고 있음이 분명하다. 배만석, 감동호, 서제민의 모습은 보이는데도 양순의 모습만은 끝까지 보이지 않는다. 채련이 움직이기 시작하자 배만석이 참지 못하겠다는 듯 소리쳤다.

"야, 인마, 원범아!"

"이런 무엄한 놈!"

병사의 창끝이 만석의 목덜미로 빠르게 밀린다.

"그만둬요, 안 돼!"

원범이 채련에 앉은 채 소리친다. 병사가 창을 거두자 호위대장이 목청을 돋운다.

"물렀거라!"

원범을 태운 채련은 천천히 백성들을 헤집고 산허리 비탈길을 내려가기 시작한다. 백성들은 채련의 주위를 에워싸며 같은 방향으로 움직이는 큰 강물이 된다.

"원범아, 양순이 보고 가야지…!"

배만석이 채련 앞으로 뛰쳐나와 뒷걸음치며 소리친다.

"그래. 어서 가서 양순이 데려와, 양순일…!"

원범이 소리치자 배만석, 감동호, 서제민 등은 쏜살같이 달려나간다. 병사들은 백성들을 헤치면서 전진했고, 채련은 천천히 그들의 뒤를 따른다.

"고진감래라더니…, 임금이 되는 것을…."

"왕재는 왕재예요. 어쩜 저리도 의젓하우…."

"그러게, 영락없는 상감님일세…."

백성들이 주고받는 말은 모두가 탄성이다. 채련에 앉아 흔들리고 있는 원범은 모습은 상기되어 있었으나 때로는 계면쩍어하는 표정도 보인다.

갑곶나루터에는 수많은 섬사람들이 나와 있다. 원범이가 상감님이 되어 한양으로 간다는 소문은 그대로 충격이나 다름이 없어서다.

"물렀거라, 물러서렷다!"

호위대장이 벽력같이 소리치자 백성들이 양쪽으로 갈라지면서 길이 난다. 병사들의 호종을 받으며 원범을 태운 채련이 나타나자 백성들은 다시 탄성을 터뜨린다.

"원, 세상에… 원범이 좀 보게…."

"잘생기기도 했지…."

"상감님이랍니다."

원범은 가끔씩 뒤를 돌아보곤 했어도 끝내 양순의 모습은 보이지 않는다. 원범은 초조해질 수밖에 없다. 나루에는 10여 척의 배가 접안을 마치고 행렬이 다가서기를 기다리고 있다. 마침내 채련이 멈추어 서고 원범이 내려선다.

"전하, 오르오소서."

"잠시 기다려요. 만나고 가야 할 사람이 있어요."

원범은 정원용에게 사정하듯 말한다.

"더는 지체하기 어렵사옵니다. 어서 오르소서…."

원범은 눈시울을 적시며 구름같이 몰려든 백성들을 살핀다. 시계가 뿌옇게 흐려 보인다.

"전하…."

원범은 할 수 없이 몸을 돌려 배에 오른다. 이제 떠나면 다시 올 수 없을지도 모른다. 그는 한사코 양순이만은 만나고 가고 싶다.

"양순아…, 양순아!"

마침내 원범이 비명처럼 소리친다. 배가 움직이기 시작한다. 원범은 다시 뭍으로 시선을 던진다.

"원범아, 양순인 어떡하구?"

배만석의 소리가 들린다. 원범의 양 볼로 왈칵 눈물이 쏟아져 흐른다. 배가 잠시 기우뚱거렸다. 떠나는 모양이다.

"양순아…!"

원범이 다시 한 번 울부짖는다. 더는 견딜 수 없었던 모양이다. 배는 염하鹽河라고 불리는 해협을 미끄러지듯 떠간다. 김포와 강화도의 사이에 가로놓인 바다를 염하라고 부른다. 해풍이 불어 원범의 도포 자락을 날린다.

"원범아, 원범아!"

"원범아!"

감동호의 소리에 섞여 양순의 가냘픈 목소리가 들린다. 원범은 배의 난간으로 빠르게 다가선다. 조금씩 멀어지는 강화섬이 흔들리고 있다. 갑곶나루터를 메운 수많은 사람들도 그 형체를 알아볼 수 없을 만큼 멀어져 있다. 그 사람들 속에 양순이도 섞여 있을 것이리라.

"원범아아, 원범아…."

양순의 소리가 분명하다. 그러나 모습은 보이지 않는다.

"양순아! 양순아…!"

원범은 두 손을 둥글게 입가에 모으고 안간힘 쓰듯 소리친다. 몇 번을 그렇게 소리쳤는지 모른다. 원범의 얼굴은 온통 눈물이다. 정든 강화섬은 점점 멀어지고 있다. 원범은 마치 장승과 같은 모습으로 인파로 뒤덮인 강화섬을 바라보며 울부짖고 있다.

감동호에게 이끌려 갑곶나루터에 양순이 당도했을 때는 원범을 태운 배가 염하로 미끄러져 나간 다음이다. 양순은 주위의 시선도 아랑곳하지 않은 채 목청이 터지도록 원범이만을 외쳤다.

"원범아, 원범아!"

배가 시계에서 멀어지자 양순은 언덕으로 달려간다. 좀 더 높은 곳에 올라 떠나가는 첫사랑의 마지막 모습을 더 똑똑히 보아두고 싶어서다. 언덕에도 사람들은 인산인해를 이루고 있다. 양순은 사람들을 헤집고 앞으로 나선다. 첫사랑을 태운 배는 까마득히 멀어지고 있을 뿐이다.

하루 사이에 일어난 일이다. 아무도 짐작하지 못한 엄청난 일이다. 천덕꾸러기 강화도령 원범이가 상감이 되어 강화섬을 떠난다는 것. 이 엄연한 변화를 어느 누구인들 짐작이나 했던가. 사람들은 흩어지기 시작한다. 그러나 양순은 움직이지 못한다. 그녀는 생각해 본다. 천대받던 원범이가 상감님이 되었다면, 그 지위가 어떤 것인지는 몰라도 고생은 면할 것이리라. 이젠 식은 밥덩이를 얻기 위해 이 집 저 집을 기웃거려야 했던 그 모진 고통은 다시 겪지 않아도 된다. 그러나 알게 모르게 정이 들었던 첫사랑과 헤어지는 것은 견딜 수 없는 슬픔이요, 고통이고도 남는다.

양순은 문득 혼자 서 있는 것을 깨닫는다. 흐르는 눈물을 훔치며 몸을 돌린다. 저녁놀이 하늘을 빨갛게 물들이고 있다.

## 4

산사의 밤은 적막하기 그지없다. 저녁 예불을 마친 무공선사는 승방으로 든다. 강화섬을 발칵 뒤집었던 봉영의 행렬이 아직도 그의 뇌리에 잔잔히 남아 있다.

'양순일 남겨 두고 혼자서는 안 간대도요. 임금 노릇 안 하면 그만이지. 안 가요!'

원범의 당찬 목소리가 아직도 귓전을 울린다. 원범을 대하는 양순의 정성을 무공선사는 너무도 잘 안다. 원범은 대궐에 들어가서도 양순을 찾을 게 분명하다.

'양순을 데려오시오. 당장 양순을 데려오시오!'

양순을 찾는 임금의 도가 심해지면 신료들은 전전긍긍할 수밖에 없다. 그런 나날이 쌓이노라면 장김에서는 서둘러 중전을 맞아들일 것도 불을 보듯 뻔하다. 무공선사는 체머리를 흔들면서 끝없이 밀려오는 상념을 지워내고 있다.

"스님, 양순이가 왔습니다."

무공선사는 가슴이 뭉클 내려앉는다. 그 어린 것이 오늘 하루 얼마나 마음 아파했을까. 승방 문이 열리면서 양순 어미 윤씨가 먼저 들어오고 그 뒤를 따르는 양순은 눈이라도 마주칠까 싶어 아예 시선 둘 곳을 모른다. 광해년이란 소리를 들을 만큼 활기에 찬 윤씨도 왠지 힘이 빠졌다.

"시님…, 집에 가서 기다리라는 시님의 말만 믿다가 임금이 되어 떠나가는 그 잘난 원범이 꼴도 못 보았시니다."

"그러잖아도 들를 생각이었네만…, 나도 어지간히 심란하였어야지."

“심란한 것은 시님이 아니라 이년이지요. 아니 그래 이게 무슨 놈의 경우랍니까? 원범이 그놈이 상감이 되게요.”

“허어, 말을 삼가렷다. 그 무슨 방자한 입방아야. 죽고 싶어 환장을 하지 않고서야….”

“설마하니 죽이기야 하겠습니까만…, 아무리 그렇기로 지 놈이 우리 양순이 아니면….”

“허어, 닥치지 못할까. 그러게 진작 좀 잘 돌보아 주던가!”

“에이그 시님도. 그 무지렁이 같은 것이 상감님이 될 것이라고 꿈엔들 짐작했이니까? 이렇게 될 줄 알았으면 더운밥 해 주면서 업고라도 다녔겠습지요만….”

양순 어미는 터지려는 울음을 삼키며 눈시울을 적신다. 따지고 보면 양순 어미만큼 원범이를 구박한 사람은 없다. 그녀는 양순이가 원범에게 정을 주는 것이 죽기보다 싫었다. 원범이를 가까이 하면 화를 입을 것만 같아서다. 무남독녀 양순이가 원범이를 가까이하다가 화를 입는다면 그보다 더 끔찍한 일이 어느 천지에 다시 있음이던가.

‘이놈아, 죽으려면 네놈 혼자 죽지 우리 양순인 왜 끌어들여!’

핏대를 곤두세우며 윽박지르다 못해 몽둥이까지 휘둘렀던 양순 어미다. 원범이 상감님이 되었다는 소식에 땅바닥이 꺼질 정도로 털썩 주저앉기까지 했다.

“시님, 원범일 구박한 것도 죄가 되니까?”

양순 어미가 목소리를 낮추며 어렵게 묻는다. 그래도 원범을 윽박지른 것이 마음에 걸리는 모양이다.

"허허허. 상감의 심성이 어질어서 양순이나 자네의 일은 잊지 못할 것일세."

"하오시면… 우리 양순이는 어찌 되니까?"

"어찌 되다니…?"

양순 어미는 잠시 무공선사의 표정을 살핀다. 그리고 머뭇머뭇 다시 입을 연다.

"그래도 상감님께서 우리 양순에게 첫정을 주셨는데…, 대궐에는 또 우리 양순이 또래의 궁녀들이 많다고 들었으니다."

"허허허, 궁녀라구… 허허허…. 양순이 너도 그리 생각하느냐? 엉, 허허허."

무공선사는 티 없이 맑은 얼굴로 파대웃음 친다. 양순 어미는 얼굴을 붉히며 고개를 숙였고, 양순은 어미의 어깨 뒤로 얼굴을 숨긴다.

"이 사람아, 이제 겨우 이 섬을 떠났을 뿐 아닌가. 대궐에 이른다 해도 즉위의 의식을 올려야 하고 또 국상절차가 남아 있는데 양순일 생각할 겨를이 있겠는가."

"……!"

"또 왕도를 닦아 가시자면 밤낮을 가리지 않고 경연에 임해야 하실 테니까…, 모르긴 해도 양순의 일을 생각하게 되시자면 족히 일이 년은 지나야 할 것일세…."

"에그머니나, 일이 년이라니요. 그럼 우리 양순이는 처녀로

늙게요?"

"허허허. 첫째도 둘째도 종사의 일일세. 우선은 종사가 편하고 봐야 하질 않겠나."

"하오시면, 우리 양순인 아무 것도 아니니까?"

"글쎄… 그럴 수도 있고 아닐 수도 있겠지…."

"……!"

양순 어미의 얼굴에는 실망의 빛이 역력하다. 비록 원범을 따뜻이 보살펴 주지는 않았다 해도 기위 상감님이 되었다면 양순에게 중전의 자리가 돌아올지도 모를 일이 아닐까, '넉살 좋은 광해년' 이면 그만한 생각쯤은 하고도 남는다.

"양순아, 앞으로 나와서 반듯하게 앉아라."

양순은 무공선사의 앞으로 다소곳이 나와 앉는다. 어질고 착한 심성이 몸에 배어 있어 보이는 게 무공선사에게는 무척도 대견하다.

"상감을 도성으로 보내면서 양순의 일도 약조를 했다."

"시님, 약조라니요. 무신 약조니까?"

"양순이와 얘기하고 있음일세!"

무공선사는 원범이 양순이와 함께 가지 않으면 임금 노릇 안하겠다고 발버둥쳤다는 얘기를 입에 담는다. 양순의 가슴을 두근거리게 하고도 남을 만한 소식이다.

"그때 내가 상감과 약조를 했지. 무슨 일이 있어도 양순일 데려다 줄 테니 오늘만은 잠자코 떠나라고 했다. 이 약조는 내가 반드시 지킬 것임을 지금은 양순이와 다시 하고 있음이니라. 다만 그때가 언제인지를 입에 담지 못할 뿐이다. 내 마음을 헤아려 주겠느냐."

양순은 무공선사의 무릎으로 달려들며 통곡을 터뜨린다. 견딜 수 없는 설움이다. 사람도 하늘도 모두가 야속하기만 하다. 양순이가 원범에게 정을 쏟은 것은 그가 왕족이기 때문이 아니었다. 양순이가 사랑한 것은 상감님이 아니었다. 그냥 강화도령으로 불리는 더벅머리 총각인 원범일 뿐이다. 언젠가 서로 짝을 지을 수 있는 날이 온다면 손바닥만 한 텃밭을 마련하고 농사를 지으며 살리라고 다짐했을 뿐이다. 그것이 양순의 꿈이요, 희망이었는데, 그 소박한 꿈도 희망도 단 하루 사이에 물거품처럼 사라져 버렸다.

상감, 그 상감이 무엇이던가. 상감이 무엇이기에 자신의 꿈을 이토록 잔인하게 뿌리 째 뽑아 버린다는 말인가. 원범은 이미 떠나고 없다. 다시 온다는 기약도 없다. 그야말로 생이별이 아니고 무엇이랴. 보고 싶어도 찾아갈 수 없는 곳으로 원범은 홀연히 떠나고 말았다. 한양까지는 80리 길, 결코 먼 길이랄 수는 없다. 그러나 도성으로 달려간들 원범을 만날 수는 없다.

무공선사는 양순의 어깨를 다독이며 《법구경法句經》의 한 구절을 들려준다.

不當趣所愛 亦莫有不愛

愛之不見憂 不愛亦見憂

사랑하는 사람을 가지지 말라.

미운 사람도 가지지 말라.

사랑하는 사람은 못 만나 괴롭고

미운 사람은 만나서 괴롭다.

## 5

넓게 트인 들판은 석양을 받아 그림처럼 아름답다. 염하를 건넌 봉영행렬은 김포가도로 접어들면서 갑자기 속도를 더한다. 해가 뉘엿뉘엿 지고 있었기 때문이다.

길을 재촉하는 황금채련은 심하게 출렁거린다. 원범은 무료하게 흔들리고 있다가 고개를 돌려 뒤를 돌아본다. 서쪽 하늘이 짙은 노을에 잠겨 있을 뿐, 강화섬도 그렇고 정다운 친구들의 모습도 이젠 보이지 않는다. 원범은 문득 외톨이가 된 듯한 외로움에 젖는다.

'내가 정말 임금님이 되었나.'

원범은 그런 회의에 젖으며 채련을 따르는 중신들을 살펴본다. 봉영대신 정원용과 도승지 홍종응의 표정은 얼핏 보아도 수심에 찬 얼굴들이다. 원범은 한숨을 놓는다. 젊은 춘추로 승하한 헌종의 뒤를 이어 보위에 오른다는 사실이 원범에게는 아직 아무 의미도 없는 일, 오직 그는 정든 강화섬을 떠났다는 것이 아쉽고 서운할 뿐이다.

강화섬은 원범의 모든 것이나 다름이 없다. 형언할 수 없는 고통을 안겨 주었을 뿐인 강화섬인데도 그에게는 정말 소중한 곳이다. 할아버지 은언군이 강화도에 부처되어 대역무도한 죄인으로 처형되었다. 물론 원범이 태어나기 전의 일이다. 그리고 얼마의 세월이 흐른 다음 아버지 전계군이 다시 강화도에 부처되었고, 그때 전계군의 계실이 된 염씨의 몸에서 원범이 태어났다. 어린 나이일 때 원범은 아버지 전계군이 사면되어 한양으로 갔었으나 거기서 아버지를 여의었고, 형님 원경이 다시 강화섬에 부처되기에 이르자 의지할 때가 없어진 원범은 다시 강화섬으로 돌아왔다.

형님인 원경이 사약을 받고 죽은 다음부터 원범은 의지할 곳 없는 천애고아, 아니 무지렁이 나무꾼 도령으로 전락하였다. 강화섬은 원범에게 악연의 섬이나 다름이 없다. 그런데도 임금이 되어 강화섬을 떠나는 원범은 몸서리치는 그리움에 젖고 있다.

형 원경이 죽고 1년 남짓 지나면서 친구가 생기기 시작하였다. 친구래야 사대부가의 자제가 아닌 상민들이었고 더러는 머슴 노릇을 하는 같은 또래의 아이들이다. 배만석은 키가 훤칠한 같은 또래의 머슴이었고, 감동호는 꾀가 많아 어수룩한 원범에게 견실한 방패막이가 되어 주었다. 그리고 서제민은 이미 장가를 가서 아내를 둔 상민이다. 이들은 언제나 원범과 함께 고통을 나누고 살았기에 그 우정이 원범에게는 눈물겹도록 고맙다.

형을 잃고 처음 맞은 겨울이었다. 바닷가의 겨울은 몹시 춥다. 북쪽에 위치한 강화섬의 겨울 추위는 유별나다. 농한기라 몸을 움직여서 추위를 이겨 낼 일거리도 없다. 원범에게 일거리가 없다는 것은 목구멍에 풀칠하기조차 어렵다는 뜻과 다르지 않다. 여름이라면 아무 데서나 나뒹굴 수도 있었지만 집이 없는 원범으로서는 얼어서 죽을 판국이다. 원범은 비어 있는 폐옥을 찾아냈다. 그러나 비바람은 막아 준다 해도 방고래를 데우지 못한다면 무용지물이나 다름이 없다. 게다가 누더기 이불마저도 없는 원범의 처지임에랴. 원범은 살길을 찾아야 했다. 얼어 죽지 않기 위해서는 불가피한 노릇이다. 그래서 생각해 낸 것이 움막이다. 원범은 초옥의 뒤꼍 언덕을 파기 시작했다. 기둥을 세울 것도 없었고 서까래를 놓을 필요도 없다. 겨우 한 사람이 들어가 누울 수 있는 토굴을 파고 삭정이를 얼기설기 엮어서 지붕을 삼았다. 짚이 있어야 했다. 움막 바닥에도 깔고 좀 더 실하게 지붕을 덮을 수 있다면 아쉬운 대로 겨울을 날 수가 있을 것 같아서다. 이때 알게 된 것이 배만석과 감동호, 서제민 등이다.

"짚단을… 무엇에 쓸려고…?"

"움막을 덮어야 하는데… 도와줄 수 없겠냐?"

배만석과 감동호는 원범의 움막에 간다. 움막은 제법 잘 만들어져 있다.

"기다려봐…."

배만석과 감동호는 그렇게 말하고 사라졌다. 원범은 종일을 기다렸다. 해질 녘에 되어서야 두 사람은 다시 나타났다. 그들은 산더미 같은 짚단을 지고 왔다. 세 사람은 힘을 모아 지붕을 덮고 바닥에 깔았다. 지붕에는 돌까지 져다가 올렸다. 세 사람은 번갈아 가며 움막 안을 들락거리면서 누울 자리를 살폈다.

"야, 제법 훈훈하다…."

움막 안은 제법 훈훈하다. 지열 때문일 것이지만 불길을 빨아들이지 않는 단간초옥에는 비할 바가 아니다.

"자기는 여기서 자도… 뭘 먹고 사냐?"

"……."

"굶어도 죽어, 인마…."

"어, 왕손더러 인마래."

감동호가 배만석을 쿡 찌르며 나무란다. 원범은 정색을 하며 손사래를 친다.

"이젠 왕손이 아냐. 느네들하고 같아. 아니 느네들만도 못해…."

"그래두… 왕손인데…."

"아냐, 느네들은 부모님도 계시고 집에서 살지 않어… 난 아무도 없어… 집도 아닌 움막에서 살잖어… 왕손이 아냐. 아무것도 아니야."

원범의 눈언저리가 젖어 든다. 그는 왕족이란 말이 싫다. 형이 죽었을 때 무공선사가 말하지 않았던가.

"네놈에게도 왕족의 피가 흐르고 있음을 한시도 잊질 말렷다!"

원범에게는 왕족이란 말처럼 두려운 것은 없다. 사람들의 뇌리에서 '원범이는 왕족이다' 라는 생각이 씻어지기를 바라는 원범이다. 그래서 눈물을 보이면서까지 원범은 왕족이 아님을 내세우고 있다.

"그러지 말고 전등사로 가지 뭐… 무공시님이 너 하나 살려주시지 않겠냐."

배만석이 아는 체하고 나선다. 그러나 원범은 고개를 젓는다. 전등사로 무공선사를 찾아갈 궁리를 아니 했던 것은 아니다. 그러나 원범은 어른들의 보호를 원치 않는다. 어른들로부터 보호를 받음으로써 자신이 왕족임을 드러내는 것이라고 생각했기 때문이다. 되도록 외톨이로 사는 것이 자신의 안전을 도모하는 길이라고 생각되어서다. 또 구박을 받으면서 천덕꾸러기로 사는 것이 왕족에서 벗어나는 길이라는 생각도 하고 있는 원범이다.

"안 갈 거야. 느네들이 동무만 해 주면 굶어죽어도 탓하지 않을 거야…."

이런 일이 있고부터 배만석과 감동호는 원범의 움막에 자주 들르게 되었고, 때로는 누룽지나 떡과 같은 먹을 것을 날라다 주기도 했다. 여기에 새신랑 서제민이 합세하면서 원범은 마냥 즐거운 날을 보내게 된다. 굶으면 굶는 대로 먹으면 먹는 대로 배만석과 감동호를 만나고 서제민이 찾아오면 원범은 살맛을 찾곤 했다.

원범이가 움막을 짓고 겨울을 나고 있다는 소문은 삽시간에 강화섬에 퍼져 나갔다. 비록 끼니를 이어 가지 못하는 무지렁이 원범이었지만 그가 왕족이었고, 왕족임을 기화로 고통에 시달리는 원범의 존재는 강화섬 사람들의 입에 심심찮게 오르내린다. 사람들이 원범의 집 혈통에 관한 내력을 알고 있었기에 더욱 그러하다.

"원범아, 원범아…."

눈이 내린 날 아침의 일이다. 원범은 부석해진 얼굴로 움막을 나서다가 고개를 숙였다. 무공선사가 예쁘장한 소녀 한 사람을 거느리고 나타난 때문이다.

"이놈아, 움막을 파느니 내게로 오면 될 터 아니더냐."

"……."

"따라오너라."

"아니 가겠습니다, 스님."

"왜? 절에서 먹는 공양은 밥이 아니라더냐."

무공선사가 호통 치듯 말했어도 원범의 생각은 단호하다.

"그냥 여기서 살겠습니다."

"허어, 얼어 죽지 않으면 굶어서 죽을 것인데도!"

"그냥 여기서 견디어 보겠사옵니다."

"이렇게 미련한 것이 있나…."

"스님, 그냥 여기서…."

원범은 말끝을 맺지 못했고 무공선사는 혀를 찬다. 소녀는 담담히 두 사람이 주고받는 말을 듣고 있으면서도 원범의 얼굴에서 눈을 떼지 못한다.

"그만 가야겠다…."

무공선사는 소녀에게 말하면서 몸을 돌린다. 소녀는 원범의 모습을 잠시 지켜보다가 무공선사의 뒤를 따라 사라져 간다. 그리고 잠시 뒤 걸음을 멈춘 소녀는 다시 뒤돌아본다. 원범은 소녀의 눈빛이 무척도 아름답다고 느낀다.

원범은 종일을 두고 이름 모를 소녀의 모습을 떠올리며 지냈다. 정말 이상한 일이다. 전에는 느껴 보지 못했던 울렁임이 원범의 온몸을 휘감고 있어서다. 그는 달아오른 심신을 식히려는 듯 강화섬의 산야를 싸돌아다녀 본다. 들녘에 서 있어도, 바닷가를 거닐어도 소녀의 상념은 좀체 지워지지 않는다.

원범은 승석僧夕 무렵이 되어서야 움막으로 돌아왔다.

'뭐지…?'

움막 안에는 두가리가 포개진 채 놓여 있다. 원범은 두가리 하나를 들어 본다. 떡이다. 원범은 누가 가져온 것인지를 따져 볼 겨를이 없다. 우선 허기를 면해야 하기 때문이다. 그는 곱게 빚어진 송편 하나를 입에 넣는다. 밤이 씹힌다. 형언할 수 없는 맛이다. 다음은 계피떡을 먹어 본다. 쫄깃한 떡이 씹히면서 팥고물이 입 안에서 녹는다. 원범은 단숨에 두가리를 비운다. 포식이다. 그제야 원범은 누가 가져다 놓은 것인지를 생각할 수 있는 여유가 생긴다. 배만석이나 감동호의 적선이리라. 집안 어른들의 생일이나 제사가 있었을 것이라는 생각이 들어서다. 그러면서도 곧 이상한 생각이 든다. 배만석이나 감동호가 먹을 것을 가지고 올 때는 베수건이나 찢어진 책장에 싸 오곤 했는데 오늘은 두 개의 두가리가 왔다. 게다가 두가리에는 기름 끼가 자르르 흐른다. 원범은 고개를 갸우뚱거린다. 만석이나 동호가 아닌 다른 사람일지도 모른다는 예감 때문이다.

결국 원범의 예감은 적중한다. 해가 지고 주위가 어둑해지자 무공선사와 함께 왔던 소녀가 나타난 때문이다.

"두가리 찾으러 왔어."

"아!"

원범은 하마터면 비명을 토할 뻔했다. 그녀의 상념 때문에 종일을 싸돌아다니지 않았던가. 그 소녀가 다시 나타나리라고는 꿈에도 상상하지 못한 일이다. 원범은 움막으로 들어가서 빈 두가리를 들고 나온다.

"오랜만에 포식했어…."

"무공스님께서 원범이를 돌보아 주면 극락으로 간다고 하셨어."

착하고 어진 눈매 못지않은 맑은 목소리다. 원범의 가슴은 콩 튀듯 두근거린다.

"또 올 거야?"

"……."

소녀는 빨갛게 달아오른 얼굴로 고개를 끄덕인다.

"이름이 뭔데?"

"양순이야. 또 봐…."

양순은 몸을 돌려 어둠 속으로 묻혀 든다. 원범은 장승처럼 선 채 움직이지 못한다. 뒤를 밟아서 집이라도 알아 두고 싶은 충동을 애써 참는다. 원범은 문득 한기를 느끼고 움막으로 들어간다. 등촉이 있을 리가 없다. 그는 짚단 속으로 몸을 쑤셔 넣는다. 산짐승의 울음소리가 바람에 실려 온다. 원범은 잠을 이룰 수가 없다. 칠흑 같은 어둠 속에서 양순의 모습만이 어른거린다. 원범은 자는 듯 마는 듯 그날 밤을 보낸다.

날씨는 어제와 달리 조금 풀려 있다. 원범은 아침 일찍 지게를 지고 산으로 오른다. 그의 일과는 나무를 하는 일로 시작된다. 누가 시켜서 하는 일이 아니다. 그냥 나무를 해다가 아무 집에나 부려 주노라면 식은 밥덩이라도 주는 집이 있었고, 더러는 다시 한 짐 해다 달라고 당부하는 집도 있다. 또 어느 때는 '누가 나무 해 오라고 했느냐' 면서 호통치고 윽박지르는 집도 있다.

"양순이가 떡을 가지고 왔었다구…?"

원범의 말을 들은 배만석이 히죽 웃으면서 되묻는다. 원범은 고개를 끄덕이며 양순의 집을 알고 싶다고 한다.

"알아서 뭘 하게…."

"나무라도 한 짐 해다 주어야지."

"정성이 뻗쳤다, 인마."

"그래도 떡을 얻어먹었는데…."

두 사람은 산더미 같은 나뭇짐을 지고 산을 내려온다. 양순의 집 앞을 지나가기로 약조를 한 때문이다. 원범은 마을 어귀로 들어서면서부터 가슴이 두근거린다.

"저기다."

배만석이 턱짓으로 양순의 집을 가리켰다. 지붕이 낮은 기와집이다.

"먼저 가."

배만석은 아무 대답 없이 곧장 제 갈 길을 간다. 원범은 잠시 망설이다가 양순의 집 마당으로 들어선다. 그때 양순 어미가 떡판을 이다가 원범을 본다. 원범은 늘 하던 버릇대로 나뭇짐을 부릴 곳을 찾느라 사방을 두리번거린다.

"누가 너더러 나무 해 오라고 했냐!"

칼날같이 앙칼진 목소리여서 원범은 흠칫 놀라며 주춤 물러선다.

"이놈아, 죽으려면 너 혼자 죽지, 우린 왜 끌어들이려고 들어!"

"……!"

"우리 집 살리려거든 당장 없어지라니까. 아, 당장!"

양순 어미는 빗자루를 흔들면서 달려든다. 원범은 돌아설 수밖에 없다. 양순이가 떡을 가져다 주었다는 사실은 차마 입 밖에 내지도 못한다. 그는 양순의 집을 나와서 얼마를 걷다가 논두렁가에다 지게를 벗어 세웠다. 왈칵 눈물이 쏟아져 내리는 것을 참을 수가 없다. 그러면서도 양순의 착한 마음씨에 보답하지 못한 것이 못내 아쉽기만 하다.

그날 밤 원범은 다시 양순이를 만난다. 양순이 주먹밥을 마련해 온 때문이다. 날씨가 풀린 덕에 두 사람은 움막이 아닌 초가의 뜰에서 오랫동안 나란히 앉아 정겨운 얘기를 주고받는다.

"우리 엄니 성질이 원래 그런 걸 뭐, 마음 쓰지 마."

"조금이라도 보답하고 싶었는데…."

"그래서 내가 또 왔질 않어. 우리 집엔 나무 해 오지 않아도 돼."

양순은 그 생김만큼이나 마음씨도 착하다.

"빨리 봄이 왔으면 좋겠다."

원범이 한숨처럼 뱉어 낸다. 양순은 그런 원범의 마음을 알 수 있을 것만 같다. 봄이 오면 추위 걱정을 안 해도 될 것이기 때문이다. 농번기가 되면 이 집 저 집에 일거리가 있지를 않겠는가. 불러 주지 않아도 일터에 가면 세끼 밥은 먹을 수가 있다.

"너무 걱정하지 마… 내가 겨울을 날 때까지 애써 볼 테니까."

원범에게는 이보다 더 고마운 말은 없다. 양순은 겨울 내내 원범을 보살펴 준다. 원범은 처음으로 따뜻한 겨울을 보낼 수가 있었다. 그 따뜻함은 모두가 양순의 마음과 손끝에서 불어오는 훈훈한 바람에서 비롯되었다.

봄이 되었다. 여느 때와 달리 원범의 몸은 축이 나 있지를 않았다. 그런 원범의 모습이 양순의 보살핌 때문이라는 것을 아는 사람은 모두 안다. 더러는 원범과 양순이가 서로 좋아 지내는 사이라고도 한다. 사실이 그랬다. 두 사람은 깊은 마음을 주고받고 있다. 양순이는 어머니의 성화만 없다면 아예 집을 나와서라도 원범을 도와주고 싶은 심정이다. 그러나 집을 나온다면 그나마도 입을 것, 먹을 것을 마련할 수가 없다.

"이년아, 다시 또 원범일 찾아가면 머릴 깎아서 헛간에다 가둘 테니 그리 알아라!"

"……."

그럴 때마다 양순은 눈물을 흘린다. 그래도 짬만 나면 원범의 곁으로 달려가는 양순이다. 원범에게서 《천자문》을 배우는 것이 그렇게 즐거울 수가 없다. 한 자, 한 자 글자를 익히는 것도 즐거운 일이었으나, 글귀에 담겨진 사람의 도리를 배우는 즐거움은 무엇과도 바꿀 수가 없는 큰 기쁨이기도 했다.

추위가 오면 더운 것이 가고 寒來暑往
가을에는 거두고 겨울에는 갈무리한다. 秋收冬藏

얼마나 기막힌 글인가. 양순은 그냥 알고 있었던 일이 《천자문》에 쓰여 있는지를 처음 안다. 《천자문》에 담긴 얘기를 입에 담을 때의 원범은 마치 하늘에서 내려온 도사처럼 느껴지는 양순이다.

허물이 있음을 알면 바로 고쳐야 하고 知過必改
한 번 배운 것은 잊지 말아야 하느니. 得能莫忘

양순에게는 원범의 존재가 하늘과도 같다. 《천자문》을 외고 《명심보감明心寶鑑》을 외면서는 사람의 도리를 강론한다. 짬이 나는 날이면 원범과 함께 산을 오르는 날도 잦아진다. 두 사람이 손을 잡고 산길을 내려오더라는 소문은 온 강화섬으로 퍼져 나간다.

"시님, 이년을 어찌했으면 좋겠시니까? 글쎄 그년이 원범이를 좋아하는가 봅니다."

양순 어미는 무공선사를 찾아가 하소연한다.

"내버려 두게. 양순 어미 처지로 언감생심 종친 사위를 볼 수가 있음이던가."

"에구머니나, 종친 사위라뇨… 죽기는 누가 죽고요. 시님이 대신 죽어 주시겠시니까?"

"허허허, 죽기는 왜 죽어. 누가 아는가, 세월이 좋아지면 원범이 덕에 고대광실에서 호강하며 살지…."

"시님, 그런 소리 마시우. 원범의 집안이 어떻게 망했으니까? 모두들 사약을 받고 죽었시니다."

"나무관세음보살."

양순 어미가 아무리 안달을 치고 다녀도 소용없는 일이다. 날이 가면 갈수록 원범과 양순은 깊은 정을 나누고 있다. 원범은 오직 양순이가 있었기에 그 크나큰 시름을 덜면서 살 수가 있었다.

# 첩첩대궐

## 1

밤이 깊어서야 원범을 태운 채련은 창덕궁昌德宮 돈화문敦化門 앞에 당도한다. 국상 중이라 인적은 드물다. 돈화문이 육중한 소리를 내며 열린다. 채련이 궐문 안으로 들어간다. 궐문에서 금천교錦川橋에 이르기까지 수많은 내시와 상궁 들이 도열해 있다. 원범이 아무리 두리번거려도 모두가 생소할 뿐이었고, 어둠 탓인지 전각은 그 윤곽만을 어렴풋이 드러내고 있다.

마침내 원범은 불빛이 휘황한 전각으로 인도된다.

'대전大殿인가.'

문득 그런 생각을 해 본다. 푹신한 보료며 사방탁자, 문갑 등도 원범에게는 아련한 기억이 있다. 어렸을 때 아버지 전계군을 따라 잠시 한양에서 살 때 그런 것을 본 일이 있다. 한숨 돌렸을까 할 무렵이다.

"전하, 잠시 따르소서."

원범은 대전 내시 기세석奇世碩의 인도를 받으면서 대전을 나선다. 잠시 회랑을 돌아서 다른 빈 방으로 들어섰을 때 거기에는 엄청나게 큰 함지에 물이 담겨 있다. 한여름인데도 물에서는 김이 피어오르고 있다. 원범은 목욕을 하게 되었음이라 짐작했다. 기세석을 비롯한 몇몇 내시들이 원범의 옷을 벗긴다. 원범의 알몸이 드러났는데도 내시들은 물러날 생각을 하지 않는다. 부끄럽다는 생각이 들어 몸 둘 바를 찾지 못하는 원범에게 기세석이 말한다.

"전하, 군왕은 무치無恥옵니다."

"무치? 무치가 무엇이까?"

"군왕에게는 부끄러움이 없다는 뜻이옵니다."

그리고 원범은 끌려 들어가듯 함지 물에 몸을 담근다. 내시들이 달려들어 원범의 목욕을 시킨다.

"이봐요. 내가 하면 아니 되니까?"

"군왕은 무치옵니다."

내시들의 손놀림은 능란하다. 원범은 그들에게 몸을 맡겨 둘 수밖에 없다. 국수 같은 때가 밀리는 것이 부끄럽기 한량없어도 아무도 탓하지 않는다. 목욕을 마친 원범은 침의寢衣 차림으로 변한다. 몸에 닿은 비단 침의의 감촉은 기가 막히다. 내시들은 원범의 더벅머리를 빗어서 상투를 틀어 올린다. 망건이 그의 머리를 조여드는 것 같았으나 참을 수밖에 없다. 기세석은 체경體鏡을 들어 원범의 얼굴 앞으로 들어 올린다.

원범은 체경에 비친 자신의 모습을 살펴보면서 놀란다. 전혀 딴사람이 되어 있어서다. 원범은 자신의 모습을 체경에 비춰 본 일이 없다. 비단 침의를 걸치고 상투를 틀어 올린 모습. 그것은 어릴 때 아버지 전계군의 모습과 같았을 뿐이다.

원범이 대전으로 돌아오자 상궁들이 침구들을 받쳐 들고 들어왔다. 모두가 비단이다. 상궁들이 침구를 까는 모습이 원범에게는 선경이나 다름이 없다. 그녀들 중에서도 특히 범范 상궁의 미모가 눈에 띈다.

"전하, 전하께서 침수 드시어도 쇤네 등은 밖에 있사옵니다. 불러서 부리소서."

"내가 잘 때도 밖에 있시까?"

"쇤네 등의 소임이옵니다. 아무 심려 마오소서."

"그것도 임금이 무치이기 때문이까?"

"큭, 그러하옵니다."

범 상궁이 입을 가리고 웃는다. 흉한 강화섬의 사투리를 쓰면서도 법도가 허락하는 범위 안에서 사람 사는 냄새가 풍기고 있다는 생각이 들었을 때, 원범은 온 얼굴을 찌푸린다. 어느새 원범의 손은 바지 뒷 가랑이를 잡으면서 몸을 일으킨다.

"뒷깐…, 뒷깐에 가야 하는데…."

범 상궁이 재빨리 밖에 대고 소리친다.

"내관들은 서둘러 '매우틀' 차비하시오."

"매우틀이 아니고 뒷깐이라니까!"

범 상궁은 웃음을 참아야 한다. 임금도 사람이라는 것을 처음으로 느껴서다. 내시들이 우르르 방으로 들어선다. 한 사람은 물이 찬 놋대야를 들었고, 또 한 사람은 명주 수건을 들었다. 그리고 기세석이 쓰레받기처럼 생긴 '매우틀'을 대전 바닥에 놓고 나서 원범의 바짓가랑이를 내리려 든다.

"뭐, 뭐야. 왜들 이러니까?"

"아무 심려치 마오소서. 군왕은 무치옵니다."

아, 원범은 바짓가랑이를 잡았던 손을 내린다. '매우틀'이라는 쓰레받기에 뒤를 보면, 내시들이 자신의 엉덩이를 물로 씻어주고, 명주 수건으로 깨끗이 닦아 줄 것이라는 생각이 들면서 뒤를 보아야겠다는 생각이 아예 가셔 버렸기 때문이다.

"오늘은 편히 침수 드오시고, 웃전께는 내일 아침 일찍 문안 여쭙게 되옵니다."

"웃전?"

"예, 대왕대비 마마, 왕대비 마마, 대비 마마께 문안 여쭙게 되옵니다. 침수 편안히 드오소서."

"……."

"소용되는 일이 있으시면, 밖에 쇤네가 대령해 있사옵니다. '누구 있느냐?' 하고 찾으소서."

범 상궁은 다소곳이 허리를 굽혀 보이고 방을 나간다. 원범은 무엇에 홀린 듯한 느낌이다.

'이거야 원….'

원범은 혼자 중얼거린다. 팔뚝만 한 굵기의 와룡 촛불이 흔들리고 있다. 원범은 강화섬의 움막을 생각한다. 그래도 거기가 자신의 보금자리라는 생각도 든다. 이 낯설고 생소한 곳에서 무엇을 어찌하면서 살아가야 하는지 상상도 할 수 없는 노릇이다. 손끝 하나 움직이지 않고서도 극도의 호사를 누릴 수 있는 지존의 삶이 어떤 것인지를 어찌 원범의 처지로 짐작할 수나 있으랴.

'내가 어쩌다가…, 임금이 되었을까.'

원범으로서는 도무지 가늠할 수 없는 사단이다. 바로 그때 교동섬에서 만났던 남원군 광의 모습이 떠오른다.

'이 나라 조선은 이씨의 나라가 아니더냐. 그런데도 이가는 설 곳이 없고, 장김의 전횡만이 기세를 부리는 지경이면, 나나 너는 절치부심할 수밖에 다른 방도가 없지를 않겠느냐!'

절치부심이면 이를 갈면서 속을 썩이라는 얘기다. 무섭다는 생각이 든다. 남원군의 말은 다시 환청된다.

'살아남아야 한다. 너도 나도 장김이 무너질 때까지 우선은 살아남는 것이 상책이다. 바보 노릇을 하던 천치 노릇을 하던 살아남고서야 밝은 세상을 보게 될 터이 아니더냐!'

무섭다는 생각이 든다. 알 것 같으면서도 손에 잡히는 것이 없다. 원범은 머리를 쥐어뜯으면서 비명이라도 지르고 싶다.

"전하, 등촉을 끄오리이까?"

원범은 범 상궁의 목소리를 듣고 벌컥 몸을 일으킨다. 감시를 받고 있다는 생각이 들어서다. 원범은 숨소리를 죽이면서 소리 난 쪽의 문틀을 살핀다. 구멍이 난 곳은 없다. 그렇다면 두려운 노릇이 아닐 수 없다.

"끄시오."

원범이 뱉어 내듯 말하자 범 상궁이 미끄러지듯 들어와 촛불을 끄고 나간다. 잠시 원범의 코끝에 향기로운 냄새가 맴돌다 사라진다.

'양순아….'

원범은 양순을 보지 못하고 떠나온 것이 마음에 걸린다. 마치 배신을 한 것 같은 뉘우침도 든다. 지난 봄 원범은 양순이와 굳은 약조를 했었다.

"가을에 혼인하자."

"……."

"무공스님께 말씀 여쭈면 어머니의 허락이 계실 거야."

양순은 대답대신 눈길을 내리깔았다. 원범은 양순의 손을 굳게 잡았다. 그리고 다짐했다.

"지금까지는 양순이 때문에 편하게 살았지만, 이젠 내 힘으로 우리 둘이 살아갈 수 있을 것 같어…."

"어떻게?"

"김 초시 댁에서 머슴으로 부려 준댔어…."

"머슴…, 원범이가 어떻게 머슴살이를 해."

"아무려면 지금보다 못할까."

"좀 더 기다려봐…. 우리 엄니가 마음 돌리면 우리 집으로 들어갈 수도 있을 거야."

"마음 써 주는 건 고맙지만, 내 힘으로 살고 싶어. 양순이와 같이…."

"……."

"양순아, 그렇게 해. 머슴이면 어때. 새경 받아서 쓰질 않고 모으면 오두막은 마련할 수 있어. 주인집 일 마치면 텃밭도 일굴 수 있구. 양순아, 내가 하자는 대로 해. 응, 양순아…."

양순은 보일 듯 말 듯 고개를 끄덕인다. 그날 이후 원범은 가을이 오기를 기다리면서 살았다. 김 초시 댁의 머슴이 되면 양순이를 맞아들이리라 다짐하고 있었는데 도성으로 끌려오는 변이 생겼다. 지금도 원범은 끌려온 것으로 믿고 있다.

원범은 잠을 이루지 못한다. 사람들은 대궐을 일러 구중궁궐이라고 한다. 원범에게는 첩첩산중보다 더한 첩첩대궐이다. 의지할 곳도 정 붙일 곳도 없다. 앞으로의 일은 고사하고 당장 오늘 있었던 일만 해도 그랬다. 무엇 하나 자의로 되는 일이라곤 없다. 옷을 벗고 입는 일, 이불을 펴는 일, 촛불을 끄는 일, 심지어 목욕을 하는 일까지도 남이 해 주는 대로 따라야 하지를 않았던가.

넓고 넓은 들판을 뛰놀던 원범이다. 양순을 만나면 세월 가는 것도 모르던 원범이다. 첩첩대궐은 첫날부터 적막하기만 하다.

여름밤은 짧다. 원범은 뜬눈으로 인정 소리를 들었다. 잠시 밖에 나가 서성거리고 싶다. 그나마도 뜻대로 하지 못한 채 아침을 맞는다. 상궁들이 들어와 이불을 개어 들고 나간다. 세숫물도 방으로 떠 온다. 침의를 벗고 관복을 입는 일도 상궁들에게 맡겨야 한다. 원범에게는 모든 일이 짜증스럽기만 하다.

수라상은 거창했다. 둥근상에 산해진미가 가득한데도 곁에는 네모난 상이 하나 더 놓여 있다. 밥상이 없이 맨바닥에 앉아서도 잡곡밥을 달게 먹던 원범이었으나 그 진수성찬도 마땅치 않다. 범 상궁이 곁에 앉아 이것저것을 설명한다.

"전하, 궁중에서 쓰는 말은 여염의 말과 다르옵니다."

"다르다니? 하면 이 김치는 무엇이라 하는가?"

"젓국지라고 하옵니다."

"젓국지…, 그게 어째 김치야?"

"뿐만이 아니라, 불고기는 너비아니라 하옵니다."

"허허허. 이거 원 헷갈려서 살겠나. 멀쩡한 말을 두고 왜 그렇게 어려운 말을 써…!"

"대궐이라서 그렇사옵니다."

"허면, 이빨을 닦는 양치질은 무엇이라 하는데?"

"수부수이옵니다."

"허허허. 수부수가 어떻게 양치질이야! 허면 행주치마는…?"

"휘건치마이옵니다."

"하하하. 휘건치마가 행주치마라니, 여기가 어디 남의 나란가?"

원범은 순진무구하다. 밑바닥 삶에만 익숙해 있는 원범에게는 대궐에서 쓰는 말이 요즘말로 외국어처럼 느껴진다.

영특한 범 상궁은 원범이 무료한 기미를 보이면 궁중에서 쓰는 말들을 일깨워 준다. 오직 강화섬과 양순이만을 생각하는 원범에게 범 상궁의 친절은 매력이자 의지처가 되기에도 충분하다.

"임금이 친히 쓴 시문詩文을 어제御製라고 하옵니다."

"허면, 편지는…?"

"어찰御札이옵니다."

"오오, 임금이 한 짓거리에는 어 자를 쓰는고먼…."

"그러하옵니다. 그 대신 세자의 학문은 예학睿學이라 하옵니다."

"허면 세자의 생각은…?"

"예의睿意라 하옵니다."

"허허허, 그렇군. 임금에 관한 일은 어御 자를 쓰고, 세자에 관한 것은 예睿 자를 쓰는고만…."

"참으로 성군의 자질이시옵니다, 전하."

"성군, 성군은 또 무엇이야?"

"세상에서 가장 어지신 군왕을 이르는 말이옵니다."

"아, 아, 당치도 않소. 나는 나무꾼 임금이요. 하루라도 빨리 이 허수아비 짓은 때려 치워야 하고…."

"전하는 지존이시옵니다. 유념하소서."

"지존은 또 무엇이요?"

범 상궁에게는 원범의 순진무구함이 큰 기쁨으로 다가온다. 그것은 또 자신의 힘으로라도 어진 임금으로 인도하리라는 다짐일 수도 있다. 이후에도 범 상궁은 원범의 주위를 맴돌며 대궐의 일을 깨우쳐 가게 한다. 그러나 임금이나 왕실에서 쓰는 말이 어찌 한두 가지겠는가. 신체身體, 의식衣食, 행지行止에 관한 것 등 끝이 없이 많다.

때로는 원범이 먼저 물어 올 때도 있다.

"귀는 무엇이냐?"

"이부耳部이옵니다."

"허허허, 재밌다. 허면 귀지는?"

"이부지옵니다."

"손톱은?"

"수지手指톱이옵니다."

"옷은?"

"의대衣襨라 하옵니다."

"허리띠는?"

"대자帶子라 하옵니다."

"허허허."

원범은 너털웃음을 토하면서 재미있어 한다. 그것은 또 다른 여체에 대한 눈뜸이고도 남는다. 원범에게 엄청난 변화가 밀려오고 있음이나 다름이 없다.

## 2

원범은 강화섬의 산천이 그립다가도 문득문득 범 상궁을 생각할 때가 있다. 그녀의 몸에서 풍기는 이상한 향내가 원범을 사로잡기 때문이다. 기세석이 들어와 아뢴다.

"대왕대비 전으로 문후 드셔야 하옵니다."

원범은 몸을 일으킨다. 내시 기세석과 범 상궁의 인도를 받으며 대전 밖으로 나오자 가마 한 채가 대령해 있다.

'대왕대비 전은 궐 밖에 있는 게로군.'

원범은 그렇게 생각했으나 가마는 창덕궁을 맴돌 듯 전각 사이를 누비고 있다. 아침인데도 땀이 솟을 만큼 날씨는 무덥다. 가마는 어느 전각 앞에서 멈추어 선다. 원범은 내시와 상궁 들의 인도로 전각의 댓돌 앞에까지 다가갔다.

"대왕대비 마마, 주상 전하 드셨사옵니다."

"오, 어서 뫼시어라."

아낙의 목소리가 방 안에서 들리면서 또 다른 상궁 몇 사람이 댓돌 밑에까지 내려와 허리를 굽힌다.

"어서 드오소서."

원범의 시선이 범 상궁에게 머문다. 구원을 청하는 눈길이다. 대왕대비 전 큰 상궁이 그걸 눈치 채지 못할 까닭이 없다.

"자네가 모시게."

범 상궁이 원범을 인도하면서 댓돌을 오르더니 방문을 연다.

마치 기계가 움직이듯 빈틈없이 정연하다.

"문안 여쭈소서."

원범의 앞에는 아낙 셋이 앉아 있다. 아낙들의 머리에는 금빛 첩지가 올려져 있고, 그녀들이 입고 있는 옷은 눈부실 만큼 화려하고 찬란하다. 원범은 범 상궁에게 손이 잡힌 채 두 손을 이마에까지 올렸다가 꿇어앉듯 절을 한다. 그가 상전에게 절을 해 본 일은 참으로 오랜만이다.

"앉으세요, 주상."

황금색 보료 위에 앉은 나이 든 아낙이 인자한 목소리로 말한다. 원범은 자리에 앉으며 고개부터 숙인다. 얼굴을 들 엄두가 나지를 않아서다.

"호호호, 용안을 드세요, 주상. 이제는 만백성을 거느리실 지존이 아니십니까."

"……."

원범은 고개를 들었어도 시선 둘 곳이 없다. 또 다른 두 아낙이 흥미로운 시선으로 원범을 주시하고 있어서다.

"호호호, 주상…. 차차 아시게 되겠지만 나라에 법도가 있듯이 대내大內에도 법도가 있습니다. 서로 얼굴을 익혀 두어야 하지를 않겠습니까. 왕실에도 식솔이 있으니까요."

원범이 붉게 달아오른 얼굴을 들자 대왕대비 순원왕후가 다른 두 아낙을 소개한다.

"내 곁에 앉으신 분이 왕대비십니다. 추존한 익종翼宗대왕 비시지요."

원범은 신정왕후의 표정을 살펴본다. 대왕대비의 환한 얼굴과는 달리 싸느랗게 굳은 표정을 짓고 있다. 무섭다는 생각이 들어 곧 시선을 허공으로 옮긴다.

"그 곁에 계신 어른이 승하하신 대행대왕 비십니다."

헌종의 초비는 효현왕후孝顯王后 김씨金氏였다. 안동 김문 김조근金祖根의 따님으로 태어나 국모의 자리에 올랐으나 1843년(헌종 9)에 열여섯 어린 춘추로 세상을 떠났다. 그러니까 순원왕후가 소개한 효정왕후孝定王后 홍씨洪氏는 헌종의 계비가 된다. 이때가 춘추 19세, 지아비 헌종의 승하로 아직 눈등이 빨갛게 부어 있다.

"내 듣기로 강화섬 바닷바람을 쏘이면서 입에 담지 못할 고초를 겪으셨다는데도 이렇게 늠름한 모습을 대하게 되니 기쁘기 한량없습니다. 아니 그렇습니까?"

순원왕후는 왕대비와 대비를 내려다보며 동의를 구한다.

"그러하옵니다. 참으로 뜻밖이옵니다."

왕대비 신정왕후는 원범의 모습을 살피면서 수긍했으나 목소리는 여전히 싸늘하게 들린다.

"보령이 열아홉이라 하셨지요?"

"예…."

"왕실의 피는 속일 수 없나 봅니다. 인자하시면서도 위엄이 도는 상입니다. 주상과 같으신 왕재가 계시었음은 과시 천지신명께서 이 나라 종사를 돌보고 계심이 아닙니까."

순원왕후는 원범을 계사로 정한 데 대한 합리화를 꾀하고 있다. 그렇게 말함으로써 자신의 결정이 합당했다는 것을 은근히 과시하는 것이 된다. 그러나 순원왕후의 자기과시는 너스레와 다를 바가 없다. 특히 왕대비 신정왕후에게는 그렇게 들린다.

신정왕후 조씨는 풍양 조문 조만영趙萬永의 따님으로 1808년(순조 8)에 태어났다. 그녀는 열두 살 때, 효명세자孝明世子의 빈궁으로 간택되어 입궁했고, 스무 살 되는 해에 세손 환奐(후일의 憲宗)을 생산했다. 1827년(순조 27) 2월 18일, 효명세자는 19세의 유충한 춘추로 정무를 대리하게 되었다. 장인인 조만영의 보살핌이 있기는 했어도 효명세자의 총명함은 남다른 데가 있었다. 그는 정무를 대리하는 동안 언관言官을 단속하면서 관기官紀를 쇄신 확립하였고, 중신들에 대한 탄핵을 삼가게 하는 등의 현명한 치도를 세워 나갔다. 중신들은 효명세자의 왕재됨에 경탄을 금치 못하였으나 곧 불행이 닥쳐왔다.

1830년(순조 30) 5월 6일, 22세의 아까운 춘추로 효명세자가 세상을 떠난다. 신정왕후는 중전의 자리를 눈앞에 두고 쓰라린 좌절을 맛보아야 했다. 그리고 4년 후인 1834년(순조 34) 11월 13일에 순조가 재위 34년을 끝으로 승하했다. 세손 환이 여덟 살 어린 보령으로 보위를 이으니 이분이 헌종이다.

헌종이 부왕인 효명세자를 익종翼宗으로 추존함으로써 신정왕후는 중전의 자리를 거치지 않은 채 대비의 지위에 올랐으니 기사회생이나 다를 바가 없다. 신정왕후의 아버님이자 헌종의 외조부인 조만영은 풍은부원군豊恩府院君으로 피봉되면서 영돈녕부사의 지위로 부상되었고, 안동 김문과 대결하는 막강한 세도의 면모를 갖추게 된다. 헌종이 어려서 순원왕후가 수렴청정에 임했으나, 어찌 헌종의 모후보다 더한 위세를 누릴 수가 있음이던가. 조만영 · 조인영 형제는 신정왕후의 후광을 등에 업고 풍양 조문을 세도의 절정에 올려놓았다. 그러나 풍양 조문의 막강한 세도는 1846년(헌종 12)에 조만영이 세상을 떠나는 것으로 시들기 시작했다. 조인영이 영부사의 지위에 있었으나 조만영이 죽어 없고 보니 전과 같지를 않다. 이런 와중에서 김좌근이 원범을 왕재로 지목하고 순원왕후에게 품하였다. 안동 김문의 세도를 이어 가야 하는 순원왕후가 이를 마다할 까닭이 없다. 창졸간에 세도가의 선후가 뒤바뀌고 만 꼴이다. 신정왕후의 심기가 사나워져 있는 것은 이 때문이다. 춘추 42세, 아무리 아낙이라 해도 연부역강年富力强한 왕실의 실력자로서는 피눈물을 쏟을 일이 아닐 수 없다. 다만 한 가지 새 주상이 뜻밖으로 총명하여 장김 일족의 꼭두각시 노릇을 거부만 해 준다면, 그를 도와서 왕실의 실권을 되찾을 수도 있을 것이라는 희망이 아주 없는 것은 아니다.

"왕대비께서도 궁금한 것이 있으면 여쭈어 보세요."

순원왕후가 신정왕후의 심중을 모를 까닭이 있을까. 그런데도 이미 계사로 정한 일이라 격의 없는 말로 권한다. 신정왕후는 한없이 인자한 목소리로 원범에게 묻는다.

"문자는 어느 만큼이나 아시고, 서책은 어디까지 읽으셨습니까?"

"……."

순간 원범의 얼굴이 붉게 달아오른다. 어떻게 대답하는 것이 정답인지를 몰라서다.

'천치가 되어야 목숨을 부지한다. 일단은 살아 있어야 그나마도 뜻을 이룰 수가 있을 것이 아니더냐!'

원범은 강화 교동에서 만났던 남원군 이광의 모습을 상기한다. 임금이 되었어도 일단은 살아남아야 한다. 그렇다면 어디까지 읽었다고 말해야 하나. 원범은 망설이고 또 망설인다. 그런 원범이가 딱하게 보였는지 순원왕후가 거들고 나선다.

"호호호 주상, 어려워 마세요. 학문은 등극 후에도 얼마든지 익힐 수가 있을 것으로 압니다. 그러니 아시는 데까지 대답을 하시면 되는 일이라는데도요."

원범은 순원왕후의 당부를 받아들이기로 하면서도 차마 《논어》를 읽었다고 입을 열 수가 없다. 두려운 생각이 들어서다.

"《명심보감》까지는 읽었고, 《소학》도 일, 이 권까지는 구경했사옵니다."

"호호호, 《명심보감》이라 하셨습니까? 참으로 대견하십니다. 그 어려운 고초를 겪으면서도 《명심보감》을 깨치다니요. 과시 왕재십니다. 등극을 하시더라도 정무야 중신들이 보살필 것이니 주상께서는 부지런히 학업에 열중하시면 될 것으로 압니다."

순원왕후의 찬사는 너스레로 들릴 만큼 들떠 있다. 새 주상이

까막눈이면 어쩌나, 그 하나가 지난 이틀 동안을 무겁게 짓눌러 왔던 사단이다.

"호호호. 왕대비께서 참으로 현명하신 하문을 하셨습니다."

왕대비 신정왕후도 글을 읽을 줄 안다는 원범이 대견하기 그지없다. 그러나 순원왕후의 들뜸과는 생각이 전혀 다르다. 원범이 《명심보감》에 적힌 바를 제대로 익혔고, 《소학》의 내용을 숙지하고 있다면, 성군의 길로 인도할 수가 있을지도 모른다는 기대를 하게 되어서다. 주상의 생각이 반듯하면 장김의 세도에 제동을 걸 수도 있을 것이기 때문이다. 신정왕후는 경황 중에서도 원범에게 왕도를 깨우쳐 가리라 다짐하고 있다.

"주상을 대전으로 뫼시고, 예조로 하여금 즉위절목卽位節目을 진언 드리게 하라."

원범은 대왕대비 전을 물러나와 다시 가마에 오른다. 그는 대비들의 사이가 예사롭지 않다는 것을 짐작했을 정도로 총명했다.

즉위식을 하루 앞둔 창덕궁은 분주하다. 원범은 우선 덕완군德完君으로 봉해진다. 원범에게 군호를 내리는 것은 요식행위에 불과한 것일 뿐, 이미 모든 사람이 '전하'라고 부르고 있다.

승석 무렵이 되자 영부사 조인영과 그의 아들 조병기趙秉夔는 왕대비 신정왕후의 부름을 받는다. 아침 일찍 대왕대비 전에서 원범을 만난 다음부터 공연히 마음이 들떠 있던 신정왕후다.

"숙부님께서 하실 일이 태산입니다."

"태산이라니요, 대비 마마."

"주상께서 《명심보감》까지는 읽었고, 《소학》도 일, 이 권까지도 구경은 하셨답니다."

"……!"

조인영 부자도 입을 딱 벌릴 정도로 놀란다. 너무도 뜻밖의 일이기 때문이다.

"그만하면 사리는 알고도 남을 것이고, 다듬기에 따라서는 성군으로도 인도하실 수가 있지를 않겠습니까? 도승지를 비롯하여 대전 내관 기세석에게 은밀히 타일러서라도 이 점 각별히 유념하라 이르세요. 범 상궁에게는 내가 당부하겠습니다."

조인영은 68세의 훈구대신이다. 왕대비의 심중을 헤아리고 있다 해도 그에 맞장구를 친대서야 말이 되는가. 신정왕후의 지친이랄 수 있는 아버지 조만영이 세상을 떠나기 한 해 전에 오라버니 조병구趙秉龜도 45세의 한창 나이에 세상을 떴다. 게다가 조병구는 손아래 누이인 신정왕후와 아버지 조만영의 후광을 업고 막강한 세도를 누리고 있었다. 조병구가 세상을 뜬 후부터 풍양 조문의 세도가 빛을 바래기 시작하였고, 신정왕후는 그 점을 탄식하고 있다.

"숙부님, 부자는 망해도 3년을 버틴다는 속언이 있는데…, 어쩌다가 풍양 조문이 김좌근 한 사람을 다스리지 못하게 되었습니까?"

"송구합니다. 모두가 제 불민한 탓입니다."

"새 주상이 글을 아신다는 사실…, 성군의 자질이 없지 않을 것임도 각별히 유념하세요."

신정왕후는 순원왕후를 등에 업은 김좌근의 행태가 마음에 들지 않는다. 어떻게든 풍양 조문의 위엄을 다시 찾고 싶다. 그녀는 사촌동생인 조병기에게도 당부한다.

"아버님이 연로하시면 너라도 나서야 할 것이 아니더냐. 우리 풍양 조문이 이렇듯 주저앉을 수는 없음이니라."

"명심하겠사옵니다."

사태는 이미 돌이킬 수 없는 지경에 이르렀는데 어찌 나어린 조병기에게 기대를 걸 수 있음이던가. 조병기는 4년 전인 1845년(헌종 11)에 문과에 급제했으니 아직 정계의 핵심으로 등장하기에는 요원하다. 신정왕후는 그것을 알면서도 숙부 조인영을 책망하는 뜻으로 그렇게 말한다.

"숙부님, 서둘러 성재를 사면赦免 방귀放歸케 하셔야 할 것으로 압니다. 저대로 내버려 두면 사약을 받습니다."

"……."

조인영은 고개를 번쩍 들고 신정왕후를 바라본다. 그녀의 눈은 불을 뿜어내고 있다.

"이 어려운 때를 슬기롭게 헤쳐 나갈 수 있는 분은 성재가 아닙니까?"

성재成齋란 조병현趙秉鉉을 말한다. 조병현은 이조판서 조득영趙得永의 아들이다. 1822년(순조 22)에 등과한 그는 조병구와 함께 풍양 조문의 중견으로 막강한 위세를 누리면서 안동 김문을 견제하며 연합세력을 이루어 놓은 사람이기도 하다. 그는 1839년(헌종 5)에 있었던 '기해사옥己亥邪獄'을 무자비할 만큼 철저하게 다스린 장본인이기도 했다. 그때 조병현은 형조판서의 지위에 있었다. 그는 이조판서인 조만영과 더불어 천주교도들을 탄압, 학살하는 것으로 안동 김문의 우위에 서려고 했다. 결과적으로 안동 김문이 천주교도들에 대해 관대하다는 소리를 듣게 된 것은 이 때문이다. 그 후 조병현은 호조판서, 판의금부사, 좌참찬의 자리를 전전하면서 막강한 세도를 누리다가 과거에 협작을 꾸미는 부정을 저질러 평안감사 · 광주유수로 밀려났다가 파직이 되었고, 지금은 나주의 목지도에 위리안치되어 있는 처지다.

신정왕후는 조병현이 방면된다면 안동 김문과 당당히 맞설 수 있으리라 믿고 있다.

"숙부님, 왜 아무 말씀도 아니 하십니까? 영부사의 지위에 계시면서도 성재 하나 풀지 못한대서야 어디 말이나 됩니까?"

"유념하겠사옵니다, 마마…."

조인영은 엉거주춤하게 대답할 수밖에 없다. 그는 조병현의 죄가 용서받을 수 없다는 것을 누구보다도 잘 알고 있었기 때문이다.

"어찌 되었거나 지금 정신을 차리지 아니하면 호미로 막을 일을 가래로도 막지 못하게 됩니다. 어차피 주상께서 만기萬機를 친재하지는 못합니다. 대왕대비 마마가 수렴청정을 하실 테지만, 묘당의 일은 당연히 숙부님께서 주도하실 것이 아닙니까. 우리 풍양 조문의 영쇠가 숙부님에게 달려 있음을 명심해 주세요. 이 점 병기도 명심하렷다."

"예."

풍양 조문과 안동 김문의 세도는 척족정치의 두드러진 본보기가 아닐 수 없다. 순조 비 순원왕후가 안동 김문이었으므로 그녀의 아버지 김조순金祖淳이 세도로 부상할 수 있었으며, 헌종의 모후 신정왕후의 아버지 조만영 또한 따님의 후광을 업고 세도를 누릴 수가 있었다. 공교롭게도 순조는 11세에 즉위하였고, 헌종은 8세에 즉위하였던 까닭으로 모후母后들의 위세가 막강할 수밖에 없는 공통점이 있다.

이젠 원범이 보위에 오르게 된다. 춘추 열아홉이라고는 하지만 강화섬에서 지게발이 농사꾼이었기에 척족에 의한 세도정치가 다시 발호跋扈할 것은 당연하다. 그 척족의 우두머리를 방불케 하는 아낙들이 순원왕후 김씨와 신정왕후 조씨다. 헌종의 계비인 효정왕후 홍씨는 춘추도 어렸지만, 남양南陽 홍문洪門으로서는 이 거센 물결에 뛰어들 수 있는 형편이 못 된다. 이 같은 척족의 갈등과 암투를 등에 지고 원범이 보위에 오르게 된다.

## 3

마침내 6월 9일, 창덕궁 인정문仁政門에서 조촐한 즉위의 의식이 거행된다.

구장복九章服, 면류관冕旒冠의 모습으로 즉위의 의식에 나선 원범은 적어도 외양만으로는 부족함이 없는 제왕이 아닐 수 없다. 용안은 나무랄 데 없이 수려했고, 막일로 다져진 옥체는 건장했다. 그가 세자의 교육을 받아 학문에 능했다면 그야말로 손색이 없는 왕재가 분명하다. 그러나 애석하게도 원범은 학식이 부족하고 왕실의 법도를 모르는 농사꾼이다.

조선왕조가 창업된 지 457년, 척족의 첨예한 대립으로 백성들의 삶은 피폐할 대로 피폐해져 있다. 그 무거운 짐을 떠 짊어진 원범이 보위에 오르니 바로 **이분이 조선왕조의 스물다섯 번째 임금인 철종대왕哲宗大王이다.**

철종이 보위에 오르는 즉위식을 마치자 대왕대비 순원왕후는 언문교지를 묘당에 내린다.

— 주상은 영조英祖의 혈통이다. 그동안의 일이 다난하고 여의치 않아 강화도의 민가에서 자라났으니 그 고생을 어찌 필설로 형언하랴. 조정의 대소 신료들은 이 점을 헤아려 애민愛民하는 명주明主의 길로 인도하라.

당연한 주문이 아닐 수 없다. 철종은 자력으로 정무를 친재할 능력이 없다. 그러니 불망애민이자不忘愛民二字로 왕도를 익히게 하는 것이 급선무다. 궐 밖에 있던 왕손이 보위를 이으면 그 사친들을 봉작해야 한다.

철종의 아버지 전계군 광은 전계대원군全溪大院君으로 봉작이 된다. 조선왕조는 선조의 사친인 덕흥대원군德興大院君에 이어 두 번째인 대원군을 배출한 셈이다. 전계대원군의 적실 최씨는 완양부대부인完陽府大夫人으로 봉작되었으며, 철종의 생모인 염씨는 영원부대부인鈴原府大夫人으로 봉작되었다가 뒷날에 이르러 용성부대부인龍城府大夫人으로 변경된다. 이로써 철종은 명실상부한 조선의 임금이 된다.

철종을 옹위한 주역인 선혜청 당상 김좌근은 느긋한 심정으로 대왕대비 전을 찾았다. 순원왕후도 환한 웃음으로 그를 맞는다.

"하옥의 빈틈없는 노고가 있어 종사의 시름을 덜었으이."

"제 노고라 하심은 당치 않으시옵니다. 모두가 누님의 홍복이신 줄로 아옵니다."

"호호호… 실로 오랜 고초 끝에 가문이 번창할 수 있는 길이 트였음이 아닌가."

"그러하옵니다. 이제 또다시 전날과 같은 불미한 일이 있어서는 아니 될 것으로 여겨지옵니다."

전날과 같은 불미한 일이 무엇을 뜻하는가. 적어도 풍양 조문과 대등하거나 눌려 지내는 일이 있어서는 아니 될 것이라는 다짐이다.

"하옥의 책무가 막중해졌네…. 일문의 영고성쇠가 하옥의 두 어깨에 있음이야."

"누님의 보살핌이 계신다면 미욱한 힘으로나마 지난날의 영화를 다시 찾고자 하옵니다."

"그래야지. 다만 내가 당부하고 싶은 것은 너무 서둘러서는 아니 될 것일세. 아직은 영부사의 자리에 조인영 대감이 계시질 않은가. 느긋한 마음가짐으로 만 가지 일을 조심스럽게 살펴가야 할 것이야."

"이를 말씀이옵니까. 중전 간택 전까지는 나서지 않을 요량으로 있으니 그 점 너무 심려치 마시오소서."

순원왕후는 고개를 끄덕인다. 김좌근은 이미 중전 간택의 일을 입에 담고 있지를 아니한가. 또 그때까지는 표면에 나서지 않을 궁리를 한다. 이미 요직을 두루 거치면서 조정이나 왕실의 사정을 손바닥 들여다보듯 하고 있는 김좌근이다.

"어찌하려는가, 이조나 호조를 맡아 주었으면 하는데…."

"누님, 얼마 동안 한성판윤으로 있었으면 합니다."

얼마나 용의주도한 김좌근인가. 6조에서는 인사를 담당하는 이조판서나 재정을 맡아 다스리는 호조판서가 요직 중의 요직이다. 그런데도 김좌근은 외직인 한성판윤을 맡겠다고 자청한다. 새 주상의 등극 초부터 요직으로 등장하느니 잠시 뒤로 물러앉아서 관망하겠다는 생각, 과시 김좌근의 명석함이다.

"허면, 사영은 어찌하구?"

사영思潁은 김좌근의 양자 김병기金炳冀의 호다. 김좌근에게는 자식이 없다. 명문의 법도가 그러하듯 김좌근도 김영근金泳根의 아들인 김병기를 양자로 삼아 놓고 있다. 김병기는 2년 전인 1847년(헌종 13)에 문과에 급제한 준재다. 올해 32세, 아버지 김좌근에 비해 통이 큰 젊은이로 이미 소문이 나 있다. 순원왕후는 그 김병기의 기용을 의논하고 나선 셈이다.

"기위 누님의 심려를 끼칠 양이면 대사성쯤이 어떨까 싶습니다만…."

"대사성을…."

순원왕후는 눈을 크게 뜨면서 반문한다. 놀랍다는 표정이다. 대사성大司成은 성균관의 우두머리로 정3품의 관직이다. 성균관의 학생들을 지도하는 임무와 유학에 관한 모든 일을 관장하는 자리가 바로 대사성이 아니던가.

"누님, 기위 시작된 일이옵니다. 제가 한성판윤으로 물러나 있는 대신 병기는 앞으로 나서야 하옵니다. 이 나라 조선은 유학을 바탕으로 나라를 다스리고 있사옵니다. 유림을 거느리지 아니 하고는 치도治道를 세울 수 없사옵니다. 병기가 비록 나이 어리나 성균관 대사성의 소임은 거침없이 해낼 수 있으리라 여겨지옵니다. 유념하소서."

"하옥의 뜻이 그러하다면 그리할 밖에…."

"고맙습니다."

철종의 보령이 어려서 순원왕후가 수렴청정垂簾聽政을 해야 한다. 임금이 앉은 옥좌 뒤에 대나무 발을 치고 순원왕후가 앉는다. 중신들은 비록 임금의 탑전榻前에 앉아 있어도 발 뒤에 있는 대왕대비와 정무를 의논하여야 하다. 따라서 순원왕후의 명이 곧 어명이 되면서 정사를 펼쳐 나가게 된다. 순원왕후는 이미 헌종 조초에 무려 6년 동안이나 수렴청정을 한 경험이 있다. 능란할 수밖에 없다. 더구나 김좌근의 빈틈없는 보좌가 있을 것임에랴.

영의정 권돈인權敦仁, 좌의정 김도희金道喜는 유임을 명했고, 이조판서에 이약우李若愚, 호조판서에 김학성金學性, 예조판서에 서기순徐箕淳을 제수했으니 6조의 요직이 개편된다. 김좌근이 한성판윤으로 한 발 물러앉은 대신 그의 아들 김병기는 성균관 대사성의 자리에 오른다. 안동 김문의 발호를 예고하는 충격적인 인사가 아닐 수 없다. 그리고 훈련대장에 홍재룡洪在龍, 금위대장에 유상필柳相弼, 어용대장에 이경순李景純이 제수된다.

'안동 김문의 세상이 되었어….'

'풍양 조문은 끝장이구….'

조정의 신료들도 백성들도 모두 한마디씩 한다. 엄연한 사실이 아닐 수 없다. 철종이 보위에 오른 지 얼마 되지 않은 8월 23일에는 나주의 목지도에 부처되어 있던 조병현에게 사약이 내려진다. 그의 방면을 학수고대하고 있던 신정왕후는 연상을 내리치며 소리친다.

"이래도 되는 일입니까? 제가 뭐라고 했습니까? 성재의 사면을 서두르라고 하지를 않았습니까?"

"송구하옵니다. 워낙 창졸간에 일어난 일이라…."

"창졸간이라니요, 명색이 영부사가 아닙니까? 아무리 대왕대비가 수렴청정을 하시기로 조정 돌아가는 일을 그렇게도 모르셨답니까!"

조인영은 고개를 들 수가 없다. 그 자신도 안동 김문의 발호를 짐작하고 있었으나, 조병현의 사사를 이토록 빨리 서두를 줄은 모르고 있었기 때문이다.

"숙부님, 아직은 영상이나 좌상이 안동 김문의 사람이랄 수는 없지를 않습니까? 왜 그분들과 손을 잡지 못하신답니까?"

"……."

"주상의 춘추 내년이면 스물입니다. 대왕대비의 수렴청정은 오래가지 못합니다. 철렴撤簾 뒤의 일에 대비하셔야 합니다. 인재를 모으세요. 중전의 재목도 물색해 두시고요. 만사불여튼튼이라는 말이 있습니다."

"유념하겠사옵니다."

신정왕후의 소망은 안간힘에 불과하다. 그녀가 의지할 수 있는 유일한 기둥이었던 조인영도 다음 해인 1850년(철종 1) 12월 6일에 69세의 일기로 세상을 떠나고 말았음에랴. 이로써 풍양 조문은 신정왕후만을 남겨둔 채 세도의 중심부에서 소멸되고 만다. 정조 조 말기에 형성된 안동 김문의 세도는 순조 조를 석권했으나 효명세자가 정무를 대리하면서 풍양 조문에 밀리다가 철종의 즉위 초에 이르러 그 영화를 완벽하게 되찾는다. 그것은 곧 김좌근·김병기 부자에 의해 조정이 운영된다는 뜻이기도 하다.

## 4

아무리 할 일 없는 임금이라 해도 임금의 일정은 빠듯하다. 아침 일찍 일어나 웃전에 문안을 올리고, 수렴청정의 조회에 참석하여야 한다. 대소 신료들은 발 뒤에 있는 순원왕후와 정사를 의논한다. 용상에 앉았어도 벙어리나 다름이 없는 철종은 죽을 맛이지만 강화섬에 있을 양순을 그리워하기에는 안성맞춤이다.

조회가 끝나면 경연經筵에 들어야 한다. 경연이란 임금의 학문을 돌보고, 누항에서 일어나는 일들을 논의하는 자리라, 학문과 덕망을 갖춘 중견 관원들 6, 7명이 참석한다. 그러나 정사에 관여하지 않는 철종에게는 《논어》를 배우는 일이 전부다.

— 배우고 때에 익히니 기쁘지 아니하랴. 벗이 멀리서 찾아오니 또한 즐겁지 아니하랴. 남이 나를 알아주지 않아도 노여워하지 않으니 참으로 군자가 아니랴.

도승지 홍종응의 목소리가 낭랑하게 이어지면, 철종의 얼굴에는 웃음이 떠오른다. 그런 구절을 포함하여 《논어》의 좋은 구절을 양순에게 얼마나 되뇌어 가르쳤던가. 지금은 도승지를 비롯한 경연관들에게 큰소리로 일러 주고 싶다.

— 공자님이 말씀 하시지 않았더냐. 덕으로써 다스림은 북극성이 제자리에 있으되 여러 별들이 한결같이 절하고 좇음과 같으니라!

《논어》의 본말을 입에 담을 수 없는 철종의 처지로는 경연에 들어서도 하품대신 양순을 떠올린다. 양순에게 《논어》를 들려줄 때마다 깔깔거리며 대들던 일이 눈에 선해서다.

"아무래도 이상하다. 글을 모른다면서 '《논어》'는 어떻게 알아?"

"어, 그냥. 형님 어깨 너머로 들었거든…."

양순은 원범이가 글을 안다는 사실이 자랑스럽다. 속아 줄수록 더 재미있는 것을 어찌하랴. 그러나 경연에서의 철종은 지루하고 답답해도 대책이 없다. 그 경연이라는 것도 하루에 네 차례나 되풀이된다. 아침에 하는 경연이 조강朝講이요, 낮에 하는 경연이 주강晝講이요, 저녁에 하는 경연을 석강夕講이라고 한다. 그래도 미심쩍어서 밤중에 다시 열면 야대夜對가 된다. 철종이 야대를 청할 까닭이 없기에 밤이 되어야 철종은 비로소 편해진다.

"범 상궁, 막걸리가 먹고 싶다. 산나물이 먹고 싶다."

영리한 범 상궁은 철종의 요구를 외면하지 않는다. 침전寢殿으로 들이는 청주는 어느새 막걸리로 바뀌었다. 내시 기세석과 범 상궁은 이미 신정왕후의 당부를 받고 있었기에 운신하기가 편하다. 상부상조라 했던가. 철종은 절묘한 방법으로 자신의 답답함을 덜어 주는 도승지 홍종응과 범 상궁에게 의지할 수밖에 없다.

"가만, 나 좀 다녀올 때가 있다!"

취기에 오른 철종은 느닷없이 대전을 달려 나가곤 한다. 대전 내시들은 '전하'를 외치며 철종의 뒤를 따른다. 산을 오르내리던 철종의 뜀박질은 비호와 같이 빠르다. 따르는 내시들이 오히려 허둥거린다.

"궐문을 열라! 나, 강화섬에 다녀와야겠다."

문직 갑사들은 울상이 된다. 왕명을 따르면 국법을 어기게 되고, 국법을 따르자면 왕명을 어겨야 한다.

"전하, 군왕의 체통을 차리소서."

"이놈아. 군왕은 무치다. 창피한 게 없으니까 양순일 만나야지. 당장 궐문을 열라. 당장!"

"전하. 신등의 처지를 굽어 통촉하소서."

내시와 상궁 들이 몰려와서 임금의 체통이 그런 게 아니라고 타이르면, 임금 노릇 안 하면 그만이라고 철종은 소리친다.

"전하, 양순이 일이면 쇤네가 말씀 올리겠사옵니다."

"……!"

철종의 용안이 상기된다. 범 상궁이라면 힘이 될지도 모른다는 생각이 든다. 철종은 의지처를 찾은 듯 마음이 밝아지는 듯싶다가도 곧 우울한 심기에 잠긴다.

"무공선사가 꼭 데려온다고 했는데… 아직 종무소식이다. 대체 언제까지 기다려야 하느냐? 어디 강화섬에 다녀올 만한 내시나 상궁은 없겠느냐?"

"아직은 이르옵니다."

"이르다니…, 군왕이 무치라면서, 임금이 사랑하는 사람을 찾는데 뭐가 일러!"

"기다리소서, 쇤네가 알아보아 드리겠사옵니다. 아무 심려 마오시고 대전으로 드소서."

철종은 시름 깊은 한숨을 쏟아 내면서 범 상궁의 뒤를 따른다. 뒤따르는 대전 내시들에게는 범 상궁의 기지가 고맙기 그지없다.

여기는 강화도.

원범을 떠나보낸 양순은 살맛을 잃는다. 그녀는 원범이가 살던 단간초가와 움막을 드나들며 하염없이 눈물을 쏟는다. 비록 원범은 떠나고 없지만 움막의 안팎은 그가 있을 때와 조금도 달라진 곳 없이 말끔하게 치워진다.

원범과 함께 거닐던 강화섬의 산천은 아름답기 그지없다. 불어오는 바람은 원범의 냄새를 실어 나르고, 떠가는 구름은 원범의 상념으로 다가온다. 반짝이는 나뭇잎도 지저귀는 산새소리도 모두가 그대로인데 오직 원범이만 없다. 도성은 얼마나 먼 곳에 있나, 바람이 되면 날아갈 수가 있나, 구름이 되면 원범이가 있는 대궐이 내려다보일까. 어느새 양순의 얼굴은 눈물로 범벅이 된다. 그래 눈물이 되자, 눈물이 되면 원범의 얼굴을 적실 수가 있으리.

아득히 어디선가 노랫소리가 들린다. 원범의 목소리 같기도 하고, 자신이 부르는 것 같기도 하다. 아니 두 손을 잡고 흔들면서 함께 부르는 것 같기도 하다.

바람이려오.
흘러가는 구름이려오.
반짝이는 나뭇잎도 그대로 있고
지저귀는 산새 소리 모두가 그대로인데
다들 있는데 사랑만 없다오.

아, 바람이려오.
흘러가는 구름이려오.
차라리 그대 얼굴을 적시는 눈물이려오.

산에서, 들에서, 바닷가에서 홀로 거니는 양순을 보았다는 사람이 많아진다. 더러는 실성을 했다는 사람들도 있다. 양순 어미 윤씨도 눈물이 마를 날이 없다.

"시님, 우리 양순일 대궐로 보내 주셔야지요. 내버려 두면 죽시니다."

누가 떡장수 윤씨의 모정을 나무랄 수 있으랴. 무공선사는 양순을 전등사로 부르기도 하고, 더러는 찾아서 만나기도 한다. 만에 하나 몹쓸 생각이라도 하는 날이면 그야말로 종사가 뒤집힐 위험이 있어서다. 비록 정사를 보살피지는 못해도 철종의 말 한마디가 왕명임은 엄연하기 때문이다.

"마음을 모질게 하고 대궐에서 소식이 오기를 기다려야 한다. 전하의 심성이 어지시어 너를 잊지는 않을 것이니라."

"스님…."

"양순아, 나라에는 법도라는 것이 있느니라. 게다가 지금은 국상 중이 아니더냐. 곧 좋은 소식이 있을 것이라는데도…."

무공선사가 양순이를 위로할 때면 그녀는 무공선사의 가슴에 안기며 옷자락을 흥건히 적셔 놓기가 일쑤다.

양순의 외로움은 철종의 허허함에 못지않다. 양순이 자리에 누운 것은 철종이 즉위하던 해의 가을이다. 사람들은 그녀를 두고 실성을 했다고도 한다. 그럴싸한 풍설이다. 단간초가와 움막을 드나들던 양순이가 산길을 오르내리기 시작한 때문이다. 원범이가 나뭇짐을 지고 오르내리던 산길을 양순이 넋을 잃고 오르내리는 것을 본 사람들은 하나같이 혀를 찬다.

"양순이가 실성을 했대요."

"그러게… 상사병이 들었다는구만."

그러던 어느 날 양순은 불덩이와 같은 신열을 이기지 못하고 자리에 눕는다.

"양순아… 양순아…."

의원이 다녀갔지만 병명을 짚어 내지 못한다. 양순 어미는 문병을 온 무공선사에게 애원하듯 말한다.

"스님, 원범이가 다녀가면 씻은 듯이 일어날 아입니다. 원범일 불러 주실 수는 없으니까?"

"이 사람아, 말조심을 해. 일국의 주상 전하를 원범이라니, 죽으려면 무슨 소린들 못 해!"

무공선사는 벌컥 언성을 높이면서 양순 어미를 나무란다.

"그러니 어찌합니까? 이대로 내버려 두면 우리 양순이는 죽을 것을요."

"죽다니, 곧 일어날 것일세."

"시님, 지가 양순일 데리고 한양으로 이사를 가면 원범이를, 아니 주상 전하를 뵈올 수는 있으니까?"

"당치 않은 소리. 자넨 아직 구중궁궐이라는 말도 못 들었는가…."

"그도저도 안 되면 우리 양순이는 어찌 되니까? 이대로는 못 삽니다. 죽을 것을요…."

무공선사는 한숨을 놓는다. 정인이 그리워 병이 났다면 그 정인을 만나는 것이 쾌차하는 길이다. 그런데도 속수무책인 것이 안타까울 뿐이다.

"어이구 못된 놈, 지 놈이 굶어죽는 것을 살려 놓은 것이 누군데… 내가 미쳤지. 일찌감치 짝이나 지워 놓았으면 이런 변을 겪으려구… 그저 이 어미가 못난 탓이다. 어미가 못난 탓이라는데도….”

양순 어미는 눈물을 쏟으며 장탄식을 한다.

“원범아… 원범아….”

양순은 신열 속에서도 헛소리를 뱉어 내곤 한다. 그때마다 양순 어미는 철종의 무심함을 욕설에 섞어 담는다. 무공선사도 시름에 젖을 수밖에 없다. 양순의 신열도 큰일이었지만 양순 어미의 험구도 예사롭지가 않아서다. 주상을 험담했다는 소리가 관아에 알려지고서는 양순 어미도 살아남지 못할 것이기 때문이다.

“내가 한양에 다녀올 테니 단단히 약조를 하게.”

“약조라니요?”

“이후 다시는 ‘원범’ 이란 말을 입에 담지 않겠다구. 자네가 살아남질 못하겠기에 하는 소리야.”

“…….”

“왜 대답을 못 하는가? 자네가 중벌을 받으면 양순인 어찌 되는가? 자네가 약조를 하면 나는 이 길로 한양으로 가겠다니까.”

“예, 시님. 다시는 입에 담지 않겠으니다. 다시는요….”

“주상을 험담하면 대역부도한 죄인이 되는 것이야. 알겠는가?”

“예, 죽어도 입에 담지 않을 것이니다. 우리 양순이 죽게 된 것만 알려 주시면 이년에게는 아무 소원이 없으니다.”

"간병이나 잘하고 있게나…."

무공대사는 그 날로 한양으로 떠난다. 앞장서서 걷던 사미승 명찬이 뒤돌아보며 묻는다.

"시님. 중들도 대궐에 들어갈 수가 있으니까?"

"이놈아, 도성에 들어가는 것만도 천행으로 알아야지."

조선왕조는 유교를 숭상하는 나라다. 창업 초기부터 배불숭유排佛崇儒하였던 탓에 승려들의 도성출입은 쉽지가 않다. 그나마 장김의 일족으로 알려진 무공선사의 처지라 문직 갑사들이 눈감아 주는 처지다.

성문을 들어서면서부터 무공선사의 생각은 자꾸 불안해진다. 김좌근에게 철종과 양순의 일을 알리고 선처를 구해 볼 요량이지만, 김좌근의 반응이 문제다. 천만다행으로 양순을 무수리로라도 대궐에서 살게 해 준다면 얼마나 다행인가. 그러나 쥐도 새도 모르게 죽여 없앨 수도 있을 것이라는 불길한 생각도 든다. 만에 하나라도 그런 불행한 일이 있다면 차라리 만나지 않는 것만 못할 것이 아니겠는가.

"나무관세음보살."

무공선사는 염주를 굴리면서 발길을 재촉한다.

# 나주 합부인

## 1

무공선사와 사미승 명찬은 교동 초입으로 들어선다. 한가한 공주나 옹주 들이 살고 있는 고대광실이 즐비한 곳이다. 천하의 대세도 하옥 김좌근의 집도 교동에 있다. 무공선사에게는 그 교동의 길이 낯설지 않다. 어릴 때 뛰놀던 바로 그 길이기 때문이다.

교동에서도 김좌근의 거택은 한눈에 들어온다. 60여 간이 넘는 거대한 구조에다 대문마저도 하늘을 찌른다.

"이리 오너라."

무공선사는 솟을대문 앞에 이르러 카랑카랑한 목소리로 소리친다. 대문이 육중한 소리를 내며 열리고 청지기 김 서방이 얼굴을 내민다.

"아이구 대사님, 어인 행보시옵니까요?"

"어인 행보라니… 내가 못 올 곳에라도 왔더냐?"

"그게 아니굽쇼, 하도 오랜만이시라…."

"하옥은 퇴청을 했겠지…."

"저어… 출타 중이시옵니다요."

청지기의 대답은 신통치가 않다. 뭔가 숨기고 있다는 직감이 든다.

"내당마님은…."

"안에 계시옵니다."

무공선사는 청지기의 대답이 채 끝나기도 전에 성큼 대문을 들어선다. 청지기 김 서방은 종종걸음으로 무공대사를 앞지르며 내당 쪽으로 달려든다.

"정경부인마님, 무공대사께서 드셨사옵니다."

방문이 열리며 윤씨 부인이 버선발로 달려 나와 반갑게 맞아 준다.

"어서 오세요. 이게 얼마 만이십니까?"

"격조했습니다. 나무관세음보살."

무공선사는 내당으로 인도되었고, 서로 맞절을 하고 나서 수 인사를 나눈다.

"하옥이 아주 바쁜가 봅니다."

"웬걸요. '나주 집' 에 계시는 것을요."

"오, 허허허… 영웅은 호색이라 했던가요."

계수를 앞에 두고서도 파격의 농담을 뱉어 내는 무공선사다.

윤씨 부인은 귓불을 붉히면서도 담담한 미소를 담고 있다.

"파적 삼아 들르는 게 아니고, 아주 딴살림을 차린 게로구만…."

"……."

윤씨 부인이 민망한 표정을 지어 보이자 무공선사는 화제를 바꾼다.

"사영은 어찌 지내고 있습니까?"

"바쁘기로 하면 사영 쪽이 더하지요."

사영 김병기는 성균관 대사성의 중책을 맡고 있다. 정치적으로 처결해야 할 직접적인 업무가 아니더라도 성균관의 유생을 관장하고 있고 보면 결단코 만만한 자리일 수가 없다. 장김의 세도가 어언 반백 년을 넘고 있다면 이에 대한 저항도 결국 성균관의 젊은 유생들로부터 나올 것이기 때문이다.

"허면, 부자가 은밀한 의논을 할 때도 많을 터인데…."

당연한 일이다. 비록 한성부윤으로 한 발 물러나 있는 김좌근이지만 그의 허락이 없이는 아무리 작은 일도 제대로 이루어질 수가 없다. 그래서 사람들은 '하옥 부자가 정사를 말아 먹는다'라고 비아냥거리지 않던가.

"헛, 딱한 일이로세. 소실 집에 앉아서 부자가 정무를 살피다니…."

윤씨 부인은 역시 웃음만 띨 뿐 입을 열지 않는다. 소이부답笑而不答(웃을 뿐 대답을 않는다)이 오히려 마음 편하다心自閑고 했던가.

무공대사는 적이 감동한다. 명문대가의 아낙이라 되도록 나주 집에서의 일을 입에 담지 않으려는 윤씨 부인의 부덕이 훌륭해서다.

"나 또한 화급한 일로 왔으니 나주 집으로 갈 밖에…, 집을 아는 하인 아이를 하나 내주었으면 합니다."

"그러시지요."

무공선사는 청지기 김 서방을 앞세우고 나주 집으로 향한다. 무공선사는 걸음을 늦춰서 김 서방을 가까이 다가서게 하면서 은밀하게 묻는다.

"하옥의 소실이 나주에서 온 모양이구만."

"그러하옵니다요."

"기생이던가?"

"소인이 어찌 소상히 알겠습니까요."

"허어, 내 아무리 돌중이기로 그래도 고승 대접을 받고 있는데, 너까지 날 속일 터이더냐."

"그것이 아니옵고…."

"하옥에게 듣기가 민망해서 너에게 묻는 것이 아니더냐. 하옥이 나주 집을 알게 된 경위를 실토하렷다."

"……."

"당장 고하라는데도!"

청지기 김 서방은 무공선사의 채근을 몇 번 더 받고서야 머뭇머뭇 입을 연다. 그 개요는 대략 이러하다.

3년 전이니까, 병오년 봄에 있었던 일이라고 한다. 나주 목사가 김좌근을 찾아와서 아주 진귀한 것을 보여줄 게 있노라고 졸랐다고 한다. 김좌근은 처음 몇 번은 거절했다가 마지못해 하면서 나주 목사의 뒤를 따라나섰는데 여염집으로 보이는 기와집으로 인도되었단다. 그 집 내당에 한 여인이 앉아 있었는데, 출중한 미색은 아니었으나 이목구비가 반듯하고 후덕한 인상이다. 김좌근과 나주 목사는 그 여인의 시중을 받으면서 술잔을 기울이게 된다. 그러는 동안 여인의 자태가 여러 가지로 변했는데 그것이 김좌근을 아주 흡족하게 했단다. 이를테면 웃음 하나에도 지고한 품위가 있다고 생각이 드는가 하면, 이내 남자를 휘어잡고도 남을 교태로 변했다가 또 순식간에 천사와 같은 포근한 모습을 보이면서 김좌근의 넋을 앗아 낸다. 김좌근은 불현듯 그녀를 곁에 두고 싶은 충동에 빠져 든다.

"자네 해어화라는 말을 들어 본 일이 있던가?"

해어화解語花는 말을 알아듣는 꽃이라는 뜻이다. 일찍이 당태종이 총애하는 양귀비를 그렇게 불렀다는 고사가 있다. 나주 목사가 그런 김좌근의 내심을 읽지 못한대서야 말이 되는가.

"대감, 이 사람을 진상하고자 합니다만…."

"허허허. 진상이라, 사람까지 진상을 받는다. 으허허허."

수많은 기방을 출입했고 헤아릴 수 없는 기생들을 만났지만 오늘 이같이 빠져 드는 여인을 겪어 본 일은 없었던 터라 김좌근은 쾌히 승낙했다. 이같이 말한 청지기 김 서방이 다시 또 부연한다.

"그런 연후에 나주 목사가 집과 가장집물까지 모두 마련한 까닭에 대감마님께서는 몸만 가신 셈입지요."

"허어, 과시 하옥의 욕심이로세."

"처음에는 며칠에 한 번씩 들르셨습니만…, 지금은 본댁을 며칠에 한 번씩 들르시는 형편이 되셨굽쇼."

"뇌물바리도 이젠 나주 집으로 들어가겠고만…."

"그렇기는 하옵니다만…."

"사영은 그 아낙을 뭐라고 부르구?"

"거기까지야 소인이 어찌 알겠습니까요."

"장차의 일이 큰일이로세…, 나무관세음보살…."

무공선사가 나주 집에 당도한 것은 어둠이 깔리면서다. 집은 기와집이었으나 크지는 않다. 김 서방이 대문에 매달린 문고리를 두들겼다. 나주 집의 살림을 챙기는 녀석으로 보이는 집사가 얼굴만 내밀었다가 김 서방을 보고는 히죽이 웃었지만, 무공선사를 살피고서는 고개를 가로저었다. 김좌근이 없는 것으로 하자는 눈짓이다.

"이 사람 하옥, 하옥 있는가…."

무공선사는 거침없이 대문 안으로 들어서면서 소리친다.

김 서방의 말을 들었는지 집사가 굽실거리는 걸음으로 뒤늦게 무공선사를 인도하듯 앞장을 선다.

"하옥, 무공일세…."

벌컥 방문이 열리면서 김좌근과 김병기가 버선발로 댓돌 아래까지 내려선다.

"아니 형님…."

"소실의 집에서 국사를 살피는 부자도 있던가."

"허허허, 하옥이 하는 일이올시다. 자, 자, 드십시다."

김좌근은 집사에게 주안상을 내라 이르고 무공선사를 사랑으로 인도한다. 무공선사는 마루로 올라서면서 큰소리로 뱉어낸다.

"곡차 수발은 합부인이 들어야 할 것이니라."

합부인閤夫人이 무엇인가. 남의 아내를 최상으로 공대해서 부르는 말이다. 얼핏 들으면 비아냥소리 같았지만 김좌근에게는 그렇게 들리지 않는다.

"허허허, 합부인이라 하셨습니까?"

"허면 이 무공의 입에서 소실 소리가 나와야 했던가. 사람들이 이미 그렇게 부르고 있을 것일세."

그것은 엄연한 사실이다. 사람들은 김좌근에게 대한 아첨으로 그녀를 '나주 합부인'이라고 불렀고, 존칭이 필요치 않을 경우에는 '나주 합부인'을 줄여 '나합羅閤'이라고 부른다.

"그걸 어찌 아셨습니까?"

"천하의 하옥인데, 그렇게 부르지 않으면 무엇이라고 부르겠는가."

"허허허, 과시 형님이십니다."

김좌근과 김병기는 무공선사를 극진히 대한다. 비록 승려가 되어 있으나 출가 전의 무공이 학문에 통달해 있었고, 대범한 성품으로 가문에서도 이름을 떨치고 있었기 때문이다.

"형님, 이젠 환속을 하시는 게 어떻습니까? 인재가 필요한 때라서 드리는 말씀이옵니다."

"허허허…, 내 법명이 무엇인가. 무주공산無主空山의 무공일세. 나는 임자가 없는 몸이 아닌가."

"허나 부처에게 매인 몸이 아니십니까?"

"모르는 소리, 심즉시불心卽是佛이란 말도 못 들었는가. 내가 곧 부처인 것을…, 아미타불."

주안상이 들어온다. 무공선사가 소리친 때문인지 나합이 들어와 사뿐히 절을 하고 앉는다. 무공선사는 그런 나합을 지켜보면서 목구멍에까지 치밀어 오르는 탄성을 쓸어 삼킨다. 나합의 외양은 뭇 사내들이 기를 쓰고 달려들 만큼 세련되어 있다. 미색이 아닌데도 나무랄 데 없는 얼굴이었고, 토실토실해 보이는 몸매인데도 날렵해 보인다. 게다가 몸 전체에서 풍기는 묘미도 신비스러울 만큼 산뜻한 맛까지 있다.

"형님, 곡차야 어떨려고요."

"무공은 그런 거 괘념치 않네."

무공선사는 빈 잔을 들어 나합에게 내밀며 대답한다. 그러면서도 예의 그 불같은 시선은 나합의 얼굴에 못 박아 두고 있다. 무공선사가 잔을 들어 목을 축이자 김좌근이 묻는다.

"허허허, 상을 보셨으니 한 말씀 주셔야지요."

"복채도 없이? 허허허…."

무공선사도 파대웃음을 토해 내고 나서야 나합에게서 시선을 뗀다.

"하옥의 생각이 내 생각일세."

"허허허, 과시 선답禪答이올시다."

"관상을 보고 험담하는 것도 탐욕이야. 또 하옥의 곁에 있으면 하옥이 될 테구…."

"허허허…."

사영 김병기도 무공선사의 거침없는 언동에 넋이 나간다. 술잔이 몇 순배 돌고 나자 무공선사는 비로소 김좌근을 찾아온 연유를 밝힌다.

먼저 철종과 양순의 관계를 세세히 입에 담는다. 김좌근도 김병기도 심지어 나합까지도 넋이 나간 듯 숨까지 멈춘다. 일국의 군왕에게 첫사랑이 있다니, 그것도 강화섬에 있는 떡장수의 딸이라니.

"내 하옥을 믿기에 이런 말을 입에 담네만…, 나합 자네도 단단히 들어야 할 터!"

무궁선사의 목소리에 힘이 실리면서 방 안 분위기가 천근같이 무거워진다.

"권력에는 속성이라는 게 따르는 법, 자네들에게는 자네들 몰래 자네들의 마음을 읽어 내는 소인배들이 있다는 뜻일세."

"형님, 무슨 말씀을 하시려고요?"

"우선 들어 둬. 그런 소인배들이 일을 저지르고 나면…, 자네들은 알고도 모른다, 몰라도 모른다, 그렇게 버텨 오지를 않았나."

"형님, 듣기가 심히 민망합니다."

"민망할 게 뭐가 있어. 그렇게 살아온 세월이 오십 년인 것을…!"

김좌근은 대답 대신 술 사발을 비운다. 김병기의 얼굴에도 마땅치 않다는 표정이 넘쳐 난다. 그제야 무공선사는 본론을 입에 담는다.

"자네들 부자에 잘 보이려는 소인배들이 양순이란 아이를 죽여 없앨 수도 있기에 미리 입에 담아 두는 것이야."

"형님, 아무리 사석이어도 듣기가 거북하고…."

"뭐가 거북해. 이 나라 왕조에서는 그렇게 세자가 독살 되었고, 또 세자빈이 의문의 죽음을 당했지만, 그런 소행들이 밝혀진 일이 있던가!"

"형님…."

"더 듣게. 꼭 자네의 뜻이 아니더라도 그런 일을 자청하고 나서는 멍청이들이 있는 법이기에 하는 소리야! 권세나 재물에 눈이 어두우면 그보다 더한 일도 하는 것이 사람들 사는 곳이 아닌가. 내가 이 점을 먼저 입에 담는 것을 두 부자는 명심해야 할 것이야!"

"……."

무공선사는 먼저 김좌근과 김병기의 의표를 찔러 둔다. 일이 잘못되는 날이면 양순이 입궐 전에 쥐도 새도 모르게 죽을 수도 있을 것이기 때문이다. 이들 두 부자를 위한 일이라면 시키지 않은 일에 나설 사람이 얼마든지 있지를 않겠는가.

"이 사람, 나합."

"예…?"

무공선사의 시선이 다시 자신에게로 쏠리자 나합은 질겁을 하며 놀란다. 화제가 그만큼 무서워서다.

"자넨 어찌 생각하는가? 하옥이 정승의 자리에 올라 천하의 일을 제집 일처럼 다스리다가 늙고 병들게 되면…, 사영이 또 그 뒤를 이어 천하대사를 떡 주무르듯 하기를 바라고 있을 게 아닌가."

"그야…."

나합은 입가에 절묘한 미소를 담으면서 김좌근과 김병기의 눈치를 살핀다.

"탐욕은 금물이라 했네만, 사람들이 탐욕을 버리지 않아서 그런 말이 생겼을 것이야. 자넨 정이 깊은 만큼 탐욕도 깊어. 그게 하옥이나 사영에게 누가 될 것이고…!"

"……."

나합은 얼굴을 붉힌다. 무공선사는 김좌근과 김병기에게 들려주듯 나합의 심사를 다스리고 나서야 어조를 바꾼다.

"해서, 자넨 불제자가 되고서만이 모든 소망을 이룰 것일세. 자네가 원한다면 불공을 내가 드려 줄 수도 있지…."

"그렇게만 해 주신다면야…."

나합은 반색한다. 그러잖아도 맞춤한 절을 찾고 있던 참이다.

"그야 자네의 마음가짐이 아니겠는가. 자네의 마음속에 부처님을 모시면, 자네 또한 나와 같이 될 것일세. 짬을 내서 전등사에 들르게나. 부처님의 앞으로는 내가 인도해 줄 테니까."

"고맙습니다. 분부 명심하겠사옵니다."

"허허허, 고마우이…."

무공선사는 이렇게 나합의 심중을 뒤흔들어 놓고서야 다시 김좌근에게로 시선을 돌린다.

"이젠 하옥이 내 소망 하나를 들어줄 차례고만."

"말씀하시지요."

"중놈이 사바의 일을 입에 담기가 민망하네만…, 양순일 상궁으로 삼아서 주상의 곁에 있게 해 주었으면 하네."

"……!"

김좌근은 소스라치게 놀란다. 김병기의 시선 또한 그에 못질 않다. 아무리 그렇기로 궐 안 내명부內命婦의 일을 함부로 정할 수가 있던가. 대왕대비 순원왕후가 들으면 대노할 일일 수도 있다. 김좌근은 난감해지는 심회를 감추지 못한다.

"형님도 참, 대궐 내명부의 일을…."

"이 사람들아. 모르긴 해도 주상이 길길이 뛰기 시작하면 감당을 못해. 아무리 나무꾼이어도 그가 입에 담으면 왕명이야. 자네들이 그 왕명을 거역할 수 있겠는가."

"끙…!"

마침내 김좌근이 신음을 토한다. 도승지 홍종응과 범 상궁을 통해 양순의 얘기를 들은 바가 있었기 때문이다. 철종이 경연의 자리에 들어와서도 학업에 열중하지 않고 있다는 소문도 들었고, 한밤중에 궐문으로 달려가 강화섬으로 가겠다고 난동을 부렸다는 얘기도 들어서 알고 있다. 아무리 그렇기로 양순을 궐 안으로 불러들인대서야 말이 되는가.

무공선사는 한 발 물러나 본다.

"상궁이 어렵다면, 물심부름은 시킬 수 있을 게 아닌가."

물심부름을 시키자는 것은 '무수리'로 입궁을 하게 해도 무방하다는 뜻이다. 김좌근에게는 상궁이나 무수리나 다를 바가 없다. 상궁도 무수리도 철종의 눈에 띄기는 매한가지일 것이기 때문이다.

"우선은 그렇게 해서 주상 전하의 심기를 평온하게 해 드렸다가 때를 보아서 후궁으로 간택할 수도 있기에 하는 소릴세."

"헛, 후궁이라니요?"

김좌근의 미간이 찌푸려진다. 무수리도 상궁도 어려운 판국인데 후궁이라니. 결국 무공선사는 김좌근에게 거절할 수 있는 명분을 세 가지나 제시한 셈이다.

"왜 잠자코 있는 게야?"

"형님. 세 가지 모두가 어렵다는 것은 형님께서 더 소상히 아시고 계실 터인데, 무슨 연유로 그리 말씀을 하시는지 알 길이 없사옵니다."

"순리를 따르자는 것인데 무에 그리 어려워…."

"지금 주상 전하께서 하셔야 할 시급한 일은 학업에 열중하시어 왕도를 닦는 일이라고 여겨지는데, 양순이란 아이를 궐 안으로 불러들이는 것은 전하의 심기를 더더욱 미편하게 해 드리는 일이 아니겠습니까. 곧 중전의 간택을 의논해야 할 처지임을 정녕 모르신다는 말씀이오이까?"

"주상께서 후궁을 두시는 일은 법도에 있는 일일 테고, 중전이 간택되더라도 후궁은 맞아들일 게 아닌가. 또 한둘이 아닌 후궁 가운데에 주상의 정인이 한 사람 섞여 있다 한들 무슨 하자가 있다는 게야."

"딱하십니다. 양순이란 아이가 후궁의 서열에 오른다면 이야말로 온 나라가 비웃음으로 술렁일 게 아닙니까."

"비웃음은 이미 술렁이고 있어."

"……!"

"지금의 주상을 계사로 삼은 연유가 무엇이야? 학문을 높여서 성군의 길을 가시게 하겠다는 생각은 애당초 없었던 일임은 천하가 아는 사실이 아닌가."

"말씀이 지나치시옵니다."

기어이 김병기가 입을 연다. 도저히 못 참겠다는 반응이다. 그러나 무공선사는 태연하다.

"지나칠 것도 없지. 아무것도 모르는 허울뿐인 주상을 용상에 앉혀 놓고, 자네의 척분을 중전으로 삼아서 일족의 세도로 나라를 다스리고자 했어. 그것은 치도일 수가 없어. 협잡이요, 야합이 아닌가."

"형님! 형님 또한 우리 일족이 아니오이까."

"그래서 하는 소리야. 기위 주상 전하의 허우대만 쓸 양이면 심기 하나만이라도 편하게 해 드리자는 것이야. 이래도 내 말을 못 알아듣겠는가."

"이거야 원!"

급기야 김좌근은 들었던 술잔을 '탕' 하고 소리 날 만큼 세차게 내려놓는다. 얼굴이 달아오른 김병기가 다시 입을 연다. 그의 목소리는 정중하였으나 그 내용에는 뼈대가 있다.

"제가 나설 자리는 아니올시다마는, 나라에 법도가 있듯이 치도에도 상궤常軌가 있음이라 사료되옵니다. 양순이란 계집아이가 후궁이 된다는 것도 천만부당하거니와 상궁이나 무수리로 입궁을 해서는 전하의 심기만 어지럽힐 뿐이올시다. 조정의 신하된 자가 어찌 지존의 심기를 어지럽히는 일을 나서겠사옵니까. 해서…."

"부전자전이로세!"

"형님!"

"임금의 마음이 편해야 자네들 마음도 편해지는 것을 왜 몰라!"

무공선사는 몸을 일으킨다. 나합이 황망히 따라 일어서며 말한다.

"말씀이 아직 끝나지 않으신 것으로 아옵니다. 좌정을 하오소서."

"내 출가가 하옥의 탐욕에서 비롯되었음일세!"

무공선사는 카랑카랑하게 뱉어 내며 방을 나선다. 그는 마당으로 내려서며 다시 소리친다.

"명찬이는 어서 나오질 않고 뭘 하느냐!"

내당 쪽에서 명찬이 달려 나온다. 나합이 무공선사의 뒤를 따른다. 두 사람이 마주선 곳은 대문 앞에서다.

"스님. 이렇게 가시면…."

"양순이 죽고 사는 것을 자네에게 맡기고 가네."

"스님…!"

"내 말 명심하게. 양순이 일로 주상이 잘못되면, 다음번엔 나무꾼 임금 구하지도 못해. 알았으면 단단히 전하게! 가자."

무공선사는 몸을 돌려 어둠 속으로 사라진다. 명찬이 재빠르게 무공선사의 앞장을 선다.

'종사의 일이….'

무공선사는 한숨에 섞인 중얼거림을 토해 낸다. 안동 김문이 헌종의 계사로 원범을 정하면서 외척의 세도로 부상하는 것은 그러려니 했던 일이었으나, 막상 김좌근과 김병기의 내심을 살펴본 지금에 이르러서는 양순이가 겪고 있는 어려움은 그야말로 먼지와 같은 일에 불과하다는 생각이 들어서다.

앞으로 끝없이 벌어질 세도의 전횡과 비리는 또 어찌해야 하는가. 수년 동안에 걸친 흉년으로 백성들의 살림은 피폐해져 있다. 그 피폐가 민란을 불러일으킬 것이었고, 민란을 다스리는 방법은 오직 탄압뿐임이 명약관화한 일이고 보면 김좌근이 주도해갈 조정은 백성들의 신뢰를 얻지 못할 것이 분명하다. 그런 조정이 얼마를 더 지탱할 수 있을지, 무공선사는 더욱 답답해지는 심중을 가눌 길이 없다.

## 2

'양순의 일로 주상이 잘못되면, 다음번엔 나무꾼 임금 다시 구하지도 못해!'

나합으로부터 전해들은 무공선사의 이 한마디가 김좌근을 한숨짓게 한다. 감추고 또 감추어야 할 치부가 들어난 것 같아서 수치심까지 느껴졌기 때문이다. 장김 50년 세도를 이어 가기 위해 헌종의 후사로 강화섬의 나무꾼 도령 원범을 지명했다. 대도大道의 정치가 아니라 뒷골목 패거리만도 못한 정치를 택한 셈인데, 그 철종이 잘못되면 '이젠 나무꾼 임금도 다시 구하지 못할 것' 이라는 무공선사의 독설이 김좌근의 폐부를 도려내기 시작한다.

김좌근은 뜬눈으로 밤을 보내고 입궐을 서두른다. 어차피 순원왕후와 의논할 수밖에 없어서다. 나이로도 팔 년은 연상이요, 대궐살이도 근 오십 년이나 한 순원왕후다. 게다가 내명부에 관한 일이라면 그녀의 한마디가 왕명이나 다름이 없다.

"호호호, 양순의 일로 온 게로군…."

김좌근은 순원왕후의 첫마디에 전율감을 느낀다. 사람의 마음을 읽는 것을 독심술이라 한다더니 과연 산전수전 모두 겪은 대왕대비다운 눈썰미다.

"요즘은 온 궐 안이 양순인가 하는 그 아이 얘기로 풍성하다네."

"누님. 어제 무공선사가 다녀갔사옵니다. 그 아이 일로 일부러 오셨나본데…, 무수리며, 상궁이며, 후궁이며 그야말로 되는대로 지껄이고 가시긴 했습니다만…, 그래도 마음에 걸리는 한마디가 있어 누님께 달려왔습니다."

"마음에 걸리는 한마디면…?"

순원왕후도 긴장한다. 무공선사가 김좌근을 일부러 찾아와 입에 담았다면 필시 예사로운 말일 수가 없어서다.

"듣기 거북하실 것입니다만…, '양순이 일로 주상이 잘못되면, 다음번엔 나무꾼 임금 구하지도 못해!' 라고 소리치시더랍니다."

"……!"

순원왕후는 황금빛 연침 모서리를 움켜잡으며 울분을 삭힌다. 김좌근은 공연한 말을 입에 담았다는 생각으로 애써 시선을 돌리는데, 침중하게 가라앉은 순원왕후의 목소리가 흘러나온다.

"내 생각도 그러하다네."

"누님…!"

순원왕후가 입에 담는 철종의 몰골은 궐 밖에서 들은 것보다 훨씬 더 심각하다. 자나 깨나 양순이만 찾는 철종의 모습이 이젠 안타까운 지경이라고 한다. 시도 때도 없이 궐문으로 달려가 강화섬으로 가겠다면서 난동을 피운다.

"그 또한 왕명인데, 언제까지 못 한다고만 할 텐가."

순원왕후의 어조는 지나가는 얘기로 입에 담는 것이 아니라 장차의 일을 우려하고 있음이 완연하다. 김좌근은 죄책감을 느끼지 않을 수가 없다.

"며칠 전 경연에서 있었던 일이네…, 주상이 《논어》의 구절을 줄줄 외면서 대소 신료들의 무능함을 힐책했다고 들었네."

"……!"

김좌근은 숨통이 막히는 두려움에 젖는다. 글을 모르는 나무꾼이라고 믿었던 철종이다. 그에게 사리를 판단할 수 있는 능력이 있다면 어찌 되는가. 더구나 《논어》의 구절을 들먹이며 현실 정치를 비판하고 나선다면 장김에게는 청천벽력이나 다름이 없다.

"《명심보감》까지 읽었다기에 그런 줄로만 알았는데…."

순원왕후는 말을 이어 가지 못한다. 김좌근도 생각의 범위를 좁혀 가지를 못한다. 모든 것이 잘못되고 있을지도 모른다는 자책감을 떨쳐 내지 못해서다.

"어제는 하루 종일 비원秘苑 언덕에 앉아 용루龍淚(임금의 눈물)를 흘리셨다네. 해서…."

"……!"

김좌근이 번쩍 고개를 든다. 순원왕후의 결단이 있을 것 같아서다. 예감은 적중한다.

"해서, 박 상궁을 강화섬에 보냈네."

"아니, 누님…."

"달리는 방도가 없지를 않겠나. 우선 사람 됨됨이부터 살펴보려고…."

김좌근은 온 전신을 에워쌌던 긴장감이 무너지면서 맥을 놓는다. 그리고 누님 순원왕후의 도량 넓음에 감동한다. 하긴 그렇다. 첩첩산중보다도 깊어서 구중궁궐이라고 불리는 곳에서 왕비와 후궁 들의 투총도 보았고, 하찮은 상궁이었던 아이가 후궁이 되어 왕자를 생산하는 것도 보았으며, 삼백 명도 넘는 무수리와 상궁 들이 평생을 혼자서 살아가는 외로움도 익히 보았던 터이다.

"양순이라는 아이의 심성만 착하다면야…."

무수리 아이로 데려와도 무방하지 않겠느냐는 의사를 보인다. 김좌근은 감동하면서도 걱정이 태산이다. 철종의 언동이라면 양순을 중전으로 간택하겠다고 나설 수도 있어서다. 순원왕후는 그런 김좌근의 우려까지도 말끔하게 씻어 준다.

"내년이면 주상도 성년일세. 중전의 재목도 찾아야지."

"그야 이를 말씀이겠습니까."

그제야 김좌근은 시름을 덜면서 대왕대비 전을 물러나와서 대전으로 향한다. 철종은 대전에 없다.

"비원에 계시옵니다."

김좌근은 범 상궁의 인도를 받으며 비원으로 가면서도 철종의 근황을 세세히 묻는다. 이젠 양순이가 입궐한 다음의 일을 생각해야 하기 때문이다. 영리한 범 상궁은 철종이 생각하는 양순의 문제를 약간은 과장한다. 그래야 철종의 심중을 따르는 것이 된다.

"받자옵기 민망할 때가 너무 많아서…, 몽매한 쇤네 등은 전하의 뜻이 이루어졌으면 할 따름이옵니다. 유념해 주소서."

김좌근은 수긍하지 않을 수 없다.

여름내 짙푸르던 나뭇잎은 단풍으로 물들어 가고 있다. 김좌근은 범 상궁이 가리키는 곳으로 시선을 던지다가 하마터면 비명을 토할 뻔했다. 철종이 곤룡포袞龍袍를 벗어 나뭇가지에 걸어 놓고 맨바지저고리 차림으로 앉아 있었고, 대전 내관 기세석은 조금 떨어진 자리에서 돌처럼 서 있어서다. 김좌근은 철종에게로 다가서면서 상체를 깊게 숙인다.

"전하, 신 한성부윤 김좌근 문후 여쭈옵니다."

"뵌 지가 오래 되었습니다. 함께 앉으시겠습니까?"

"전하, 부디 군왕의 체통을 차려 주소서."

"헛, 군왕은 무치라면서요. 여기 비원 언덕에 와 앉으면 강화섬에 온 듯합니다. 하옥 대감도 보셨지 않았습니까. 내 움막도 이런 숲속이 아니었습니까?"

"하오나 전하…."

김좌근은 간곡하게 철종을 부른다. 순원왕후의 심려하던 바가 그대로 드러나 보여서다.

"내 시 하나 읊지요. 북쪽에서 온 말은 북쪽을 향해서 서고, 남쪽 따뜻한 곳에서 날아온 새는 남쪽 나뭇가지에 둥지를 튼다胡馬依北風 越鳥巢南枝. 하옥대감도 들어는 보셨겠지요."

"전하 …."

"짐승도 그렇다는데, 하물며 임금이겠습니까."

철종의 두 볼로 굵은 눈물 줄기가 흘러내린다. 천하의 김좌근도 눈시울이 뜨거워진다. 철종이 시를 외서가 아니다. 그가 강화섬을 그리워하는 것은 첫사랑 양순을 보고 싶어 하는 것임이 뼛속 깊이 사무쳤기 때문이다.

"전하, 신이 모시겠사옵니다."

김좌근은 나뭇가지에 걸린 곤룡포를 걷어서 든다. 철종은 말없이 김좌근의 뜻을 따른다. 비스듬한 비원 언덕을 내려서는 김좌근과 철종의 모습은 온 대궐 안을 숙연하게 한다. 천하의 세도 김좌근이 임금의 겉옷인 곤룡포를 들었고, 따르는 철종은 창의氅

衣 차림이다.

대전마당에는 상번 내시와 상궁 들이 죄진 사람처럼 둘러서 있다. 김좌근은 들고 있는 곤룡포를 범 상궁에게 주면서 당부한다.

"범 상궁의 소임이 막중해졌음이니라."

"명심하겠사옵니다."

범 상궁이 철종을 받들어 모시고 대전으로 든다. 김좌근은 한숨을 놓으면서 잠시 대전 뜰을 몇 발짝 서성여 본다. 오늘 하루 반나절에 십 년의 세월을 뛰어넘는 것과 같은 복잡하고 미묘한 생각들이 뒤엉킨다. 범 상궁이 나오자 김좌근은 비로소 대전으로 든다.

철종은 딴사람처럼 보료에 앉아 있다. 김좌근은 잠시 숨을 고르고 나서 순원왕후의 뜻을 전한다.

"전하, 곧 양순을 입궐하게 하랍시는 대왕대비 마마의 분부가 계실 것으로 아옵니다."

"……!"

철종은 눈을 크게 뜬다. 그리고 숨을 멈춘 사람처럼 움직이지 않는다. 아무리 뜻을 이루는 일이어도 엄청난 충격일 것이기 때문이다. 김좌근은 양순이가 입궐하고 난 다음에 일어나게 될지도 모르는 우여곡절을 진지하게 설명하려 한다.

"전하, 대궐에는 지켜야 할 법도가 있고…, 또 지존이신 전하라 하더라도…."

"그런 거 지금 들어서 뭣하게요? 보고 싶은 사람 만나면 그만이지 뭐가 더 필요해요? 양순이만 데려다 놓으면 나는 쥐죽은 듯 살 것이요. 난 어차피 할 일이 없지를 않소. 어서 양순이부터 데려오세요. 그때의 일은 그때 가서 의논하는 것이 순리가 아니겠습니까. 양순이와 난 혼인을 약조했던 사입니다. 아시겠습니까?"

철종은 울먹울먹 외로움을 담아서 의중을 쏟아 놓는다. 김좌근도 더 할 말이 없음을 안다. 양순이가 입궐한 다음에 일어날 일들은 그때의 일일 뿐, 지금으로서는 철종도 김좌근도 입에 담을 일이 아님이 너무도 명백해진 터이기에….

## 3

양순이가 강화섬을 떠나던 날은 또 한차례의 소동이 일어난다. 양순의 집 초가 마당에는 이웃 아낙들이 모여들어서 발 딛을 틈이 없다. 양순 어미 윤씨도 있는 대로 성장盛裝을 하였고, 마치 천하를 얻은 듯 들떠 있다.

"두고 보슈. 우리 원범이가 우리 양순일 불렀으면…, 헤헤헤, 우리 양순이가 중전 마마가 아니겠이니꺄. 고진감래지요. 헤헤헤, 나는 임금님의 장모니다."

양순 어미 윤씨의 입방아가 아무리 심상치 않아도 마을 사람들은 수긍하지 않을 수가 없다. 그동안 양순이가 겪은 마음고생을 알기 때문이다.

"허면, 자네도 따라갈 참이야?"

"하이고 내가 안 가면, 우리 중전 마마가 대궐이 어디 붙었는지 알기나 하니꺄. 헤헤헤. 내가 앞장을 서서 길을 내야지요. 암 길을 내야지."

그래, 그래야 되겠지. 떡판을 머리에 이고 펑퍼짐한 엉덩짝을 흔들면서 염하를 건너 통진 들판까지를 휘젓고 다니던 양순 어미다. 떡을 팔아서 외동딸을 키워 낸 양순 어미의 노고를 모르는 사람이 있을까. 그래서 좁은 마당은 온통 흥겹기 그지없다.

"비키세요. 어서 좀 비켜나세요."

사미승 명찬의 뒤로 꽃가마 한 채가 따랐고, 법장法杖(고승의 지팡이)을 든 무공선사가 들어선다. 법장 끝에 매달린 쇠고리가 흔들릴 때마다 뗑그렁뗑그렁 울리는 맑은 방울소리가 세속 사람들에게는 마치 부처의 소리로 들린다. 또 한바탕 양순 어미의 호들갑이 살아난다.

"아이고 시님도…, 사지가 멀쩡한데 가마는 웬 가마니꺄."

"허허, 웬 말이 그리도 많아. 양순인 어서 나오너라."

"시님, 지는요? 양순이가 가면 지도 가야지요. 그래도 지가 원범이 장몬데…."

"이렇게 칠칠치 못한 여편네를 봤나. 당장 주둥이 닥치지 못할까!"

무공선사가 벼락같이 소리치며 법장을 구른다. 온 마당이 적막감에 싸이면서 방문이 열린다. 미복 차림의 기세석의 뒤로 대왕대비 전의 박 상궁이 따라 나왔고, 마지막으로 양순이가 나온다.

"원 세상에…."

초가집 마당은 경탄의 소리로 다시 살아난다. 대왕대비 전에서 마련해 온 무수리의 옷을 입은 양순의 모습은 예쁘고 복스럽기가 선녀나 다름이 없다. 대왕대비 전 박 상궁이 무공선사에게로 다가서면서 속삭이듯 입을 연다.

"어찌 무수리 아이를…."

가마에 태우겠느냐는 뜻이겠지만, 얼핏 들으면 항변과도 같다.

"마마님의 심중은 알고도 남으나, 오늘만은 강화섬의 법을 따라 주셨으면 하이."

박 상궁은 순순히 따를 수밖에 없다. 무공선사는 김좌근과 마찬가지로 대왕대비 순원왕후의 아우가 된다. 게다가 강화섬의 법도라고 한다면 할 말도 없다.

마침내 양순은 가마에 오른다.

"서둘러라."

가마가 들리면서 마당을 나서자 양순 어미 윤씨는 사람들의 무리를 헤쳐 나가면서 덩실덩실 춤을 춘다.

갑곶나루도 인산인해, 원범이 떠나던 날이나 다름이 없다. 원범이가 임금이 되었다면 양순은 왕비가 되어야 한다는 단순 논리가 무리를 이룬 사람들의 생각을 지배한다. 그렇다고 구태여 아니라고 용을 쓸 일도 아니다. 이윽고 양순을 태운 가마가 거룻배에 오르자 무공선사가 양순 어미에게로 다가선다.

"한양에는 내가 대신 다녀올 테니, 자넨 그만 여기서 돌아서게나."

"아이고, 시님…!"

양순 어미의 눈등이 붉어지면서 콩알 같은 눈물방울이 뚝뚝 떨어진다. 누군들 윤씨의 마음을 헤아리지 못하랴. 그러나 무공선사의 설득은 간곡하다. 궐 문 앞에서 헤어지게 되면 돌보아 줄 사람도 없겠고, 혼자 몸으로 강화섬까지 돌아오자면 그 허황함을 어찌 견딜 것이냐며 애써 타이르는 무공대사에게 양순 어미는 통곡으로 대답을 대신한다.

"양순아 양순아, 어미 생각 잊지 마라…, 양순아…!"

양순 어미의 통한을 뒤로 한 채 거룻배는 갑곶나루를 떠나간다. 뱃전에 우뚝 선 무공선사의 시선은 허공을 맴돌고 있다. 그에게는 기약 없이 헤어지는 모녀의 작별임을 알고도 남아서다. 무수리던 상궁이던 한 번 궁으로 들어가면 살아서는 나오지 못한다. 평생을 혼자 살아야 하는 무거운 짐은 또 어찌해야 하나.

가마의 행렬은 통진을 지나 김포 벌판으로 들어선다. 내시 기세석이 앞장을 서고 뒤로 박 상궁이 궁녀 하나를 거느리고 따르는 단출한 행렬이다. 승석 무렵을 스치는 바람이 한기를 느끼게 한다. 가마가 으슥한 숲길로 들어서자 몸집이 우람한 장정 다섯 사람이 가마의 진로를 막아선다.

"당장 물러서시오. 어명 받자온 가마요!"

다가서던 장정 한 사람이 소리치는 기세석의 가슴팍을 세차게 밀어 던진다. 기세석은 눈 깜짝할 사이에 길바닥에 내동댕이쳐진다.

"이 무슨 망동인가. 어명 받자온 가마요!"

박 상궁이 황급히 달려 나오며 소리친다.

"목숨 아까운 줄 알면 당장 물러서렷다!"

기세석을 밀쳤던 사내가 박 상궁 또한 윽박질러 밀어낸다. 그리고 천천히 가마로 다가서면서 문짝을 낚아채다가 흠칫 놀란 듯 뒤로 물러선다. 가마에서 무공선사가 내리고 있어서다.

"이런 못된 것들이 있나. 어명을 받은 가마라고 일렀거늘…!"

무공선사는 예견하고 있었다는 듯 가마에서 내리며 멜채에 눕혀 두었던 법장을 집어 든다. 짤랑짤랑 법장 끝에 매달린 방울 소리가 울린다. 장정들은 이판사판이라는 듯 무공선사를 에워싸며 조여든다. 불빛처럼 형형한 눈빛을 굴리면서 무공선사는 앞장선 장정의 가슴팍을 법장으로 후려친다. 장정은 비명도 지르지 못한 채 맨바닥에 나동그라진다.

"나 무공은 전등사 주지니라. 하옥 김좌근이 내 아우라면 대왕대비 순원왕후가 내 누님일 터, 내 네놈들의 소행을 이미 알고 있었느니라!"

"……."

장정들은 사색이 된다. 어찌 머리를 깎은 승려의 입에서 김좌근이 거론되고, 순원왕후의 아우임을 밝히고 나서리라고 짐작인들 했던가. 이어지는 무공선사의 다짐은 칼날과도 같다.

"너희가 아무리 불한당이기로 이래도 나와 맞설 참이더냐, 목숨을 부지하고 싶거든 당장 물러가렷다!"

무공선사가 법장을 들어 쿵 하고 소리 나게 땅바닥을 구르자 다시 쇠방울 소리가 쨍그렁거린다. 장정들은 비실비실 뒷걸음치는가 싶더니 눈 깜짝할 사이에 줄행랑을 놓는다. 그제야 무공선사는 박 상궁에게로 다가선다. 곁에 선 계집아이가 얼굴을 가렸던 장옷을 내린다. 양순의 눈빛이 초롱하게 빛나고 있다.

"이젠 네가 타도 아무 탈이 없을 터인즉…!"

"대사님…."

박 상궁의 감동은 이만저만이 아니다. 양순의 집을 떠날 때 '무수리가 될 아이에게 무슨 가마냐고…' 토를 달았던 자신의 방자함을 용서 구하려는 안색이 역력하다.

"이 이야기는 대왕대비 전께 본 대로 전해야 할 것일세."

"아, 예."

양순은 그제야 박 상궁의 인도로 가마에 오른다. 내시 기세석이 길을 열어 가는 가마는 빠르게 김포 가도를 빠져 나간다. 무공선사는 법장 소리 울리면서 가마의 뒤를 따른다.

양순을 태운 가마가 창덕궁의 서문인 금호문金虎門으로 들어선 것은 다음 날 아침나절이다. 대왕대비 전 박 상궁은 마중을 나와 선 범 상궁에게 양순을 맡겨서 몸단장과 요기를 당부하고 자신은 서둘러 대왕대비 전으로 간다.

“호호호. 박 상궁의 노고가 컸다. 이번에도 무공의 도움이 컸겠지?”

박 상궁은 강화섬에서 있었던 일들을 되도록 소상하게 입에 담는다. 김포의 숲 속에서 있었던 불상사를 입에 담을 때의 순원왕후는 미간을 찌푸리며 혀를 찼다. 그리고 무공선사의 선경지명에 경탄을 아끼지 않는다.

“마마, 범 상궁 들었사옵니다.”

“함께 들라 이르라.”

방문이 열리고 양순이 들어선다. 잔뜩 주눅이 든 양순이었어도 순원왕후에게는 달덩이같이 탐스럽게 보인다. 양순은 범 상궁의 도움을 받으며 제법 의젓하게 큰절을 올리고 다소곳하게 앉는다.

“호호호. 잘 왔다. 모르긴 해도 주상이 알면 길길이 뛸 일이 아니더냐.”

“망극하옵니다.”

대왕대비 순원왕후의 온 얼굴에 가득했던 웃음이 지워지면서 하얗게 바래진다. 양순이 지켜 가야 할 대내의 법도를 입에 담으려는 엄숙함이다. 양순에게는 천 근의 무게로 짓눌러 오는 위협이 아닐 수 없다.

“양순이 네가 대궐살이를 무사히 하자면 아무리 사소한 일이라도 대내의 법도를 지켜 가야 할 것이며…, 설혹 주상의 잘못으로 저질러진 일이라도 모두가 네 허물이 될 것이며, 그 허물은 가차 없이 중벌로 다스려질 것임도 명심하렷다."

"……."

양순이 대내의 법도를 알 까닭이 없다. 그러므로 양순의 심려보다 범 상궁의 심려가 더 클 수밖에 없다. 근자 철종이 보여 주는 여러 가지 행태는 모두가 양순이가 뒤집어써야 할 허물이 될 것이기 때문이다.

"또한 양순이 이 아이의 허물을 다스리기 전에 반드시 범 상궁을 추궁할 것임도 명심하렷다!"

대궐 안 내명부의 운명은 왕실 어른들의 말 한마디로 정해진다. 지금과 같은 왕실의 사정이면 대왕대비 순원왕후의 한마디에 목숨을 걸어야 한다. 근자 철종의 행태로 보아서는 양순으로 인한 불미한 일이 야기될 것임은 불을 보듯 뻔하다. 이에 대한 순원왕후의 우려가 철종의 신임을 얻고 있는 범 상궁에게 전해지는 것은 조금도 나무랄 일일 수가 없다.

## 4

"양순이가, 양순이가 왔다고?"

철종의 기쁨은 하늘을 찌른다. 그러나 양순과는 좀처럼 만나지지 않는다. 양순이가 대궐을 걸을 때면 걷는 법도를 모른다 하여 시달려야 하고, 앉으면 앉는 대로 서면 서는 대로 잔소리를 들어야 한다. 강화섬의 넓은 벌판을 뛰어놀던 양순에게는 지칠 노릇이 아닐 수가 없다.

"어서 양순일 데려오너라. 양순이가 왔다면서…!"

철종의 초조함도 헤아릴 길이 없다. 점심때가 훨씬 지나서야 범 상궁이 무수리 차림의 양순을 데리고 왔다.

"야, 양순아. 나다 원범이다!"

"……!"

주눅이 든 양순은 철종과 눈길조차도 마주치려 하질 않는다. 대왕대비 순원왕후의 일갈이 아직도 가슴 한가운데 살아 있어서다. 철종에게는 양순의 모습이 도무지 예전과 같지를 않다. 양순과 닮은 사람을 데려다 놓았다는 의구심까지 드는 지경이다.

"야, 양순아. 군왕은 무치란다. 군왕은 뭐든지 다 할 수가 있어. 양순아, 이리 가까이 와라. 어서 양순아."

철종의 안달이 끝없이 이어져도 양순의 몸은 굳어진 채 뻣뻣하다. 수라상을 받으면 양순일 찾아서 함께 먹자고 구슬려도 법도에 어긋난 일이었고, 침전에서 호젓이 마주 앉고 싶어도 안 된단다. 따지고 보면 철종이 임금의 자리에 있는 고통이나, 양순이가 무수리로 있는 고통은 다를 것이 없다. 넓은 강화섬에서 산과 바다를 누비고 다니면서 종횡무진의 사랑을 나누었던 두 사람이다. 좁은 대궐…, 그 많은 제약이 이 두 사람에게는 언제나 장애

물일 수밖에 없다.

"범 상궁. 이 아이는 양순이가 아니다. 아무리 살펴도 예전 양순이가 아니다. 혹씨 양순이처럼 생긴 아이를 데려와서 나를 속이는 것이 아니냐?"

"당치 않으신 분부시옵니다. 분명 강화섬에서 온 양순입니다. 통촉하소서."

철종에게는 도무지 이해할 수 없는 일의 연속이다. 낮에 만나면 양순은 나무토막과도 같이 아무 감흥이 없었고, 밤이면 그나마도 만날 수조차도 없다.

"범 상궁, 내가 비원으로 나갈 것이니 양순일 그리로 데려다오. 그리고 아무도 범접을 못하게 하라. 알아들었으렷다."

범 상궁은 철종의 어의를 거역할 수가 없다. 지난 며칠 동안 애타해 하는 철종의 몸부림을 빠짐없이 지켜보지를 않았던가. 혹여 남의 눈에 띄지 않는 곳에서라면 양순의 마음도 풀릴 것이라는 생각이 들어서다. 범 상궁은 내시 기세석과 의논하여 철종과 양순과의 만남을 비원 숲에서 주선하기로 한다.

먼저 나온 철종은 곤룡포를 벗어 나뭇가지에 건다. 그리고 익선관翼善冠까지 벗어서 맨상투, 맨바지, 맨저고리 차림이 된다. 이윽고 멀리서 양순이 다가서는 모습이 보였다.

"양순아, 여기다!"

양순은 걸음을 멈추고 움직이지 못한다. 맨바지저고리 차림이 된 철종의 모습에서 어렴풋한 대로 강화섬에서의 원범을 찾아낼 수가 있어서다. 두 사람의 거리가 급하게 좁혀진다.

"원범아…!"

비로소 두 사람은 비원의 숲 속에서 강화섬에서 뛰놀던 추억을 더듬는다.

철종과 양순의 사랑은 대궐의 법도를 따르는 것이 아니라 강화섬 벌판에서 벌어지던 원색적인 애정행각이다. 어느 날은 곤룡포를 입은 채 지게를 지고 비원 언덕을 뛰놀고, 또 어떤 날은 벌거벗은 몸으로 연당에 뛰어들기도 한다.

끙…, 대왕대비 순원왕후는 신음을 토하면서도 철종과 양순의 행태를 탓할 수가 없다. 그들의 사이를 인위적으로 갈라놓는다면 정무가 중단될 위험이 있어서다. 비록 철종의 뒷자리에 발을 치고 정무를 살핀다고 하더라도 반드시 철종이 보좌에 앉아 있어야만 순원왕후의 뜻이 왕명으로 성립되기 때문이다.

철종 2년(1851) 7월 13일이면 철종이 보위에 오른 지가 2년 남짓 되었을 때다. 그동안도 크고 작은 왕명을 내린 일이 있었지만, 오늘과 같은 중차대한 왕명을 내린 일은 아직 없다. 사람을 다치게 하는 왕명이기 때문이다. 그것도 의정부의 수장인 영의정을 내치는 일임에랴.

"영의정 권돈인을 문외출송門外黜送(궐 밖으로 내치는 것)토록 하라!"

비록 순원왕후가 발 뒤에서 입에 담은 말이지만, 철종의 어명임에는 분명하다. 영의정을 일러 '일인지하一人之下요, 만인지상萬人之上' 이라고 한다. 한 사람의 밑이라는 것은 임금 이외는 쳐다볼 사람이 없다는 뜻이고, 만인의 윗사람이라는 것은 백성들 위에 군림한다는 뜻이다. 선비의 길로 들어서서 두루 높은 관직을 섭렵하고서야 더 올라갈 자리가 없는 영의정의 자리에 오를 수가 있다. 그런 영의정을 궐 밖으로 내쫓는다면 의정부를 개편하는 신호탄이나 다름이 없다.

이 다급한 소식에 접한 전 좌의정 김도희는 서둘러 아우인 추사秋史 김정희金正喜에게로 달려간다. 서둘러야 할 연유는 두 가지, 하나는 김정희와 권돈인이 무척 가깝다는 사실이었고, 다른 하나는 김정희도 권돈인의 뜻을 지지하고 있었기 때문이다.

추사 김정희의 거처에는 품위 있게 그려진 난폭蘭幅이 펼쳐져 있었고, 흥선군興宣君 이하응李昰應이 자리를 함께하고 있다.

"영상께서 문외출송되셨네."

"……!"

순간 김정희의 안색이 창백하게 바래진다.

"하오시면, 그 진종조예론眞宗祧禮論 때문이옵니까? 영상께서 문외출송된 것이…."

"이르다 뿐인가."

추사 김정희는 눈을 감는다. 장김 일족의 발호가 시작되고 있음이라 직감한 때문이다. 여기서 문제가 된 '진종조예론' 이 무엇인지를 잠시 살펴보자.

임금이 승하하고 2년이 지나면(국상이 끝나면) 그 위패位牌가 종묘에 봉안되어야 한다. 이때 5대 이상을 조천祧遷하는 문제가 생긴다. 다시 말하면 5대만 기제忌祭를 지내고 그 이상은 시제時祭만을 지내는 법도 때문이다. 헌종의 위패가 종묘로 들어가게 되면 진종眞宗(사도세자)이 문제가 된다. 진종이 영조의 아들이었기에 정조가 그 계사로 정해진 때문이다.

이에 대한 판부사 정원용의 주장은 이러하다.

— 5묘의 제도는 시조始祖와 사친四親만을 제사 지내는 것으로 이소이목二昭二穆 이상은 조천하는 것이오. 제왕의 집은 통서統序(계통을 이은 것)를 대代라 하오. 진종, 정조, 순조, 익종, 헌종의 5대가 내려왔으니 의당 진종은 조천해야 하오. 금상은 헌종의 계통을 이은 것이오.

일면 타당한 의견으로 들릴 수밖에 없다. 그러나 얼마든지 문제 삼을 여지 또한 있다. 예절의 숭상을 으뜸으로 삼아 온 조선 왕조가 아니던가. 영의정 권돈인이 이에 반발하고 나선다.

— 당치 않은 말이오. 진종, 정조, 순조, 익종, 헌종 5대를 내려와 조천하는 것이 일면 옳은 듯하나, 지금의 전하는 헌종의 아들이 아니니 증조밖에 되지를 않소. 다시 말하면 진종은 은언군, 전계대원군, 금상의 계통으로 보면 증조부밖에 되지를 않소. 예

부터 고조와 증조는 제사를 드리는 것이 예법으로 되어 있소. 지난날의 일을 상고해 보시오. 우리나라에서도 선조宣祖 2년 인종仁宗을 부묘祔廟할 때 예종睿宗을 조천하려 하였으나, 예종은 선조의 고조가 되는 까닭으로 조천하지 않았었소!

형제 간을 한 대代로 보느냐 하는 문제와 5대만 되면 조천한다는 문제의 갈등이다. 조선왕조는 임금이 후사를 두지 못하고 승하한 일이 잦았고, 보위에 오른 임금이 사친을 추존한 일이 있었던 까닭으로 그 대를 산출하는 데 어려움이 있다. 진종의 조천문제는 바로 여기에 해당된다.

대왕대비 순원왕후는 이 일을 2품 이상의 신료들에게 토의케 한다. 전 좌의정 김도희를 비롯한 박희수, 김흥근, 박영원, 홍직필 등은 정원용의 뜻에 동조를 했다. 속은 세를 따른다고 했던가. 성균관의 유생들이 영의정 권돈인의 견해를 천만부당하다고 반박했다. 그것은 반박에서 그치지 않았다.

사헌부의 장령 박봉흠朴鳳欽 등이 권돈인을 탄핵하고 나서자 삼사三司에서도 연일 상소를 올려 권돈인의 축출을 청한다.

대왕대비 순원왕후는 철종이 임석한 자리에서 명했다.

"영의정 권돈인을 문외출송하라!"

철종이 어찌 조천이 무엇인지를 알겠는가. 다만 대왕대비의 뜻을 따랐을 뿐이다. 그러나 권돈인에 대한 단죄는 문외출송에서 끝나지 않는다. 홍문관에서 다시 권돈인에게 죄줄 것을 청하고 나서자 급기야 중도부처中途付處가 추가된다.

전 좌의정 김도희는 아무래도 아우인 추사의 일이 걱정된다.

"화가 자네에게까지 미칠까 두려워서 달려왔으이."

"옳은 일을 옳다고 하는 것도 죄가 되오이까."

"허어, 자네의 바로 그 점이 두려워서 달려왔다는데도! 시세란 흐름이 있질 않은가. 이 일이 어디 영상 한 사람의 문외출송으로 끝나는 일이던가."

"……."

김도희의 예견은 적중한다. 영의정 권돈인이 문외출송에 중도부처가 추가 되자, 홍문관 교리 김회명金會明이 마침내 추사 김정희를 탄핵하는 상소를 올린다.

— 권돈인은 김정희와 결탁하여 김정희의 아버지 김노경金魯敬의 죄를 신복伸復하고자 하는 것이옵니다. 권돈인을 엄중히 처벌하고 김정희, 김명희金命喜, 김상희金相喜 등의 형제들에게도 형여지인刑餘之人으로 다스려야 하는 것은 이들 또한 조정의 예법을 어지럽혔기 때문이옵니다.

추사 김정희는 아버님의 죄를 신복하기 위해 조예론의 배후를 발설한 사람으로 지목이 된 꼴이다. 한 번 논란된 일에 대해서는 끝장을 내는 것이 조선왕조의 습속이다. 하물며 부묘에 관한 예론임에랴.

아흐레 뒤인 7월 22일, 철종은 다시 명을 내린다.

"김정희는 북청北靑으로 부처하고, 명희와 상희는 방축하라."

방축放逐은 고향에 가서 살게 하는 벌이다. 김명희 · 김상희 형제에게 내려진 벌은 불명예스럽기는 해도 고향으로 내려가는 것으로 끝났으나, 장장 8년 동안의 제주도 유배에서 풀려난 지 채 2년 반 만에 다시 함경도 북청으로 부처된 김정희의 나이 이때가 66세, 온 집안이 통곡으로 변하는 것은 당연하고도 남는다.

# 추사 김정희

## 1

"형님, 이렇게 가시면 언제 또다시 뵈올 수 있을지…."

백발이 성성한 두 동생인 김명희와 김상희가 형님인 김정희의 손을 잡고 눈물을 흘린다. 몰려든 문제門弟들도 울음을 토했고, 척분과 가솔 들도 통곡한다. 온 집안이 곡성으로 진동하기에 이르자 김명희, 김상희도 참았던 눈물을 터뜨리며 목 놓아 운다.

김정희는 입을 열어 아우들을 나무란다.

"예사 사람이라면 모르거니와 글을 읽기를 자네들같이 한 사람들까지 어찌하여 이와 같은가!"

그 일갈에 울음소리는 잠잠히 가라앉는다. 김정희는 두 아우와 식솔들의 모습을 찬찬히 살피고 나서 무거운 발걸음을 문 밖을 향해 옮겨 놓기 시작한다.

추사 김정희를 일러 사람들은 '가슴에 만권서萬卷書를 품고, 팔뚝 아래 309비碑를 거느리며, 서예書藝의 비의秘義를 남김없이 구사했다' 고 말한다. 그의 학문과 예술을 이보다 더 명확 간결하게 말할 수도 없을 것이리라.

김정희가 형리들의 호종을 받으면서 돈의문敦義門을 나서자, 흥선군 이하응이 눈시울을 적시며 서 있다.

"스승님!"

"오…."

추사 김정희는 흥선군 이하응의 손을 잡으며 반가워한다. 그의 표정은 귀양을 가는 사람이 아니라 어디 경관 좋은 산천으로 유람을 떠나는 사람처럼 유유자적하다.

"무엇이라 말씀을 여쭈어야 하올지…."

"내 걱정은 마세요. 이제 죽은들 무슨 한이 남겠소. 다만 외씨外氏께서는 귀한 몸이시니 부디 자중하세요!"

김정희는 흥선군 이하응을 외씨라고 부른다. 내외 팔촌척의 친근감을 그렇게 표현하면서 이하응에게만은 자신을 친척, 혹은 친척 형이라고 자칭한 셈이다. 흥선군 이하응은 이 같은 김정희의 깊은 배려에 몸 둘 바를 몰라 하면서도 내심으로는 기쁘기 한량없다.

"서툴게라도 난이 그려지면 스승님이 계신 곳으로 보내 올리겠사옵니다. 힐문의 글월이라도 주신다면 천하에 다시없는 광영이겠사옵니다."

"내 쪽이 광영인 것을요. 석파란을 보는 것으로 살아 있는 보람으로 삼겠어요. 허허허."

"고맙습니다."

"귀한 몸이시오. 깊이 간직하세요! 그럼…."

"……."

이때 흥선군 이하응은 32세, 종친부宗親府의 유사당상有司堂上이라는 하찮은 자리에 있었어도 많은 사람들로부터 두터운 신망을 얻고 있었고, 추사 김정희를 스승으로 삼아서 난蘭을 그리곤 하였는데 추사로부터도 극찬을 듣고 있다. 후일 그가 그린 난을 석파란石坡蘭이라고 하는 것은 흥선군 이하응의 호가 석파이기 때문이다.

흥선군 이하응은 마음으로부터 존경을 아끼지 않았던 스승 추사 김정희의 멀어져 가는 뒷모습을 지켜보며 양 볼을 적신다. 존경할 수 있는 스승을 가까이에서 모실 수 있다는 것은 크나큰 행운이자 광영이라는 것을 이하응이 모른대서야 말이 되는가.

이하응은 몸을 돌려 돈의문으로 들어선다. 울적하고 허전한 심중을 달랠 길이 없다. 김정희가 마지막으로 당부한 말이 귓전을 맴돌아서다.

'외씨께서는 귀한 몸이시니 부디 자중하세요!'

추사 김정희가 처음 이렇게 말했을 때는 예사롭게 들었는데, 부처지로 떠나면서까지 같은 뜻의 말을 되풀이하는 것은 아무래도 심상치가 않다.

'귀한 몸이시오. 깊이 간직하세요!'

추사 김정희와 같은 거인이 같은 자리에서 같은 말을 두 번씩이나 되풀이했다면 거기에는 예사롭지 않은 뜻이 담겨 있음이 분명하다.

지친이란 뜻인가. 이하응은 철종과 무척도 가까운 혈통이다. 그래서 귀하신 몸이라고 했을까. 이하응은 고개를 가로젓는다. 그런 뜻이 아닐 것이라는 생각 때문이다. 고명한 스승의 말을 되새기는 이하응의 표정은 침중하다. 그가 걷고 있는 왼쪽으로 경희궁慶熙宮의 긴 담장이 이어져 있다. 영조대왕이 기거하던 궁궐이 아니던가. 영조대왕은 철종과 자신에게 직계의 선조가 되었기에 이하응의 심중은 더욱 착잡한 감회에 젖어 든다.

'귀하신 몸이라….'

추사 김정희의 당부가 다시 한 번 이하응의 귓전을 울린다. 이하응은 남달리 야심만만한 사람이다. 자신이 헌종의 계사로 지목될지도 모른다는 소문이 나돌았을 때 그는 외척의 발호를 다스리지 않고서는 왕부의 위엄이 서지 않을 것이라고 생각한 일까지 있다. 물론 그런 내심을 드러내 보이지는 않았지만, 남의 말 하기를 좋아하는 사람들은 없는 말까지 지어내며 회자되기를 강요한다. 추사 김정희가 북청으로 귀양을 가게 된 것도 따지고 보면 그런 희생이다.

'이 나라 조정이….'

이하응은 헌종이 승하하고 철종이 보위에 오르게 된 과정에서 오늘에 이르기까지를 생각해 본다. 헌종의 계사로 강화섬에서 나뭇짐을 지고 다니던 더벅머리 총각을 정한 것은 장김의 획책이다. 철종이 보위에 오르면서 대왕대비 순원왕후가 수렴청정에 임했다. 김좌근을 한성부윤으로 밀어 두고, 김병기를 성균관 대사성의 자리에 앉힌 것은 유림을 장악하려는 속셈이다. 그리고 두 달 뒤에 왕대비 신정왕후의 척족인 조병현을 사사하는 것으로 풍양 조문의 팔다리를 잘라 냈다.

하늘도 장김의 발호를 도와주고 있음이던가. 1850년(철종 1) 12월에 판부사 조인영이 세상을 떠나면서 풍양 조문은 재기불능의 나락으로 떨어지고 만다. 그리고 '진종조예론'을 빌미로 영의정 권돈인을 문외출송하였다면 의정부를 개편할 조짐이 분명하다. 그렇다면 추사 김정희의 3형제는 왜 제거해야 했던가. 김정희 또한 장김 못지않은 경주慶州 김문金門이었고, 이들 또한 영조의 외척으로 막강한 세도를 누린 집안이다. 전 좌의정 김도희가 그의 일족이며 김덕희金德喜(김정희에게는 육촌)가 병조판서의 지위에 있다. 게다가 추사 김정희는 높은 학문과 고고한 인품으로 수많은 문제門弟를 두고 있으며, 유림의 우두머리로 등장할 가능성도 있다. 이런 연유로 김정희의 3형제를 방축, 유배하는 것으로 경주 김문의 발호를 사전에 봉쇄한 것이 된다.

'중전을 간택하겠지.'

흥선군 이하응은 중얼거린다. 이 또한 빈틈없는 판단이자 예견이다. 김좌근 등 장김의 실세들은 그들의 일족 중에서 중전을 간택할 것이 분명하다. 그렇게 되면 순원왕후, 효현왕후(헌종 초비)에 이어서 3대에 걸쳐 중전을 배출한 가문이 되지를 않겠는가. 중전의 사친이 막강한 세도를 누리는 것은 수렴청정을 하거나 임금이 친정을 할 능력이 없을 때일수록 극심하기 마련이다. 철종의 처지가 바로 거기에 해당된다. 중전이 간택되고 나면 순원왕후가 수렴청정을 폐하고, 비어 있는 영의정의 자리를 장김에서 차지하고 나서면 조정은 완전무결하게 장김의 것이 된다. 또 다음에는 무엇을 할 것인가. 흥선군 이하응은 생각이 여기에 미치자 잠시 걸음을 멈춰 섰다.

'종친들의 제거!'

그랬다. 종친들 중에서도 왕실과 가까운 사람, 능력이 있어 보이는 사람부터 가려서 제거하는 것이 순서다. 이하응은 갑자기 몸서리쳐지는 두려움에 젖는다. 그 첫 번째 대상이 자신일 것이라는 생각이 들어서다.

'귀한 몸이시오. 깊이 간직하세요!'

그제야 이하응은 추사 김정희가 남긴 말을 확연히 깨달을 수 있다. 그렇다면 자신을 깊이 간직하는 방도가 무엇인가를 생각해야 한다.

'모든 잡념을 버리고 난초만 그리면서 산다…?'

그것도 방법일 수는 있다. 바깥출입을 삼가하여 되도록 사람들과 만나지 않으면서 오직 서화書畵에만 몰두하며 사는 것도 보신의 방법이 될 수는 있다. 그러나 이하응은 고개를 저었다. 대

개 종친의 제거는 역모꾼들에게 옹립되었다는 구실로 시작된다. 그렇게 죽어 간 종친들의 수가 얼마이던가. 서화에 몰두하는 것은 인품의 고고함을 과시하는 것이 될 수도 있다.

'시정의 잡배들과 어울려 다니면서 한량 노릇을 해 볼까…?'

그러기 위해서는 모험이 따라야 한다. 수많은 사람으로부터 손가락질을 받아야 할 것이며, 집안 어른들로부터 엄청난 비방과 힐난을 들어야 한다. 이하응의 담대한 야심과 타고난 총명은 이미 자자하게 소문이 나 있다. 미치광이 어릿광대로 변신하는 일도 결코 쉬울 수가 없다.

이하응은 이런 생각 저런 생각으로 몸을 가누기조차 어려워진다. 살아남기 위한 방도를 찾는다는 것, 그것은 뼈를 깎는 고통이 될 수도 있다. 고개를 저어도 착잡해진 심중은 좀체 가라앉질 않는다.

흥선군 이하응의 발걸음이 느릿해진다. 그는 대광교大廣橋, 수표교水標橋를 지나 장통방長通坊에 이르러서야 상당히 먼 길을 걸었다는 생각이 든다. 온몸은 땀으로 젖어 있다. 그는 초가 술청으로 들어간다. 매화나무 밑에 놓인 좌판은 그늘져 있다.

흥선군 이하응은 좌판으로 올라가 앉으며 합죽선을 소리 나게 폈다. 파적 삼아 붓을 놀렸다 해도 석파란이 그려진 부채다.

"주모, 주모…."

이하응의 곁으로 달려온 사람은 주모가 아닌 건장한 사내다.

"주모는 탁족을 가셨습니다."

"예끼 이놈, 상것더러 탁족이라니!"

"허허허, 탁족이 어디 양반님에게만 소용되는 일입니까요. 찬물에 발 담그면 탁족인 것을요."

"하긴…, 네 말도 옳다."

탁족濯足이란 사대부들의 피서법이다. 무덥고 지루한 여름날이면 정다운 친구들과 어울려 냇가로 간다. 양반 체모에 벌거숭이가 되어 물 속으로 뛰어들 수가 없다. 그래서 바짓가랑이를 걷어 올리고 발만 물 속에 담근다. 이런 모습으로 시문화답하면서 더위를 식히는 일을 탁족이라 한다. 흥선군 이하응이 쓰고 있는 갓은 한눈으로 보아도 윤기가 반들거리는 통영 갓이다. 이 하나만으로도 이하응의 지체를 알 것인데도 젊은 사내가 거침없이 농을 걸었고, 그 농 속에 양반을 비아냥거리는 내용이 있었다면 만만치 않은 녀석이다.

"주모가 돌아와야 주안을 낼 수 있더냐?"

"웬걸요. 이놈의 손마디가 굵어도 술상은 낼 수가 있습니다요."

"오냐 그래, 목이나 축이고 가자꾸나…."

"예, 잠시만 기다려 보십쇼."

젊은 사내는 마당을 휘젓듯 부엌으로 달려간다. 이하응은 시선을 들어 하늘을 본다. 비라도 뿌리려는 듯 구름이 낮게 깔려오고 있다. 아주 먼 곳에서 천둥소리도 아련하게 들린다. 한참을 기다리고서야 젊은 사내는 술상을 받쳐 들고 나온다. 몇 가지 안

주가 제법 소담스럽게 놓여 있다.

"따라 올릴깝쇼?"

"그래, 봉 대신 닭이라 했다."

사내는 백자 호리병을 들어 빈 잔을 채운다. 통통통 막걸리가 쏟아져 나오는 소리가 신기하리만큼 투명하게 들린다. 이하응은 단숨에 술 사발을 비운다. 여름 안주인데도 싱싱하기 그지없다.

"한 잔 하려느냐?"

"예, 소인이요?"

"네 상을 보니 두주도 불사하겠구나…."

"그렇기는 합니다만, 소인이 어찌…."

"상전이 없으면 아랫것의 세상이 되느니라."

이하응이 호리병을 집어 들자 젊은 사내도 군침을 삼키며 빈 사발을 든다. 술이 채워지자 사내도 단숨에 비운다.

"양반가와 원수진 일이라도 있더냐?"

"어찌 아셨습니까요?"

"이놈아, 잠시 전 탁족이 양반에게만 소용되는 일이냐고 네 입으로 씨부렁거리지 않았더냐."

"아, 예…. 저희 같은 무지렁이들이야 양반 등살에 죽지도 못 하는 것을요."

"이놈이 큰일 저지를 놈이로세. 네 눈앞에 양반이 앉아 있음이니라."

흥선군 이하응은 사내에게 호통 치는 시늉을 해 본다. 그러나 사내의 담력은 만만치 않다.

"알아 모실 어른이라면야 목숨을 버린들 아깝기야 하겠습니까마는, 턱없이 거들먹거리는 놈이라면 목인들 못 조이겠습니까요."

"……!"

흥선군 이하응은 사내의 모습을 새삼스럽게 훑어본다. 악의가 있어 보이지는 않았어도 만만찮은 담력이 넘쳐흐르고 있다.

"부모님은 계시냐?"

"계집아이 동생 하나가 있을 뿐입니다요."

"한 잔 더 하겠느냐?"

"드시고 주오시면…."

이하응은 사내가 마음에 든다. 두 사람은 순배를 돌린다. 여름철의 탁주라 취기가 거나해진다. 흥선군 이하응은 사내의 마음을 떠본다.

"이런 데서 막일을 하느니, 이름 있는 반가에서 머슴살이를 하는 것이 편하질 않겠느냐?"

"헛, 이 일이 어때서요. 양반 댁 머슴살이보다야 백번 낫습지요."

"어째서?"

"거들먹거리는 상전의 눈치 보지 않아서 좋다는 겁니다요."

흥선군 이하응은 이 사내가 정말로 마음에 든다. 수하로 거느리고 있으면 쓸모가 있겠다는 생각까지 들어서다.

"이름은 무엇이라 하느냐?"

"성은 일천 천千 자 천가입구요, 이름은 기쁠 희喜, 그럴 연然 자… 천희연 옳습니다요."

"천희연…, 허허허 이름값은 하겠다."

"이놈의 관상에도 싹수는 보입니까요?"

"허허허, 그렇기도 하다마는, 상전을 바로 찾아서 모셔야 네 뜻을 이룰 것이니라."

흥선군 이하응이 다시 한 잔을 비우고 있을 때 주모가 놋쇠를 두들기는 호통소리를 토하면서 들어선다.

"저, 저… 저런 못된 놈, 네놈이 무엇이관데 귀한 어른과 마주 앉아서… 예끼 염병 3년에 똥줄이 말라서 뒈질 놈 같으니라고…."

천희연은 뒤통수를 긁적거리며 이하응에게 굽실 허리를 숙여 보이고 순순히 자리를 뜬다.

이하응은 환하게 웃는다. 천희연에게 뜻밖으로 우직한 일면이 보였기 때문이다.

"아이구… 송구합니다요, 나리. 저 못된 놈이 폐를 끼치지나 않았는지…."

"아니야. 아주 마음에 드는 사내였네…."

흥선군 이하응은 술값을 치르고 술청을 나선다. 천희연이 나타나 다시 허리를 굽혀 보이면서 작별의 인사를 한다.

"안녕히 가십시오."

"오냐, 내 일간 다시 들를 터인즉… 그때까지는 다른 곳으로 옮길 생각을 말렷다."

"명심하겠습니다요."

천희연은 고분고분 허리를 굽힌다. 그로서도 사람대접을 해준 이하응이 고마웠던 모양이다.

흥선군 이하응은 느릿한 걸음으로 구름재의 사저로 돌아왔다. 아직은 취기가 가시질 않는다. 그는 거처로 들어 다시 생각을 가다듬어 본다. 난초를 그리면서 외부와의 접촉을 끊을 것인가, 아니면 술청과 노름방을 휘젓고 다니는 어릿광대로 변신해야 하는가. 선뜻 결심이 서지를 않는다. 그렇게 짧은 여름밤을 보내고 새벽녘에 이르러서야 마음이 가다듬어진다.

'얼마간 관망을 하지.'

관망을 하더라도 외부와의 접촉은 되도록 삼가리라고 작심을 한다. 그러기 위해서는 전서篆書를 쓰는 일과 난초를 치는 일에 전념할 수밖에 없다. 이날 이후 흥선군 이하응은 바깥출입을 삼가면서 지필묵 삼매경에 빠져 든다.

## 2

눈부신 화선지 위로 난초 잎이 뻗어 나간다. 뒤엉킨 듯 보여도 홀로 힘차다. 잎새 사이로 꽃대가 치솟아 오르면서 꽃잎을 피운다. 엷은 먹물이 번지면서 향기까지 뿜어낼 조짐이다. 흥선군 이하응이 그리는 석파란은 힘차면서도 아름답다.

'귀한 몸이시오. 깊이 간직하세요!'

추사 김정희의 목소리가 아직도 귀에 잔잔하다. 흥선군 이하응은 문갑을 열고 그간에 그린 석파란을 살펴본다. 불현듯 스승 김정희의 품평을 듣고 싶어진다. 누굴 보내야 하나. 함경도 북청까지 천 리가 넘는 험로인데 누가 다녀와야 하나. 그때 흥선군 이하응의 뇌리를 뒤흔든 것이 술청에서 만난 천희연이다. 이하응은 청지기 김응원金應元을 불러 장통방의 초가 술청을 소상히 일러 주고 천희연을 데려오라 명한다.

천희연이 의아한 얼굴로 이하응의 사저에 나타난 것은 가을바람이 선들한 날의 점심나절이다. 천희연은 김응원에게 무슨 말을 들었는지 굽실거리려고만 든다.

"저렇게 멍청한 녀석이 있나. 네놈이 내 앞에서도 굽히지 않는 담력이 있어 다시 불렀거늘… 그 굽실거리는 동태는 대체 무에야!"

"저… 그것이 아니옵고, 그때는 종친 어른 되시는지를 미처 몰랐던 탓으로, 죽을죄를 졌사옵니다."

"허허허, 아무래도 내가 네놈의 사람됨을 잘못 본 것 같다."

흥선군 이하응의 사람 다스리는 솜씨는 이미 종친부에서도 정평이 나 있다. 그는 자신의 거처에 주안상을 마련하고 천희연과 마주 앉았지만 천희연은 송구스러움 때문인지 안절부절못한다. 이하응은 먼저 술잔을 비우고 천희연에게 권한다. 향긋한 소나무 냄새가 감도는 송화주松花酒. 천희연은 난생처음으로 마셔 보는 송화주라 넋이 나갈 지경이다. 더구나 종친인 흥선군 이하응의 사랑방에서 대작을 하고 있었음에랴.

"내가 어려운 심부름을 시켜 볼 작정으로 널 불렀는데, 들어주겠느냐?"

"나리, 목숨을 버리는 일이라도 하겠습니다요."

"쉽지 않은 일일 것이니라."

"아무리 어려워도 죽기밖에 더하겠습니까요."

"이놈아, 일을 마치기도 전에 죽을 궁리부터 한대서야 말이 되느냐… 허허허…."

흥선군 이하응이 파격의 농으로 천희연의 마음을 편하게 하자 그는 천 길 수렁으로 빠져 드는 느낌이면서도 기쁜 표정을 감추지 못한다.

"북청엘 한 번 다녀오겠느냐?"

"북청이라 하오시면…."

"함경도에 있는 북청이다. 도성에서 천백여 리 길이니라."

"천백여 리…."

천희연은 벌린 입을 다물지 못한다. 북청이 그렇게 먼 곳인지를 처음 아는 모양이다. 《신증동국여지승람新增東國輿地勝覽》에도 한양에서 북청까지를 천팔십삼 리라고 적고 있다.

"북청 땅에 긴히 찾아뵈올 어른이 한 분 계시느니라. 그 어른에게 내가 보내는 물건을 전해 드리고 돌아오면 네 소임이 끝나는 것이니라. 어찌하겠느냐?"

"……!"

"노자는 넉넉히 줄 것이니라."

"다녀오겠습니다요."

천희연은 결기를 다짐하듯 단단한 어조로 말한다. 이하응은 천희연이라면 하자 없이 해낼 수 있을 것이라 믿고 있다. 또 장차의 일을 위해 천희연과 같은 우직한 수하를 거느리고 있어야겠다는 것이 이하응의 속내다.

"고맙다. 내가 너를 믿듯이 너 또한 나를 믿어야 할 것이니라."

천희연은 이하응이 주는 편지와 난초 화첩畵帖을 간직하고 북청으로 떠난다. 멀고도 험한 길이었으나 천희연은 이하응과 같은 종친의 신임을 받았다는 것이 신바람을 돋운다.

북청 땅에 들어선 천희연은 자신이 찾아온 사람이 추사 김정희라는 사실에 다시 한 번 더 놀란다. 물론 물어물어 찾아왔지만 백성들은 누구나 모른다고 했고, 부처지를 알려 주는 사람은 모두가 사대부들이었는데, 그 사대부들이 추사 김정희를 하늘과 같이 받들고 있다는 사실을 알게 되면서 천희연은 더욱 신바람을 돋운다.

부처지에 당도한 천희연은 추사 김정희의 융숭한 대접에 또

한 번 놀란다. 북청 지방의 사대부들이 하늘같이 받드는 김정희가 무지렁이와 같은 자신을 마치 이하응처럼 대접해 주는 것이 어찌 놀랍지 않으랴. 그는 양반, 사대부를 멸시해 온 사람이다. 결국 천희연은 자신이 모르는 참으로 아름다운 사대부들의 세계가 있음을 처음으로 깨달은 셈이다.

천희연은 도성을 떠난 지 근 한 달 만에야 추사 김정희의 편지를 받아 들고 돌아왔다. 이하응은 천희연의 노고를 치하하고 김정희의 친필 봉서封書를 펼쳐 든다. 필체는 한 자 한 자가 모두 살아서 꿈틀거리고 있었으나 그 내용이 참으로 감동적이다.

— 몸이 자유롭지 못하고 멀리 떨어져 있어서 늘 하고 싶은 말이 많았는데, 하물며 외씨로부터 이와 같은 말씀을 받고서이겠습니까. 뜻하지도 않게 주신 글월은 보통 정성에서 나왔을 리는 만무하여 편지를 들고 어쩔 줄 몰라 하며 스스로 진정하지를 못하였습니다. 쓰신 아름다운 나무와 좋은 인연을 맺고 대숲에서 풍류를 즐긴다는 글씨는 원숙하게 되었으며 문자가 또 상서로우니 사모하는 생각이 간절하여 더욱 부러울 뿐입니다. … 귀하게 보내 주신 여러 작품은 정중하고도 지극한 뜻인 줄을 알겠기에 평소에는 갖기를 바라지도 못한 것이었지만 물리치면 공손하지 못하겠으므로 꼭 그래야 하는 것처럼 미안함을 무릅쓰며 받고 나니, 감사함과 부끄러움이 함께 일어납니다.

흥선군 이하응은 이 편지를 몇 번이나 읽었는지 모른다. 읽어도 읽어도 설레는 내용이다. 설사 이 일이 오늘날에 있었던 일이라 해도 서른네 살이나 연장인 스승으로부터 이만한 찬사를 받았다면 마음이 설레야 하는 것은 당연하질 않겠는가.

흥선군 이하응은 다시 새로운 난을 그려 간다. 칭송을 듣고 싶어서라 아니다. 난을 그림으로써 자신의 마음을 맑게 가다듬을 수가 있었고, 부처지에서 추위에 시달리고 계신 스승의 고초를 조금이라도 덜어 드리고 싶은 충정일 뿐이다. 천희연은 이하응의 편지와 화첩을 지니고 천 리 길 북청 땅을 네 번이나 다녀왔다. 그때마다 추사 김정희는 참으로 따뜻한 회신을 보내 주었다. 그중에서 주목할 만한 몇 가지 사연을 여기에 옮겨 두고자 한다.

— 난화蘭畵의 일 권一卷에 망령스럽게도 제기題記를 붙여서 이번 편지에 보내 드리니 받아 두셨으면 좋겠습니다. 대개 이런 일이란 곧 한 가지 잔재주이기도 하지만, 마음을 집중하여 공부하면 유가儒家에서 사물의 이치를 연구하여 지식을 확실히 하는 공부와 다름이 없는 것입니다. 그런 까닭으로 군자는 행동 하나하나에 있어서 도道에 맞지 않으면 행하지 않게 됩니다.

— 두루 살펴보건대 계속하여 귀하신 몸이 신의 축복을 받고 계시다니 물 흐르듯 끊임없이 머리를 조아려 축원합니다. 이 친척 형은 은혜를 배불리 입고 살아서 서울로 돌아가려고 하니 역

시 받들어 뵈올 날이 머지않음을 알겠군요.

— 보여 주신 난공침蘭貢枕은 사이사이에 이렇게 뛰어난 필력이 문채文彩를 발하시니 육기(陰·陽·風·雨·晦·明을 말함)가 젖어 드는 것이 손끝에 보이지 않으나 봄바람이 남산南山을 좇아서 곱게 불어오듯 하여 며칠 안 가서 모든 병통을 고칠 수 있을 것 같습니다.

— 허리를 구부려 난초 그림을 보니 이 늙은이라도 역시 마땅히 손을 들어야 하겠거늘, 압록강 이동以東에서는 이와 같은 작품이 없을 것입니다. 이것은 면전에서 아첨하는 한마디의 꾸밈말이 아닙니다.

— 예서隷書 글자는 곱고 좋아서 마땅히 난초 그림과 함께 한 쌍을 이루는 아름다움이 되겠으니, 용마루에 가히 무지개를 걸 수 있겠습니다.

아, 아름답다. 어찌 사제의 정리가 이리도 절절하고 아름다울 수가 있는가. 추사 김정희는 북청 땅에 부처된 지 1년 뒤인 1852년(철종 3) 8월에 방면되어 도성으로 돌아온다. 그 기간 동안 이하응은 김정희로부터 일곱 통의 편지를 받았다. 또 그것은 흥선군 이하응이 인편으로 보낸 편지와 작품에 대한 회답이다. 편지마다에 이하응의 난초 그림을 극찬하고 있음도 알 수 있다. 오늘날에도 이하응이 그린 석파란이 높이 평가되고 있음은 이 때문이다.

흥선군 이하응은 추사 김정희와 흠모하는 편지를 주고받으면서 자신의 난초 그림의 평가를 받았고, 또 다른 한편으로는 천희연과 같은 충복을 얻었다. 천 리 길이 넘는 북청을 일곱 번씩이나 내왕을 하면서도 불평 한마디 없는 천희연의 충복됨에 이하응은 내심 경탄을 금치 못하였고, 게다가 자신은 외부와의 접촉을 되도록 멀리하고 있으면서도 천희연의 눈과 입을 통하여 시정의 잡사까지도 훤하게 알 수 있었으니 이제 천희연은 이하응의 분신과 같은 존재가 된다.

"너만 한 충복이 셋만 있으면 눈 감고도 세상일을 훤히 알겠구나…."

"불러들이오리까?"

"서두를 것 없느니, 살펴만 두면 될 일이니라."

"유념하겠습니다요."

이런 연유로 천희연은 자나 깨나 사람을 찾는 일에 몰두한다. 그로서는 이하응의 심중을 헤아리고 그에 따라 행동하는 것을 삶의 보람으로 느꼈기 때문이다.

# 중전 마마는 열다섯 살

## 1

유난히 지루했던 여름이다. 찌는 듯한 무더위와 억수 같은 장맛비로 강물은 범람하였고, 농토는 폐허로 변하고 있다. 사정이 이와 같고 보면 백성들의 삶인들 온전할 수가 없다. 이런 와중에서 영의정 권돈인이 문외출송되었고, 추사 김정희가 북청으로 유배되었다.

민심이 술렁거리는 것은 당연하다. 장마와 홍수가 지나가면 닥치는 것이 흉년이요, 배고픔이다. 민란民亂이 우려된다는 소문도 나돈다. 백성들의 살림이 피폐해지면 도적 떼가 들끓게 마련이다. 그것이 민란의 시초가 아니고 무엇이던가. 조정이 무력하면 민란이 일어나도 수습할 여력이 없게 마련이다. 지금이 바로 그런 때다. 용상을 지키는 군주는 강화섬에서 농사를 짓던 분,

그 철종 임금이 무슨 힘으로 정무를 살펴서 백성들의 배고픔을 덜어 줄 수가 있겠는가.

누항의 사정이 날로 어려워지는데도 김좌근을 두령으로 하는 안동 김문에서는 중전 간택을 서두르고 나선다. 철종의 보령도 이제는 스물한 살, 중전을 맞아들임으로써 순원왕후가 수렴청정을 거두어야 하는 명분이 서게 되고, 또 철종에게는 국구國舅(임금의 장인)라는 막강한 후견인을 세울 수 있기 때문이다.

해가 뉘엿뉘엿 지고 있다. 자비 한 채가 교동으로 들어선다. 타고 있는 사람이 어찌나 뚱뚱한지 교군들은 땀을 뻘뻘 흘리고 있고, 자비는 당장에라도 부서질 듯 삐걱거린다.

"왜 이리 더디냐!"

충훈도사忠勳都事 김문근金汶根이 뱉어 내듯 채근한다. 김문근의 몸이 남달리 비대하다 하여 사람들은 그를 포물도사包物都事라고 부른다. 김문근은 잠시 전 충훈부에서 김좌근으로부터 교동에 들러 달라는 전언을 받았다. 김문근의 가슴은 그때부터 쿵쿵거렸다. 장김의 당당한 일원이면서도 그 중심부에서 벗어나 있었기에 늘 소외감을 느끼고 있었는데, 오늘 김좌근의 부름을 받고 보니 뭔가 상서로운 일이 있을 것 같아서다.

자비는 교동 김좌근의 거택 솟을대문 앞에서 멈추어 선다. 김문근은 기우뚱거리면서 자비에서 내린다.

"어서 납시소서."

청지기 김 서방이 허리를 굽히면서 웃는 낯으로 그를 맞는다.

"무슨 일 있었더냐?"

"기다리고 계시옵니다."

김문근은 마치 선문답을 나누는 사람처럼 청지기의 뒤를 따른다. 그가 물은 것은 김좌근이 자신을 찾는 연유를 알자는 것이었고, 청지기의 대답은 들어가 보면 알 것이라는 투다.

김좌근이 거처하는 큰사랑 밖 댓돌 위에는 많은 각신들이 가지런히 놓여 있다. 김문근은 그제야 문중의 일일 것이라는 감을 잡는다. 청지기가 김문근의 당도를 고하자 김병기가 나와서 맞는다.

"늦으셨습니다."

"사영도 별고 없으셨는가?"

김문근은 힐끔 김병기를 훑어보면서 사랑으로 든다. 김병학金炳學·김병국金炳國 형제가 일어서며 그를 맞았고, 근根 자 돌림들인 김좌근, 김흥근金興根, 김영근金泳根, 김수근金洙根 등은 앉은 채 웃고 있다. 포물도사에 걸맞은 김문근의 몸짓 때문인지도 모른다. 그러나 김문근의 표정은 있는 대로 상기되어 있다.

"허허허, 과시 포물도사로세!"

김좌근의 파안대소를 시작으로 수인사가 나누어진다. 수인사래야 가솔들의 안부를 묻는 거에 지나지 않았지만, 분위기는 천하를 얻은 안동 김문의 일족답게 당당하다. 자리를 같이한 숙질들이 장차 이 나라의 조정을 떡 주무르듯 할 척족의 거물들이 아니던가. 김문근은 다소 아니꼽다는 생각이 든다. 자신을 소외시킨 데 대한 반감이다.

'두고 보면 알겠지!'

김문근은 이들의 내심을 살피기에 골몰한다. 따지고 보면 김좌근 · 김흥근은 장김을 움직이는 실세다. 그런 까닭으로 멀지 않은 척분이면서도 김문근은 이들에게 눌려 지낼 수밖에 없었고, 김영근은 김병기의 생부라는 점에서 김좌근의 후광을 입고 있다. 그러나 자신은 출계를 한 처지라 사촌 간의 정분까지도 충분히 나누지 못하고 있었던 터다.

이때 김문근의 나이 쉰한 살, 관직에 몸을 담게 된 것도 과거에 급제한 것이 아니고 음사蔭仕에 따른 것이었기에 승진 또한 늦다. 그가 처음 관직에 발을 들여놓은 것은 가감역假監役이었다. 가감역은 선공감繕工監에서 토목 영선을 맡아보는 종9품의 임시 관직이다. 옹색하고 구차한 출발이 아닐 수가 없다. 그 후 김수근의 도움에 힘입어 여러 고을의 현감을 지내다가 얼마 전에야 한직인 충훈부의 도사가 되어 내직으로 들어온 처지라 마음속에 자라나는 앙금의 씨가 있다.

수인사가 끝나자 김흥근이 입을 연다.

"자 자, 노부도 왔으니 얘길 시작하지. 하옥이 주도해 가는 게 좋겠군…."

노부魯夫는 김문근의 자다. 그가 왔으니 얘기를 시작하자고 한다면 모두들 김문근을 기다린 셈이 된다. 김문근의 가슴은 다시 쿵쿵거린다. 대체 무슨 일이기에 장김 일족의 중심에 서게 되었는지 아직은 알 길이 없어서다.

김좌근은 손을 들어 수염을 쓰다듬으면서 잔기침을 토한다. 좌의정 김흥근이 김좌근보다 한 살 연장인 쉰여섯 살이었지만, 누가 뭐래도 안동 김문의 두령은 김좌근이다. 지략과 경륜을 겸비한 때문이기도 하지만 순원왕후의 친동생이라는 지체도 무시할 수 없다. 그는 또 좌중을 휘어잡는 능력과 위엄도 갖추고 있다.

"거두절미하고 말씀드리자면 어제 대왕대비 마마로부터 하교가 계셨습니다. 수렴청정을 거두시고 주상 전하로 하여금 만기萬機를 친재親裁하게 하시겠다고 하셨습니다."

"……!"

일순 긴장감이 좌중을 에워싼다. 철종의 춘추 스물하나. 당연히 대왕대비의 수렴청정은 거두어야 마땅하다. 설사 그렇기로 철종이 어찌 만기를 친재할 수 있음이던가. 강화섬에서 지게발이로 지내던 더벅머리 총각이 임금의 자리에 오른 지 햇수로 3년. 그 안에 학문을 익혔으면 얼마나 익혔을 것이며 왕도를 닦았다면 또 얼마나 닦았겠는가. 학문이라야 이제 겨우 《논어》를 배우고 있었고, 근자에는 양순이라는 아이로 인해 대궐이 발칵 뒤집히는 일들이 하루가 멀다고 일어나고 있다. 그런 철종에게 만기를 친재하게 하여 무엇을 어쩌자는 것인가.

"형님, 친정은 시기상조라고 생각됩니다. 국사가 어디…."

이조판서 김수근이 상기된 얼굴로 김좌근을 쏘아보며 반대의 뜻을 밝힌다. 좌중의 뜻도 김수근과 다를 것이 없다.

김좌근의 목소리는 담담했으나 그의 위엄이 좌중을 압도한다.

"물론 회부晦夫(김수근의 자)의 지적이 틀렸다는 것이 아닐세. 당연히 시기상조지. 허나 주상께서 학문을 익히고, 경륜이 높아지기를 마냥 기다릴 수는 없지를 않은가. 기다린다고 해도 주상의 춘추가 서른이 되어서도 친정이 불가하다는 것은 엄연한 사실이요, 그렇다고 해서 그때까지 수렴청정을 한대서야 말이 되는가. 해서 대왕대비 마마의 하교는 받아들여야 마땅할 것일세."

"……."

"우리가 오늘 이렇게 모인 것은 주상 전하의 친정 다음에 올 여러 가지 종사의 일을 의논해야 할 것이기 때문이오. 그렇다면 당장 서둘러야 할 일이 무엇이오, 중전을 간택할 일이 아닌가."

"……."

"지난 유월로 국상도 끝이 났어요. 게다가 주상 전하의 춘추 스물하나, 예서 더 중전 간택을 늦춘다면 천하에 다시없는 불충이 될 것이고, 또…."

김좌근은 잠시 말을 끊고 좌중의 면면들을 쏘아보고 나서 다시 말을 이어 간다.

"어차피 중전 간택이 논의되어야 한다면 왕대비 마마의 의향을 고려하지 않을 수가 없어요. 시일을 끌면 그나마도 우리의 뜻을 관철하기가 어려워질 것은 뻔한 이치…, 이러한 연유로 오늘 이 자리에서 중전의 재목을 내정하고, 간택 절차를 서둘러야 하질 않겠느냐, 이 말일세."

참으로 빈틈없는 계책이다. 변변치 않은 임금을 용상에 앉혀 놓고 외척이 종사의 일을 전횡하기 위해서는 다른 방도란 있을 수 없다. 김좌근이 왕대비 조씨를 거론한 것도 이 때문이다. 풍양 조문이라 하여 왕비 간택에 무심할 수 있겠는가.

"지난날의 일을 생각해 보면 명명백백한 일이 아닌가. 내 누님께서 곤위壼位에 오르시고부터 우리 일문의 세도가 시작되었는데, 추존하신 익종대왕께서 대리청정을 하시면서부터 풍양 조문이 득세를 했질 않았던가. 아니 할 말로 익종께서 천수를 다하셨다면 우리 일문은 어찌 되었겠는가. 풍양 조문이 우리를 가만히 내버려 두었겠느냐, 이 말일세. 뿐만이 아니질 않은가. 헌종대왕 비 효현왕후께서 곤위에 오르신 지 2년 만에 승하하셨는데 그때의 좌절을 어찌 잊을 수가 있을 것이며, 그 어른께서 천수를 다하셨다면 오늘 우리가 무슨 연유로 이같이 조급한 의논을 하겠는가. 지금의 사정은 또 어떠한가. 천만다행으로 내 누님께서 대왕대비의 지위에 계시다고는 하나 그 어른의 춘추 또한 예순을 넘기셨는데 장차의 일을 대비하지 않을 수가 있던가. 이와 같은 작금의 사정을 우리가 알고 있는데, 왕대비 마마께서 무심히 계시리라고 보는가. 만에 하나라도 풍양 조문에서 왕비가 나온다면 그때는 어찌할 터인가. 오늘 의논해야 할 일이 화급한 것은 바로 이 때문일세."

열변이나 다름이 없다. 김좌근은 이 일에 안동 김문의 성쇠가 달렸다는 사실을 특별히 강조하면서 좌중을 둘러본다. 김좌근의 위엄만으로도 압도할 수 있었던 일인 데다 작금의 절박한 정세까지 가미되기에 이르니 모두들 숨을 죽일 수밖에 없다.

김흥근이 얘기를 앞당기고 나선다.

"어떤가, 노부, 자네에게 맞춤한 여식이 있질 않은가."

좌중의 시선이 이번에는 김문근에게로 쏠린다. 김문근은 얼굴을 붉히면서도 상체를 끌어당긴다. 모두가 자신을 기다리고 있었던 까닭을 이제야 알 수가 있어서다. 또 그것은 번창할 대로 번창한 장김 일문 중에서 중전의 재목으로 점지될 만한 재원才媛이 자신의 여식뿐이라는 생각, 또 자신의 여식으로 인해 장김 일문의 세도가 반석에 올려진다는 사실이 얼마나 자랑스럽고 가슴 뭉클해질 일인가. 게다가 지금까지 실세의 외곽을 맴돌 수밖에 없었던 암울한 세월을 일거에 떨쳐 버릴 수 있는 기회가 눈앞에 와 있음이다.

여식이 중전의 자리에 오르면 자신은 임금의 장인이 되어 국구國舅의 위세를 누리게 된다. 지금의 철종처럼 정무를 처결할 능력이 없고 보면 국구의 위세가 곧 왕명이 되어 하늘을 찌를 수도 있다. 김문근은 쿵쿵거리며 요동치는 가슴의 고동 소리가 행여 다른 사람들에게 들릴지 모른다는 두려운 생각까지 든다.

"그 아이의 생년시가 어찌 되는가?"

김좌근의 채근이 있고서야 김문근은 자리를 고쳐 앉으며 던지듯 대답한다.

"정유년 3월 스무사흘입니다만…."

"정유년이면 열다섯이고만…."

"그렇기는 합니다만, 궁합이 어떨지…."

김문근은 별로 달갑지 않은 어투로 철종과의 궁합을 거론한다.

"딱한 사람이구만. 여식이 중전으로 간택이 되면 국구가 되지를 않는가. 벌떡 일어나서 춤이라도 출 일이 아닌가."

"못마땅해서가 아니라, 워낙 창졸간의 일이기도 하거니와 세간의 이목도 있는지라…."

"여식을 중전의 자리에 밀어 올리는 마당에 창졸간은 무엇이고, 세간의 이목은 또 무엇이야. 이 일의 화급함을 내 장황히 일렀거늘!"

김문근의 뚱뚱한 몸뚱이에 힘이 들어가기 시작한다. 기위 얘기가 여기까지 왔는데 죽어지낼 일이 무엇이겠는가. 김문근은 거구를 움직여서 자리를 고쳐 앉으면서 무겁게 입을 연다.

"근자 궐 안에 요상한 소문이 있다고 들었어요. 주상께서 강화섬에서 온 계집아이와 어울려서 왕실 법도를 무너뜨리고…."

"저, 저런 험구가 있나."

김좌근이 얼굴을 붉히면서 혀를 차는데도 김문근은 물러서지 않는다.

"꼭 험구랄 수도 없지를 않습니까? 궐 안의 법도가 지금과 같다면, 금혼령 중에라도 백성들의 비웃음이 있을 것은 뻔한 이치…."

"허어, 그만 닥치지 못하겠는가."

마침내 김좌근이 언성을 높인다. 김문근이 거들먹거림이 마음에 들지 않아서다.

"주상의 혼례를 국혼이라 한다 하여, 내 여식의 앞길을…!"

"허어, 그만두라 일렀거늘!"

김좌근의 어조가 다시 높아진다. 좌중은 김문근의 어디에 그런 배포가 숨겨져 있었는지 실로 기이한 일이 아닐 수 없다고 생각한 모양이어서 모두 넋을 잃은 표정이 된다. 그러나 김문근은 끝까지 자신의 소신을 입에 담을 만큼 당차다.

"중전의 간택이 급하게 된 것은 저도 잘 압니다. 또 제 여식이 중전의 재목으로 지목된 것은 기쁘기 한량없는 일이지요. 설혹 그렇다고 하더라도 주상의 주변이 반듯하고서야 제대로 된 국혼이 치러질 것이 아니겠느냐고 말씀 여쭈었는데…, 이 말이 어디가 그렇게 잘못되었다는 말인지 전 도무지 알 길이 없습니다."

좌중은 잠잠해진다. 김문근의 생각을 트집 잡기 시작하면 종사의 일을 트집 잡아야 되고, 마침내 그 모든 트집이 장김 일족의 허물로 돌아오는 것을 모를 사람이 있었던가. 김좌근은 그답게 화두의 흐름을 바꾸어 간다.

"노부의 생각은 내가 대왕대비 전에 전해 올려서라도 심려를 덜게 할 것이요. 다만 오늘 이 자리에서는 그렇게 정해진 것으로 합시다. 내일부터라도 가례도감嘉禮都監을 설치할 테니까."

이른바 김좌근의 지도력이 발휘되면서 김문근은 조용해졌고,

좌중에는 다시 웃음소리가 살아난다.

"허허허, 국구가 되면 주상은 물론 조정의 대소사를 휘어잡아야 하고, 우리 일족이 나아갈 평평대로를 열어야 할 것은 물론이나, 그렇다고 해서 왕대비를 얕잡아 보아서는 아니 될 것일세."

"명심하겠사옵니다."

이들은 밤이 이슥해서야 선후대책의 의논을 마쳤다. 집으로 돌아가는 김문근의 가슴은 한없이 달아오를 수밖에 없다. 여식이 곤위에 오르면 자신은 국구가 된다. 더구나 철종에게 만기를 친재할 능력이 없고 보면 조정의 대소 정무는 자신에 의해 처결될 것이 분명하다. 김좌근, 김흥근 등의 막강한 실력자가 있다고 해도 국구라면 적어도 그들과 대등한 위세를 누릴 수가 있다. 게다가 양순의 일까지 입에 담은 것은 얼마나 장한 일이던가.

'어찌 이런 광영이…!'

그랬다. 속된 말로라면 호박이 덩굴째 굴러들어 온 격이나 다름이 없다. 그는 며칠 동안 잠을 이루지 못하면서 내당의 정부인과 의논을 시작한다.

"국모의 길을 일러 주셔야지요. 대전의 내관이나 상궁 들을 불러서라도 장차의 일에 대비하셔야 할 것으로 압니다."

"그야 이를 말씀이겠습니까."

정부인은 정숙한 성품이면서도 꼼꼼하기 그지없다. 그녀는 은밀하게 대전 내관 기세석을 불러 철종의 내심을 살폈고, 범 상궁을 불러서는 딸아이와 자주 접촉하게 하면서 대궐의 법도를 몸에 익히게 한다.

국혼에 대비하는 기간이 김문근 내외에게는 초조하면서도 조심스러울 수밖에 없다.

## 2

가례도감이 설치되고 전국에 금혼령禁婚令이 내려진다. 금혼령이란 글자 그대로 백성들의 혼인을 금한다는 왕명이다. 그러므로 혼기에 찬 딸이 있는 명문가에서는 약혼이나 혼례를 중단하고 간택단자揀擇單子를 올리게 된다. 간택단자란 내 딸을 왕비로 뽑아 달라는 염원을 담은 문건이다. 따라서 단자에는 처녀의 4대조의 직함과 처녀의 생년월일시가 담긴 '사주팔자'를 적어야 한다. 그러나 조정의 사정을 잘 아는 백성들은 비웃음을 흘릴 뿐이다. 새 왕비가 장김 일족에서 간택될 것임은 삼척동자도 알 수 있는 일이기 때문이다.

대왕대비 순원왕후는 금혼기간 내내 양순의 일로 마음고생을 겪는다. 철종과 양순의 사랑행각이 대궐의 법도를 무너뜨리고 있는데도 속수무책일 뿐 도무지 대책이 서질 않아서다. 더구나 중전의 재목으로 내정된 규수의 아버지 김문근의 우려까지 전해 들은 다음부터는 입맛까지 떨어지는 지경이다.

'내쳐야 되나?'

양순을 강화섬으로 쫓아내는 게 첫 번째 방책이 될 것이지만, 이런 일이 있은 다음에 일어날 철종의 격노를 감당할 수 없을 것이라는 게 내시 기세석이나 범 상궁의 똑같은 염려다. 대왕대비 순원왕후는 생각해 본다. 금혼령에서 국혼이 이루어지는 기간만이라도 철종과 양순의 만남을 막을 방도는 없을지, 국혼 후에는 새 중전의 양해를 얻어 그들의 만남을 지속하게 할 수도 있지나 않을지, 날이 갈수록 고통은 더해지는데 해결의 방도가 보이지 않는다.

"주상을 잘 타일러서 국혼일까지만이라도 양순과의 만남을 금하던가…, 이 일이 여의치 않으면 양순일 강화섬으로 돌아가게 할 수도 있음을 잘 타일러서 왕실대사를 그르치는 일이 없도록 너희들 두 사람이 각별히 유념해야 될 것이니라. 알아들었으렷다!"

순원왕후는 일단 기세석과 범 상궁에게 맡겨서 철종의 마음을 다스려 보기로 한다. 물론 철종이 문안을 들면 자신도 간곡히 당부할 것을 다짐한다.

"호호호, 곧 중전을 맞이하게 되었습니다. 주상의 춘추가 스물 하나이신데도 중전이 아니 계신대서야 말이 됩니까."

순원왕후가 초간, 재간, 삼간에 이르는 여러 과정을 장황하게 설명을 하고서야 철종은 자신이 장가를 가게 되었음을 실감하면서 가슴이 출렁 내려앉는다. 철종의 생각은 단순하기 그지없다.

양순일 중전으로 맞이하면 모든 것이 끝날 일인데 간택이 무엇이며 국혼은 또 무엇이란 말인가.

"대왕대비 마마, 저는 이미 양순이와 혼인을 약조한 사이옵니다."

"호호호, 강화섬에 계실 때는 그럴 수가 있겠지요. 허나 지금은 한 나라의 주상이 아니십니까? 그간 겪어 보셔서 짐작하셨을 것으로 압니다만, 나라에는 법도라는 것이 있고…."

"마마, 양순이는 강화섬에 있는 것이 아니라 지금 제 곁에 있사옵니다. 제가 그 아일 잊지 못해 하는 것이 애처로워서 마마께서 불러 주시질 않으셨습니까?"

"암 그렇지요. 나는 주상께서 왕실의 법도를 지켜 주시리라고 믿었습니다. 그 믿음에 대한 보답으로 양순일 불러오지를 않았습니까? 이제는 주상께서 내게 보답을 하셔야 할 차례라고 나는 생각합니다."

"……!"

순원왕후의 당부가 너무도 간곡하여 철종은 잠시 숨을 고른다.

"왕비란 국모를 이름이지요. 만백성의 어머니가 곧 국모가 아닙니까. 우선 나무랄 데 없는 부덕婦德을 갖춘 규수여야 하고, 그 다음은 명문가의 규수여야 중전의 자리에 오를 수가 있습니다."

"……?"

"그래서 금혼령을 내려도 천민들은 서로 통혼을 할 수가 있는

겝니다. 아시겠습니까?"

철종은 잠시 망설이다가 다시 묻는다.

"하오시면 중전의 간택은 누가 하옵니까?"

"호호호, 대왕대비인 내가 왕대비와 대비를 거느리고 간택을 하게 되지요. 또 종친 몇 분이 관여하게 되고요."

"그럼 저는요…."

"세자빈을 간택할 때는 주상께서도 관여하시게 되지만, 중전의 간택은 모르는 척하고 계시면 되는 일입니다."

"……."

철종의 용안이 붉게 달아오른다. 그렇다면 양순이는 어찌 되는가. 하루에도 몇 번씩 만나고 있는 양순이는 어찌 되는가.

"하오시면, 양순일 후궁으로 간택하도록 해 주소서."

"그 모든 것이 국모를 맞은 다음의 일입니다. 지금은 성심으로 국모를 맞는 일만 생각하시는 것이 군왕의 도립니다."

철종은 대전으로 돌아와 영돈녕부사 정원용을 불렀다. 강화도로 자신을 데리러 왔던 봉영대신이 정원용이 아니던가. 그런 연유로 철종은 자신의 내심을 곧잘 그에게 털어놓곤 했다.

"경도 짐작하는 일이라고 믿어집니다만, 양순의 일을 어찌했으면 좋겠소?"

"무슨 분부신지요, 전하…."

"중전을 맞아들인다기에 하는 소립니다."

"……!"

정원용의 안색이 창백해진다. 이런 경우 무엇이라 해야 옳을 것인지 미처 생각이 떠오르지 않아서다. 천만부당하다고 직간해야 옳다는 것을 정원용이 모를 까닭이 있을까. 그러나 그로서는 철종의 심기가 상하지 않도록 간곡히 설득하고 싶을 뿐이다.

"나는 이미 오래 전에 양순이와 장래를 약조했는데, 이제 와서 다른 규수로 중전을 맞아들인다면 정을 붙이고 살 수가 없는 일이 아니오."

"전하…."

"영부사, 양순일 후궁으로 맞이할 수 있는 방도를 일러 주시오."

"전하, 받자옵기 심히 민망하옵니다."

"아니오, 그렇지가 않아요. 신료들이 군왕을 무치라고들 했습니다만, 내가 상궁이나 궁녀 들을 가까이하지 않는 연유가 무엇이라고 생각하시오?"

"……!"

정원용은 숙였던 고개를 들어 철종의 용안을 살핀다. 그의 모습은 이미 강화섬에서 만났던 원범이가 아니다. 보위에 오른 지 햇수로 3년, 싫건 좋건 경연에 들어 신료들의 진강進講을 들어 온 철종이다. 내시와 상궁 들의 지극한 보살핌과 승지들의 극진한 예우를 받아 온 그가 아니던가. 순원왕후, 신정왕후, 효정왕후의 거처를 드나들면서 왕가의 법도에도 이미 익숙해 있다. 나라를 다스릴 만한 경륜이 모자라는 것은 어쩔 수 없어도, 그렇다고 사람의 도리를 모른다고 할 수는 없다. 게다가 웃전과 신료 들을 대할 때도 되도록 임금으로서의 언행도 갖추어 가고 있는 철종이다.

"중전이 사대부가의 규수에서 간택이 된다는 것을 내가 왜 모르겠소. 설사 그렇기로 오직 나만을 의지하고 있던 양순일 버린대서야 어찌 그것을 사람의 도리라 하겠소."

"……!"

"그러다가 내가 중전과 정을 나누지 못하면 어찌 되오?"

"……."

"내가 끝내 중궁전을 찾지 않는다면 어찌 되오?"

"노신의 간함을 들으신 연후에 중벌을 내려 주소서. 전하께서 양순이를 잊지 못해 하오심은 인지상정일 수도 있으나, 이 모든 것이 끝내는 양순의 죄를 무겁게 할 따름이옵니다. 전하께서 어지신 국모를 맞으시어 후사를 이으시는 것이 그나마 양순이를 위하는 일이 될 것으로 사료되옵니다. 유념해 주오소서."

"……!"

정원용의 간함은 철벽과 같다. 철종은 다시 좌의정 김흥근을 불러들여 양순의 일을 의논한다. 장김 일족의 처지라 김흥근의 대답은 정원용보다 더 강경할 수밖에 없다. 봉영승지였던 홍종응도 한결같은 대답만을 늘어놓는다. 철종의 실망과 좌절은 클 수밖에 없다. 물론 기세석과 범 상궁의 대답도 예전과 같지 않다.

"전하. 아뢰옵기 송구하오나, 오직 국혼에 관한 일에만 집념하소서. 양순의 일은 뒤로 미루시는 것이 양순을 위한 일이 되옵니다. 유념하소서."

범 상궁은 양순의 일을 거론할 때마다 눈물을 흘린다. 양순을 향한 철종의 지극한 사랑을 누구보다도 잘 아는 처지다. 또한 순원왕후의 심기 또한 손바닥 들여다보듯 하는 범 상궁이 아니던가. 양순의 무사함을 바란다면 일단 철종이 참고, 양보해야 하는 것이 엄연한 현실임을 범 상궁은 너무나 잘 알고 있다.

철종의 고뇌가 쌓여지면서 양순과 만나는 일도 여의치 않게 되었지만, 설혹 만났다고 하더라도 양순의 생각은 일관되게 흘러나온다.

"전하, 중전 마마를 맞으실 때까지만이라도 저를 멀리하시는 것이 군왕의 도리라 여겨지옵니다. 저 또한 국법을 지키는 것이 신민 된 도리옵니다. 통촉하소서."

"야 야, 신민은 무슨…, 넌 내 곁에 있어야 해!"

"전하, 모두가 전하를 위한 일이옵니다. 통촉하소서."

"……."

그 후 양순은 좀처럼 나타나지 않는다. 철종은 기가 막히다. 누가 나서서 양순일 자신으로부터 떼어 놓으려고 하는가. 철종은 기세석과 범 상궁을 호되게 다스리면서 양순을 데려오라고 아우성을 치지만, 그럴수록 양순과의 만남은 줄어들 뿐이다.

"전하, 일단 국혼일까지 참으시고 기다려 보소서. 중전 마마를 맞으신 연후에는 모든 게 전과 같이 될 것이옵니다."

"믿어도 되겠느냐?"

"신등의 충정을 가납하여 주소서."

내시 기세석은 눈물을 흘리면서 간곡히 고했고, 범 상궁은 지금을 슬기롭게 넘기지 못하면 양순에게 불행이 있을지도 모른다는 말로 철종의 어지러운 심회를 달랬다.

결국 철종은 양순과의 만남을 멀리하면서 국혼일을 맞을 수밖에 없다.

윤 8월 3일, 철종의 어지러운 심기는 아랑곳 아니 한 채 창덕궁 희정당熙政堂에서는 초간택이 진행된다. 간택단자로 선별된 30여 명의 규수들이 가슴에 명패를 달고 들어왔다. 순원왕후, 신정왕후, 효정왕후가 규수들을 둘러보며 이것저것을 물어 본다. 순원왕후 김씨의 얼굴에는 따뜻한 미소가 감돌고 있었으나, 신정왕후 조씨는 불만의 표정이 역력하다. 그녀는 30여 명의 규수들 가운데 안동 김문의 규수가 섞여 있을 것이라 믿고 있어서다.

"호호호, 음전들도 하지…."

순원왕후의 찬사를 듣는 순간 신정왕후는 걸음을 멈추고 다가서는 규수의 명패를 살핀다. 아버지의 이름이 김문근이다.

'헛, 그럼 그렇지!'

신정왕후는 김문근의 딸이 중전으로 간택될 것이라고 직감한다. 이로써 자신의 일족인 풍양 조문은 재기불능의 나락으로 떨어져 내릴 것이 분명하다.

초간택에 뽑힌 규수는 모두 열두 사람이었고 물론 수망首望은 김문근의 따님이다. 열흘 뒤에 재간택이 진행된다. 신정왕후는 아프다는 구실로 아예 간택 장에 나가질 않는다. 그렇다고 춘추 어린 효정왕후에게 발언권이 주어질 까닭이 없다.

순원왕후는 김문근의 따님을 비롯한 네 사람의 규수를 뽑아서 3간택에 임하게 하였고, 마침내 윤 8월 24일 대망의 3간택 일을 맞는다. 역시 이날도 신정왕후의 모습은 보이지 않는다. 중전의 재목은 이미 정해져 있는데 장황한 격식을 갖출 필요가 없어서다. 순원왕후는 네 사람의 규수와 간단한 면담을 마치고 교지를 내렸다.

"김문근의 여식으로 중전을 삼노라!"

아무리 형식적인 절차였다고 해도 중전이 정해지면 그 사가의 예우가 달라진다. 김흥근, 김좌근, 김영근을 비롯한 안동 김문의 영수들이 김문근의 집으로 몰려든다.

"허허허, 일문의 광영이로세."

모두들 김문근에게 덕담을 한다. 김문근은 진심으로 고마워한다.

"많이들 도와 주셔야 할 것으로 압니다. 아직도 불민한 처지라!"

"당치 않아요. 이제 우리 일문의 영고성쇠가 노부의 손에 달려 있어요."

"형님들만 믿겠사옵니다."

김문근은 땀을 뻘뻘 흘리면서 육중한 몸을 기우뚱거린다. 지위가 사람을 만든다는 속설이 있다. 비록 지금은 김좌근, 김흥근에게 허리를 굽실거려 보인다고 해도 국혼이 있은 다음에 김문근의 변화는 누구도 짐작할 수 있는 일이다.

내당의 정부인은 대전의 사정을 누구보다도 잘 아는 범 상궁을 청하여 당부한다.

"자네도 잘 알겠지만, 중궁으로 간택된 아이가 이제 겨우 열다섯이 아닌가. 입궐하기 전까지만이라도 중궁의 법도나 사정을 익히게 했으면 해서 자넬 불렀다네."

범 상궁은 정부인의 속내를 읽고도 남는다. 철종에 관한 여러 일들을 미리 알고 있다면 중궁에서 사는 일이 외롭지 않을 것이고, 또 범 상궁과 같은 심복이 있다면 큰 도움이 있을 것이라는 기대가 아니겠는가.

"또 중전의 마음가짐이랄지, 대궐에서 여러 특별한 일들을 미리 알고 있다면…, 어린 나이라도 견디어 낼 수가 있을 것 같기도 해서 말일세. 대왕대비 마마께는 내가 허락을 얻을 것일세."

범 상궁은 정부인의 당부를 흔쾌히 받아들인다. 순원왕후의 허락까지 있다면 당연히 해야 할 일이기도 해서다.

범 상궁의 눈에 비친 규수의 모습은 예쁘고 총명하다. 함부로 건드리면 깨질 것만 같은 여린 모습이지만, 안총眼聰을 넘쳐 나는 명석한 기운이 웃전으로 모시기에 부족함이 없다. 철종과는 여섯 살 터울이지만 양가의 규수라 양순과는 사뭇 다른 범절도 온몸에서 풍겨 난다.

“마마, 중전 마마를 일러 국모라 하옵니다. 이젠 부모님의 따님이라기보다는 만백성들의 어머님이 되실 어른이십니다.”

“그러게요. 그렇게 큰 소임을 해낼 수가 있을지 걱정이 태산입니다.”

“…….”

규수의 목소리는 옥쟁반에 구슬 굴러가는 소리면서도 이미 국모의 범절이 담겨져 있다.

범 상궁은 놀랍기 그지없다는 생각이면서도 다시 한 번 시험해 보기로 한다.

“나라에는 명하는 분이 있고, 그 명을 시행하는 사람들이 있으며, 그 명에 따르는 사람들이 있사옵니다.”

“허나 명이 잘못되어도 아니 되고, 시행하는 사람들이 사욕이 앞서면 따르는 사람들이 고초를 겪게 되지를 않겠습니까?”

아, 범 상궁은 비명을 지를 뻔했다. 이 말을 누가 일러 열다섯 살 소녀의 생각이라 하랴. 범 상궁은 정부인에게 간곡히 진언한다. 규수의 생각이 농익어 있어 방 안에서 배울 것은 없고, 다만 밖으로 나가서 백성들이 사는 모습을 세세히 지켜보게 하는 것이 국모의 자질을 높이는 일이 될 것임을 청한다.

그날 이후, 범 상궁은 중전으로 간택된 규수와 함께 저잣거리로 나가 아우성치는 삶의 현장을 눈여겨 살피게 하는가 하면, 어느 날은 논밭으로 나가 땅과 함께 살아가는 가난한 사람들의 생생한 모습을 지켜보게 한다.

"잘 살펴보소서. 마마와 같이 크고 넓은 고대광실이 아닌 곳에서 사는 백성들은 하루하루의 끼니를 이어 가는 것도 큰 고통일 때가 있사옵니다."

"……."

그런 날이면 규수의 눈은 촉촉이 젖어 들었다가 금세 눈물이 되어 흘러내리기도 한다. 범 상궁은 규수의 여린 손등을 다독이며 국모의 자질을 자극하곤 한다.

"그래서 옛 성현들은 한 톨의 낱알을 씹으면서는 농민들의 노고를 생각할 것이며, 비록 남루한 옷을 걸쳤다고 하더라도 길쌈하는 아낙의 피땀을 생각하라 하시지를 않았사옵니까."

"그래요. 명심하면서 살겠어요."

규수는 흐느낌 같은 대답으로 범 상궁의 마음을 흡족하게 한다.

"참으로 장하십니다. 돌아가시는 길에는 백성들이 먹는 장국밥 맛도 보시지요."

범 상궁은 규수와 함께 지전거리에 있는 주막으로 든다. 장이 파할 때여서 손님들로 왁자하다. 장국밥 두 그릇을 시킨 범 상궁이 규수를 인도하여 평상 위에 자리를 잡자 사람들의 시선이 그녀들에게 쏠린다. 양가의 아낙들이 웬일인가 싶어서다. 규수는 어리둥절해진 시선으로 사방을 살핀다. 어딜 살펴도 태어나서 처음 보는 광경이다. 거나하게 취한 사람들의 악다구니가 규수의 가슴을 섬뜩하게 한다.

"때려잡을 놈은 하옥인가 하는 김좌근이라니까!"

"헛, 그게 왜 김좌근뿐이야. 김흥근, 김문근, 근 자 돌림이 모두 도둑이지."

"누가 아니래. 배불뚝이 김문근은 어린 딸을 중궁으로 밀어 넣는다면서…!"

"……!"

규수는 너무도 놀라 눈을 동그랗게 뜨고 범 상궁을 빤히 쳐다본다. 아버님을 배불뚝이라고 부르면서 딸을 팔아 세도를 부리는 것으로 비난해서다. 그러나 범 상궁은 태연한 웃음이 담긴 얼굴로 규수의 마음을 위로한다.

"임금님은 대궐에서 사시고, 반가의 어른들은 고대광실에서 사시지만, 여기 같은 세상에서 사는 사람들도 있음을 유념하소서."

"세상…?"

"그러하옵니다. 세상만사라는 말이 있지를 않사옵니까. 세상에서는 만 가지 사람들이 만 가지 생각을 하면서 살지만, 그들의 삶에도 옳은 뜻이 있다는 말이 아니옵니까."

규수는 잠시 고개를 숙인다. 눈물이 나올 것만 같아서다. 때맞추어 장국밥 두 그릇이 나온다. 규수는 입에 맞질 않아서인지 수저는 들었어도 움직이지 않았고, 범 상궁은 보란 듯이 국그릇을 비우면서 규수의 여린 마음을 헤아린다.

범 상궁은 규수와 함께 세상 물정을 살피면서 주고받은 얘기를 정부인에게 고하였고, 또 순원왕후에게도 고한다.

"호호호, 하늘이 내리신 중전의 재목이로세."

순원왕후가 흡족해 하는 만큼 정부인도 흡족해 한다. 범 상궁은 곧 중전이 될 규수가 소중하기만 하다. 뿐만이 아니다. 규수 또한 범 상궁의 존재를 높이 평가한다.

"범 상궁이 제 스승님이세요. 많은 것을 배웁니다."

범 상궁에게도 새로운 나날이지만, 규수에게도 잊을 수 없는 나날이 쌓여 가면서 국혼일이 다가온다.

충훈부 도사 김문근은 동부승지의 직첩을 받은 지 열흘 남짓 지난 뒤에 영은부원군永恩府院君으로 봉작되고, 영돈녕부사로 제수된다. 중전의 사친에 대한 예우다.

9월로 접어들면서 왕실과 조정은 국혼 채비로 들끓어 오른다. 납채納采, 납징納徵, 고기례告期禮로 이어지는 번다한 행사에 뒤이어 25일에는 인정전仁政殿에서 책비례册妃禮가 올려지고, 이틀 뒤인 27일에 이르러 친영親迎을 마치니 김문근의 따님은 명실상부한 중전의 자리에 오르게 된다. 춘추 15세, 앳되고 아름다운 자태에 후덕한 인품까지 갖추었다면 나무랄 데 없는 국모이고도 남는다.

철인왕후哲仁王后는 말끔히 단장된 중궁전에서 지아비 철종이 들기를 기다린다. 그녀도 아버지 김문근의 마지막 당부를 되새겨 본다.

"강화섬에서 불우한 나날을 보내셨던 주상 전하시니라. 네 따뜻한 보살핌이 있고서야 성군의 길을 가실 것이니라."

그랬다. 아버지 김문근의 당부가 아닐지라도 대내의 사정은 범 상궁으로부터 소상히 들어서 알고 있다. 비록 춘추 열다섯의 어린 중전이어도 지아비 철종을 정성을 다해 모시리라고 다짐하고 있다.

"주상 전하 듭시오."

내관 기세석의 목소리가 들리자 방 밖이 술렁거린다. 철인왕후도 조심스럽게 몸을 일으킨다. 방문이 열리고 철종이 들어선다. 상궁들은 문 쪽에 병풍을 치고 방을 비운다. 철종은 말없이 술상 앞으로 가서 앉는다. 철인왕후는 다소곳이 서 있을 뿐이다.

"앉으시오."

철종은 친히 술을 따라 잔을 비운 다음에야 입을 연다. 철인왕후는 조심스럽게 자리에 앉는다. 촛불이 일렁거린다. 철종이 다시 술병을 들자 철인왕후가 무릎걸음으로 다가와 수발을 든다. 그제야 철종은 지어미 철인왕후의 모습을 찬찬히 살펴본다. 티없이 맑은 얼굴이다. 불현듯 안아 들이고 싶은 충동이 없었던 것은 아니지만 철종은 참는다. 어디선가 울고 있을 양순의 얼굴이 떠오른 때문이다.

"전하께서 어지신 국모를 맞으시어 후사를 이으시는 것이 그나마 양순이를 위하는 일이 될 것으로 사료되옵니다."

철종은 범 상궁의 간곡한 주청을 떠올리며 한숨을 놓는다. 그로서는 중전을 어찌 대해야 할지 선뜻 판단이 서지를 않는다. 밤은 깊어 가고 있었으나 철종은 석불과 같은 모습으로 술잔만 비우고 있다. 그는 양순을 잊을 수가 없다. 철인왕후의 앳되고 아름다운 자태도 철종의 심기를 바로잡지 못했다.

국혼이 진행되는 동안 양순은 대왕대비 순원왕후의 엄명으로 강화섬으로 돌아가게 된다.

"오직 네 마음 씀 하나에 나라의 명운이 걸려 있음을 명심해야 할 것이며, 네 행실을 지켜 본 연후에야 네 일을 다시 정할 것이니 이 점 각별히 유념하렷다!"

철종 몰래 대궐을 떠나야 하는 양순의 가슴이 갈기갈기 찢어졌어도 누구 하나 위로하는 사람도 없다.

"뭐라, 양순이가…."

철종이 이 사실을 안 것은 철인왕후를 맞은 지 열흘이나 지나서다. 자신은 최소한도의 국법을 지키기 위해 철인왕후의 거처를 찾으면서도 양순일 찾지 않았다. 그런데도 웃전에서 양순일 강화섬으로 내쫓았다면 철종에게는 음모며 배신이 아닐 수 없다.

"양순이를 데려오너라. 양순일 데려오지 않고서는 살아남질 못할 것이니라!"

철종의 발광과도 같은 분노에는 임금의 위엄이 담겨 있다. 감히 누가 왕명을 거역하겠는가. 그러나 철종의 힘으로는 외척의 세도를 넘어설 방법이 없다.

"참으세요. 전하의 진노가 지나치면 양순이가 해를 입게 됩니

다."

"……!"

신정왕후의 이 한마디가 철종의 마음을 전율하게 한다. 양순의 무사함을 보장받기 위해서 양순을 거론하지 않아야 한다면 못할 것도 없다. 그러나 그것은 사람의 도리가 아니다. 결국 철종은 내시 기세석을 강화섬에 보낸다.

"양순의 의향을 들어 와야 하느니라. 양순이가 뭘 생각하고 있는지 소상히 알아 와야 할 것이니라!"

대전 내관 기세석은 왕명을 받들어 강화섬으로 떠나간다.

## 3

양순이가 강화도로 돌아오던 날 떡장수 윤씨는 땅을 치고 통곡을 한다.

임금님의 장모가 되어 땅땅거리며 살겠다며 떡장수까지 때려치웠는데, 이게 웬 날벼락인가. 게다가 곧 양순의 주변이 요동치기 시작한다. 강화부사가 찾아와 청천의 벽력같은 말을 입에 담았기 때문이다.

"서둘러 양순일 출가시켜야 하네."

"아이고 나으리. 우리 양순이는 임금님 곁으로 가야 하니다."

"이렇게 딱한 사람을 보았나. 양순의 혼사만 이루어지면 자넨 부자가 된다는데도!"

아니나 다를까, 그날부터 양순을 며느리로 데려가겠다는 사람들이 나선다. 매파가 나서는 경우도 있었으나, 어느 때는 사돈될 사람이 찾아와 허풍을 떨 때도 있다.

"혼처가 있다는 소문인데…, 여기서 일이 잘못되면 자네도 양순이도 무사하지 못할 것이야!"

주변의 성화가 날로 더해지는데도 양순 모녀가 아무 변화를 보이지 아니하자 강화부사의 협박이 시작된다. 양순은 두려움을 견디지 못해 발병한다. 신열이 불덩이다. 소식을 전해 들은 무공선사는 기막힌 노릇이 아닐 수 없다. 당장 도성으로 달려가 김좌근을 만나서 호된 꾸지람을 내리고 싶지만, 지금은 그 일보다 양순이를 지키는 일이 급하다.

무공선사는 명찬을 앞세우고 양순의 집으로 달려왔다.

"오늘부터 양순일 전등사에서 기거하게 하세."

"어이구, 어제는 입궐이더니, 오늘은 입산이니까!"

"잔소리 말고 시키는 대로 해!"

무공선사는 양순의 귀향을 불길하게 여긴다. 중전 간택 후에도 철종의 심기가 변하지 않는다면 양순일 해칠 음모가 있을 것이라고 직감했기 때문이다. 양순이가 무사하기 위해서는 자신의 곁에 두어야 한다. 그리고 그 사실을 김좌근에게 통고한다면 무사할 수 있을 것이라고 생각해서다.

"될수록 밖으로 나돌지 말고, 불공이나 드리도록 해라."

양순이가 무공선사의 마음을 헤아리지 못할 까닭이 없다. 처음 강화섬으로 떠나 한양으로 갈 때 김포 숲 속에서 있었던 악몽을 떠올리기가 어렵지 않아서다.

"명찬이 네 놈도 양순이의 그림자로 있어야 할 것이야. 알아들었으렷다!"

사미승 명찬은 총명하다. 양순의 주위를 그림자처럼 맴돌면서도 철종의 친구들인 배만석, 감동호, 서제민 등을 교대로 전등사로 불러들인다. 양순의 말동무를 시키겠다는 생각이지만 따지고 보면 대궐에서 있었던 일을 알기 위한 자신의 욕심을 채우겠다는 속셈이 아주 없지도 않다.

철종의 명을 받은 내시 기세석이 윤씨와 함께 전등사에 들었을 때는 양순의 신열이 내리고 있을 무렵이다. 그는 먼저 무공선사의 승방으로 들어 금혼령이 내리고 국혼이 있을 때까지의 경위와 양순이 강화섬으로 돌아오게 된 것이 대왕대비 순원왕후의 명이었음을 솔직하게 털어놓는다.

"참으로 망극한 변이로세…."

"그러하옵니다. 상께서 그 일을 아신 연후에는 침식은 물론 경연에 드시지도 않으면서 양순을 데려오라고 옥음을 높이곤 하셨사옵니다. 또 하루에 몇 차례씩 궐문으로 달려가시어 강화섬으로 가시겠다면서 호통치곤 하셨사오나, 왕대비 마마의 한말씀에 심기를 세우셨사옵니다."

"왕대비께서 뭐라 하셨는데…?"

기세석은 잠시 말을 이어 가지 못하였으나 무공선사의 채근을 받고서야 말을 잇는다.

"양순을 살리기 위한다면 모든 것을 삼가라 하셨습니다. 중전께서 회임을 하시고 원량元良을 생산하시게 하는 것이 양순을 살려 두는 일이라는 말씀에…."

전하께서 용루를 흘리시며 한없이 흐느끼더라는 대목에 이르러 양순은 물론 양순 어미 윤씨는 통곡을 터트리고 만다. 무공선사는 철종의 어의를 헤아리고도 남는다. 그날 밤 무공선사는 내시 기세석과 승방에서 하룻밤을 보내며 철종이 해야 할 일이 무엇인지를 주고받는다. 그때 무공선사는 철종에게 성군의 자질이 있음을 알게 된다.

"하루가 다르게 군왕이 갖추어야 할 덕목을 갖추시고, 왕명의 옳고 그름도 모두 아시는 듯하옵니다."

"허어…!"

무공선사는 기쁘기 한량없다. 왜 아니 그렇겠는가. 왕실의 피를 받고 태어난 철종이다. 비록 수렴청정이기는 해도 편전에서 일어나는 갖가지 일들을 살핀 지도 어언 3년이 되어 간다. 그리고 경연에서도 신하들과 옳고 그름을 토론하지 않았겠는가.

"자네 나와 약조를 하나 하세."

"분부하소서."

"하늘이 두 쪽 나도 양순이는 내가 지킬 것이니, 기 내관은 주상을 잘 받들어서 성군의 길로 인도하시게. 아시겠는가. 더 어려운 일이 있다면 내가 한양으로 다시 가서 하옥을 만나 담판을 지을 것이야. 알아들으시겠는가.”

“주상 전하께오서도 기뻐하실 줄로 아옵니다.”

그날 밤, 무공선사는 하옥 김좌근에게 보내는 사찰을 쓴다. 진실로 하고 싶은 말, 진실로 왕실을 걱정하는 사연을 담는다.

날이 밝으면서 기세석은 전등사를 떠난다. 양순 어미 윤씨가 꽤 멀리까지 따라나섰으나 끝내 아무 말도 못하고 돌아서고 만다. 어쩐지 철종으로부터 좋은 소식이 있을 것이라는 예감이 들어서다.

내시 기세석이 전등사를 다녀가면서 양순의 신열이 말끔하게 가신다. 영리한 명찬은 양순의 마음을 편하게 할 줄 안다.

“오늘은 옛날 임금님이 기거하시던 움막에 가시지요.”

양순의 얼굴에 생기가 돈다. 명찬은 양순과 함께 산길을 오른다. 예전에 철종이 살던 초가와 움막은 주인을 잃은 폐가로 남아 있다.

“사미스님. 저와 함께 소제를 해요.”

양순과 명찬은 두 팔을 걷어 올리고 폐가가 된 움막을 소제한다. 반나절을 서둘고 나자 움막은 옛 모습을 찾는다. 양순은 한없는 그리움에 젖는다. 내려가는 길은 일부러라도 철종과 함께 뛰놀던 길을 택한다.

양순의 무료함이 점차 가시는 기미가 보이자 사미승 명찬은 절묘한 생각 하나를 떠올린다.

"거사님들 잘 들으세요."

명찬은 철종의 친구들인 배만석, 감동호, 서제민 등을 거사님이라고 부른다. 어린 처지로 반말지거릴 하기도 민망하고, 그렇다고 천민 나부랭이들에게 존칭을 붙이기도 마땅치 않아서다.

"거사님들이 진짜 임금님의 벗님이라면…, 한 번쯤 대궐에 찾아가서 양순이 누님 마음 고생하는 거 알려 드려야 하지 않겠어요?"

"헛나, 우리가 무신 수로…? 문지기가 궐문을 열어 주기나 하겠냐고요."

"아, 그거야. 대궐 담장 밖을 빙빙 돌면서 원범아, 원범아, 하고 큰소리로 부르면 임금님인들 그거야 못 들으시겠어요?"

"……!"

세 사람은 솔깃해진 심정으로 양순의 표정을 살핀다. 양순도 기뻐해 하는 기색이 완연하다.

"임금님이 개고기를 좋아했다면서요. 개 한 마리를 삶아서 메고 가면 임금님인들 반가워하지 않고 배겨요?"

처음에는 명찬이 장난처럼 뱉어 낸 말이었지만, 양순도 솔깃해 하고 특히 양순 어미 윤씨가 안달을 하기 시작한다.

"언제들 떠날 테냐? 너희가 다녀와야 우리 양순이가 대궐로 다시 들어갈 수가 있을 게 아니냐. 제발 좀 서둘러 다오. 개는 내가 삶아 준다. 언제 떠나려느냐?"

양순 어미의 성화가 날로 드세진다. 웬만한 일이라면 양순이가 앞장서서 말릴 터이지만, 어쩐지 양순이도 그리해 주었으면 하는 기색이 완연하다. 양순은 빨간 비단에 모란꽃 두 송이를 수놓는다. 한 뜸 한 뜸 떠 가는 양순의 마음은 철종의 곁을 맴돈다. 빨간 비단은 어느새 꽃 주머니가 되어 간다.

세 사람의 친구들은 숙의에 숙의를 거듭한 끝에 마침내 대궐로 철종을 찾아가기로 결심한다.

"그래, 아무래도 너희들이 우리 양순일 살려 내려나 보다. 개는 내가 잡아서 삶아 주마. 떠날 차비 서둘러라."

마침내 배만석, 감동호, 서제민 등 세 사람은 개 한 마리를 삶아서 등에 지고 한양으로 떠나간다. 양순은 정성을 다해 수놓은 꽃 주머니를 배만석의 손에 쥐어 준다.

"전하께 전해 줘. 나를 본 듯 좋아하실 거야."

양순 어미는 도성으로 향하는 세 사람을 따라 갑곶나루까지 간다. 그녀의 신신당부는 눈물겹기 그지없다.

"부탁한다. 원범이 만나거든 하루속히 우리 양순이 데려가라고 일러 다오. 제발 좀 그래 다오."

세 사람을 태운 거룻배가 아득히 멀어질 때까지 양순 어미는 울고 또 운다.

# 4

김좌근은 무공선사가 보낸 서찰을 벌써 몇 번째 다시 읽었는지 모른다. 담겨진 내용을 헛되이 할 수가 없어서다. 중요한 대목만 간추려 본다.

— 강화유수가 양순의 혼인을 재촉하고 나선 것을 난 하옥이 시켰다고 생각하지는 않네. 양순일 며느리로 삼겠다고 나선 사람들이 모두 하옥의 사주를 받았다고도 보지는 않을 것이나, 그 모두가 권력의 눈치를 살피는 소행이었다면, 결국 하옥이 시킨 일이 되는 것쯤은 하옥도 익히 알 것이 아닌가. 양순이란 계집아이 하나를 죽여서 장김의 세도가 유지되는 지경이면 누항의 빈축은 말할 것도 없고, 하늘의 응징이 따를 것임도 명심해야 되지를 않겠나.

김좌근은 대사성 김병기를 한성부로 불러 무공선사의 서찰을 읽게 한다.

"생각들이 왜 이 모양이야!"

편지를 읽고 난 김병기는 대답대신 끙 하고 한숨을 토한다.

"이 일은 대사성이 알아서 처결해."

"소자의 처분대로 따라는 주시겠습니까?"

"허면, 이런 일까지 내가 나서야 하느냐."

마침내 김좌근은 짜증을 토하면서 자리를 차고 나간다. 이미 연통이 있었는지 자비는 안마당에까지 들어와 있다. 김좌근은 지체 없이 자비에 오른다. 양순이를 강화섬으로 쫓아낸 사람이 순원왕후라면 먼저 대왕대비 전의 의향을 알아 두는 것이 도리기 때문이다.

김좌근의 자비는 눈 깜짝할 사이에 창덕궁의 정문인 돈화문을 바른쪽으로 끼고 금호문을 향한다.

"물렀거라. 한성판윤 입궐이시다."

궐문 근처에서까지 시윗소리를 높이는 김좌근의 자비다. 궐문을 지키는 문직들에게 김좌근의 입궐을 알리는 당당함이다. 삐걱, 지체 없이 금호문이 열린다. 김좌근이 탄 자비는 반걸음도 멈추지 않은 채 그대로 금호문 안으로 빨려 들어간다.

같은 무렵, 배만석, 감동호, 서제민 등도 창덕궁에 당도한다. 멀리 돈화문이 우뚝하게 서 있었고 문직 갑사들이 창칼을 앞세우고 번을 돌고 있다. 겁이 덜컥 날 수밖에 없다. 무슨 거짓말을 어떻게 한다 해도 저들을 설득하여 궐문을 열 수는 없겠다고 판단한다. 세 사람은 살금살금 금호문 쪽으로 옮겨 갔지만 사정은 달라 질 것이 없다. 문직 갑사들과 실랑이를 치다가 쫓겨나느니 애초에 생각한 대로 담장 밑을 돌면서 소리치기로 한다.

"원범아, 원범아!"

세 사람은 대궐 담장 밑을 빠른 걸음으로 달리면서 고래고래 소리친다. 문직 갑사들이 달려오는 기미가 보이면 잠시 몸을 숨기도 하였으나, 그렇지 않은 다음에는 길길이 뛰면서 목청 터지게 원범을 부른다. 철종의 아명이 원범인 줄 모른다면 이들의 행태가 불경일 수는 없다. 감히 어느 누가 이들이 찾는 '원범'이 철종임을 알겠는가.

"원범아, 원범아!"

철종은 불현듯 어보를 멈춘다. 가까운 곳에서 들려오는 외침이기 때문이다. 철종이 중신들을 거느리고 선원전璿源殿에 당도할 무렵이다. 역대의 임금님 초상화와 왕실 족보를 모신 선원전은 창덕궁 오른쪽 담장 쪽에 있다.

"저런 못된 것이…."

김좌근의 얼굴에 노기가 스쳐간다. 원범을 부르는 외침소리는 비명으로 변하고 있다. 아니나 다를까, 철종이 소리 나는 쪽으로 몇 걸음 옮겨 놓으며 되받아 소리친다.

"만석아, 만석아… 나 여기 있다!"

"원범아, 원범아!"

김좌근은 눈을 감는다. 어찌 이 같은 변이 있으리라 짐작이나 했던가.

"내관은 어서 가서 연유를 알아 오질 않고 무엇을 하고 있느냐?"

철종이 옥음을 높이자 내관 기세석이 소리 나는 쪽으로 황급히 달려간다.

"영부사, 만석이가 왔어요. 영부사도 만난 일이 있을 것이오."

"전하!"

"허허허, 당연하지를 않소. 강화섬에서 함께 뛰놀던 친구가 찾아오는 것은 당연하지를 않소."

"……."

정원용의 머뭇거림은 대책이 서지를 않아서다. 김좌근이 철종의 곁으로 다가서며 싸느랗게 고한다.

"전하, 대전으로 드오소서."

"무슨 말씀을 그리하시오. 만석일 만나지 않고서는 한 발짝도 움직이지 않을 것이오."

"만나실 수 없음이옵니다. 유념해 주오소서."

"나는 만날 것이오!"

"전하, 관직이 없는 사람을 궐 안으로 들일 수는 없음이옵니다. 어찌 전하께서 몸소 국법을 어기고자 하시옵니까?"

"국법이 그렇다면 내가 나가서 만날 수도 있질 않겠소."

"아니되옵니다, 전하. 군왕의 체통을 세워 주오소서."

"체통이라니요? 친구를 만나는데 무슨 체통이라는 말씀이오. 더구나 임금은 무치라고 가르쳐 주지를 않았소!"

"아니 되옵니다. 일찍이 이 같은 일은 없었사옵니다."

"없다, 이 모두가 농사꾼을 임금의 자리에 앉혀 놓아서 생긴 일이 아니오. 그게 어디 내가 하고자 했던 일이오이까!"

"……."

철종은 불을 뿜는 눈빛으로 김좌근을 쏘아본다. 김좌근은 어이없는 표정을 지을 뿐이다. 그때 자리를 떴던 기세석이 달려왔다. 기세석은 김좌근의 눈치를 살피면서 머뭇거린다.

"당장 본 대로 고하렷다."

"……."

"당장 고하라 일렀느니라!"

철종이 옥음을 높이고서야 기세석은 떨리는 목소리로 입을 연다.

"강화섬에서 왔다는 배만석이란 젊은이가 전하의 옥음을 듣고 담장을 넘다가 내금위의 병사들에게 잡혔다고 하옵는데, 메고 있던 자루 속에는 삶은 개 한 마리가 들어 있었다 하옵니다."

"그래, 허허허 나도 배만석의 목소리로 들었다. 그래, 만석이는 지금 어디에 있느냐?"

"의금부로 데려갔다 하옵니다."

"의금부?"

철종은 김좌근을 쏘아보며 싸느랗게 말한다. 나무꾼 더벅머리 총각의 목소리가 아니라 그야말로 군왕의 위엄이 실린 옥음이 아니고 무엇인가.

"당장 의금부로 달려가서 배만석을 대전으로 데려오시오!"

"당치 않으신 분부시옵니다. 거두어 주오소서."

"경은 왕명을 거역하고자 하시는 게요? 이 자리에서 경의 파직을 명해도 거역하시겠오이까!"

"……!"

철종의 옥음에는 노기가 서려 있다. 천하의 하옥 김좌근도 얼굴이 창백하게 바래진다. 아무리 수렴청정하의 군왕도 명을 내리면 왕명이 된다. 게다가 철종은 스물한 살, 당당한 성년이다. 지금 철종이 파직을 명한다면 따를 수밖에 없다.

"다시 한 번 거역해 보시오. 경은 나를 다시 볼 수 없을 것이오. 서두르시오!"

"전하!"

"서두르라 하질 않았소."

철종은 면박을 주듯 김좌근에게 소리치고 어보를 옮겨 놓기 시작한다. 내시와 상궁 들은 종종걸음으로 철종의 뒤를 따른다.

"이거야 원…."

김좌근이 한숨이나 다름없는 탄식을 뱉어 내자 정원용은 '쩝' 하고 입맛을 다시며 시선을 허공으로 던진다. 조선왕조가 창업된 이래 이같이 황망한 일이 있었던가.

'농사꾼을 임금의 자리에 앉혀 놓아서 생긴 일이 아니오? 그게 어디 내가 하고자 했던 일이오이까!'

김좌근은 철종의 항변을 떠올려 본다. 조금도 틀린 말이 아니다. 철종은 강화섬에서 농사를 지었다. 그에게 친구가 없을 까닭이 있을까. 그 미친한 친구 한 사람이 개 한 마리를 삶아 메고 옛친구를 찾아왔다. 나무랄 일일 수만은 없다. 그러나 나라에 법이 있듯이 왕실에도 법도가 있다. 배만석이 궁금宮禁의 담장을 넘고자 했다면 중벌을 받아 마땅하지 않겠는가.

"어찌할 생각이오?"

정원용이 느릿한 걸음을 옮기면서 김좌근에게 묻는다.

"어찌 인정이 법도를 앞지를 수가 있겠소이까."

"허면, 주상 전하의 심기는 어찌하구요?"

정원용은 철종이 양순이를 그리는 애틋한 심중을 알고 있다. 철종은 양순이의 소식을 알기 위해서도 끝까지 배만석을 만나려고 할 것이 분명하다. 그 상정常情을 국법으로만 막으려 한다면 철종의 진노를 사고도 남을 일이다. 비록 철종이 만기를 친재할 수 있는 경륜이 모자란다 하더라도 군왕의 지위에 있는 것은 엄연하다. 그렇다면 철종이 뱉어 내는 한마디 한마디는 아무도 거역할 수 없는 어명이다.

"어찌 되었거나, 국법을 거역할 수는 없음이겠지요."

김좌근은 단호한 어조로 국법을 거론한다. 그러나 정원용의 반발도 만만치 않다.

"중전 마마를 맞아들인 지 채 열흘도 되지를 않았어요. 어명을 거역하고서도 뒷일을 수습할 수 있다고 보시오."

"……!"

김좌근은 걸음을 멈춘다. 정원용의 지적이 칼날 같아서다. 김좌근은 이미 철종이 중궁전中宮殿을 찾지 않고 있다는 사실도 들어서 알고 있다.

"전하께서 양순이란 아이를 잊지 못해 하시는 것을 하옥도 알고 있을 것이 아니오."

"허면, 영부사께서는 배만석이란 아이를 대전으로 데려와야 한다는 말씀이오이까. 개를 짊어지고 온 그 상것을요!"

"파직을 하겠다 하시질 않으셨습니까. 앞으로 다시 보기 어려울 것이라고도 하셨습니다."

"쯧쯧쯧…."

김좌근은 혀를 차는 것으로 정원용의 우유부단함을 책망한다. 두 사람은 다시 걸음을 옮겨 놓으면서도 입을 열지 않는다. 도무지 대책이 서지 않아서다.

대전으로 돌아온 철종은 승지를 의금부로 보냈다. 자신의 명이 없이는 문초를 해서도, 방면을 해서도 아니 된다는 것을 분명히 했다. 그리고 좌의정 김흥근을 불러 배만석을 대전으로 데려올 것을 다시 명한다. 김흥근은 당연히 천만부당하다는 말로 일관한다.

"데려오시오. 아무리 좌상이기로 왕명을 거역하지 못할 것이오."

"전하!"

"듣기 싫소. 경이 못 하겠으면 영은부원군을 불러 오시오."

철종이 완강하게 고집을 세우자 대소 신료들은 서둘러 빈청으로 몰려든다. 그러나 그들에게 별다른 계책이 있을 까닭이 없었고, 소문만 무성하게 궐 안으로 번져 나간다. 나어린 상궁들과 무수리들이 키득키득 웃는다. 이보다 더 재미있는 구경거리가 어디 있으랴.

소문을 접한 순원왕후는 왕대비 신정왕후를 거처로 불러들인다. 더 험한 왕명이 내리기 전에 왕실의 웃어른의 도리를 해야겠다는 생각에서다.

"대체 이런 황망한 노릇이 어느 천지에 다시 있겠습니까. 중신들은 국법을 내세워서 그 아이에게 벌줄 것을 논의하고 있는 모양입니다만, 대비의 의향은 어떠합니까?"

신정왕후로서는 이 일에 나서고 싶지 않은 것이 솔직한 심정이다.

'결자해지結者解之인 것을!'

그랬다. 매듭을 엮은 사람이 그 얽힌 매듭을 풀어야 하는 것이 천하의 이치가 아니던가. 강화도에서 농사를 지으며 지게발이를 하던 원범을 계사로 지목한 사람이 순원왕후이고, 안동 김문이 아니던가. 그러나 순원왕후의 간곡한 하문이 있고 보면 대답을 피할 수만은 없다.

"대내의 법도로만 따진다면 배만석인가 하는 아이는 중벌을 받아야 마땅한 것으로 사료됩니다만…, 아직은 법도에 익숙하지 못한 주상의 심기가 어떠하실지…."

"가령, 배만석이란 아이에게 아무 벌도 내리지 아니하고 강화섬으로 돌아가게 하는 것은 어떨지…."

순원왕후는 조심스럽게 타진한다.

"하오나, 이미 주상께서 아시고 계시는 일인데…, 그 또한 상정으로 본다면 너무 야박하지 않을지요."

"그렇기도 하구만…."

순원왕후는 한숨을 놓는다. 배만석을 그냥 방면하는 것도 방법의 하나일 것은 분명하지만, 그 일로 인한 철종의 반발이 어느 만큼 클 것이며, 철종의 심기를 달래는 일이 또한 큰일이다. 게다가 김좌근을 비롯한 조정 중신들이 일거에 파직을 당한다면 어찌해야 하나.

"물러서라, 당장 물러서라는데도!"

문 밖이 술렁거리더니 철종의 벽력같은 노성이 들린다. 그리고 방문이 벌컥 열리고 철종이 들어선다. 충혈된 눈빛이 꼭 무슨 일을 저지를 것만 같다.

"대왕대비 마마, 만석이를 만나게 해 주소서!"

"주상…."

"제가 강화도를 떠날 때 만석이더러 한 번 놀러 오라고 했으니, 만석은 왕명을 따른 것이옵니다."

"주상, 궁금의 담장을 넘으려 했으면 중벌을 받아 마땅합니다."

"중벌이라니요? 만석이는 집주인을 찾아왔는데… 대문을 지키는 병사들이 자꾸 쫓아내니까 담장을 넘고자 했을 것이 아니옵니까. 거렁뱅이가 와도 밥을 주어서 보내는데… 집주인을 찾아온 손님에게 죄인이라니요."

"주상은 여염집의 주인이 아니라 지존이십니다."

"지존이라고 하셨습니까? 그럼 지존 노릇을 하겠습니다. 하옥을 비롯한 조정 중신들을 바꾸겠습니다. 왕명을 고분고분 잘 따르는 신하들로 의정부를 다시 짜겠사옵니다!"

"……!"

순원왕후는 숨이 막힌다. 철종의 언동에는 이미 왕명의 위엄이 실려 있다. 여기서 한 발짝만 잘못되면 조정대사는 돌이킬 수 없을 정도로 뒤틀리고 만다. 신정왕후가 철종을 타이르듯 입을 연다.

"주상, 주상의 심기를 몰라서 하는 소리가 아닙니다만…, 배만석이라는 아이에게 벼슬이 있다면 못 만나실 것도 없겠으나…."

"벼슬요? 그까짓 벼슬이야 하나 주면 되지를 않겠습니까."

"허나 그 아이는 상것이라 벼슬을 줄 수 없기에 드리는 말씀입니다."

"이거야 원…, 제 주위를 에워싸고 있는 내금위의 병졸들이 어디 모두가 반가의 자제랍니까. 별감들도 상민출신이 아니오이까."

순원왕후도 신정왕후도 말이 막힌다. 철종은 이미 나무꾼이 아니라 대궐의 사정에 익숙한 군왕이 되어 있어서다.

"내금위의 별감들 중에는 만석이만 못한 아이도 있는 것으로 압니다. 아니라 하시겠습니까?"

"……."

신정왕후는 황당해하는 순원왕후를 지긋이 지켜보고 있다. 내심 철종의 더한 분발을 촉구하는 마음도 아주 없지는 않다.

"이도 저도 다 안 되면 제가 의금부로 가지요. 제가 가서 만나는 것이야 무슨 상관이겠습니까."

철종은 몸을 일으킨다. 순원왕후가 황망히 만류한다.

"주상, 이러시면 아니 됩니다. 순리를 따르셔야 합니다."

"만나는 것이 순리지요. 순리가 어디 양반에게만 있답니까!"

"……."

그야말로 조정은 발칵 뒤집히고야 만다. 철종의 언동으로 보아서는 배만석에게 벌을 줄 수는 없는 일이고, 그대로 강화도로 돌아가게 할 수는 더욱 없다. 결국 배만석을 철종과 만나게 해주는 방도를 찾을 수밖에는 없다.

승석 무렵이 되자 철인왕후가 순원왕후의 거처로 든다.

"호호호, 우리 중전께서 어인 거둥이십니까?"

문안 때가 아니라면, 뭔가 진언할 것이 있을 지도 모른다. 더구나 배만석의 일로 온 궐 안이 무겁게 가라앉은 때다.

"대왕대비 마마, 강화섬에서 왔다는 아이를 대전별감으로 삼아서 전하 곁에 있게 해 주오소서."

"대전별감으로…?"

"그러하옵니다. 지존의 심기가 편해야 온 왕실, 그리고 온 대궐이 화애和愛로워질 것이옵니다. 통촉해 주오소서."

춘추 열다섯, 비록 국혼을 치르고 중궁에 들어와 있다고 하여도 아직 애티가 가시지 않은 어린 중전이다.

"제가 나설 일이 아니옵니다만…,"

"아니지요. 중전이 나서야지요. 그야말로 지존의 일이 아닙니까. 그래서요…?"

순원왕후는 어린 중전의 진언이 대견하기만 하다. 지아비 철종의 어려움을 덜어 주면서 온 대궐의 화애를 입에 담는 중전의 심성이 어찌 대견하지 않으랴.

"대전별감은 모두 마흔여섯 사람이나 되는데, 배만석이 그중의 한 사람이라 하여 아무 흉이 될 것도 없사옵고, 또 그리되면 전하의 말벗이 되어 전하의 심기도 편안해질 것으로 사료되옵니다."

별감別監은 궁 안 액정서掖庭署에 소속되어 어가를 시위하는 일을 맡아보는 자리라 구태여 학식이나 신분을 따질 일이 아니라는 어린 중전의 하소연이 순원왕후에게는 고맙기 그지없다. 또한 이 일을 중전이 진언하였음을 철종이 안다면 부부간의 금슬에도 도움이 될 일이 분명하다.

"호호호. 참으로 훌륭한 국모의 자질이십니다. 내 중전의 뜻을 따르겠습니다."

"고맙사옵니다. 대왕대비 마마."

순원왕후는 도승지 홍종응을 불러 명한다.

"배만석이란 아이에게 별감 자리를 주어서 주상의 말벗이 되도록 하되, 대내의 법도를 대충이나마 익힌 연후에 주상과 상면하게 하라."

도승지 홍종응은 시름을 더는 기색으로 상체를 굽히다가 순원왕후의 다음 말에 전율한다.

"이는 중전의 분부임도 함께 알리라."

청명하게 밝은 햇살이나 다름이 없다. 온 궐 안이 일시에 밝아지면서 열다섯 살 철인왕후의 인품이 빛을 내기 시작한다. 소식을 접한 철종의 용안에도 웃음이 담긴다. 그러나 철종과 배만석은 쉽게 만나지지 않는다.

배만석은 액정서로 불려와 대내의 법도를 익히게 된다. 어전에서 지켜야 할 법도는 한두 가지가 아니다.

"네 언동 한마디에 전하의 처지가 어려워진다면 살아남질 못할 것이니라!"

만나는 사람마다 한마디씩 한다. 배만석에게는 고통이 아닐 수가 없다. 짧은 하루해는 쉽게 저문다. 철종은 추야장秋夜長 긴긴밤을 초조하게 보낼 수밖에 없다. 배만석을 만나고서야 양순이의 소식도 알 수 있을 게 아닌가.

## 5

다음 날 아침이 되고서야 배만석은 붉은색 첩리帖裏를 입고 깃털이 꽂힌 주립朱笠을 썼다. 전혀 딴사람이 된 것이나 다름이 없다. 그는 내관에게 인도되어 대전으로 간다. 말로만 듣던 대궐이다. 하늘을 찌르는 전각들과 어우러진 가을 단풍은 눈이 부실 지경이다. 만석은 인정전의 동행각東行閣 담장을 끼고 한참을 걸어서 선정문宣政門으로 들어선다.

"전하, 배 별감 들었사옵니다."

내시의 고함이 채 끝나기도 전에 선정전의 방문이 벌컥 열리면서 철종이 뛰쳐나온다.

"야, 인마 만석아…!"

철종은 놀라는 표정으로 걸음을 멈추어 선다. 만석의 차림새 때문이다. 그러나 곧 철종의 용안에는 웃음이 담긴다. 비록 별감의 복색이 어울리지 않는다 해도 3년 만에 만나는 만석이가 아니던가.

"들어가자…."

철종이 만석의 손을 잡는다. 만석은 법도대로 철종의 어수를 정중히 뿌리치며 허리를 굽힌다.

"전하는 지존이시옵니다."

"전하…? 허허허, 전하고 지존이고 어서 들어가자니까."

철종은 다시 만석의 손을 잡아끌며 선정전으로 든다. 지켜보는 내시와 상궁 들은 허리를 뒤틀면서도 소리 내 웃지를 못한다.

"앉아라, 앉아…."

"전하, 문후를…."

"인마, 문후는 무슨… 앉기나 하라니까. 그래 양순이는 잘 있구….”

철종은 만석에게 숨 돌릴 겨를도 주지 않고 양순의 일부터 묻는다. 만석은 선뜻 입을 열지 못한다. 의금부 당상으로부터 양순의 일을 함부로 입에 담는다면 중벌을 면치 못할 것이라는 경고를 받은 때문이다.

“허허허, 어려워할 거 없다는데도. 여기선 나보다 더 높은 사람이 없어, 인마!”

“하오나, 전하….”

“이게 끝까지 전하라네! 예전처럼 원범이라고 불러. 너하고 나 사인데 어려워할 거 없다니까. 안 그러냐, 허허허!”

“저, 전하….”

만석은 기를 펴지 못한다. 철종이 아무리 옛정을 되살려 보고자 해도 만석은 군신 간의 도리를 지키지 않을 수가 없어서다. 만석이 대내의 예법에 익숙해 있어서가 아니다. 자신의 경거망동이 양순의 목숨을 재촉하게 될 것이라는 수많은 위협이 있었기 때문이다.

“너 갑자기 왜 그래. 양순이가 어찌 지내는지 묻질 않았어, 인마….”

만석은 옷자락을 들치더니 허리춤에서 꽃 주머니 하나를 꺼내 철종의 앞으로 밀어 놓는다. 붉은 비단으로 만들어진 꽃 주머니에는 모란꽃 두 송이가 수놓아져 있다.

“전하, 양순이가 수놓아서 만든 꽃 주머닙니다. 뵙거든 드리라 하였습니다."

"양순이가…."

철종은 꽃 주머니를 집어 든다. 그의 눈시울이 촉촉이 젖어 들고 있다. 철종은 목이 멘다. 비단 꽃 주머니의 감촉은 그대로 양순이의 살결이나 다를 바가 없어서다.

"어찌 지내고 있더냐… 양순이가…."

철종은 눈물을 쏟고 있다. 만석의 대답이 절절하게 이어진다. 양순이 강화섬으로 돌아오자 수많은 혼담이 들어오더라고 한다. 그 혼담 때문에 양순은 신열에 시달리다가 내시 기세석을 만나고서야 겨우 몸을 추슬렀다고 한다. 그 후 양순이는 철종이 기거하던 움막에 올라가 폐허가 된 빈집을 말끔하게 가꾸었다고 하면서 울음을 터뜨린다.

"전하, 양순일 잊으시면 아니 됩니다."

"……."

철종은 고개를 주억거리며 눈물을 흘린다. 그가 지금 입을 연다면 울음이 터져 나올 것이 뻔하다. 철종은 중전을 맞아들인 것이 후회된다. 양순의 사정을 더 일찍만 알았다면 무슨 수를 써서든지 궐 안으로 다시 불러들일 수가 있었을 것이라는 후회가 좀체 가라앉지를 않는다.

배만석이 창덕궁에 머무는 동안 철종의 심기는 밝았다. 경연에 나가지 않을 때면 철종은 만석이만을 벗 삼는다. 몸은 용상에 앉아 있었어도 마음은 언제나 강화섬에 가 있는 나날이다. 중신들에게는 이 또한 난감한 일이 아닐 수 없다. 마침내 의금부에서는 배만석을 설득한다.

"그만큼 주상 전하의 가까이에 있었으면 그만 돌아가야 하질 않겠느냐."

"……."

배만석도 이미 생각해 본 일이다. 철종과 만난 지도 어언 달포가 되어 간다. 대궐에서의 삶이 편하기는 했어도 만석에게는 무위도식이 아니던가. 그로서도 돌아가고 싶던 참이다. 그는 철종에게 고한다.

"전하, 강화섬으로 돌아가야 하옵니다."

"왜, 너는 궁궐이 싫으냐?"

"싫은 것이 아니라, 벌써 달포나 되었사옵니다. 하루속히 강화섬으로 돌아가 전하의 모습을 양순에게 전하고 싶습니다."

"그렇겠지…."

철종은 더 만류하지 않는다. 만석과 오랫동안 함께 있게 될 것이라는 기대는 처음부터 없었고, 어서 돌아가 양순을 만나겠다는 배만석의 생각이 고맙기도 해서다.

"만석아, 소원이 있으면 말해 보아라."

"아무 소원도 없습니다."

"글쎄, 말하라니까…."

"이미 별감이 되었는데 무슨 소원이 다시 있겠습니까?"

"허어, 말하라니까."

"……."

철종은 채근을 거듭한다. 옛 친구를 위해 무엇인가 베풀어 주고 싶다는 생각, 어렵게 찾아온 만석을 그냥 돌아가게 하고 싶지 않은 철종이다. 배만석은 망설이고 망설인 끝에 입을 연다.

"전하, 옥계를 아시지요?"

"암, 알다마다. 부들방죽 말이지…."

철종의 용안에 함박 같은 웃음이 담긴다. 강화도의 옥계. 거기에는 한없이 트인 늪지에 부들이 가득 차 있다. 잎이 가늘고 긴 부들은 여름이 되면 노란 이삭 모양의 꽃을 피운다. 향포香蒲라고도 불리는 부들은 자리를 매는 데 쓰인다. 거기에 긴 방죽이 있다. 그러기에 강화 사람들은 그곳을 '부들방죽'이라고 부른다. 철종은 부들방죽이라는 소리를 듣고 그리움에 젖는다. 양순의 손을 잡고 그 방죽 위를 수없이 달려 보지 않았던가.

"전하, 제 소원을 들어주시려면 그 부들방죽을 제게 주십시오."

"허허허, 부들자리를 매서 팔려구…."

"예…, 그러하옵니다."

"그래, 그럼 부자가 될 거야."

"정말로 주십니까?"

"암 주질 않구, 옥계에 있는 부들방죽은 모두 네가 가져라."

"……."

배만석은 고개를 번쩍 든다. 꿈같은 일이다. 부들방죽을 소유

할 수 있다면 강화도에서는 손꼽히는 부자가 될 것이기 때문이다.

"뭘 그렇게 놀라냐. 내가 강화부사에게 당부를 할 테니 그리 알아라. 그 대신 너는 강화도로 돌아갔다가 다시 와야 한다. 알겠냐?"

"예, 전하!"

"그리고 이 걸 양순에게 전해다오."

철종은 연상 밑에서 붉은 비단 보자기에 싸인 상자 하나를 꺼내 배만석에게 밀어 놓으면서 연민의 정을 토로한다.

"양순이가 내 곁에 있을 때 주었어야 하는 건데…, 그땐 미처 몰랐었다. 이 패물에 내 마음이 담겼음을 반드시 전해야 한다. 알았지?"

"명심하겠사옵니다. 전하."

"나는 반드시 양순일 부른다. 몸 성히 있다가 달려와야 한다고 전해 다오."

"예, 전하."

배만석은 다시 만날 것을 약조하고 철종에게 하직의 예를 올린다. 그리고 대전에서 물러난다. 한 달 남짓한 짧은 만남이었지만 배만석에게는 별천지나 다름이 없었던 대궐이다. 내시 기세석이 궐문까지 동행한다.

"배 별감이 마마님을 지켜야 할 것일세. 전하께오서는 반드시 다시 부르실 것일세."

마침내 배만석은 궐문을 나선다. 온몸을 싸고돌았던 법도의 그물이 벗어지는 홀가분함을 헤아릴 길이 없다. 그의 걸음은 하늘을 나는 것 같다. 강화도를 떠날 때는 보잘것없는 상민이었다. 그러나 돌아가는 길은 달랐다. 어엿한 별감이 되었으니 금의환향이다. 게다가 눈이 모자라게 트인 부들방죽의 소유주임에랴.

강화도로 돌아온 배만석에게는 달갑지 않은 별명이 붙는다. 그가 개 한 마리를 삶아 지고 한양으로 갔다 하여 '개별감', '개정승' 이라고 불린 때문이다. 이 전설 같은 얘기는 지금도 강화도 촌로들의 입에 오르내리고 있다.

배만석이 떠나가자 조정 중신들은 시름을 던다. 그러나 어지러워진 철종의 심기를 바로잡아야 하는 일이 시급하다. 곧 친정親政에 임해야 할 철종이 아니던가.

"상께서 경연에 불참하는 일이 있어서는 아니 될 것이니라. 한 치의 하자 없이 시행하렷다!"

김좌근은 승정원에 엄명을 내린다. 빠듯한 일정을 마련하고 철종으로 하여금 거기서 벗어나지 못하게 하는 것이 상책일 것이기 때문이다.

그리고 또 한 가지는 순원왕후 김씨가 수렴청정을 거두었을 때를 대비해야 한다. 김좌근은 그때를 섣달그믐쯤으로 잡고 있다. 이를테면 새해(1852년, 철종 3)를 기점으로 안동 김문의 세도체제를 갖추려는 생각에서다.

# 6

김좌근은 벌써 며칠째 나합의 집에서 머물고 있다. 그러자니 조정의 대소사도 나합의 집에서 처결되기가 일쑤다. 나합의 신바람도 하늘을 찌른다. 전국의 뇌물바리가 몰려들기 때문이다. 섣달로 접어들면서 나합의 집에 장김의 근根 자 돌림의 거두들로 득실거린다. 김흥근, 김수근, 김문근 등이 바로 그들이다. 대책은 언제나 김좌근이 주도한다.

"대왕대비 마마의 철렴이 선포되기 전에 의정부와 6조를 정비해야 되질 않겠는가. 어차피 친정이야 이름뿐인 것, 한 치의 하자가 있어서도 아니 될 것일세."

모두들 고개를 끄덕인다. 김좌근의 설변에는 상대를 위압하는 힘이 넘친다. 그것이 형제들의 앞이라 해서 위축될 까닭이 있던가.

"때가 좋지를 않아. 백성들의 살림이 피폐해져 있다는 점일세. 무엇이 백성들의 살림을 그토록 어렵게 하였는지 그것도 따질 겨를이 없어. 자고로 백성들의 삶이 피폐해지면 도성에는 도적 떼가 들끓고, 변방에서는 민란이 일게 마련일 테고… 이미 그런 기미가 나타나고 있어. 이와 같은 때에 우리 일문이 조정의 대소사를 살피게 된다면 장차의 일을 우려하지 않을 수가 있겠는가. 또…."

김좌근의 논조에는 빈틈이 없다. 그는 그만큼 세상의 잡사까지도 깊고 넓게 내다볼 줄 아는 사람이다.

"이번에 배만석인가 뭔가 하는 아이가 주상을 배알했을 때 나는 가슴이 저려 오는 슬픔을 가누지 못했어. 말이 되는가. 일국의 군주의 주변에 그런 미천한 아이들이 있다는 것이…. 강화섬에는 또 다른 배만석이가 얼마든지 있다는 사실도 유념해야 되거니와 그와 같은 소문이 퍼져 나가면, 종친이면 아무나 임금이 될 수 있다는 망국의 풍조가 일지 않는다고 누가 장담을 하리. 강화섬의 일이야 그쪽 부사로 하여금 다스리게 할 수 있을 것이나…, 도성의 산재한 종친들의 동태를 소홀히 보아서는 아니 될 것일세. 이는 종친들을 못 믿어서가 아니라, 그 종친들을 충동질하는 무리가 있을 것이니 이 또한 그냥 넘길 수 없음이 아닌가. 이러한 연유로 대왕대비 마마께서 청정을 거두신다 해도 정세는 쉽게 안정되지 않을 것일세. 우리 일문의 책무가 막중한 것은 이 때문이야."

좌중은 숨을 죽인다. 김좌근은 장죽으로 놋재떨이를 세차게 두들긴다. 그리고 시선을 김흥근에게 돌린다.

"형님께서 영의정의 자리를 맡아 주셔야겠습니다."

영의정의 자리는 비어 있다. 시임 좌의정인 김흥근이 그 자리로 승차하는 것은 당연한 일인데도 그는 정색을 하고 물었다.

"허면, 하옥은 어찌하고…."

"허허허, 딱하십니다, 형님. 제 어찌 언감생심 영의정의 자리를 넘보겠습니까. 아직 정승의 반열에도 올라 보지 못한 저올시

다."

이때 김좌근의 지위는 공조판서에 불과하다. 그러면서도 영의정을 임의로 정할 만큼 대담한 권한을 휘둘고 있다.

"회부는 얼마간 대사헌을 맡으시게. 3사를 장악하지 않고서는 조정을 거느릴 수가 없어…."

"……."

회부는 김수근의 자다. 그는 대사헌의 자리가 불만스러웠는지 아무 대답도 하지 않는다.

"누구 한 사람을 위하자는 것이 아니질 않은가. 종사가 튼튼하고서야 우리 일문의 영달도 있을 터…."

"제 일은 심려 마세요."

김수근이 퉁명스럽게 뱉어 낸다. 김좌근이 그런 김수근을 불만스럽게 쏘아보고 있을 때다. 김병기가 창백해진 얼굴로 황망히 방 안으로 들어섰다.

"고변告變입니다, 아버님!"

"고변? 역모라더냐?"

"그러하옵니다."

"어느 못된 놈이!"

김좌근이 소리친다. 이 무슨 불미한 조짐이던가. 아직은 의정부와 6조의 정비도 채 끝나지 않았는데 역모의 고변을 받고 보니 기막힌 노릇이 아닐 수 없다. 김병기가 다시 밖으로 나갔다가 좌포도대장 임태영任泰瑛을 데리고 들어온다.

"대체 어느 놈이, 무슨 연유로?"

김좌근은 임태영을 쏘아보며 숨 가쁘게 묻는다.

"전에 포교를 지냈던 고성욱高成旭이란 자가 잠시 전에…."

"고변한 자를 묻고 있는 게 아니야. 어느 놈이 역모를 꾸몄고, 누굴 추대하려 했다는 게야?"

김좌근의 호통이 어찌나 쩌렁하게 울렸는지 좌포도대장 임태영은 몸을 움츠린다. 좌중의 시선은 일제히 그에게로 쏠릴 수밖에 없다. 임태영의 설명은 이러하다.

황해도 연안延安에 사는 김응도金應道와 문화현文化縣에 사는 채희재蔡喜載가 공모하여 초도椒島에 사는 이명섭李明燮을 임금으로 추대하려 했다고 한다.

"이명섭, 이명섭이면…."

김흥근이 중얼거리자 임태영이 부연한다.

"밀풍군密豊君의 후손이라 하옵니다."

"밀풍군…!"

모두들 중얼거린다. 밀풍군은 소현세자昭顯世子의 후손이다. 소현세자는 인조대왕의 적자로 태어났다. 병자호란이 끝나자 인질이 되어 청나라로 끌려갔던 바로 그 사람이 아니던가. 소현세자의 불행은 인질살이로 끝난 것이 아니다. 그는 그리던 고국으로 돌아와서도 아버지 인조의 미움에서 벗어나지 못한 채 학질을 앓다가 세상을 떠난다. 워낙 창졸간의 죽음이라 독살이라는 소문도 뒤따랐다. 그 소현세자에게는 세 아들이 있다. 경선군慶

善君, 경완군慶完君, 경안군慶安君이 바로 그들이다. 소현세자가 독살되었다는 풍문이 자자한 가운데 34세의 춘추로 세상을 떠나자, 뒤이어 세자빈인 민회빈愍懷嬪 강씨姜氏에게도 사약이 내려진다. 이런 와중에서 세 아들은 제주도에 유배되었다가 위로 두 형제는 세상을 떠나고 막내인 경안군 회檜만이 목숨을 부지하게 된다. 그러나 인조의 뒤를 이어 보위에 오른 효종孝宗(봉림대군)은 극심한 예론禮論에 휘말리게 되어 귀양에서 풀려난 경안군은 감시 속에서 살 수밖에 없다. 그 까닭은 경안군이 인조의 적손이기 때문이다.

경안군은 임창군臨昌君 혼焜과 임성군臨城君 엽熀 두 아들을 두었다. 그리고 임창군은 자손이 번성하여 5형제를 두었다. 큰아들 밀풍군密豊君 탄坦 등이 바로 그들이다. 그런데 이들은 인조의 적손이라는 이유로 그때까지도 여전히 조정의 엄중한 감시를 받으며 살 수밖에 없다. 그러할 때 인조가 즉위하고 얼마 안 있어 '이인좌李麟佐의 난' 이 일어났다. 역모자라면 누구나 그러하듯 이인좌 역시 거사 후의 임금으로 인조의 적손인 밀풍군을 내세웠다. 이것이 화근이다. '이인좌의 난' 이 실패로 돌아가고 가담자들은 모두 참수를 당하였다. 이때 밀풍군은 역모의 배후자라 하여 사사되었고, 그 형제 및 아들인 관석觀錫, 진석晋錫, 항석恒錫은 역적의 지친이라 하여 각기 전국의 오지로 귀양을 가 부처살이를 하게 된다. 그중 셋째 아들인 항석은 황해도 풍천의 초도로 귀양을 갔다. 그 후 수십 년이 지나도록 귀양이 풀리지 않자 초도는 항석의 아들과 손자들에게는 고향이 되고 말았다. 그 손자 중에 정현庭賢이 유독 인물이 출중하고 영특하였다. 정현은 세 아들, 즉 창섭昌燮·명섭明燮·영섭永燮에게 늘 자신들의 혈통이 왕족임을 가르쳤고, 왕족으로서의 행할 바를 교육시켰다. 그들 역시 아버지 정현의 가르침에 따라 항상 언행을 조심했으며 종친으로서의 자긍심을 키워 나갔다.

그러나 그들은 여전히 고조부인 밀풍군의 죄 때문에 초도를 벗어나 다른 곳에 나가 살 수가 없다. 그동안 여러 차례 귀양살이를 풀어 달라고 조정에 청원하였으나, 왕족이 강성해지는 것을 꺼려하는 세도 정치가들은 번번이 그들의 청원을 묵살했다. 따라서 초도의 소현세자 후손들은 안동 김씨들에 대해 항상 불만을 품을 수밖에 없다. 그러던 중 강화섬의 지게발이 원범이 보위를 이었으니 이들의 심사가 뒤틀리지 않을 수 없다.

결국 김좌근의 우려가 적중하고 만 셈이다. 변변한 종친이라면 누구나 한 번쯤 품어 볼 수 있는 생각이 역심이 아니던가.

"무고는 아닐 터렷다!"

"그러하옵니다. 고변한 고성욱이 그들과 함께 어울려 다녔다고 하옵니다."

"허면, 저들이 무슨 연유로 대역부도한 마음을 품게 되었는지 그 경위도 소상히 밝힐 수 있음이렷다."

"그, 그러하옵니다."

"당장 그 고성욱이란 자를 잡아 대령하렷다!"

김좌근이 호통치듯 명하자 김병기가 다급히 나선다.

"아버님, 먼저 소탕하는 것이 시급하다고 사료되옵니다."

좌의정 김흥근이 몸을 일으킨다. 의금부를 지휘하기 위해서다. 조정은 황해 감영으로 의금부 당상을 급파한다. 왕실이 허약한 조정이라면 역모꾼의 소탕을 철저히 할 수밖에 없다.

철종 조, 안동 김문의 세도가 채 자리를 잡기 전에 세간은 이렇듯 어지러워지고 있다. 게다가 해가 바뀌면 철종이 친정을 하게 된다.

# 수렴은 걷히고

## 1

초도는 황해도 풍천도호부豊川都護府에 속한 조그만 섬이다. 부府 북쪽 15리 떨어진 바다 가운데 두둥실 떠 있다고 하면 어떨지 모르겠다. 예부터 군사적 요충지라 초도진椒島鎭이 설치되어 연안경비의 일익을 담당하고 있다.

땅이 비옥하여 나라에서 목장을 두었고, 산수가 아름다워 가는 곳마다 절경이라 풍천팔경豊川八景의 첫손에 꼽히는 지역이다. 육지에서 15리나 떨어진 섬인데도 시인묵객들의 발길이 끊이지 않는 것도 따지고 보면 모두가 초도의 절경에 심취해 보고픈 심경 때문이리라.

바다 위의 높은 봉우리 푸른 잠簪이 솟았는데

한가로운 구름 막막하여 엷은 그늘 희롱하네.
봄철 되면 때맞추어 오는 비가 되니
무심한 듯하지만 역시 유심하다.

초도의 춘운春雲을 노래한 서거정徐居正의 시다. 참고로 풍천팔경을 소개해 보면 초도춘운을 비롯하여 업청추월業淸秋月, 쌍지함담雙池菡萏, 일경양류一徑楊柳, 박석적설縛石積雪, 청량효종淸凉曉鐘, 망덕영사望德靈祠, 환관교목環館喬木이다.

이 초도에 이명섭·영섭 형제가 살고 있다. 이들이 종친임은 앞서 설명해 두었지만, 대대에 걸친 유배살이로 조정을 원망하는 것도 인지상정일 수밖에 없다. 강화섬에서 지게발이를 하던 원범이 보위를 이었다는 소식은 이들 형제에게는 충격이고도 남는다. 그렇지 아니한가. 우선 혈통도 이원범 못지않다. 게다가 이들은 학문의 수준이 높았고, 살림도 안정되어 있다. 뿐만이 아니다. 많은 사람들로부터 종친의 예우도 받고 있었음에랴.

"형님, 안동 김가들의 전횡이 지나치질 않습니까. 원범이가 종친인 것은 사실이나, 낫 놓고 기역자도 모른답니다."

"답답한 놈의 세상…!"

동생인 영섭의 부추김에 형 명섭은 탄식으로 대답을 대신한다. 아우 영섭이 끊임없이 분통을 끓어 올리면서 형 명섭을 자극한다.

"형님, 원범인가 하는 아이로 보위를 이어 가게 할 것이면…,

먼저 형님이 거론되어야 옳지를 않습니까?"

"언성 낮추어라, 누가 듣겠다."

"들으면 대숩니까? 또 원범이가 임금이 된다면…, 우린 도성에 나가 살아야 옳은데, 대체 언제까지 이런 섬 구석에 처박아 둔답니까?"

"자고로 군약신강君弱臣强이라 했느니라. 세도 장김이 그걸 모른대서야 말이 되느냐."

"왕실이 허약한 탓입니다. 대대에 걸쳐 척족이 세도를 누리는데도, 우리 종친들은 숨소리조차 내지 못하는 지경이올시다. 우리라도 나서든지 해야지 정말 꼴사나워서 못 견딜 노릇입니다."

"그러게 말이다."

이명섭은 탄식을 뱉어 낸다. 그러나 귀양을 사는 마당에 무슨 힘이 있음이던가.

"형님, 예부터 이 섬에 전해져 온다는 '초도왕기설椒島王氣說'을 들어 보셨겠지요. 초도에서 임금이 난다는 풍설 말씀입니다."

갑자기 동생 영섭의 눈이 뜨거운 광채를 뿜어내기 시작한다.

"초도왕기설? 그야 들어 보았지. 하지만 뭐 대수로운 것이겠나. 예부터 종친들이 이 섬으로 종종 귀양을 와 왕족이 많이 살게 되다 보니까 그런 말이 나돌게 된 게지."

"그래도 그게 아닙니다. 밀풍군 할아버님께서 이곳으로 옮겨와 사시면서부터 초도 주변에 떠 있는 구름 색깔이 변했다고 하는 소문이 자자합니다. 어떤 은자는 밀풍군의 후예 중에서 황룡

이 태어나리라고 예언한 적도 있다질 않습니까."

"그 말은 금시초문이군. 한데 자네가 그런 말을 입에 담는 연유가 무에야…?"

"혹시 때가 온 것이 아닐지요. 요즘같이 시절이 혼탁하고, 왕권이 나약해져 있을 때야말로 소현세자님의 억울한 누명을 벗겨 드리고, 우리가 떳떳이 인조대왕의 적손임을 내세울 기회라고 생각됩니다."

아우 영섭이 은연중에 역모설을 입에 담고 있다. 형인 명섭은 본능적인 동작으로 주위를 살피면서 단호히 말한다.

"아무리 취중이기로 할 말과 못할 말을 가려서 해야지. 그러고도 무사하기를 바랄 터이더냐."

"형님, 형님의 결단만 계신다면 성사될 수도 있음이라 믿어집니다."

"허허, 그만 쉬어라."

"형님!"

"쉬라니까!"

형인 명섭은 몸을 일으켜 자리를 피한다. 아무리 동생이지만 멸문지화를 자초할 것만 같아서다. 그러나 동생인 영섭의 생각은 다르다.

'왕기설이 있는 것을…!'

아우인 영섭은 끝까지 왕기설을 믿으려 한다. 아전인수라는 속언이 있지를 않던가. 초도의 왕기설은 밀풍군으로부터 연유된 것이라고 하는 판국이다. 그 밀풍군의 피를 받은 자신들이 아니던가. 게다가 세월까지 어수선하다. 백성들은 척족들의 세도에 지쳐 있다. 명분이 있는 왕재만 등장한다면 백성들의 호응이 따를 것이 분명하다. 그것이 바로 자신이라는 망상에 빠져 든 이영섭은 그 수렁에서 좀처럼 헤어나지 못한다.

'동지를 모을 수만 있다면…!'

이영섭의 궁리가 날로 부풀어 오르고 있을 때다. 그의 집으로 낯익은 손님 한 사람이 찾아왔다. 연안에 사는 선비 김응도다. 김응도는 초도의 왕기설을 신봉하는 사람이다. 그는 진작부터 초도에 드나들면서 이명섭 형제들의 동태를 살펴보고 있었다. 그들의 인품을 소상히 알아 두려는 속셈이다. 김응도에게는 그럴 만한 연유가 있다. 그는 풍천지방에서 이름을 날리는 관상쟁이를 만난 일이 있다. 관상쟁이가 그에게 말했다.

'세상만 잘 만나면 재상의 지위에 오를 것이니, 부디 자중하시오!'

김응도는 이 말에 감동을 한다. 그때부터 그는 초도에 자주 드나들었다. 초도에 왕기설이 있다면 왕재가 있을 것으로 믿었고, 그래서 찾아낸 것이 이정현과 그의 아들들인 이명섭 · 이영섭 형제들이다. 김응도는 쾌재를 부르면서 남몰래 자신의 꿈을 키우고 있다가 원범이 보위를 이었다는 소식을 듣게 된다.

'이런 빌어먹을!'

김응도는 지난 몇 년 동안 조정 되어 가는 꼴을 유심히 살폈다. 설사 원범이가 보위를 이었다고 하더라도 조정이 바로 될 까닭이 없다. 척족이 세도를 부리면 민심은 조정에서 멀어지게 마련이다. 세간의 일은 자신의 예측과 여지없이 맞아떨어지고 있다. 김응도는 때가 왔음이라 믿었다. 그래서 초도를 다시 찾아왔다.

"허허허, 격조했사옵니다. 그동안 무량들 하셨습니까?"

이명섭 형제들은 그래도 잊지 않고 찾아 주는 김응도가 고맙기 그지없다.

"늘 잊지 않고 찾아 주시니 고맙기 이를 데 없습니다."

"당치 않습니다. 선친께서 돌아가신 다음부터 제 발걸음이 잦질 못했습니다. 목구멍이 포도청이라서요, 허허허…."

김응도는 내심을 감춘 채 이명섭 형제들에게 선물 꾸러미를 내민다. 외로운 사람들에게는 내방객처럼 반가운 손님이 없다. 더구나 바다 한가운데 떠 있는 외로운 초도였음에랴.

이명섭 형제는 김응도에게 주안을 베풀면서 융숭하게 대한다. 술기운이 돌자 이들은 백년지기와 같이 가까워진다. 밤이 이슥해지자 김응도는 본색을 드러낸다.

"소문들 들으셨을 것으로 압니다만, 이 나라의 종사가 나합의 치마폭에 있답니다."

김응도는 이런 식으로 왕실의 무능함과 장김 일족의 가렴주구를 입에 담으면서 두 형제의 의중을 살핀다. 이명섭은 술잔을 비우는 것으로 애써 무관심하다는 태도를 취하고 있었으나, 이영섭의 눈빛에서는 섬광이 일고 있다. 김응도는 일이 쉽게 풀릴 것이라는 예감이 든다.

"생각들을 해 보십시오. 본줄기는 쳐내고, 곁가지만 무성하게 해 놓았으니 그 나무가 온전할 까닭이 있겠습니까."

"본줄기는 무엇이며, 곁가지는 또 무엇입니까?"

이영섭이 참지 못하겠다는 듯 김응도의 화제를 타고 나선다.

"두 분 면전이 되어서 차마 입에 담기 민망하나, 본줄기야 인조대왕의 혈손이 아닙니까. 일은 거기서부터 잘못되기 시작했어요!"

"……!"

마침내 이영섭의 가슴은 쿵쿵거린다. 참으로 오랫동안 마음속에 품어 온 자신의 야심을 거리낌없이 입에 담아 준 김응도가 고마워서다.

"우리 조선이 창업된 지 어언 460여 년이 되었습니다만, 글을 모르는 분이 왕위를 이은 일이 있었습니까? 종친이 아주 없다면 이런 말씀 입에 담지를 않습니다. 이 모두가 안동 김문의 밀계로 된 일이 아닙니까. 소현세자께서 변을 당하신 지도 이젠 200여 년입니다. 어찌해서 그분의 후손들이 아직도 귀양살이를 해야 합니까."

"……!"

이영섭은 마른침을 꿀꺽 삼킨다. 김응도의 부추김이 다시 이어진다.

“천벌을 받을 것들이에요. 뜻있는 선비들이 치를 떨고 있는 까닭이 바로 여기에 있어요. 정작 서둘러야 할 일은 뒤로 미루고, 눈앞의 이해득실에만 매달려 있는 형국입니다. 소현세자도 추존되어야 마땅하질 않습니까!”

애써 무관심하려 했던 이명섭도 서서히 말려들고 만다. 소현세자를 추존하고 그 혈손들이 종친의 예우를 받아야 한다는데 이명섭 형제들이 마다할 까닭은 없다.

“왕실을 튼튼히 해야 척족들이 힘을 쓰지 못합니다. 그러기 위해서는 학문이 깊고 인품이 큰 종친께서 보위를 이어야 하질 않겠습니까. 강화도령으로는 백년하청이라는 생각이 듭니다.”

마침내 형인 이명섭이 두 주먹을 불끈 쥔다. 결기가 솟구치는 모양이다. 동생인 이영섭이 들뜬 목소리로 토해 낸다.

“어른의 뜻에 동조할 선비들이 있다고 보십니까?”

“쉬운 일은 아닐 것이나, 없다고 볼 수도 없질 않겠습니까. 세월이 아무리 어수선해도 정도正道는 틔어 있게 마련이라고 믿을 뿐입니다.”

“그러시다면…?”

“오래가지 못합니다. 또 오래가서도 아니 될 것이고요. 두 분께 당부하고 싶은 말은, 이 초도에는 왕기설이 있습니다. 그 왕기설이 누구를 두고 생겨났다고 보십니까. 해서 두 분께서는 경거망동을 삼가시고 옥체를 보전하셔야 할 것으로 압니다. 때가 오고 있음도 명심하시고요.”

"……!"

김응도는 이명섭 형제들의 가슴만 뒤흔들어 놓고 초도를 떠난다. 두 형제는 며칠 동안 잠을 이루지 못한다.

'초도에 왕기가 있다!'

황해도 일원에 이런 말이 부쩍 심하게 나돌게 된 것은 바로 이 무렵부터다. 물론 김응도가 소문을 퍼뜨리고 다닌 때문이다.

그러던 어느 날, 문화현에 산다는 채희재란 사람이 초도의 이명섭 형제를 찾아왔다. 다른 사람의 눈을 의식해서인지 그의 언행은 몹시 조용하고 은밀하다.

"지나가는 사람입니다. 하룻밤 신세 좀 질까 해서요."

"누추합니다만, 괜찮으시다면 들어오시지요."

이 무렵 이명섭 형제는 천하의 인재들을 모은다는 속셈 아래 어느 누구든 친절하고 공손하게 예우하고 있다. 깨끗한 객사로 인도하여 술과 음식을 푸짐하게 내놓는다.

이명섭 형제의 사람됨을 염탐하러 온 채희재는 그들의 환대에 크게 감동한다. 밤이 깊자 그는 조용히 두 형제를 불렀다.

"주인장께서는 시생을 잘 모르겠지만, 기실 시생은 연안 선비 김응도의 말을 듣고 찾아온 사람입니다. 듣던 바대로 과연 두 분 형제께서는 천하의 영걸이십니다. 더 이상 무엇을 속이겠습니까."

그러면서 그는 뜻밖의 말을 들려준다.

"김응도와 시생은 오래전부터 척족의 무리들을 물리치고 나약해진 왕권을 복구하기로 작정하고 은밀히 그 계책을 강구해 왔습니다. 이제 그 때가 왔기에 시생이 두 분 나리를 찾아뵙게 되었습니다. 원하옵건대 시생들의 소망을 어여삐 여기시고 이 나라 조선왕조를 태평성대로 이끌어 주셨으면 하옵니다."

"……."

"나리, 아시는 바와 같이 금상께서는 무지몽매한 데다 나약합니다. 시생 등은 떳떳한 왕재를 새로 보위에 모시기로 하였습니다. 그것만이 소현세자의 원한을 풀어 드리고 이 나라 왕실의 대통을 바로 세우는 일이옵니다. 거두어 주셨으면 합니다."

얼마나 기다려 온 일이던가. 이명섭 형제들에게는 일대 감동이 아닐 수 없다. 스스로 나서 보려고까지 했던 이명섭이 아니던가.

"채공!"

이명섭은 눈시울을 적시며 채희재의 손을 움켜잡는다.

"채공! 내 어찌 채공의 뜻을 마다할 수 있으리오. 우리 힘을 합쳐 새 시대를 열어가 봅시다."

이렇게 하여 김응도, 채희재, 이명섭 · 영섭으로 이어지는 역모의 꿈은 바야흐로 무르익어 가기 시작한다.

채희재는 초도를 떠나 곧바로 연안의 김응도를 찾았다. 여기서 두 사람은 며칠 낮밤을 함께 지새우며 구체적인 거사 계획과 동지를 규합할 방도를 모색한다.

"뭐니 뭐니 해도 가장 시급한 것은 군자금이 아니겠소. 동지들을 규합함과 아울러 돈줄을 잡아야 할 것이오."

채희재는 퍼뜩 구월산九月山 산성별장으로 있는 최치각崔致珏을 머리에 떠올린다.

“더구나 최치각은 무술에 뛰어난 서반이오. 한양으로 쳐들어 올라갈 때 그를 대장군에 봉하면 쉽게 관군을 물리칠 수 있을 것이오.”

“좋은 생각입니다만, 최치각이 순순히 우리의 뜻을 따를지 그게 좀….”

김응도가 신중하게 묻는다.

“그 점은 심려 마시오. 치각과 나는 죽마고우요. 내가 그를 믿는 만큼 그 또한 나를 믿을 것이오.”

이렇게 호언장담하고 나서 채희재는 구월산 산성으로 최치각을 찾아간다.

“여보게, 한창 나이에 이런 산 속에서 무슨 궁상인가.”

“내 팔자에 별 도리가 있겠는가. 그냥 한 세월 살다가 마는 게지….”

“딱한 사람이구만. 출세의 길이 열려 있음일세.”

“허허허, 그 허풍은 여전하구만….”

“허풍이 아니라니까!”

채희재는 최치각의 앞으로 한 무릎 다가앉으면서 은밀히 말한다.

“이 산성에서 쓰는 돈 1천 냥만 변통하게. 그러면 내 자네를 대장군으로 만들어 줄 테니까.”

"대장군… 자네가 무슨 수로!"

"초도에 왕기설이 있음은 자네도 익히 알고 있으리라 믿네만, 종친 이명섭 나리를 보위에 모시기로 했어."

"……!"

최치각의 얼굴은 창백하게 바래진다. 채희재가 역모를 입에 담고 있었기 때문이다.

"성사가 되기로 되어 있어. 이명섭 나리의 허락도 계셨다니까."

"이 사람 희재, 대역부도를 꾀하면 3족이 멸하는 법일세. 나는 응하지 않을 것이나, 그 대신 자네와의 정분을 생각해서 못 들은 것으로 할 테니 다시는 날 찾아오지 말게!"

최치각은 채희재의 소청을 단호히 거절하면서 자리를 떴다. 채희재는 힘없는 발길을 돌릴 수밖에 없다. 구월산을 내려온 채희재는 같은 마을에 살고 있는 박수무당 유흥렴柳興廉을 찾아갔다. 유흥렴은 교묘한 말재주와 병을 고쳐 준다는 부적으로 꽤 많은 재물을 모은 박수다. 공명심이 높고 탐욕하여 돈줄로 이용하기에 안성맞춤인 사람이기도 하다.

채희재는 먼저 초도의 이명섭과 왕기설에 대해서 장황하게 늘어놓은 후 물었다.

"자네에게 호조판서를 주겠다면 군자금 1천 냥을 내놓을 수 있겠나?"

예상대로 유흥렴은 단박에 말려든다. 그는 그 자리에서 돈 1

천 냥을 내주면서 자신의 척분인 기동흡奇東洽도 끼워 달라고 부탁까지 한다.

"아무렴, 끼워 주고 말고."

채희재는 신바람이 난다. 그날부터 그는 유흥렴, 기동흡과 함께 몰려다니며 본격적으로 동지를 모으기 시작한다.

그렇게 1년여가 흘러갔다. 그 사이에 그의 무리는 30여 명으로 불어났다. 한결같이 갈 곳 없는 불량배이거나 도망친 노비들이었으나 채희재는 대단히 흡족하다. 지금은 비록 수가 적고, 구성원들도 형편없지만 거사를 하고 나면 안동 김씨의 세도정치에 불만을 품은 사람들이 대거 호응해 줄 것이라 믿었기 때문이다.

마침내 그는 군사를 일으키기 위하여 그간 포섭해 온 동지들을 박수무당 유흥렴의 집에 모이게 했다. 그 자리에서 그간에 세워둔 거사 방법과 계획을 설명하고, 연안 선비 김응도가 개개인들이 해야 할 임무를 분담했다. 더욱 놀라운 것은 거사 후의 논공행상까지를 거론하였다. 참으로 어리석고 어처구니없는 일이었으나 그래도 당사자들은 진지했다.

"고 장군 들으시오. 공은 문화현의 장정들을 거느리고 개성으로 나오시오!"

고 장군이라 불린 사내는 고성욱이다. 전에 문화현 포교까지 지낸 바 있는 고성욱인지라 김응도의 지시에 내심 콧방귀를 뀌었다. 그가 역모의 대열에 들어선 것은 늘 술과 푸짐한 안주를 얻어먹을 수 있었기 때문이었지 마음이 흔들려서가 아니다.

'얼치기 같은 것들, 문화현 장정들을 거느리라니!'

자신을 따라나설 사람이 있을 까닭도 없다. 더구나 30여 명의 불량배들이 모여 반정을 꾀하다니, 도무지 말도 되지 않는 일이 아니고 무엇인가.

"명심하겠사오이다."

고성욱은 큰소리로 대답한다. 자신의 내심이 드러날까 두려워서다. 유흥렴의 집을 나선 고성욱은 콧노래를 부른다. 바야흐로 출세의 길이 열린 때문이다. 그는 그길로 한양으로 달렸다. 그리고는 좌포청으로 달려가서 김응도, 채희재의 역모 사실을 고변하였다.

좌포도대장 임태영이 고변 내용을 설명하자 잔뜩 긴장하고 있던 김좌근이 너털웃음을 터뜨렸다.

"으허허허, 그걸 역모의 고변이라고 예까지 헐레벌떡 달려왔더냐."

"그러하옵니다."

"허허허, 그 꼴들을 한 번 보았으면 좋겠다. 서른 남짓한 건달들이 새 임금을 옹위하고 도성으로 밀려온다…, 역모를 무슨 장난으로 알지 않고서야 원…."

"하오나 새 주상을 옹립하고 있음이옵니다. 가차 없이 다스림이 옳을 것이옵니다."

딴은 그렇다. 김좌근의 얼굴에서 웃음기가 사라진다.

“어찌 철퇴鐵槌로 다스리지 않으리. ‘대역부도’란 말만으로도 주살誅殺할 수 있음일 것인즉, 포도청에서는 당장 황해도로 내려가 관련자들을 모조리 색출하여 도성으로 압송하되, 한 놈도 달아나게 해서는 아니 될 것이니라!”

좌포도대장 임태영은 그날로 고변자 고성욱을 앞세우고 문화현으로 달려간다. 이 소식이 전해지자 채희재 · 김응도 · 유흥렴 등은 혼비백산하여 일부는 구월산으로 들어가고, 나머지 일부는 황해도 연안에 있는 금병도錦屛島로 피신했다.

금병도는 초도에서 제법 멀리 떨어져 있는 무인도로 경관이 빼어나기로 이름난 섬이다. 마치 비단 병풍으로 둘러쳐진 듯한 기암괴석은 웬만한 사람들의 접근을 허용하지 않는다. 그러나 도망도 피신도 소용없는 일이다. 좌포장 임태영은 황해 관아의 장졸들을 거느리고 초도로 건너가 이명섭 · 이영섭 형제를 잡아서 한양으로 압송하게 하는 한편 구월산과 금병도에 스며든 김응도, 채희재, 유흥렴 등과 그 잔당들을 일망타진한다.

대역부도를 꾀한 무리들을 심문하는 국청이 마련되었으나, 절차는 형식적인 데 불과하다. 고성욱과의 대질이 모든 사실을 명명백백하게 했기 때문이다. 10월 26일에 채희재가 처형되고, 11월 3일에는 김응도 · 유흥렴 등이 능지처사陵遲處死된다. 역모의 두령으로 옹립되었던 이명섭이 무사할 까닭이 없다. 그는 처형되었고, 동생인 이영섭은 함경도 단천端川으로 유배된다.

초도에 서린 왕기설은 이렇듯 수많은 사람의 목숨을 앗아 내는 것으로 무산되었으나 철종 조 초기의 사회상을 단적으로 보여 주는 사건이 아닐 수가 없다.

당대의 세도로 등장한 김좌근은 이 일을 별일 아니라고 껄껄 웃었지만, 뜻있는 사람들의 진심은 결단코 편할 수가 없다. 특히 수렴청정을 거두어야 하는 순원왕후 김씨가 그렇다. 그녀의 철렴은 명목상으로는 철종의 친정을 선포하는 것이었지만, 실제에 있어서는 만기의 친재를 안동 김문에 넘기는 것이나 다를 바가 없다. 세간의 이목을 의식하지 않을 수 없는 일이다. 그러나 세월은 어느 쪽으로든 흘러가게 마련이다. 이때의 세월은 안동 김문의 편에 서서 흐르고 있음이나 다름이 없다.

## 2

마침내 1851년(철종 2)도 저물어 가는 12월 28일, 대왕대비 순원왕후 김씨는 철렴을 선언한다.

"그동안 부덕한 아낙의 몸으로 눈앞에 발을 드리우고 종사의 일을 입에 담았으나 이제 주상이 성년에 이르렀고, 중전까지 맞이하였으므로 철렴을 할까 합니다. 바라건대 대소 신료들은 영명하신 주상 전하의 어의를 받들어 이 나라 조선 강토를 태평성대로 이끌어 가도록 하시오."

"망극하옵니다."

순원왕후가 물러가자 드리워졌던 발은 내관들에 의해 거두어진다. 대소 신료들을 내려다보는 철종의 용안이 상기되어 있다. 보위를 이은 지도 어언 햇수로 3년. 그도 왕실이 무엇인지, 임금이 무엇인지를 어렴풋이 짐작하고 있다. 발 뒤에 대왕대비가 앉아 있을 때는 잠자코 있으면 되었다. 그러나 지금은 달랐다.

'전하, 심려하실 일이 아닌 줄로 아옵니다. 의정부와 승정원에서 소상히 보필할 것이라 믿어지옵니다. 잘 부탁한다는 당부만 하시면 되옵니다.'

철종은 침전을 나설 때 철인왕후가 속삭여 준 말을 떠올린다. 그러나 지금의 철종은 대소 신료들의 생각보다 훨씬 더 성군의 자질을 발휘한다.

"아직 학문이 모자라고, 덕이 없는 나요. 과인이 아는 것은 오직 하나, 백성이 있고서야 나라가 있다는 사실이요. 이 말씀을 명심하여 주셨으면 하오."

대소 신료들은 일제히 상체를 들어 철종의 모습을 바라본다. 강화섬에서 농사를 짓던 지게발이라고 믿어 왔던 철종이다. 그의 입에서 백성을 으뜸으로 여겨 달라면 어찌 되는가. 그러나 철종은 조금도 위축됨이 없이 다시 말을 이어 간다.

"과인의 말에 믿음이 가지 않으면 맹자의 말씀을 들려 드리지요. 백성이 제일 무겁고民爲重, 조정은 그 다음이며社稷次之, 임금이 가장 가볍다고君爲輕 하였는데 항차 경들이겠오. 이 점 각별히 유념토록 하시오."

영부사 정원용의 등판에 식은땀이 흐른다. 용상에 나무꾼 지게발이가 앉아 있는 것이 아니라 성군이 앉아 있다고 믿은 때문이다. 어찌 영부사뿐이랴. 김좌근의 심중에도 착잡해진 심회가 흐른다. 그렇다고 이 자리에서 철종의 말을 트집 잡을 수는 더욱 없다.

"전하, 전하의 친정을 바로 이끌어 가기 위해서는 먼저 조정의 개편이 있어야 하옵니다."

"당연하지요. 의정부에서 정한 바가 있으면 지체 없이 진언해 주시오."

철종이 해야 하는 첫 정무가 조정을 개편하는 일일 것이지만, 자신이 끼어들 틈새가 없음을 철종이 모를 까닭이 있을까. 그러므로 지체 없이 의정부의 안을 받아들이겠노라고 천명하고 나선다.

영의정에 김흥근, 좌의정에 박영원朴永元, 우의정에는 이헌구李憲球가 제수되었고, 이조판서에 김수근, 호조판서에 김좌근, 공조판서에 이계조李啓朝, 예조판서에 이경재李景在, 대사헌에 김병기가 각각 제수된다. 또 국구인 영은부원군 김문근에게는 금위대장의 막중한 업무가 맡겨진다.

철종은 다소 의외라는 표정을 짓는다. 김좌근이 호조판서라면 말이 되는가. 그러나 그것은 철종의 착각이다. 김좌근이 이로부터 넉 달 후에 우의정이 된다면 모두가 빈틈없이 짜여진 각본이 아니고 무엇인가.

"형님, 이 나라 종사의 대소사가 형님의 손에 달렸음이올시다."

김좌근이 영의정이 된 김흥근에게 넌지시 말한다.

"허허허, 하옥의 자리를 내가 잠시 맡았음이 아닌가. 뒷일을 당부하이…."

"당치 않으십니다. 종사의 일을 어디 아무나 맡는답니까, 허허허…."

뿌옇게 흐려 있던 하늘이 눈가루를 뿌린다. 김좌근은 허공으로 시선을 돌리며 중얼거렸다.

"서설瑞雪이로세…."

두 사람은 느릿한 걸음으로 궐문을 나서고 있다.

## 3

"전하, 전하의 친정을 하례 드리옵니다."

철인왕후가 대전으로 들어 하례를 올린다. 철종은 공연히 민망한 생각이 들어 몸 둘 바를 모른다. 양순이 강화섬으로 돌아간 다음부터 철종은 중궁을 자주 찾지 않았다. 게다가 배만석을 별감으로 있게 해 준 고마운 뜻도 아직 전하지 못하고 있는데도 앳

된 철인왕후의 얼굴에는 그런 불만의 기색이 전혀 없다.

"전하, 신첩에게 소청이 하나 있사옵니다. 원하옵건대 거두어 주셨으면 하옵니다."

철종은 미로에 빠져 드는 심정이 된다. 중전을 맞아들였어도 왕실의 법도에 따른 것일 뿐, 사사롭게 부부의 정을 느껴볼 겨를도 없었다. 더구나 양순의 일로 난동을 피웠던 일이 어디 한두 번이었던가.

"소원이라 하셨습니까?"

"그러하옵니다. 먼저 거두어 주신다는 약조를 주소서."

철인왕후의 언동은 아름답기 그지없다. 분명히 뭔가를 원하고 있으면서도 온 얼굴에 함박 같은 웃음을 담고 있다. 철종에게는 흥미로운 일이 아닐 수 없다.

"들어 드려야지요. 더구나 친정 다음의 첫 소망이 아닙니까. 어서 말씀하세요."

철인왕후는 상체를 반듯하게 세우고 철종과 시선을 맞춘다. 그리고 밝은 표정과 신뢰가 담긴 목소리를 토해 낸다.

"범 상궁으로 하여금…, 전하의 침수를 받들게 하였으면 하옵니다. 윤허하여 주소서."

"……!"

철종은 놀란 마음을 달랠 길이 없다. 아무리 나이 어린 중전이기로 스스로 범 상궁을 후궁으로 봉해 달라면 어찌되는가. 인사치레로라도 거절하는 것이 당연하지만 철종에게는 마땅히 할 말이 없다.

"중전. 그런 일이라면 대왕대비 마마의 허락이 계셔야 되지를 않겠습니까?"

"이미 허락이 계셨사옵니다."

철인왕후는 양순의 일을 바로 살피기 위한 방도를 여러모로 생각하였다. 철종의 심기를 뒤흔드는 일도, 또는 철종의 심기를 달래는 일도 양순의 일과 무관하지가 않다. 그 양순의 일을 철종에게 바로 진언하고, 양순으로 인한 불미한 일을 사전에 방지하기 위해서는 철종의 곁에 양순과의 다리를 놓아 주는 매개가 있어야 한다. 내시 기세석을 불러 내밀하게 알아보았을 때도 오직 범 상궁만이 그 일을 감당할 수 있을 것이라는 확답을 들었다.

철인왕후가 이 일을 대왕대비 순원왕후에게 진언했을 때, 순원왕후는 극찬을 아끼지 않으면서 찬성을 해 주었다.

"중전, 어찌 심성이 그리 착하실 수가 있는지…, 중전은 하늘이 보내신 국모십니다. 내가 도와 드리지요. 주상의 허락이 없으면 내가 나서겠습니다."

철종도 철인왕후의 어질고 착한 심회를 읽는다. 그러면서도 할 말만은 놓치질 않는다.

"따르지요. 중전의 말씀을 따를 것이나, 범 상궁이 후궁이 된다고 하더라도 양순의 일만은 잦아들지 않을 것이요."

"전하, 이 일은 양순을 위한 것일 뿐, 범 상궁을 위한 것이 아님을 유념하소서."

"……!"

이렇게 너그럽고 아름다울 수가 있는가. 양순을 위해 범 상궁을 철종의 곁에 두려는 철인왕후의 마음 씀이 눈물겹도록 대견하고 고마운 노릇이다.

철종은 범 상궁을 숙의淑儀로 봉하여 내명부의 반열에 올려서 가까이에 둔다.

숙의 범씨는 철인왕후의 마음씀이 눈물겹도록 고맙다.

"중전 마마, 하해와 같은 대은을 어찌 받자와야 하올지…, 그저 난감할 따름이옵니다."

"범 상궁, 내가 중궁으로 간택이 되었을 때, 범 상궁의 가르침이 없었다면 내 어찌 중궁의 소임이 무엇인지를 알 수가 있었겠어요."

철인왕후는 잔잔한 목소리로 그때를 회상한다. 저잣거리를 나란히 걸으면서 누항의 백성들이 어떻게 살고 있는지를 깨닫게 해 주었고, 일부러 술청 좌판에 앉게 하여 국밥을 시켜 먹으면서 조정과 장김들을 비난하는 백성들의 생생한 목소리를 듣게 해 주었으며, 더러는 밭두렁 논두렁을 걸으면서 농사를 짓는 사람들의 애환까지를 빠짐없이 보여 주던 범 상궁의 노고가 있어 계급사회의 모순이 무엇인지, 양반들에 대한 상민들의 불만이 무엇인지를 세세히 깨닫게 해 주던 그 모습을 잊을 수가 없노라고 말할 때는 눈시울까지 적시는 철인왕후의 모습에서 범 상궁은 하늘이 내리신 국모의 자질임을 뼈아프게 느낀다.

철종은 양순을 화제로 삼기 위해서라도 범 상궁을 거처를 자주 찾는다. 범 상궁의 지혜를 빌려서라도 양순을 향한 철종의 심려가 줄어들게 된다면 철인왕후로서도 더 바랄 것이 없다. 그리고 곧 범 상궁이 회임을 했다는 희소식이 들린다. 대궐 안에는 오랜만에 활기에 찬 웃음이 돈다. 왕실로만 본다면 실로 얼마 만의 경사던가.

"호호호. 어린 중전께서 참으로 큰일을 하신 덕에 이 같은 경사를 맞았습니다."

후일, 숙의 범씨는 옹주를 생산하게 된다. 애기 울음소리가 끊어졌던 왕실에는 경사가 아닐 수 없다. 양순을 그리던 철종으로서도 새 핏줄에 대해서만은 관심을 보이는 듯하였다.

철종은 재위 14년 동안 많은 후궁을 두게 된다. 귀인貴人만 해도 박씨朴氏를 비롯하여 두 사람이나 되었고, 숙의도 범씨를 비롯한 세 사람, 그 밖에도 후궁의 자리에 오르지 못한 여인이 두 사람이나 더 있다. 귀인의 지위에 오르자면 왕자를 생산해야 되듯이 철종은 승은을 내린 모든 후궁으로부터 소생을 얻었으나, 무슨 연유인지 모두 어려서 세상을 떠난다. 단지 숙의 범씨 소생인 영혜옹주永惠翁主만이 하가下嫁할 때까지 살아 있었으니, 이분이 바로 저 유명한 금릉위錦陵尉 박영효朴泳孝의 지어미지만, 역시 하가 후 채 1년도 지나지 않아 세상을 등지기에 이르니 철종에게 주어진 자식복은 오직 참담할 뿐이다.

어찌 되었거나 범 상궁의 몸에서 옹주가 태어났다는 소문은 지체 없이 전등사에도 전해진다. 마음씨 착한 양순은 눈물을 흘리면서 기뻐하는 기색을 드러냈으나, 그 어미 윤씨는 뒤틀리는 심사를 가누지 못해 했다.

"에이그, 우리 양순이 팔자는 언제 다시 피려냐. 에이그…."

범 상궁은 철인왕후의 심려를 덜기 위해 무진 애를 쓴다. 따라서 철종의 친정은 여러모로 화제를 뿌리면서 자리 잡아 간다. 까막눈 더벅머리 총각인 줄로만 알았던 철종이지만 때로는 오랜 세자의 기간을 거쳤던 만큼 제대로 된 왕명을 내린다.

어언 춘추 스물두 살, 임금이 된 지도 3년이 지났다. 어찌 매양 나무꾼, 지게발이로만 살겠는가. 철종은 때로는 절묘하게 척족들에게 속아 주고, 또 때로는 왕명임을 내세우면서 왕권을 세워 갈 기세를 보인다.

"전하, 양순이를 위해서라도 군왕의 위엄을 세워야 하옵니다."

"범 상궁이 도아주면 될 것인즉…!"

양순을 보호하기 위해서라도 임금의 권위를 세워야 한다는 숙의 범씨의 은밀한 주청은 철종을 감동하게 한다. 자신의 왕명에 위엄이 서게 된다면 '당장 양순을 데려오라'는 어명에도 위엄이 실릴 것이 아니겠는가.

이무렵 유생들이 서자庶子도 등용되어야 마땅하다는 상소를 올린다.

"서둘러 서류소통庶類疏通을 시행하시오!"

이른바 서얼들에게 벼슬을 주어야 한다는 젊은 유생들의 상소를 철종이 반대할 까닭이 없다. 서출들의 고통을 누구보다도 잘 아는 철종이기에 더욱 그렇다.

"내 친구들에게도 서자가 있는데, 이들은 조부의 기일에 사당에도 들어서질 못합니다. 어찌하여 같은 핏줄로 태어났는데 이같이 차별을 한다는 말이요!"

"전하, 서얼을 등용하지 않는 것은 어제오늘의 일이 아니옵고, 조정대대로 전해지는 법통임을 유념해 주오소서."

철종은 총명하다. 자신의 주장이 관철될 일인지, 관철되지 않을 일인지를 가릴 줄 안다. 이를테면 무식한 체 속아 주는 길을 그는 확연히 알고 있었기에 신료들과의 줄다리기를 능란하게 구사하고 나선다. 이 같은 사실들이 대내는 물론이요, 때로는 궐 밖으로까지 새어 나가자 뜻있는 백성들은 장김의 세도를 바로잡아 줄 것을 기대하는 지경에까지 이른다.

"도승지께서는 승정원에 접수된 모든 상소를 내게 올리도록 하시오."

충격적인 왕명이 아닐 수 없다. 모든 상소문을 보겠다는 것은 백성들의 불만을 챙기겠다는 뜻이다. 또한 상소문을 읽어 낼 수 있는 능력이 있다는 뜻이기도 하다. 대사헌 김병기에게는 믿기지 않는 일이다.

"아버님, 상께서 승정원에 일러 모든 상소문을 올리라고 하셨답니다."

"나도 들은 바가 있다만…, 지금으로서는 비답이 내리기를 기다려 볼밖에."

군왕이 상소문을 읽으면 비답批答을 내려야 한다. 그러나 영리한 철종은 어떤 비답도 내리지 않는다. 대소 신료들로서는 철종이 상소문을 읽었는지, 아니 읽었는지를 판단할 길이 없다.

해마다 흉년이 계속되어 백성들의 삶이 핍박해지면서 도성 안은 도둑이 득실거린다. 여러 지방에서는 탐관오리의 수탈이 극성을 부렸고, 생활고를 이기지 못해 민란民亂이 일어나는 곳도 있다.

"도둑들을 잡아들이지 못하는 것은 조정에 도둑이 득실거리기 때문이요. 지방관아의 가렴주구를 뿌리 뽑으시오!"

"……!"

철종에게 성군의 자질이 보였다는 것은 이런 대목이다. 그러니 조정의 실세들인 외척들에게는 위험천만한 노릇이 아닐 수 없다. 순원왕후와 김좌근, 김병기를 축으로 하는 장김의 실세들은 국정을 전횡하면서도 형식적으로는 철종의 윤허가 있어야 하기에 때로는 철종의 어전에서 깊게 허리를 굽히며 신하된 도리를 다할 수밖에 없다. 그러나 아무렇지도 않았던 그 부복俯伏이 이젠 철종의 눈치를 살펴야 할 지경이라면 딱한 노릇이고도 남는다.

## 4

지난밤에 내린 눈으로 새 아침은 눈부시게 맑다. 마당에 깔린 눈이 햇빛을 되쏘아 올려 분주하게 움직이는 노복들마저도 손을 들어 햇빛을 가리고 다닐 정도다.

영의정 김흥근은 이날따라 일찍 기침하여 사랑에 앉은 채 소세를 마친다. 그의 표정은 들떠 있는 것이 완연하다. 안동 김씨 일문의 실질적인 두령이야 호조판서 김좌근이었지만, 일국의 수상의 자리에 올랐다면 천하를 얻은 것과 같은 들뜸을 떨쳐 버릴 수가 없다. 더구나 수렴垂簾이라고 불리는 대발은 이미 걷히고 없다. 대소 정무는 영의정 김흥근이 철종에게 품하고 윤허를 얻으면 곧 실행될 터이다.

'문자를 알면 얼마나 아실꼬?'

철종이 글자를 모른다, 아니다 상소문을 읽는다는 등의 풍설은 이미 내외에 파다하게 퍼져서 흥밋거리가 된 지 오래다. 영의정 김흥근의 관심사도 아직 그 일에서 헤어나지 못하는 요즘이다. 김흥근은 아침상을 내당으로 들이게 한다. 정경부인 심씨沈氏와 누항의 일을 나누고 싶어서다. 심씨는 심능직沈能直의 따님이다.

"대감, 조심하셔야 할 것으로 압니다."

"부인께서도 들은 바가 있습니까?"

"항간의 일이라 믿을 바가 되는지는 몰라도…."

"어서 들은 대로 소상히 말씀해 보세요."

"입에 담기 민망합니다만, 주상께 성군의 자질이 있어서 장김의 세도도 오래가지 못할 것이라는 풍설이 난무한다고 들었습니다."

"……!"

"대감. 주상 전하의 처지가 계신지라, 매사에 각별히 유념해야 하실 것으로 압니다."

"부인의 말씀 잊지 않으리다…."

정경부인 심씨는 거론하기조차도 민망한 누항의 풍설까지를 입에 담으면서 지아비의 일을 염려하는 현숙한 아낙이다. 이들의 슬하에는 아들이 하나 있다. 이름은 김병덕金炳德. 이미 지난 1846년(헌종 12, 병오년)에 등과를 했고 이경재李景在의 따님을 지어미로 맞고 있다. 나이 28세. 앞날이 기대된다고 해도 과언이 아니리라.

김흥근은 내당에서 노부부의 훈훈한 정을 나누고 사랑으로 다시 나온다. 횃대 앞으로 다가서던 김흥근은 잠시 어리둥절해 한다. 걸려 있어야 할 관복이 보이지 않아서다. 문갑 위에 있어야 할 사모紗帽도 보이질 않는다. 내당으로 들기 전 횃대에 걸린 관복을 바라다보며 느긋한 심정에 젖었던 것이 분명한데 그 관복이 보이지 않는다면 대체 무슨 사단인가.

'잘못 보았었나….'

김흥근은 고개를 갸우뚱거려 본다. 잘못 보았을지도 모른다는 생각이 든 김흥근은 밖에다 소리친다.

"내당에 기별하여 관복을 내오라 이르렷다!"

예상한 대로다. 관복은 이미 지난밤에 큰사랑 횃대에 걸어 놓았다고 한다.

"허어, 이런 변이 있나…."

김흥근은 불길한 생각에 젖어 든다. 일인지하요, 만인지상인 영의정이 입궐하는 날 아침에 관복이 없어졌다면 이보다 더 불길한 일은 없다. 설사 도둑이 들었다 해도 그렇다. 하필이면 횃대에 걸려 있는 관복과 문갑 위에 있는 사모만 걷어 간다는 말이던가. 온 집안이 술렁거린다. 내당에서는 정경부인 심씨가 달려 나왔고, 작은사랑에서는 김병덕이 뛰어왔다.

"대감, 대체 이게 무슨 변이랍니까?"

"헛, 이거야 원!"

"아버님, 필시 어느 못된 놈이!"

"못된 놈이라니, 대체 집안을 어찌 건사를 하고 있었기에 이 모양이더냐!"

급기야 김흥근은 언성을 높이며 얼굴을 붉힌다. 식솔들은 말할 나위도 없었고 수많은 하인종복도 숨을 멈출 수밖에 없다.

"객사에도 수소문하렷다!"

김병덕이 소리친다. 명문거족의 객사에는 사람들이 들끓게 마련이다. 벼슬을 얻으려는 사람, 재물을 탐하는 사람, 시문화답을 즐기려는 선비들이 줄을 이었고, 더러는 자고 가는 사람도 있다.

김흥근의 집이라서 예외일 수는 없다.

"허어, 이 무슨 해괴한 변괴야…."

"영상의 관복이 없어지다니…."

객사에서 머무는 선비들도 혀를 차며 놀라워한다. 맹랑한 일이 아닐 수 없다. 정경부인 심씨가 조심스럽게 입을 연다.

"대감, 새 관복을 갖추시고…."

"관복을 갖추지 못해서 하는 소리던가. 집안의 기강을 탓하고 있음이에요!"

김흥근은 정경부인 심씨의 말이 채 끝나기도 전에 버럭 언성까지 높인다.

"잡인들의 출입이 있었는지 소상히 살피렷다."

김병덕이 소리치자 하인종복들은 온 집안을 샅샅이 살펴본다. 더러는 눈을 친 것을 후회하기도 했다. 도둑이 들었다면 발자국을 남겼을 것이기 때문이다. 대문 밖에까지 달려 나갔던 윤 서방이 황급히 달려와서 고한다.

"대, 대감마님…. 아침 일찍 관복을 입은 사람이 대문을 나갔다 하옵니다."

"입다니, 대체 누가…!"

"저렇게 칠칠치 못한 것이 있나!"

김흥근은 숨 가쁘게 몰아치던 말을 멈춘다. 도둑이 아닌 것은 분명하다. 관복을 훔친 도둑이라면 입고 나가지는 않을 것이 아니겠는가. 그 순간 김흥근은 짚이는 게 있다는 듯 묻는다.

“어서 객사에 가서 정수동이 묵어갔는지 알아보렷다.”

김홍근의 예감은 적중한다. 지난밤 정수동이 내객들과 어울려서 대취를 했는데 지금은 사라지고 없다고 한다.

“허허허, 괜한 소동이 아니었나….”

김홍근은 마치 어린아이와 같이 티 없는 웃음을 토해 낸다. 사람들은 어리둥절할 수밖에 없다.

“장통방 술청을 뒤지면 정수동이 있을 것이니라. 사람은 정중히 대하되 관복만 벗겨 오렷다!”

“사람을 정중히 대하라 하오시면….”

“정수동에게 무례한 짓을 하고서는 너희가 중벌을 면치 못할 것이니라.”

하인종복들은 김홍근의 분부를 헤아리지 못한다. 그들 모두가 정수동을 싫어했기 때문이다. 복색은 언제나 남루하였고, 입을 열면 욕설을 그치지 않았던 사람이다. 그런 무례한 정수동이 영의정 김홍근의 관복을 훔쳐 갔다면 패대기를 쳐야 마땅할 노릇이 아니겠는가.

김홍근의 집 하인종복들은 장통방에 즐비한 술청을 떼를 지어 누빈다. 나중에는 어찌 되었건 그들은 술청의 주모들에게 호통부터 쳤다.

“정수동이 예 왔더냐!”

“관복을 입었을 것이니라!”

“바른 대로 고하지 않을 양이면 박살을 낼 것이니라!”

주모들은 사색이 된 얼굴로 고개를 가로젓는다. 다섯 번째쯤 찾아든 술청에서다.

"정수동이 예 왔으렷다!"

"그런 분 모릅니다요."

"모르다니, 쌍학 무늬의 흉배를 단 관복을 입었을 것이니라."

"관복을요…?"

주모는 쪼르르 어느 방 앞으로 달려가서 멈추어 선다.

"저, 나리… 나리…."

방 안에 정수동이 있는 모양이었으나 아무리 불러도 대답이 없다. 답답해진 윤 서방이 문고리를 잡아챈다. 어찌나 세차게 당겼는지 방문이 떨어지면서 문짝과 함께 나동그라진다. 방 안을 들여다본 윤서방은 기가 막힌다. 푸짐한 술상이 차려져 있었고 아랫목에 정수동이 큰대자로 누워 코를 골고 있었기 때문이다.

"쯧쯧쯧…."

미간을 찌푸린 윤 서방이 방 안으로 들어가 정수동을 흔들어 본다.

"선비님… 나리…."

정수동은 꿈쩍도 하질 않고 코를 골고만 있다. 화가 난 윤 서방이 주모에게 소리친다.

"뭘 믿고 이런 사람에게 술상을 차려줘…!"

"당상관 복색인데 술상을 아니 내다니요. 나중에 가서 행패는 누가 당하구요."

딴은 그렇다. 쌍학雙鶴 무늬의 흉배를 달았으면 당상관이 분명하다. 주모에게는 오히려 봉이 아니겠는가. 윤 서방은 다시 정수동을 흔든다. 정수동은 기척도 하지를 않는다. 순간 윤서방은 생각을 바꾼다. 오히려 잘된 일이라는 생각이 들어서다. 정수동이 술에서 깨어나 관복을 벗지 않겠다면 그보다 더한 낭패가 있을까. 윤 서방은 조심조심 정수동이 입고 있는 관복을 벗기기 시작한다. 관복을 벗겨 들고 나올 때까지 정수동은 코만 골고 있다. 김흥근의 집 하인종복들이 마당을 나서려 하자 주모가 난감해진 안색으로 묻는다.

"저, 술값은…."

"이 사람아, 술값이야 마신 놈이 낼 터이 아닌가."

김흥근의 집에서 있었던 관복 소동은 이렇게 끝난다. 그러나 우리는 나는 새도 떨어뜨린다는 대세도 김흥근이 무슨 연유로 정수동과 같은 기인奇人을 그렇게 관대히 대하는지는 알아둘 필요가 있다. 독자들이여, 기억하고 있으리라. 방랑시인放浪詩人 김삿갓과 더불어 무수한 일화와 해학시를 남긴 정수동의 이름을.

정수동鄭壽銅, 그의 본명은 정지윤鄭芝潤이다. 1808년(순조純祖 8)에 태어났으니 올해 나이 마흔다섯이다. 그는 자를 경안景顔이라 했고 호를 하원夏園이라 했다. 그의 본관이 동래東萊라면 명문의 자손이 아니겠는가.

정지윤의 성품은 호방한 편이었고, 그의 생각은 자유분방하다. 정지윤이 양반을 희롱하고 세도에 저항하게 된 데는 나름대로의 연유가 있다. 정지윤이 청운의 꿈을 안고 과장에 나간 것은 1826년(순조 26)이다. 학문을 익히고 있노라고 자부하고 있었으나 결과는 낙방이다. 이때만 해도 학문이 부족하거나 시운이 모자란다고 자위했다. 그러나 두 번째로 과거에 응했다가 다시 한 번 낙방의 비운을 맛보고부터는 생각을 달리하게 되었다.

'부정이 아니고서야.!'

그랬다. 과거제도가 부패에 부패를 거듭하고 있다. 명문거족의 자제들이거나 뇌물을 바리로 싣고 다니지 아니하고서는 등과가 불가능했던 시절이다. 정지윤이 자신의 낙방을 확인하고 힘없이 돌아설 때다.

"하원도 낙방이구려…."

정지윤이 몸을 돌리자 대구의 선비 정만서鄭萬瑞가 씁쓸하게 웃으며 다가선다. 정만서는 벌써 네 번째의 낙방을 맛보고 있는 선비다. 두 사람은 지난번 과거장에서 서로 얼굴을 익힌 사이이다.

"어디 가서 술이나 한잔 합시다."

두 사람은 허름한 술청에 든다. 취기가 돌면서 정만서의 불만이 터져 나온다.

"시운을 탓할 게 아니라 세상을 탓해야 하고, 세상을 탓하기에 앞서 안동 김가들을 탓해야 할 것이외다."

"그러리라 짐작은 했소이다만…."

"짐작이 아니라 사실이오. 이런 세상에서 등과를 한들 무얼 하겠소. 빚을 내서 벼슬을 사고, 빚 갚자고 노략질하고… 배워

둔 학문이 아깝질 않소. 빌어먹을…!"

그날 밤 정만서는 대취했다. 그는 통한의 울분을 끊임없이 토해 냈다. 정지윤도 끓어오르는 분노를 참을 길이 없다.

'차라리 포의布衣로 살리라!'

정지윤은 핏방울과 같은 눈물을 쏟으며 양반과 고관대작 들을 희롱하며 살리라는 마음을 굳히게 된다.

騎虎兩班之賊

세상에서 제일 무서운 것은 호랑이를 타고 있는 양반 도적이다.

정지윤의 해학과 저항은 여기서부터 시작된다. 안동 김씨 일문을 정점으로 하는 세도정치, 그에 질세라 풍양 조씨 일문들까지 날뛰던 시절이다. 출세를 해야 하는 선비들은 그들의 앞에서 아첨했고, 힘없는 백성들은 그들의 전횡에 어육魚肉이 되어 간다. 정지윤의 회의는 날로 더해질 수밖에 없다. 그는 이름부터 버렸다. 자신의 핏줄에 반가의 피가 흐르고 있다는 사실도 욕스러웠기 때문이다. 그의 손바닥에는 어려서부터 목숨 수壽 자의 손금 줄이 뚜렷이 새겨져 있다. 거기서 우선 수壽 자를 따고, 지윤芝潤이라는 지芝 자가 《한서漢書》에 '지생동지芝生銅池'로 되어 있다 하여 여기서 동銅 자를 취하니 '수동壽銅'이 아니던가. 그래서 정지윤은 정수동으로 새로 태어나게 된다.

비록 과장에서 낙방은 했지만 정수동의 문재文才는 타고난 자질이다. 게다가 예리한 직관력까지 갖추고 있다. 정수동의 시재가 얼마나 대단한 것인가를 말해 주는 기록은 얼마든지 있다.

조수삼趙秀三과 같은 이는 정수동의 시를 다음과 같이 말한다.

— 하나의 새로운 시를 읽을 때마다 고개 한 번 숙이고, 도도히 흘러내리는 시사詩思는 마치 둑을 터놓은 듯하다.

또 정수동의 시집을 간행한 바 있는 최성환崔瑆煥도 찬사를 아끼지 않고 있다.

— 그 시를 지으매 고법古法에 물들지 아니하고 또한 고법을 남기더라. 옛것을 가져다 새로이 짓는데 손이 따르고 마음이 응하니 옛것일수록 더욱 새롭게 하고 기기奇氣가 넘치며, 또 전아典雅하고 온존溫存하여 찬연히 일가를 이루었다.

물론 후일에 적은 글이지만 정수동의 시가 지닌 기재奇才를 여실히 말해 주고 있다. 술좌석에서 베푸는 한바탕의 해학, 쇳물이 녹아 흐르는 듯한 뜨거운 열기는 숱한 사대부들의 입에 오르내린다. 사대부들은 다투어 정수동을 그들의 술자리로 청한다. 때묻은 옷에 찌그러진 갓을 비스듬히 눌러쓴 정수동의 행색은 초라해 보였어도 그가 쏟아 놓는 직설적인 기지와 해학은 초청한 양반들의 간담을 서늘하게 하고도 남는다.

정수동의 기인됨은 조정의 고위관리들에게도 알려진다. 조두순趙斗淳이 어느 날 김흥근에게 넌지시 물었다. 두 사람은 동갑이다.

"어떤가, 우리도 정수동을 한번 불러 보는 것이…."

"그자는 양반들을 비꼬아 놓고, 먹은 음식을 토하여 술상을 더럽힌다면서…."

"그야 사람 나름이겠지, 뭣하면 추사도 함께 부르든가…."

"추사를…?"

"추사가 함께 있는 자리라면 난동이야 피우려고. 누가 아는가, 정신이 번쩍 드는 얘기를 들려줄지…."

이 같은 조두순의 제의로 김흥근과 추사를 비롯한 몇몇 시객들이 기생들이 있는 술청으로 정수동을 초청한다. 정수동에게는 크나큰 행운이 아닐 수 없다. 당대의 석학인 추사 김정희가 상석에 앉았고 그 양옆에 조두순과 김흥근이 앉았다. 45세의 정수동의 곁에는 서너 살 위로 보이는 시객들이 앉는다. 자리가 자리이니만치 천하의 절색을 자랑하는 기생들도 동참을 했다.

조두순은 미리부터 기생들에게 일러두었다. 정수동에게는 술을 권하지도 따르지도 말라고. 물론 악의가 있어서는 아니다. 그것을 풀어 가는 정수동의 재기를 보기 위해서다.

기생들은 정수동의 곁에 있는 시객들에게는 술을 따르면서도 정수동의 잔을 채우질 않는다. 정수동은 자작을 하고 싶은 생각도 들었지만 술병은 언제나 그의 손에 닿지 않는 곳에 있다. 장난끼가 발동한 정수동은 곁에 앉아 있는 시객의 잔을 비우기 시작한다. 한 번으로 그치는 것이 아니다. 두 번, 세 번… 다섯 번으로 이어지자 술잔을 빼앗긴 시객이 정수동의 뺨을 후려치며 소리친다.

"네 이놈! 무례하질 않느냐!"

좌중은 일순 긴장한다. 조두순은 때가 왔음이라 여기고 정수동을 주시한다. 아니나 다를까, 정수동은 옆에 앉은 다른 시객의 뺨을 세차게 후려친다. 점입가경이다. 뺨을 맞은 시객이 가만히 있을 까닭이 있을까.

"아니, 이런 무례한 자가 있나. 어디서 배워 먹은 손버릇이야!"

정수동은 태연히 대답한다.

"돌아가면서 뺨을 때리게 되어 있는 것 같소이다. 댁은 건너편에 계신 분을 때리면 될 것을요."

하면서 조두순을 가리킨다. 참으로 절묘한 기지가 아닐 수 없다. 조두순은 그제야 너털웃음을 웃으며 과시 정수동이라고 찬사를 아끼지 않는다. 찬사를 듣고 난 정수동은 시 한 편을 읊는다.

放氣一聲天地動
八萬長安香雲滿
방귀 한 소리에 천지가 움직이고
8만 호 장안에 향기가 넘치도다.

이 무슨 야유인가. 양반들의 노략질과 비행을 꼬집은 명편名篇이 아니고 무엇인가. 추사 김정희는 정수동의 해학에 적이 놀라 있고, 김흥근은 상기된 표정을 지으며 고개를 돌렸으나, 조두순만은 여전히 너털웃음을 지으며 말한다.

"내 일찍이 공과 같은 기지를 본 일이 없어요. 어찌하시겠는가. 오늘 밤은 시문화답을 하는 것이…."

"화답까지 할 게 무에 있겠습니까. 짓는 것은 시생만으로 족할 것으로 아옵니다."

"허면 혼자서?"

"그렇습지요. 시야 시생의 것으로만 족할 테지요. 더러운 양반들의 시 또한 더러운 것일 테니까요."

"……."

정수동의 대답은 기지와 해학을 넘어선 담력이 있다. 조두순은 운韻 100자를 거침없이 불러 놓고 오언시五言詩를 지으라고 했다. 운이 100자면 오언시도 100수를 지어야 한다.

"지필묵 채비하시지요."

다른 시객들이 정수동이 읊는 시를 받아쓰기로 한다. 정수동은 술 한 잔에 시 한 수를 읊어 내기 시작한다. 다른 시객들의 손이 정수동의 낭랑한 목소리를 따르지 못할 지경이다. 정수동이 100수의 시를 모두 짓고 난 것은 새벽이 되어서다. 그런데도 시의 내용은 뒤틀린 곳이 없다. 모두가 양반들을 야유하거나 비방한 절편絕篇들이다.

당대의 석학 김정희도 탄성을 토했고, 학문이 높은 조두순 · 김흥근은 벌어진 입을 다물 수가 없다. 후일에 이르러 조두순은 《정수동전鄭壽銅傳》을 쓰면서 그의 시를 이렇게 평하고 있다.

— 시에 가장 뛰어나 남의 눈을 모으고, 수섭蒐涉한 바에 따라 고묘정확高妙精確하고 새로이 마음에 드는 것을 풀무로 녹여내듯 자기 것으로 하여 놓는다.

어쨌건 조두순은 정수동에게 반했다. 그의 주연에는 언제나 정수동이 동참하게 된다. 그때마다 정수동은 양반들의 비행을 꼬집고, 관원들의 부패를 비아냥거렸다. 그러면서도 정수동의 시적 사상은 정수精髓를 더해 가기만 한다. 처음에는 정수동을 마땅치 않게 여기던 김흥근도 차츰 그의 늪으로 빠져 들게 된다.

"내 집에도 자주 들르게나. 나도 시재는 있으니까!"

이렇게 하여 정수동은 김흥근의 집에도 드나들게 된다. 다른 내객들은 김흥근을 만나기 위해 며칠씩 기다려야 했지만 정수동은 대문을 들어서서 곧장 김흥근의 큰사랑으로 들기가 일쑤다. 이 같은 무례를 저지르는데도 김흥근은 조두순만치나 정수동을 좋아한다. 하루는 이런 일도 있었다.

모처럼 김흥근이 객사에 나와 앉은 날이다. 내객들 사이에는 정수동도 끼여 있다. 이들이 막 시문화답을 시작할 때다. 김흥근의 집 여종 하나가 헐레벌떡 달려왔다.

"손님, 아니 나리, 큰일 났사옵니다. 우리 아이 좀 살려 주소서."

항용 있는 일이다. 선비들 중에는 침을 놓는 사람들도 있었기에 급한 일이 생기면 여종들은 객사로 달려오곤 했다. 그러나 이날의 사정은 달랐다. 집주인 김흥근이 객사에 나와 있었기 때문이다.

"저런 무례한 것이 있나…."

김흥근이 진노할 기미를 보이자 여종은 몸을 움츠리며 뒤돌아선다. 그때 정수동이 나선다.

"이보게, 큰일이라니… 기위 왔으니 말을 하고 가야지."

워낙 다급했던 모양으로 여종은 다시 돌아서며 입을 연다. 딸아이가 엽전을 가지고 놀다가 삼켜 버렸다면서 울상을 짓는다. 정수동은 방 밖 툇마루로 몸을 옮기며 다시 묻는다.

"그 엽전이 뉘 것인데…?"

"그야 우리 아이 엽전입지요만…."

"허허허, 그렇다면 걱정할 게 무에 있어. 어서 가서 딸아이의 배나 잘 쓰다듬어 주게나."

"배를요?"

"이 사람아, 남의 돈 7만 냥을 삼키고도 배만 쓰다듬으면 별일이 없는데, 항차 제 돈 한 닢 삼켰기로 무슨 대수겠는가."

순간 김흥근이 미간을 찌푸린다. 객사에 있는 내객 중에는 김흥근에게 뇌물 7만 냥을 주고 일을 부탁하였는데 김흥근이 그 일을 들어주지 않아서 분통을 터뜨리는 사람이 있다고 들은 정수동이 그를 위해 우회적인 직언을 했기 때문이다. 물론 이 일이 있은 다음 김흥근은 그의 소청을 들어주었다.

정수동의 이 같은 기지와 해학은 방랑시인 김삿갓과 더불어 당시대를 풍미하고 있다. 김흥근이 정수동을 아끼는 것은 그의 시재와 풍자도 풍자려니와 아무리 어려운 자리에서도 끊임없이 투혼을 불태우고 있었기 때문이다. 물론 그의 투혼은 창칼이 아닌 시문이다. 그의 시문 속에는 창칼보다 더한 예지가 살아서 꿈틀거리고 있어서다. 그게 어디 김흥근뿐이던가. 조두순, 김정희와 같은 이도 정수동의 기재를 아끼고 돌보아 주고 있었음에랴.

정수동이 눈을 뜬 것은 점심 나절이 지나서다. 입고 있던 관복이 없어진 사실에 정신이 든 정수동은 주모를 불러 경위를 물었다. 주모는 아침에 있었던 소동을 소상히 설명한다. 정수동은 쓴웃음을 입에 담으며 태연히 말한다.

"시장하이, 요기나 하세…."

"요기라니요, 셈은 어찌하시려구요?"

"허허허, 아침에 다녀간 사람들이 영의정 댁 하인들일세."

"예?"

주모는 놀라지 않을 수가 없다. 영의정 댁 하인들이 정수동을 예우했다면 상당한 지위의 사람이 분명하다. 주모는 푸짐한 술상을 다시 차려 올리고 국밥 한 그릇도 곁들인다. 정수동은 해장술을 겸한 요기를 마치고 몸을 일으킨다.

"저녁에 다시 들름세."

정수동은 유유히 주막을 나선다. 그의 발길은 다시 김흥근의 집으로 향하고 있다. 세모歲暮의 거리인데도 인적은 드물다. 피폐한 살림인데 세모가 따로 있을 까닭이 없다.

정수동이 김흥근의 집 대문을 거침없이 들어서자 하인종속들은 술렁거린다.

"관복 도둑이 왔어."

"아니 무슨 염치로 다시 와…!"

그러나 정수동은 태연하다. 그는 객사로 모여든 내객들에게 예의 그 비아냥조의 시로 맹타를 퍼부었다. 겨울 해는 짧다. 영의정 김흥근이 퇴청한 것은 저녁 어스름이 밀려오고 있을 때다. 그는 객사에 정수동이 와 있다는 소리를 듣고 지체 없이 사랑으로 불러들였다. 하인종복들은 이제야 혼찌검이 나는가 싶어 숨을 죽였다.

"허허허, 하원이 관복을 곱게 돌려주어 사은숙배謝恩肅拜를 무사히 마쳤으이."

"아, 예. 타고 계시는 호랑이 등에서 내리겠다는 말씀도 여쭙지 않으시고요."

정수동의 반격이다. 타고 있는 호랑이 등에서 내리라는 것은 척족의 세도를 그만 누리라는 게 아니던가. 김흥근은 피식 웃으며 화제를 돌린다.

"세모도 되고 하였으니… 식솔들 걱정도 좀 해야지. 내 세찬歲

饌을 마련해 줄 것이니 가져가도록 하게나….”

김흥근은 술 한 말과 설을 쇨 수 있도록 푸짐한 육포를 한 짐이나 마련하여 하인으로 하여금 지고 따르게 한다. 이를 지켜보던 하인종속들은 김흥근의 후의를 이해할 수가 없다.

“무거우냐?”

“아니 올시다요.”

정수동은 짐을 지고 뒤를 따르는 김흥근의 집 하인에게 몇 번이고 같은 말을 묻는다. 하인은 어깻죽지가 파여 들어갈 것인데도 끝까지 아니라고 한다.

“짐을 내리고 풀어라….”

“아니 됩니다요.”

“어허, 여기서 마시고 먹어 버리면 서로가 편할 터이 아니더냐.”

“대감마님께서 아시면 큰일 납니다요.”

“이렇게 답답한 것이 있나. 내 술, 내 고기를 내가 먹겠다는데 누가 말을 해. 당장 짐을 내리고 풀어 놓으라는데도!”

하인은 할 수 없이 지게를 내리고 술과 고기를 풀어 놓는다.

“너도 앉아라.”

“소인도요?”

“허어, 술꾼이 어찌 자작을 한다더냐.”

정수동과 하인은 술잔을 주거니 받거니 하면서 술과 어육을 모조리 먹어 치운다. 그리고 두 사람은 취기가 도는 몸을 일으킨다.

"그만 돌아가거라. 이만 하면 서로가 편하게 되지를 않았느냐."

"……."

"네 놈은 짐을 지지 않아서 좋고, 내 집 식솔들은 뇌물을 먹지 않아서 좋구…."

정수동은 멍청히 서 있는 하인의 어깨를 툭 치고 나서 비틀거리는 걸음을 옮겨 놓기 시작한다. 싸늘한 세모의 어둠이 정수동의 몸을 에워싸고 있다. 하인은 오랫동안 몸을 움직이지 못하고 멀어져 가는 정수동의 모습을 지켜볼 뿐이다.

# 삶과 죽음의 교차

## 1

1852년(철종 3)의 봄이다.

삼라만상은 기나긴 겨울잠에서 깨어나 기지개를 켠다. 산과 들은 지난해의 한발旱魃도 아랑곳 아니하고 다시 활기를 찾는다. 절기의 변화란 이래서 무섭다고들 한다.

김좌근의 소실인 나합의 집에도 아연 활기가 돈다. 4월이 되면서 김좌근이 정승의 반열인 우의정의 자리에 올랐기 때문이다. 그가 정승이 될 것이라는 풍설이 난무하면서부터 나합의 집 대문 앞은 성시나 다름이 없다. 도성의 고위관직들은 말할 나위도 없었고, 지방 관아의 벼슬아치들이 다투어 뇌물을 실어서 보내는 까닭이다. 지게에 실려 온 뇌물들은 발붙일 곳이 없다. 우마차에 실려 온 봉물封物에 밀리기 때문이다. 사람들은 혀를 내두르면서도 내심 당연한 것으로 받아들인다. 김좌근은 명실상부한 안동 김문의 두령이 아니던가. 그가 우의정의 자리에 오른 것은 늦으면 늦었지 이를 것은 없다. 이제 조정은 김좌근의 손에 좌지우지될 것임을 불을 보듯 뻔하다.

"대감, 잔치를 해야지요. 지나가는 사람들에게도 보시를 베풀겠습니다. 적선지가積善之家에 필유여경必有餘慶이라는 말이 있지를 않습니까."

"허허허, 자네가 하고자 하는 일을 누가 말리겠나."

나합의 벌어진 입은 오므라들지 않는다. 소실의 처지라 정경부인의 반열에 오르지 못하는 것이 한이 될 뿐, 아무 아쉬움도 없는 나합이다.

"모두가 대감을 위한 일이옵니다. 제 체모도 서는 일이옵구요."

"허허허… 소망하는 것이 있으면 다 들어줄 터인즉…."

"백골이 난망입니다, 대감…."

엄청난 잔치판이 벌어진다. 이웃은 말할 것도 없고 지나가는 행인들까지도 포식을 한다. 나합은 그 난장판과 같은 술상머리를 돌면서 치마꼬리를 날린다.

"어서 많이들 드시게나…, 우리 하옥 대감께서 베푸시는 은혜일세…."

사람들은 한결같이 굽실거린다. 음식이 푸짐해서만이 아니다. 김좌근의 명성만큼이나 알려져 있는 나합의 위세 때문이다.

"합부인마님, 나주에서 손님이 오셨습니다요."

"나주에서? 어서 들라 이르라."

전라도 나주는 나합의 고향이다. 이름만 들어도 정겨운 곳인데 사람이 왔다면 오죽 반가우랴. 나합은 내당에서 나주에서 왔다는 사람을 만난다. 사내는 나주에서 도성까지 단숨에 달려왔다면서 가쁜 숨을 몰아쉰다.

"마님, 나리께서 하옥이 되셨습니다."

"나리라니, 오라버니 말씀이더냐!"

"그, 그러합니다요."

"저런 못된 것들이 있나. 나주 목사 따위가 어찌 내 오라버니를 잡아들일 수 있다더냐!"

나합의 목소리가 앙칼지게 튕겨진다. 안색에도 이미 핏기가 가시고 있다. 사내는 상체만 굽실거릴 뿐 아무 대답을 못한다.

"연유가 있을 터 아니더냐?"

그야 물으나마나 한 일이 아니던가. 권문세도들의 종복까지 날 뛰는 세상이다. 김좌근의 소실을 등에 업을 수만 있다면 무슨 일인들 못 하랴. 나합의 오라비는 불량배까지 거느리고 다니면서 남의 재물을 강탈하는 것으로 세월을 보내는 위인이다. 나주 목사는 그를 타이르기도 하고 주의를 환기시켰으며, 때로는 경고까지 하는데도 나합의 오라비는 날로 오만불손해지기만 한다. 나주 목사는 더는 두고 볼 수 없어 나합의 오라비를 하옥하는 것으로 나주 고을의 기강을 세운다. 그로서는 그것이 곧 김좌근의 체모를 살리는 길이라고 믿었기 때문이다.

"내 나주 목사 그놈을 당장 파직할 것이니 어서 내려가서 그리 알리렷다."

"마님, 무슨 증표라도…."

"허어, 증표라니, 그자의 목을 자르겠다는데 증표가 무슨 소용이더냐. 나주 목사의 모가지는 이 나합의 힘만으로도 자를 수가 있을 터이니라. 당장 가서 그리 알리렷다!"

대단한 호통이다. 물론 이로부터 며칠 후 나주 목사는 파직이 된다. 김좌근과 같은 인품도 나합에게만은 관대했던 모양이다. 나합의 기세는 그래서 날로 더해지고 있다.

김좌근은 대왕대비 전으로 순원왕후를 찾아뵙는다. 물론 정승의 반열에 오른 것에 대한 숙배를 올리기 위해서다.

"호호호, 이젠 이 나라 종사가 하옥의 손에 있음이 아닌가."

"당치 않으신 분부시옵니다. 누님의 돌보심이 없고서야 어찌 그 막중한 일을 감당할 수 있으리이까. 통촉하소서."

"겸양이겠지. 이 나라 조정에 하옥만큼 경륜을 갖춘 사람이 있던가. 주상을 잘 보필하도록 하시게나."

"명심하겠사옵니다, 마마…."

왕실의 웃전은 순원왕후였고, 조정의 두령은 김좌근이다. 그야말로 나는 새도 떨어뜨린다는 척족의 세도가 아니던가. 두 오누이는 다과상을 마주하고 마음에 있는 말들을 나눈다. 순원왕후가 화제를 바꾼다.

"하옥도 들었겠지만…, 아무래도 주상의 학문이…."

"혹 상소문을 챙겨서 읽으신다는 일로…?"

"오, 자네도 알고 있다니 다행일세만…, 주상이 정말로 상소문을 읽으신다면 의정부에서도 생각을 달리해야 할 일이 아닐지."

순원왕후의 심려는 생각보다 깊다. 상소문에는 백성들의 불만과 요구가 소상히 나타나 있다. 철종이 그 모든 것을 간파하여 정무에 반영하고자 한다면 장김으로서는 두려운 노릇이 아닐 수 없다. 더구나 그런 일로 꼬투리를 잡기 시작하면 의정부의 일이 편할 수가 없지 않겠느냐는 심려다.

"아직은 크게 심려할 일이 아닐 것으로 압니다."

"무슨 연유로…?"

"상소를 보셨다고는 해도 내리신 비답이 없지를 않습니까. 또 상소문이 어디 글만 아신다고 읽어지는 일입니까. 제가 알아서 하겠습니다."

"그래 그렇다면 다행이지, 나는 하옥만 믿겠네."

대왕대비 전을 물러 나온 김좌근은 승정원으로 간다. 물론 상소문의 일을 챙겨 보려는 생각에서다. 승정원이 텅 비어 있다. 철종이 모든 승지들을 편전으로 불렀다는 서생의 대답을 듣고서야 김좌근은 심상치 않은 기미에 시달린다. 그는 다급하게 편전으로 달려간다.

우의정 김좌근이 편전으로 들어서자 철종이 파안대소로 반긴다.

“오, 어서 오세요, 우상. 그러잖아도 정승들을 부를까 하던 참이었어요. 허허허. 어서 좌정을 하세요. 하기야 우의정만 있으면 될 일이겠지요. 아니 그렇시까? 허허허.”

철종은 얼마간 들떠 있는 사람처럼 사투리까지 써 가면서 헤픈 웃음을 흘리고 있지만, 너 잘 만났다, 라는 시선도 던지고 있다.

“잘 들으시오, 우상. 여기 앉아 있는 조정 중신들은 말할 것도 없고, 승지에게 물어도 도무지 안다는 사람이 없어서 답답해 있던 참이라, 우상에게도 똑같은 것을 물어 볼 생각이니 아는 대로 대답해 보시오.”

“예, 전하….”

부복해 있는 신하들은 이미 철종에게 당하고 있었던 참이라 천하의 김좌근을 주시할 수밖에 없다. 철종은 자신감 넘치는 어조로 어의를 개진한다.

“근자 우리나라 바닷가에 이양선異樣船이 출몰한다 들었오. 엊그제는 보령 앞바다에서 물에 빠져서 죽어 가는 이양인 네 사람을 구했다는 얘기는 들어서 아시겠지요?”

“그러하옵니다. 전하.”

“허면, 그 이양인이 어느 나라 사람인지는 알아야 할 것이 아니요?”

“전하, 인근 바다에서 구한 이양인은 대국으로 보내는 것으로…."

"그렇지요. 마땅히 대국으로 보내야 할 것이나…, 그게 어느 나라 사람인지는 알고 난 연후에 대국에 보내는 것이 조정에서 할 일이 아니겠시까?"

"……!"

김좌근은 죽을 맛이다. 척족의 두령이자 의정부의 정승 된 처지로 나무꾼 임금의 하문에 제대로 된 대답조차도 못한다면 말이 되는가. 철종의 추궁은 더 날카로워진다.

"그게 어느 나라 사람인지를 알아야, 우리 조선 해안을 배회하는 이양선이 어느 나라의 밴지도 알 것이 아니요!"

김좌근은 신음을 토한다. 철종의 추궁에는 칼날이 숨겨져 있다.

"모른다면 도리 없겠지요. 하면 그들이 타고 온 이양선이 어떻게 생긴지는 아시니까?"

"쩝…!"

"딱하시구만…, 조정 대신들도 모르고, 승지들도 모르고, 또 하옥까지 모른다면 나라의 장래를 보장할 길이 없지를 않소. 내관은 당장 지필묵 대령하렷다!"

내시 기세석은 이미 준비하고 있었던 모양으로 재빨리 화선지가 놓여진 연상을 대령한다. 철종은 먹물을 찍어서 뭔가를 그리기 시작한다. 신료들은 어리둥절해진 시선을 철종에게 보낼 뿐이다. 철종의 붓놀림이 능란할 정도로 빨라지면서 화선지에는 서양 배, 이양선의 모양이 실물처럼 그려지고 있다.

"잘 보시오."

철종은 이양선이 그려진 화선지를 들어 부복한 신료들에게 보여 준다. 선체는 검게 그려졌고, 세 개의 기둥에 돛이 걸려 있는 모양이다. 굴뚝에서는 검은 연기가 뿜어지고 있고, 다른 한쪽에서는 흰 연기도 퍼져 오르고 있다.

"서양 오랑캐가 타고 다니는 이양선이요. 이 배가 조선 땅으로 오자면 수만 리 바다를 건너야 하지를 않겠오. 그래서 검은 연기는 석탄을 태우는 것이요, 흰 연기는 물이 끓으면서 나오는 증기요. 아시겠시까!"

"……!"

김좌근을 비롯한 대소 신료들은 숨이 막힌다. 온 나라가 모르고, 모든 신료들이 모르는 일을 철종만이 알고 있어서다. 대체 누구에게서 저 엄청난 얘기를 듣고 배웠다는 말인가.

"그래서 사람들은 이 배를 증기선이라고도 합니다. 나는 강화섬 근처를 떠다니는 이런 배를 수없이 보았소. 이 배는 조선이 어떤 나라인지를 염탐하기 위해 출몰하고 있다고 들었오!"

"……!"

부복한 중신들의 묵묵부답은 참담하다 해야 할 지경이다. 말이 되는가. 한낱 나무꾼이었기에 임금의 자리에다 밀어 올렸는데 그 하찮은 나무꾼의 입에서 국제정세가 거론된다.

"경들은 지금의 대국이, 경들이 하늘같이 떠받드는 청나라가 어떤 지경에 있는지 알고나 있시까!"

점입가경이란 말이 있다. 철종의 어투는 마치 신들린 사람처럼 유창하다. 그의 뇌리에 강화 교동에서 가르침을 받았던 남원군 광洸의 울분에 찬 열변이 그대로 소용돌이치고 있는 까닭이다. 철종의 흥분은 지나치게 앞서가고 있었고, 그 영향이 얼마나 크게 자신을 난감하게 할 것인지조차도 판단하지 못하고 있다.

"청나라가 망하고 있질 않소!"

"……!"

천둥 치는 소리다. 아니 부복한 신하들에게는 날벼락이다. 그런데도 철종의 경천동지할 언변은 신들린 사람처럼 쏟아져 나온다. 이미 10년 전에 청나라는 아편전쟁阿片戰爭과 남경조약南京條約으로 망국의 길로 들어섰다고 한다. 이미 망조에 들어선 청나라에 사신을 보내고 공물을 보내도 되느냐고 따지고 든다.

"세도도 좋고, 다 좋지요. 허나 세상 돌아가는 이치는 알고 있어야 되지를 않겠소!"

"……."

"엥이, 쯧쯧쯧. 그만들 물러가시오!"

대소 신료들은 누구도 움직이지 못한다. 용상에 앉은 철종의 모습, 산전수전을 모두 겪어 박식함과 준엄함을 갖춘 젊은 제왕의 모습이 아니고 무엇인가. 이제 겨우 스물두 살, 앞으로 저 변화무쌍한 태산교악을 어떻게 움직여야 하는가. 더구나 수렴청정도 아닌 친정을 도모하는 철종이다.

대전을 물러 나온 신료들은 하나같이 넋이 나간 사람들처럼 휘청거리기만 한다. 불행하게도 이들은 철종의 말이 사실인지, 아닌지조차도 판별할 수가 없다면 얼마나 한심한 노릇인가.

김병기는 사헌부로 돌아와서도 마음을 가다듬을 수가 없다. 여기서 일이 잘못되면 장김의 세도도 끝장을 맞을 수밖에 없다는 불길한 생각이 들어서다.

"지난 번 동지사冬至使(연말에 보내는 사신)로 연경엘 다녀온 수역首譯(역관의 우두머리)을 데려오너라!"

천둥처럼 울리는 고함 소리다. 김병기의 목소리에는 철종을 응징해서라도 기를 꺾어야 살길이 열릴 것이라는 신념이 꿈틀거리고 있다. 승석 무렵이 되어서야 동지사의 수역을 맡았던 오경준 吳慶濬이 죄인의 몰골로 사헌부로 들어선다. 당시 청나라에 다녀오는 역관들은 고하를 막론하고 사무역私貿易을 하고 있다. 죄를 가리려 든다면 무사할 역관은 한 사람도 없어서다.

"종사를 위해 대답하면 될 것일세. 대국이 망하고 있던가?"

역관 오경준은 망설이지 않을 수가 없다. 청나라가 망하고 있더냐고 묻는 김병기의 내심을 헤아리지 못해서다.

"왜 대답을 못해. 대국이 망하고 있던가!"

"그, 그러하옵니다."

"대체, 그게 언제 일이던가!"

"지난 경자년의 일이온데…, 청나라는 영길리英吉利(영국)와의 싸움에 지면서, 임인년(1842)에 '남경조약' 이라는 것을 맺었습니

다."

김병기는 잠시 눈을 감는다. 철종의 말과 딱 맞아떨어져서다. 그렇다면 대체 누가 이 엄청난 일을 철종에게 알려 주었고, 또 가르쳤는가. 만에 하나라도 그런 인물이 지금도 철종과 연결되어 있다면 어찌 되는가.

김병기는 참담해지는 마음을 추스르며 나합의 집으로 간다.

김좌근 역시 충격이 가시지 않은 모습으로 술잔을 기울이고 있다. 김병기는 조용히 양부 김좌근의 가까이로 다가 앉는다.

"그래, 좀 알아보았더냐!"

김좌근은 김병기의 치밀한 성품을 잘 알고 있다. 편전에서 당한 망신살을 그냥 넘기지 않을 김병기이기에 반드시 알아보았을 것이라 믿고 있다.

"지난번 동지사를 수행했던 수역을 불러 물어 보았사온데…, 주상의 말씀에는 조금도 하자가 없었습니다."

"……!"

김좌근은 들었던 술잔을 힘없이 놓는다. 역시 난감하다는 표정이다. 김병기가 다그치듯 진언한다.

"반드시 주상에게 충동질한 사람이 있을 것으로 아옵니다."

"충동질…, 누구야 그게!"

김좌근의 어조에 칼날 같은 위엄이 실렸으나 김병기로는 따로 대답할 말이 없다.

"글쎄 누구랄 것까지는 알 수 없으나, 은밀한 거래가 다시 있을까 두려울 뿐이옵니다."

"……."

김좌근은 단숨에 술잔을 비우고 고함치듯 명한다.

"합부인 들라 이르렷다!"

김좌근은 나합을 강화섬에 보낼 것이라고 한다. 불공을 빙자하여 전등사에 머물게 하고, 철종이 강화섬에 있을 때 만났던 사람들을 알아보게 한다면 반드시 찾아낼 수 있을 것이라는 생각에서다. 특히 잠시 별감으로 있던 배만석에게는 더 좋은 자리를 약속할 수가 있을 것이며, 양순 어미에게는 양순일 다시 입궐하게 할 것이라는 약조를 해서라도 수소문한다면 꼬투리가 잡힐 것이라고 확신한 때문이다.

## 2

김좌근의 은밀한 밀명을 받은 나합이 강화섬으로 간다. 전등사에서 큰 불사를 올리는 것을 빙자하여 나합은 분주하게 강화섬을 누비고 다닌다.

"자네야말로 불공보다 잿밥에 팔려 있네 그려."

나합은 자신이 불공을 드리게 된 연유를 솔직하게 털어놓는다. 김좌근으로부터 도움도 받을 필요가 있을 것이라는 당부가 있어서다.

"큰시님, 글쎄 아무것도 모를 줄 알았던 주상 전하께서 바다 건너 대국에서 있었던 일을 빠삭하게 아시고 계십니다. 전하께서 그런 일을 하문하시어 정승, 판서 들이 아무 대답도 못하는 지경이면 조정 꼬락서니가 뭐가 되옵니까?"

"……!."

기막힌 노릇이 아닐 수 없다. 모두가 첨 듣는 소리기 때문이다.

"큰시님, 주상께서 강화섬에 계실 때 대체 누굴 만나서 그런 엄청난 일을 배웠는지…, 혹여 지금까지 그런 사람과 연결이 되고 있다면 조정의 체모는 뭐가 되는지…, 저희 대감께서 큰시님의 도움을 받아서라도 기필코 알아 오라 하셨습니다."

무공선사는 신음 같은 한숨을 토해 낸다. 도무지 믿기지가 않아서다. 또 그것이 사실이라 한들 자신까지 나서서 수소문할 일은 아니어서 조급해지는 마음만 달랜다.

나합은 사미승 명찬을 앞세우고 철종의 발길이 닿았던 곳을 모조리 찾아다니면서도 일단은 별감을 지냈던 배만석을 설득해 보기로 한다.

"이 사람 배 별감. 자네는 알 것이 아닌가? 주상 전하께서 여기 계실 때 글을 배운 스승님이 계시다는데, 혹 들은 바가 없는가?"

"글이야 왕가의 자손이니까 터득한 것이지, 감히 누가 전하에게 글을 가르쳤겠습니까?"

"에이그, 능청스럽기는…, 이 번 일만 잘되면 배 별감은 다시 대궐로 들어가서 주상 전하를 모시게 될지 누가 아는가."

배만석은 입을 열고 싶어도 아는 것이 없다. 게다가 철종 스스로 발의한 것이 아님을 알고 있었기에 미리 나서서 입을 열 일도 아니다. 또 이 일이 철종에게 해를 끼치기 위해 시작되었을 것임도 배만석은 짐작하고 있다. 배만석이 입을 열지 않는다면 감동호, 서제민이 입을 열 까닭이 없다. 나합은 양순 어미를 닦달하는 일로 며칠을 보낸다.

"이 사람아, 이 일이 잘되어야 양순이가 다시 대궐로 들어가게 되지를 않겠나. 자네 모녀에게는 생사를 거는 일이니까, 잘 좀 살펴보아야 한다니까."

"이 일이 잘되면 정말 우리 양순이가 대궐로 갈 수가 있으니까?"

"그래서 내가 예까지 오지를 않았는가. 내가 누구야. 우리 바깥양반이 하옥대감일세. 나는 새도 떨어트리는 하옥대감을 몰라."

"알것시니다. 가랑이 찢어지도록 뛰어서라도 꼭 알아내겠시니다요."

양순 어미는 미처 말을 마치기 전에 사미승 명찬의 얼굴을 뚫어지게 바라본다. 그리고 천지를 얻은 듯 입을 놀린다.

"그래 시님 사미 시님…, 그날 하옥대감께서 다녀가시던 날, 원범이가 없어지던 마지막까지 같이 있은 게 사미 시님이셨지요?"

명찬은 느닷없는 말이라 어이없어 하면서도 고개를 끄덕인다.

"그때 원범이가 며칠 없어지지 않았으니까. 그때 어디로 간다 하고 하셨으니까? 시님은 아실 게 아닙니까?"

"모르지요. 암 말도 안했으니까 모를 밖에요."

사미승 명찬이 한 발 물러서자 영리한 나합은 그 순간을 포착하고 나선다.

"없어지다니요. 전하께서 없어졌다는 말입니까?"

"그렇지요. 사미 시님과 헤어지고서는 삼 일 동안 코빼기도 못 봤시니다. 그런데 어느 날 귀신처럼 다시 나타났시니다."

"……!"

철종이 삼일 동안이나 코빼기도 안 보였다는 양순 어미의 말이 나합을 긴장하게 한다. 그 삼일 동안 철종이 어디서 무엇을 했는지를 살핀다면, 사단의 실마리가 풀릴 것이라고 나합은 굳게 믿는다. 그리고 양순과 마주 앉는다.

"마마님, 마마님께서는 그 삼일 동안에 있었던 일을 정말 모르십니까?"

"비바람이 요동쳤으니까, 어디 토굴에라도 쑤셔 박혀 계시질 않았겠습니까."

"에이그, 그래도 마마님께는 말씀이 계셨어야 옳지를 않습니까. 마마님, 다시 대궐로 가시자면 공을 세우셔야지요. 아니 그렇습니까. 그것만 알게 되면 지가 나서서라도, 아니 우리 하옥대감이 나서서라도 마마님을 대궐로 다시 모시고…."

나합은 마치 간이나 쓸개라도 뽑아 줄 듯이 사정사정 물었으나 양순은 소리 없이 고개만 젓는다. 나합은 일단 이 사실만이라도 먼저 알리기 위해 도성으로 사람을 보낸다.

사영 김병기가 어떤 사람인가. 소식에 접한 그는 지체 없이 교동에 부처된 죄인들을 살핀다. 남원군 광이 교동에 안치되어 있다는 사실은 어렵지 않게 알 수 있는 일이다. 김병기는 바로 양부 김좌근의 거처로 들었고, 거침없이 남원군의 이름을 거론한다.

"뭐라…, 교동에 남원군 광이…!"

아니나 다를까, 김좌근의 수염발이 파르르 떨린다. 남원군 광을 강화 교동에 부처한 장본인이 바로 김좌근이다. 남원군 광이 모함을 받게 된 것도 따지고 보면 유능한 종친의 한 사람이기 때문이다. 그는 무시로 청나라를 내왕하면서 대국의 변화를 지켜보았고, 서양의 문물이 담긴 서책 등을 들여온 사람이다. 게다가 알 만한 사람들이 모인 자리에서는 장김 세도 50년을 극렬하게 비난하였으며, 종친이 나서서라도 쇠약해진 왕권을 바로 세워야 한다는 점을 피 토하듯 외치면서 다닌 사람이다. 장김 쪽에서 보면 혹세무민惑世誣民의 전형이자 화근의 씨앗이다. 김좌근은 그를 지식인사회로부터 격리하기로 결심한다. 남원군 광이 강화 교동으로 부처된 것은 이 때문이다.

"남원군을 당장 도성으로 압송하라. 대역 죄인으로 다스릴 것이니라!"

"아버님…,"

김좌근의 격노가 듣기에 민망했던지 김병기가 만류의 뜻으로 언성을 낮춘다.

"대체 사헌부가 뭐하는 곳이더냐. 나라의 기강부터 바로 세우고서야 소임을 다했다 할 것이 아니더냐!"

외척의 실세면 그 위세가 하늘을 찌른다. 게다가 김병기가 대사헌이다. 지금의 직제로 말하면 검찰총장 격이다. 이들이 하고자 해서 안 될 일은 없다. 그것이 바로 세도정치의 본질이기 때문이다.

급기야 사헌부의 젊은 간관諫官들이 남원군 광을 규탄하고 나선다. 세도의 중심부에서 일어나는 혹세무민의 죄목은 상소의 횟수가 늘어날 때마다 부풀려지게 마련이다. 승정원에서 올린 상소를 살피던 철종은 소스라치지 않을 수 없다. 설혹 그것이 짧은 만남이었다고 하더라도 철종에게는 남원군 광의 존재가 하늘이나 다름이 없다. 난생 처음으로 세상의 이치를 터득하게 하는 길을 열어 주었던 스승이기 때문이다.

내시 기세석이 시름에 잠긴 목소리를 토해 낸다.

"전하, 지난번 이양선의 일을 추궁한 것이…,"

물론 사실이다. 그때 철종은 남원군 광을 대신하여 조정의 무능함을 격렬하게 토로했었다. 그리고 후회하기도 했던 일이다.

"남원군은 어찌 될 것 같은가?"

"국문을 받으시겠지요. 십중팔구 사사賜死될 것으로 압니다."

"솔직하게 말하라. 내가 나서서 살릴 방도는 없겠느냐?"

기세석은 끝까지 아무 대답도 하지 않는다. 장김에서 철종의 버릇을 가르쳐서라도 정사에 개입하지 못하도록 조처하고 있다는 사실은 더욱 입에 담을 수가 없었기 때문이다.

김좌근의 엄명으로 남양군 광은 도성으로 압송된다. 그리고 곧 국청으로 끌려 나와서 모진 국문에 시달린다. 그리고 철종이 문초에 친임하는 친국親鞫의 절차가 필요하게 된다. 그에게 사약을 내리기 위해서는 요식행위가 필요하기 때문이다.

이윽고 철종과 남원군 광은 친국장에서 다시 만나게 된다. 김좌근, 김병기 등을 비롯한 수많은 신료들은 철종과 남원군의 만남을 날카롭게 주시한다. 그들 두 사람이 주고받는 시선, 그리고 언동으로 두 사람의 관계를 확인할 수가 있어서다. 철종이 어좌에 앉는다. 이미 피투성이가 된 남원군의 시선이 철종을 향한다. 그러나 두 사람의 표정에는 아무 변화도 없다. 김좌근의 긴장이 높아갈 무렵 철종이 입을 연다.

"남원군은 공초供招에 적힌 사실을 모두 인정하는가?"

철종의 하문은 조심스럽기 그지없었는데 남원군 광의 대답은 오히려 불을 뿜는다.

"당연하지를 않습니까. 문물이 성한 서양의 이양선은 우리 조선을 호시탐탐 노리면서 동진東進을 하고 있는데, 이 나라 조선의 사대부들은 이미 망해 가는 청나라에 조공을 바치고, 외척의 세도를 오십 년 동안이나 계속하고 있다는 것이 어디 말이나 되오이까. 전하, 세계가 변하고 있사옵니다. 나라의 본분을 살리기 위해서라도 외척을 물리치소서. 저들이 비록 외척의 세도를 누리고 있으나, 어느 누구도 전하의 신하임을 유념하소서. 이 나라 조선은 전하가 다스리는 전하의 나라임을 통촉하소서."

"당장 저 자의 요망한 주둥이를 막으라!"

김좌근의 호통 소리가 국청을 쩌렁하게 울리면서 남원군 광의 몸에는 주리가 틀어진다.

"멈추어라. 당장 멈추지 못할까!"

철종은 옥음을 높이며 진노한다. 남원군에게 가해지던 매질은 멈추어졌다 하더라도 철종과 김좌근이 내린 상극된 명에 가닥이 잡히는 것은 아니다. 친국장은 숨소리 하나 없이 조용해진다. 철종이든 김좌근이든 어느 한쪽이 자신의 명을 거두지 않고서는 난마亂麻처럼 뒤엉킨 친국장의 질서를 잡아 갈 길이 없다. 그나마 남원군 광이 이 위기를 풀어내는 실마리를 제공한다.

"전하, 신이 사약을 받으리다. 다만 전하께오서는 신으로 인해 군왕의 위엄을 저버리지 마오소서."

"……!"

철종의 용안에 굵은 눈물 줄기가 주룩 흘러내린다. 지금 목숨이 경각에 달려 있는 남원군 광은 자신에게 왕족의 피가 흐르고 있다는 사실을 정체성에 실어서 깨우쳐 준 사람이다. 장김의 세도를 물리쳐서 이씨 왕조의 본분을 찾아야 한다는 천하의 큰 도리를 일러 준 사람이다. 또 바보나 천치가 되어서라도 일단은 살아남아야 한다고 가르쳐 준 사람이 아니던가.

"국문은 끝내되, 내가 공초를 다시 살펴본 연후에 결안結案을 내릴 것이요."

철종은 천천히 몸을 일으킨다. 자신이 할 수 있는 일이 여기까지임을 남원군이 알아준다면 그보다 더 고마운 일이 없겠다는 정도까지가 철종의 한계다.

철종은 숙의 범씨의 거처로 든다. 숙의 범씨인들 철종의 심기를 헤아리지 못할 까닭이 없다. 철종은 참담해진 심기를 감추지 않는다.

"남원군을 살릴 수 있는 방도는 없겠소?"

"참으셔야 하옵니다."

"참다니, 아무 잘못도 없는 종친 한 사람을 죽여 없애고자 하질 않는가!"

"전하, 그래도 참으셔야 하옵니다. 여기서 일이 잘못되면 양순이가 무사할 수 없음을 유념하소서."

"……!"

철종은 펑펑 눈물만 쏟는다. 그리고 다음날 남원군 이광은 혹세무민이라는 당치도 않은 죄명으로 형장의 이슬로 사라진다.

스승을 잃은 철종에게는 통한의 설움이 아닐 수 없다. 철종의 미친 듯한 분노는 며칠 동안 계속된다.

"남원군이 어디 틀린 말을 했습니까. 그분이 하신 말씀이 이 나라 종사를 바로 살피는 길인데, 사약이라니요. 내 생각도 남원군과 같아요. 그렇다면 내게도 사약을 내리는 게 도리가 아니오!"

철종의 울부짖음은 몇 날 며칠 계속된다. 우의정 김좌근이나 대사헌 김병기는 죽을 맛이 아닐 수 없다. 이들로서도 극단의 조치를 생각하지 않을 수가 없다. 왕대비 신정왕후가 편전으로 든다.

"주상, 고정하세요. 주상이 이러시면 또 다른 일이 꼬이게 됩니다."

"꼬이다니요. 제 생각이 잘못된 것이면…."

"주상의 생각이 잘못되어서 내가 온 것이 아닙니다. 주상이 이러시면 강화섬에 있는 양순에게 해가 미치게 됩니다."

"……!"

철종의 좌절은 이만저만이 아니다. 등 뒤에 쳐졌던 대나무 발을 걷어 낸 것을 계기로 왕권을 세워 보려 했던 철종의 좌절이 다시 어릿광대 나무꾼의 모습으로 되돌아가는 길밖에 없다면 이 얼마나 통한에 사무칠 일인가.

## 3

7월도 중순이 넘어서자 무더위는 막바지로 치닫듯 기승을 부린다. 구름재의 흥선군 저에서는 경사를 맞고 있다. 민씨 부인의 산일을 맞았기 때문이다.

'아들이어야 하거늘!'

이하응은 사랑채에 정좌한 채 내당에서 기쁜 전언이 오기를 초조히 기다리고 있다. 그가 아들을 소망하는 데는 까닭이 있다. 지금은 여덟 살이 되었을 맏이 재면載冕이가 있었으나, 중형인 흥완군興完君 이정응李晸應의 집에 양자로 갔다. 아무리 당시의 제도 탓이라고는 하지만 맏아들을 양자로 보낸 아버지의 마음이 편할 까닭이 있을까. 이 같은 연유로 지난 7년 동안 민씨 부인의 수태만을 손꼽아 기다려 왔었고, 막상 수태 소식이 있자 줄곧 아들이기를 빌어 왔던 그다.

방 밖이 술렁거리더니 김응원의 들뜬 목소리가 들려왔다.

"나리, 순산하셨습니다요."

이하응은 마른침을 삼키며 소리친다.

"아들이라 하더냐?"

"그러하옵니다. 소인 하례 드리옵니다요."

"……."

이하응은 온몸에 힘이 빠질 만큼 안도한다. 이제야 자신의 대를 이어 갈 후사를 두었음이 아니겠는가. 그는 문갑의 서랍을 열고 봉투 하나를 꺼내 든다. 그리고 큰사랑 앞마당으로 나선다. 이하응은 시선을 들어 하늘을 보았다.

"오오!"

이하응은 자신도 모르게 탄성을 토해 낸다. 햇살이 기우는 서쪽 하늘에 서기瑞氣가 가득히 피어오르고 있었기 때문이다. 그것은 짙게 타는 놀 같기도 했고, 영롱한 무지개 같기도 하다. 그 빛깔과 모양은 형용할 수 없어도 그의 눈에는 찬란히 빛나는 서기로 보인다.

— 구름재에 서기가 돈다. 관상감재에 왕기가 서려 있다.

이미 있어 온 전설 같은 편린이다. 운현雲峴이어서 '구름재'라 했던가. 지난날 관상감觀象監이 있었던 자리라 하여 '관상감재'라고도 한다. 어느 쪽이든 자신이 살고 있는 곳에 왕기가 서렸다면 얼마간 그쪽으로 마음을 써 보는 것이 사람의 상정이다.

"7월 스무닷새 날이라…."

이하응은 중얼거리면서 내당으로 발걸음을 옮긴다. 산실의 수발을 들던 하녀들이 방을 나서면서 이하응에게 공손히 허리를 굽혀 보인다. 득남을 하례한다는 뜻일 것이리라.

"수고들 했다."

이하응은 짤막하게 말하고 산실로 든다. 민씨 부인은 핼쑥한 얼굴로 누워 있었고 그녀의 곁에 갓 태어난 아들이 뉘어져 있다. 이하응은 잠시 아들의 얼굴을 물끄러미 들여다보고 나서 민씨 부인에게로 시선을 돌렸다.

"수고가 크시었소, 부인."

민씨 부인은 대답 대신 미소를 지어 보인다. 소임을 다한 안도의 표정이다. 이하응은 들고 온 봉투를 열고 아기의 이름이 적힌 종이를 펼쳐 보인다.

'명복命福.'

선명하게 두 자가 쓰여 있다. 그 목숨에 복이 있으라는 뜻일까. 마음에 드는 이름이었으나, 민씨 부인은 물었다.

"항렬은…."

"그 점은 심려치 마세요. 명복은 아명이에요."

귀한 아들일수록 본 이름이 아닌 아명이 있게 마련이다. 그래서 항렬 자인 재載 자를 쓰지 않은 모양이다.

"소중히 키워야 할 것으로 봅니다. 서산마루에 서기가 가득합니다."

"……."

"그 찬란한 서기를 이 아이…, 명복이 가지고 왔을 것으로 봅니다."

이하응의 목소리는 떨리고 있다. 그는 어떤 기대에 차 있는 것이 분명하다.

"임자년, 7월 스무닷새…, 나무랄 데 없는 사주이기도 하구요. 이 아이 명복이가 재면의 몫까지 훌륭히 해낼 것으로 믿고 있어요. 부인께서도 이 점을 유념해 주셨으면 합니다."

"……."

민씨 부인은 흥선군 이하응의 내심을 헤아리지 못한다. 맏이를 양자로 보낸 허전함을 털고 있음이려니 생각했을 뿐이다. 그러나 이하응은 다르다. 자신의 야망과 집념을 무사히 가꿀 수만 있다면 척족의 세도에 시달리고 있는 이 나라의 왕실과 조정을 구할 수 있음이라고 다짐하고 있다.

이날부터 며칠 동안 흥선군 이하응은 잠을 이루지 못한다. 그는 주책이 없다 할 만큼 내당을 드나든다. 아직은 핏덩이나 다름이 없는 명복의 얼굴을 들여다보고 있노라면 이상할 만큼 마음이 평온해지기 때문이다.

'네가 이 나라의 왕실과 종사를 구하리라!'

흥선군 이하응은 명복을 위해서라도 어떤 변화를 구하리라고 다짐한다. 그 변화는 여러 가지 뜻이 있다. 방법만 해도 한두 가지는 아닐 것이다. 어떻든 지금과 같은 모양으로 살아서는 아니 될 것이라는 생각으로 충만하다. 몸은 비록 5척 단구였으나, 눈에서 뿜어져 나오는 형형한 안광이 사람들을 짓눌러 버렸고, 만만치 않은 학문이 또한 주목의 대상이 되고도 남는다. 이런저런 것을 빌미로 안동 김씨 일족에게 두려움을 사게 된다면 어찌 무사하기를 바랄 수 있음이던가.

이하응의 궁리는 날로 커질 수밖에 없다. 때로는 침식을 잃을 만큼 그는 골몰한 생각에 젖는다. 그러나 아무도 이하응의 심중을 짐작하지 못했다. 실제로 이때 태어난 명복이 11년 뒤에 고종高宗으로 등극하게 된다.

# 고산자를 만나서

## 1

8월로 접어들자 아침저녁으로 제법 서늘한 바람이 분다. 의정부와 6조를 개편하여 조정이 안정되었다고 믿은 안동 김씨들은 하찮은 죄목으로 부처되어 있는 영의정 권돈인과 추사 김정희의 방면을 서둔다. 물론 민심을 돌리기 위한 조처다.

"전하, 권돈인 · 김정희 등을 방면코자 하옵니다. 윤허하여 주소서."

철종이 권돈인과 김정희가 누군지 알 까닭이 있을까. 그러나 영의정 김흥근이 주청하는 좋은 일이라면 가납하는 게 정도다.

"그리하시오."

이날이 8월 14일, 권돈인이 부처되어 있는 순흥順興과 김정희의 배소가 있는 북청으로 철종의 교지를 전하는 파발이 날아간다.

추사 김정희가 북청 땅에 부처된 것이 지난해 7월, 벌써 1년하고 한 달이 지난 셈이다. 비록 귀양을 와 있는 처지라고는 해도 위리안치가 아니어서 김정희의 고초는 그리 크다고 할 수는 없다. 그의 명성을 아는 선비들이 찾아와 말벗이 되어 주었고, 북청부사도 이를 탓하지 않았기 때문이다. 게다가 김정희는 오랫동안 제주도에 유배된 바도 있었고, 묵향을 벗할 수 있는 여유가 있었음에랴. 또 북청 지방의 산천은 수려하고 아름다웠기에 나들이를 하기도 했다. 그러기에 사람들은 김정희의 유배살이를 유유자적悠悠自適하다고까지 했다.

추사 김정희는 북청도호부의 동쪽 60리 남짓 떨어져 있는 입석산立石山에 올랐다가 자신이 방면되었다는 소식을 접한다. 김정희가 입석산을 찾은 것은 산의 이름과 같이 의연히 서 있는 두 개의 입석을 보기 위해서다. 입석산의 산정에는 높이가 35척이요, 넓이가 12척이나 되는 커다란 돌이 서 있었는데 신기하게도 북쪽 기슭에도 그만한 돌이 서 있다.

"마치 비碑를 세워 놓은 형국이 아닌가…."

김정희는 함께 온 선비들을 돌아보며 감탄한다. 자연을 보는 그의 눈은 남다른 데가 있다. 그런 눈썰미가 그를 고증考證의 대가로 만든 것인지도 모른다. 여기에 관아의 판관判官이 달려와서 기쁜 소식을 전한다.

"영감, 방면하신다는 교지가 내렸사옵니다."

"……."

김정희는 시선을 허공으로 던진다. 비낀 가을 햇살이 그의 얼굴에 스며들 듯 내려앉는다. 67세, 눈빛같이 하얀 수염이 바람에 날리고 있다.

"하례 드리옵니다. 그만 하산하시지요."

"귀경을 서둘러야 하옵니다."

선비들은 목이 메어 말을 이어 가지 못한다. 김정희는 짧게 감회를 토로한다.

"산천이 수려한 것을…."

선비들은 어리둥절해 한다. 산천이 수려하기에 돌아가기 싫다는 말로도 들렸고, 이같이 수려한 북청의 산천을 언제 다시 볼 수 있겠느냐는 말로도 들려서다. 그러나 추사 김정희는 천천히 걸음을 옮겨 놓고 있다.

추사 김정희는 관아와 선비들로부터 융숭한 대접을 받으며 북청 땅을 떠난다. 딱히 서둘러야 할 길은 아니다. 그의 귀경길은 유람이나 다를 바가 없다. 유적이 있는 곳에서 말을 멈추었고, 절경이 눈에 뜨이면 거기서 머물렀다. 이 나라 조선의 산천은 추사 김정희에게는 어머니의 품과 같기도 했다.

김정희는 도성을 향하면서 수많은 말을 들었다.

'안동 김씨들의 세도가 날로 간악해진다.'

'나합이 우의정 행세를 한다.'

'주상은 후궁들의 치마폭에 싸여 있다….'

모두가 듣기 민망한 소리였고 또 종사의 앞날이 우려되는 말이다. 그는 문득 흥선군 이하응을 떠올리어 본다. 자신이 부처되어 있는 동안 난초와 전서를 보내 주며 지극한 우애를 보인 그였다.

'무사할 수 있을지….'

추사 김정희는 탄식한다. 척족이 세도정치를 하자면 종친들을 핍박하게 마련이 아니겠는가. 그러기 위해서는 종친들 중에서도 학문과 인품을 갖춘 사람들을 골라 제거하게 된다. 만에 하나라도 안동 김씨 일문에서 그와 같은 생각을 하고 있다면 흥선군 이하응이야말로 첫손에 꼽혀야 할 제거 대상이 분명하다

"서둘러라."

추사 김정희의 심중은 갑자기 조급해진다. 서둘러 도성으로 돌아가 흥선군을 만나고 싶어서다. 모난 돌이 정에 맞는다는 속언도 있다. 흥선군 이하응은 적어도 안동 김씨 일문에게는 모난 돌로 보일 사람이다. 몸은 비록 5척 단구라 해도 그의 눈에서 뿜어져 나오는 형형한 눈빛은 두려움의 대상이다. 거기에 만만치 않은 학문이 있지를 않은가.

추사 김정희는 북청을 떠난 지 여드레 만에 안변도호부安邊都護府에 당도한다. 관아로 찾아가면 객사에서 머물 수도 있었으나, 그는 남산역南山驛 근처의 주막에다 여장을 푼다. 호종하는 하인들이 무엇이라고 말을 했는지 제법 깨끗한 방 하나를 얻을 수가 있었다.

김정희는 일찍 불을 끄고 자리에 누웠다. 칠십을 바라보는 노구라 기력도 전과 같지 않아서다. 그러나 좀처럼 잠은 오지 않

는다.

'석왕사나 들러 볼까.'

석왕사釋王寺는 태조太祖 이성계李成桂가 조선왕조를 창업하기 전에 서까래 세 개를 짊어진 꿈을 꾸었다는 곳이다. 서까래가 셋이면 임금 왕王 자라 하여 주지승이 '임금이 되는 꿈'이라고 해몽을 했다. 후일 조선왕조를 창업한 이성계는 그 꿈이 신통하여 거창하게 중창하고 절의 이름을 석왕사라 했다는 고사가 있다.

밤 2경更 무렵이다. 추사 김정희는 밖에서 들려오는 소리를 들었다. 나그네 한 사람이 자고 가기를 청하고 있다.

"딱히 독방을 청하는 것이 아니질 않나. 아무 데서고 눈만 붙이고 가면 된다니까…."

목소리로 보나 말하는 품위로 보나 무례한 사람이 아닌 것 같았는데도 주모는 한사코 거절하고 있다. 김정희는 몸을 일으켜 방문을 연다.

"여보게 주모, 그 손님 이리로 모시게나…."

주모는 거침없이 달려와 호들갑을 떤다.

"귀하신 어른이라기에 독방을 드렸는데… 그리 해 주시겠습니까요."

"내 일은 주모가 괘념할 일이 아닐 테지. 어서 모시라니까."

"호호호, 누이 좋고 매부 좋은 일이라고 하더니만… 고맙습니다요."

잠시 뒤에 50대 초반으로 보이는 사내가 방으로 들어선다. 의

복이 어찌나 남루한지 그 행색이 걸인이나 다를 바가 없었는데 큼직한 고리짝을 안고 있다. 김정희는 부시를 찾아 든다.

"이리 주시지요."

사내는 능숙하게 부시를 쳐서 등촉을 밝힌다. 김정희는 불빛을 받은 사내의 얼굴에서 범상치 않은 기품을 본다. 사내는 자리를 고쳐 앉으며 수인사를 청한다.

"어른의 은혜로 노숙을 면하게 되었습니다. 김정호라 하옵니다."

"하룻밤을 함께 쉬기로 은혜랄 게야 없겠지요."

"노숙이 편하기는 합니다만… 날씨가 추워지면 어려움이 있습니다."

"그럴 테지, 편히 쉬시오."

추사 김정희가 몸을 눕히려 할 때다. 김정호는 머뭇거리면서 양해를 구한다.

"여쭙기 민망한 말씀입니다만, 날이 밝을 때까지 등촉을 쓰게 해 주셨으면 합니다."

"등촉을…?"

추사 김정희는 의아해 하며 반문한다. 김정호라는 사내의 행색은 먼 길을 걸어왔음이 분명하다. 쉬기 위해서 주막을 찾았다면 등촉을 쓸 일이 무에 있던가.

"그저 하룻밤 쉬어 갈 작정이었사옵니다만… 방이 넓고, 등촉이 있으니 미진한 일을 살펴보았으면 하는 생각이 들어서요. 허락이 계시다면….”

“그리하시오.”

김정희는 말을 마치고 자리에 눕는다. 그로서는 이해하고도 남을 일이다. 자신이 해야 할 일을 위해서 때를 가리지 않는 일쯤은 일찍이 겪어 본 일이 아니던가. 김정희는 자리에 누운 채 사내의 모습을 지켜본다.

김정호라는 사내는 등촉을 가까운 데로 옮겨 놓고 고리짝을 연다. 그리고 수많은 두루마리를 소중스럽게 꺼내 놓고 그중의 하나를 펼친다. 손때가 묻은 돌로 두루마리가 다시 감기지 않도록 네 모서리를 누른다. 그 순간 김정희는 소리 나지 않게 몸을 일으킨다. 펼쳐진 두루마리에 지도가 그려져 있었기 때문이다.

김정호는 벼루를 꺼내 놓고 먹을 갈기 시작한다. 고리짝에는 지도를 그릴 수 있는 모든 장비가 갖추어져 있다. 추사 김정희는 숨을 멈출 지경이다. 자신에게 등을 돌리고 있는 사내의 모습은 믿음직스럽기 한량없다. 금석金石과 고증의 대가인 김정희가 지도를 모를 까닭이 없다. 그는 또 고지도古地圖를 수많이 보았지만 김정호라는 사내가 그린 지도만큼 소상한 것은 아직 본 일이 없다.

‘대단한 집념이로세….’

추사 김정희는 김정호의 곁으로 다가가 앉는다. 참으로 놀라운 지도다. 아직 이 나라 조선에는 눈앞에 펼쳐진 김정호의 지도만큼 소상한 것은 없을 것이라는 생각도 든다.

“허, 이럴 수가….”

김정희의 입에서 탄성이 터져 나온다. 그제야 김정호는 가느다란 세필細筆을 든 채 의아한 눈빛으로 김정희를 건너다본다.

"내 일찍이 이 같이 정밀한 지도는 본 바가 없어요. 지도의 이름이 무엇이오?"

"여지도輿地圖올시다만…."

"오, 여지도…, 놀라운 지경이오. 어서 하시오."

김정호가 추사 김정희를 알아볼 까닭이 없다. 그는 지도에 관심이 있는 노인이거니 하는 생각이 들었는지 곧 자신의 일에 몰두하기 시작한다. 김정희는 그가 그리고 있는 지역이 안변도호부를 중심으로 한 해안 지대인 것을 한눈에 알 수가 있다. 김정호는 두 개의 섬을 그려 놓고 있다. 그리고 자신이 본 바를 기록한 책자를 뒤적거리기 시작한다. 추사 김정희는 참지 못하고 입을 열고야 만다.

"가까이에 있는 섬이 장도長島요, 그 다음이 여도女島인 듯싶소만… 사람들은 국도國島를 60리 길이라고 하나, 이곡李穀의 기記에 따르면 해안에서 10리라고 되어 있어요."

"……."

그제야 김정호는 붓을 놓고 자세를 고쳐 앉는다. 경의를 표하는 눈빛이다.

"뉘시온지요? 몰라 뵈어 송구하옵니다."

"나 또한 지나가는 행인이오."

"당치 않으시옵니다. 이곡의 기를 읽으신 어른이시면… 함자나 알았으면 합니다."

"김정희요."

"하오시면, 추사 선생…."

"허허허, 바로 보시었소."

김정호는 몸을 일으켰다. 그리고 정중히 예를 올리고 말한다.

"지척에서 뵙게 된 것을 시생 평생의 광영으로 알겠습니다."

"당치 않은 소리, 그건 내가 할 말일 것이오."

"북청을 지날 때 배소에 들렀습니다만, 하루 전에 떠나셨다고 들었습니다."

"고맙소이다."

당대의 추사 김정희와 고산자古山子 김정호金正浩의 대면이다. 하늘의 뜻이 아니고서야 어찌 이들 두 사람이 같은 방에서 하룻밤을 지낼 수 있음이던가.

"이만한 지도를 만들자면… 하루 이틀, 아니 1, 2년으로 될 일이 아니거늘…."

"30년 남짓 되었사옵니다."

"30년…, 이 나라 조선 8도에 그대의 발길이 닿지 않은 곳이 없겠구먼!"

"그렇기는 합니다만, 워낙 비재박식한 처지라… 그만한 세월을 보내고도 아직 뜻을 이루지 못하고 있습니다."

"아니오, 그렇지 않아요. 내가 고지도를 더러 보았소만, 그대의 여지도만큼 소상한 것은 아직 본 바가 없어요."

과찬이 아니다. 김정호가 그린 여지도는 해도海島, 도리道里, 영아營衙, 읍치邑治, 성지城池, 진보鎭堡, 방리坊里 등을 한눈에 볼 수 있을 만큼 정밀하다. 추사 김정희에게는 일대 감동이 아닐 수가 없다.

"이만한 지도를 그릴 수 있다면, 이미 조선의 지도를 완성한 일이 있었을 게 아니오?"

"그러하옵니다. 청구도를 그려본 일이 있었사옵니다."

"오, 청구도…."

추사 김정희는 청구도靑邱圖라는 말을 듣는 순간 고산자라는 김정호의 아호까지를 생각해 냈다. 들은 바가 있었기 때문이다.

"장하시오, 고산자…."

"부끄럽습니다, 선생님."

"내게까지 겸양할 것은 없어요. 내 어찌 고산자의 노고를 모르리. 하늘 아래 으뜸이라는 백두산을 수없이 오르내렸음을 내가 알고 있거늘…."

"……."

"선각先覺의 길을 나선 사람에게는 고초가 있게 마련이오. 또 선각의 길로 들어서면 외로움을 겪어야 하는데… 고산자는 그 험난한 고초와 뼈를 깎는 외로움을 용케도 참고 견디시었소. 지도가 있어야 나라를 보전할 수 있으며, 지도가 있어야 강토를 바로 알게 되는 것이오. 고산자의 여지도가 완성되고서야 우리는 비로소 지도다운 지도를 갖게 될 것이에요. 참으로 훌륭한 대업을 이루시었소."

"과찬의 말씀이옵니다."

고산자 김정호는 그간의 고초를 단숨에 털어 낼 만한 기쁨에 젖는다. 물론 처음 듣는 찬사는 아니다. 그러나 추사 김정희로부터 듣는 찬사는 그의 전신을 훈훈하게 감싸 주고도 남는다. 여기서 잠시 김정호의 행적을 살펴보기로 하자.

## 2

김정호의 관향은 청도淸道, 자는 백원伯元, 또는 백온伯溫, 호는 고산자다. 그러나 그가 언제 어디서 태어났는지는 확실치 않다. 뿐만 아니라 그의 가계家系, 성장과정, 거주지 등도 한결같이 알려져 있지 않다. 이로 미루어 볼 때 그는 구차하고 지체가 변변치 못한 가문의 후손이 아닌가 싶기도 하다. 다만 한 가지, 그가 황해도에서 태어나고, 서울로 올라와서는 남대문 밖(만리재)에서 살았다고도 하고 서대문 밖(공덕동)에서 살았다는 설이 있는데, 황해도 출생 설은 신빙성이 없다는 것이 많은 사람의 견해다. 어쨌든 김정호가 빈한하고 영락한 집안에서 태어나 성장한 것만은 거의 틀림없는 사실이다.

그럼에도 불구하고 그가 〈청구도〉, 〈대동지지大東地志〉, 〈대동

여지도大東輿地圖〉와 같은 큰 업적을 남길 수 있었던 것은 오로지 그의 집념과 노력과 성실함 때문이 아닌가 싶다.

기록에 나타난 그의 교우관계로 미루어 볼 때 그의 출생연도는 대략 순조 초로 추측할 수 있다. 순조 초라면 임진왜란, 병자호란 이후 숙종 · 영조 · 정조를 거치면서 안으로는 자아自我에 대한 반성과 비판이 샘솟고, 밖으로는 청의 실학풍과 서양의 과학사상에 영향을 받아 진실하고 실제적인 새 자아를 구축하려는 경향이 계속해서 일고 있던 때다. 즉, 경세치민經世治民에 관한 다각적인 개선책이 강구되고, 농림경제를 비롯하여 경학經學 · 역사 · 지리 · 수리 · 역상曆象 · 어문 · 금석학 등 이른바 실학實學의 기풍이 물결치듯 일고 있던 때다. 여기에 다산茶山 정약용丁若鏞, 추사 김정희 등이 혁혁한 업적을 세우며 태산교악처럼 우뚝 솟아오름은 누구나가 다 아는 사실이다.

지도 · 지리학에 있어서도 이 실사구시實事求是의 사상은 획기적인 혁신의 바람을 몰고 왔다. 숙종 · 영조에 걸쳐 활동한 농포자農圃子 정상기鄭尙驥가 최초로 과학성에 바탕을 둔 〈팔도도八道圖〉를 제작했다. 물론 이전에도 우리나라의 지도는 있었으나, 그것은 부정확하고 조잡하기 짝이 없는 것들뿐이다. 그런데 정상기가 백리축척법百里縮尺法(100리를 1척, 10리를 1촌으로 함)을 창안하여 비로소 원형에 가까운 우리나라 전도와 도별 분도가 작성된다.

이러할 무렵 김정호는 태어났다. 그가 무엇을 계기로 지도학에 관심을 기울이기 시작했는지는 알 길이 없으나, 유재건劉在建

의 《이향견문록里鄕見聞錄》을 보면, 그는 소년 시절부터 유독 지지地志에 깊은 뜻을 두고 있었다고 전한다. 이후 그는 정상기의 〈팔도도〉를 구하여 본격적으로 지지학을 공부하기 시작했다. 책상 앞에 앉아서 지도만 들여다본 것이 아니라 같은 연배의 실학자인 혜강惠崗 최한기崔漢綺 등을 찾아다니며 의문 나는 사항을 물어보기도 하였고, 그래도 미심쩍으면 몸소 현장 답사를 나가기도 하였다. 그 결과 김정호는 정상기의 〈팔도도〉에도 많은 오류와 단점이 있는 것을 발견해 냈다.

'더 정확하고 손쉽게 볼 수 있는 지도를 만들어 보자!'

이렇게 결심한 그는 그때부터 전국 방방곡곡을 돌아다니며 몸소 현장을 둘러보고 거리를 측정해 보는 등 필생의 정력을 기울이기 시작한다. 그의 첫 결실은 1834년(순조 34)에 이루어졌다. 〈청구도〉를 완성한 것이다. 일명 〈청구선표도青邱線表圖〉라고도 하는 이 책자는 상 · 하 두 권으로 되어 있는데, 한마디로 지도와 지지를 합친 것이라 볼 수 있다. 정상기가 창안한 백리축척법에서 한 걸음 더 나아가 방안方眼(일종의 경위선표)을 기본으로 정밀한 축척을 그대로 종이 위에 그려 넣음으로써 고도의 과학성을 유지하고 있음이 그 성과라 할 수 있다.

그 내용을 살펴보면 범례와 지도식이 첫머리에 수록되어 있고, 그 다음 본문에 해당하는 '본조팔도주현도총목本朝八道州縣圖總目', '도성전도都城全圖', '주현도州縣圖'가 있으며 마지막으로 부록 격인 '신라구주군현총도新羅九州郡縣總圖', '고려오도양계주

현총도高麗五道兩界州縣總圖', '본조팔도성경합도本朝八道盛京合圖' 등의 역사지도가 첨부되어 있다.

이 중 주현도에는 산천과 강해江海, 도서島嶼, 항만 및 도로를 비롯하여 주현읍치州縣邑治, 방면坊面, 진보, 성곽, 창고, 역참, 봉수, 진도津渡, 목장, 제언堤堰, 사원, 능묘 등이 자세히 기록되어 있어 오늘날의 현대식 지도에 거의 손색이 없을 정도이다.

그러나 아직 지도 · 지지의 중요성을 인식하지 못한 이 시대의 〈청구도〉의 제작 · 발간은 그다지 큰 반향을 불러일으키지 못하였다. 오히려 쓸데없는 일에 정력을 낭비하는 김정호를 비웃는 소리가 더 높았다. 나라에서도 그의 노력과 업적에 눈을 돌리지 않았다.

그러나 모든 사람이 그를 비웃은 것은 아니다. 극소수이긴 하지만 일부 실학자들 사이에서 그의 위대한 업적을 인정하고 찬사와 탄성과 격려의 말을 보내게 된다. 그 대표적인 사람이 최한기崔漢綺와 추사 김정희다. 최한기는 이때 김정호와 두터운 우정을 나누고 있는 사이였으나, 김정희는 기나긴 유배살이를 하고 있었기에 김정호를 쉽사리 만날 수는 없었다. 다만 마음속으로 김정호의 선각자적 집념과 그 위대한 결실에 감복을 받았을 뿐이다.

어쨌든 〈청구도〉를 완성한 김정호는 일부 실학자들의 격려에 힘입어 거기서 멈추지 않고 다시 행장을 꾸려 여행길에 올랐다. 이번에는 지도와 지지를 따로이 구분할 도면을 그려 내리라 결심하였다. 특히 지도의 제작 방법에 있어서 정상기의 백리축척법보다 몇 배나 더 세밀하고 정교한 십리축척법을 도입, 산수山水와 도리道里를 정확하게 그려내는 데 심혈을 기울이기 시작하였다. 그리하여 그는 마침내 1861년(철종 12)에 저 유명한 〈대동여지도大東輿地圖〉를 완성, 세상에 인포印布하고 3년 뒤인 1864년(고종 1)에는 〈대동지지大東地志〉를 완성하는 우리나라 지도학사상 최고의 금자탑을 이룩하게 되니, 이는 모두 훗날의 일이다.

## 3

날이 밝자 고산자 김정호는 행장을 꾸린다. 그는 지난밤의 감격을 떨쳐 내지 못하는 표정이다. 현지답사만 아니라면 추사 김정희와 동행을 하면서 그의 해박한 지식을 배우고 싶다. 그러나 김정호에게는 그럴 만한 여유가 없다.

"이만 떠나고자 하옵니다."

서운한 심정이라면 추사 김정희도 마찬가지다. 어찌 김정호와 같은 선각자와 단 하룻밤을 머물고 헤어진다는 말이던가.

"이렇게 헤어지면 언제 다시 만날 수 있을지…."

"잠시만이라도 더 뫼시고 싶은 것이 시생의 소망이옵니다만 아직 발길이 닿지 않은 산천이 있사온지라…."

"떠나시오, 고산자. 여지도가 완성되기를 기다릴 것이오."

"부디 옥체를 보전하소서."

고산자 김정호는 정중히 하직 문안을 드리고 주막을 떠난다. 추사 김정희는 사립문 밖에까지 나가 멀어져 가는 김정호의 뒷모습을 애틋한 심경으로 지켜본다.

'인재로세.'

추사 김정희도 안변도호부를 떠나 귀경길을 서둔다. 고산자 김정호의 모습이 그의 뇌리에서 지워지지 않는다. 스스로 고행을 자초하면서까지 선각의 길을 걷고 있는 김정호의 앞날에 크나큰 행운이 있기를 그는 몇 번이고 되새기며 길을 재촉한다.

추사 김정희가 돈의문 어귀에 다다랐을 때 홍선군 이하응이 그를 반갑게 맞았다. 1년 만의 상봉이다.

"스승님, 고초가 크셨을 것으로 아옵니다."

"당치 않아요. 외씨의 변함없는 모습을 뵈오니 내가 아직 살아 있음을 실감하게 되는구려, 허허허…."

김정희는 웃고 있었으나 내심으로는 이하응의 모습을 살펴보고 있다. 그의 표정에는 척족의 세도에 대한 불만이 역력히 나타나 있다.

"배소에서 보내 주신 글월, 가슴 깊이 간직하고 있사옵니다."

"바쁘시지 않으면 내 집까지 동행을 합시다."

"고맙사옵니다."

말에서 내린 추사 김정희가 걷기를 고집한다. 말에 오르기를 권했으나 김정희는 듣질 않는다.

"허허허, 아직은 걸을 수 있어요. 더구나 외씨와 함께라면….
자 자, 가십시다."

김정희와 이하응은 나란히 걸어서 돈의문을 들어섰다. 1년 만에 도성의 땅을 밟은 김정희의 감회는 크다.

"척족들이 외씨를 어찌 보고 있을지…."

"……."

이하응은 아무 대답도 하지 않은 채 묵묵히 걷는다. 함부로 입을 연다면 무슨 말이 튀어나올지 몰라서다. 그 자신도 장차의 일에 대비해야 한다는 생각을 어렴풋이나마 지니고 있었으나 어떻게 결행을 해야 할지에 대해서는 아직 결심을 못 하고 있다. 이하응의 그런 심정을 김정희가 모를 까닭이 없다.

"외씨가 걱정되어서 하는 말씀이오만, 뜻을 세우는 것이 옳을 줄로 알아요."

"명심하고 있사옵니다."

두 사람의 대화는 여기서 끊어진다. 이심전심以心傳心이라 하지를 않았던가. 두 사람은 서로의 마음을 빈틈없이 읽고 있다. 이하응은 자신의 신변을 걱정해 주는 추사 김정희의 심려를 고마워하고 있었고, 김정희는 그 점을 이미 알고 있는 이하응의 결단이 고맙기만 하다.

추사 김정희의 집에는 이미 수많은 사람이 몰려와 있다. 척분으로는 판중추부사 김도희金道喜가 김정희를 반갑게 맞이해 주었고, 관직에 있는 사람으로는 조두순이 그의 방면을 기뻐해 준다. 그 밖에도 많은 문도門徒들이 달려와 눈물을 흘린다.

"허허허… 온 장안에 난초 향기가 풍기고 있소이다. 구린내도 섞였구요."

정수동이다. 그는 거리낌 없이 구린내라는 말을 쓰고 있다.

"허허허, 자네의 익살이 아직은 일품일세."

"구린내를 풍겨 놓았으니, 난향蘭香이 있어야 할 밖에요."

이하응은 먼발치에서 정수동의 거리낌 없는 독설을 지켜보면서 그를 따뜻이 대하는 김정희의 대범함에 다시 놀란다.

"석파…."

이하응은 김정희의 앞으로 다가간다. 김정희는 정수동을 그에게 소개했다.

"이름은 따로 있으나… 사람들은 정수동이라 불러요. 석파는 이 사람에게 배울 게 있을 것이니 사귀어 보시오."

"아 예…."

홍선군 이하응은 정수동의 몰골을 살펴본다. 대체 이 사람에게 무엇을 배워야 하는지 알 길이 없어서다.

"석파라 하시었소? 기위 만났으니 술이나 한잔 합시다."

"……?"

홍선군 이하응은 대답 대신 시선을 김정희에게 돌린다. 김정희는 웃음이 담긴 얼굴로 끄덕여 보인다.

"허, 가자니까."

정수동은 이하응의 도포 자락을 잡아당긴다. 두 사람은 김정희의 집을 나와 장통방 술청으로 자리를 옮긴다. 여기서 이하응은 자신을 소개했다. 정수동은 거침없이 예의 그 독설을 토해 낸다.

"허허허, 살아서 숨을 쉬고 있는 종친이 있다니…, 전주 이가는 다들 죽고 없는 줄 알았소이다, 허허허…."

"……!"

"하기야 종친도 양반이면 호랑이 등에 탄 도둑이 아닌가. 군호君號만 있으면 편하게 먹고 살게 되어 있으니 팔자는 좋소이다마는…! 행여, 이명섭 형제의 전철을 밟을까 걱정이외다."

"……."

"추사 선생의 신임을 받는 사람이면 똑똑한 축에 들지. 똑똑하면 죽어요. 날 보슈. 영의정 김흥근의 관복을 입고 달아나도 끄떡없지를 않소. 이게 다 미쳐서 무사한 게요. 석파도 미치슈, 그게 사는 길이외다."

"……."

이하응은 얼굴을 붉힌다. 그의 충고가 고마워서가 아니다. 안하무인격인 그의 언동이 마음에 들지 않아서다.

"자 자, 드시오. 나보다 술을 더 마시고서야 사는 게 무엔지 알게 될 거요."

이하응은 정수동이 내미는 술잔을 거침없이 받아 마신다. 이하응에게는 그런 오기가 있다.

"허허허, 엊그제는 날아다니는 기러기를 열댓 마리나 팔아먹었지!"

"……?"

"들어 보시겠소? 사대부라는 것들이 얼마나 어리석은지…."

정수동은 날아다니는 기러기를 팔아먹던 얘기를 입에 담는다. 그의 얘기는 대충 이렇다.

정수동은 사대부 한 사람과 길동무가 되어 도성으로 들어오고 있을 때다. 이들이 강가를 지나고 있을 때 한 떼의 물오리가 날아올랐다. 그때 사대부가 말했다.

"저놈 한 마리를 잡아서 안주를 삼으면 술맛이 꽤 나겠는걸…."

"그거, 어렵지 않지…."

정수동이 태연히 대답하자 사대부는 다시 묻는다.

"어렵지 않다니? 자네가 맨손으로 저 물오리를 어찌 잡을 수 있다는 게야."

"허허허, 꼭이 술안주로 하겠다면 잡을 수 있다니까."

"그럼 어디 한 마리만 잡아 보게나."

"딱한 사람 같으니. 물오리는 한 마리를 잡으면 그 다음 것은 저절로 따라오는 것일세. 어떤가, 자네가 열 마리 값을 내겠는가?"

"뭘 믿고…."

"이렇게 원…, 저 물오리는 우리 집에서 키우고 있는 것이라니까."

"……?"

"정 먹고 싶으면 열 마리 값을 내라니까."

사대부는 정수동의 태연한 거짓말에 속아서 물오리 값을 치른다. 정수동은 물오리 값을 챙기면서 말했다.

"저녁에 누구 한 사람 보내게. 내 물오리를 산 채로 잡아 놓을 테니까."

그날 저녁이 되자 사대부는 노비 한 사람을 정수동의 집으로 보냈다. 물론 물오리를 받기 위해서다. 그러나 정수동은 그 노비에게 언성을 높이며 일갈한다.

"저렇게 칠칠치 못한 것이 있나. 네 주인에게 가서 물어 보아라. 날아가는 물오리를 파는 놈이 죈가, 그걸 사겠다는 놈이 어리석은가!"

정수동이 이 같이 웃지 못할 얘기를 들려주며 너털웃음을 토하는 것을 보면서 이하응도 같이 웃는다. 거나하게 오른 취기가 이하응의 긴장을 무너뜨린 모양이다.

"영의정 김흥근의 관복을 입고 달아났다는 것은 또 무슨 소리요?"

정수동은 지난해 세모에 김흥근의 집에서 있었던 일도 털어놓았고, 조두순 · 김흥근 · 김정희 등의 앞에서 오언시 100수를 짓던 일까지도 부연했다.

"대단하시오, 하원…."

"세상은 포의布衣를 걸치고서야 바로 볼 수 있을 게요. 석파와 같은 사람에게는 세상의 더러운 것이 눈에 뜨이질 않아요."

"……."

"세상이 어디 도적 떼와 같은 양반 사대부들만 사는 곳이랍디까. 그들에게 찢기고 시달리는 사람들이 더 많이 살고 있어요. 석파는 그들의 고통을 알고 있소? 그걸 모르니까 김가 놈들에게 눌려 살지…."

"……!"

그랬다. 정수동의 지적은 칼날같이 날카롭다. 이하응은 정수동의 변설에 말려들고 있다. 그의 강변剛辯에는 의지가 있고 사상이 있다. 결코 예사롭질 않게 들려서다.

정수동은 시 한 수를 읊는다.

不知汝姓不識名 何處靑山子故鄕
蠅侵腐肉喧朝日 烏喚孤魂弔夕陽
네 성도 알지 못하고 이름도 모른다.
어느 곳 청산이 너의 고향이더냐.
파리들 썩은 살에 모여들어 아침을 분주하게 하는데
까마귀는 외로운 혼을 불러 석양에 조상하네.

김삿갓이라고 불리는 김병연金炳淵이 길가에서 쓰러져 죽은 걸인을 보고 읊은 시라고 정수동은 부연한다.

"석파는 어찌 생각하시오. 그래도 굶어서 죽은 걸인을 애도하는 시객이 있질 않소. 모르긴 해도 석파라면 그냥 지나쳤을 것이외다. 양반이니까, 사대부니까, 종친이니까!"

이하응의 얼굴이 달아오른다. 숨을 자리가 있으면 숨어 버리고 싶은 심정이다. 정수동의 내심을 읽었기 때문이다.

"차라리 주정뱅이가 되든가. 더러운 세상, 취한 눈으로 보는 것도 나쁘지 않을 게요. 내가 포의를 걸치라고 한 것도 세상을 바로 보라는 것이오."

"……."

"덕분에 대취를 했소이다."

정수동이 몸을 일으켰다. 비틀거린다. 이하응은 그의 몸을 부액한다. 그러나 정수동은 이하응의 손을 뿌리치며 술청을 나서고 있다. 흥선군 이하응도 휘청거리는 몸을 간신히 지탱하며 걷는다. 일찍이 오늘같이 취해 본 날은 없다. 취기뿐이 아니다. 그는 정수동에게서 받은 충격도 떨쳐 내지 못한다.

'포의를 걸치라!'

'취한 눈으로 세상을 보라!'

독설만일 수가 없다. 야심만만했던 이하응이 세상 넓은 것을 깨달은 셈이다. 종친의 신분이면서도 시정의 잡사를 너무도 모르고 있었음도 깨달았다. 아니 종친이었기에 모를 수밖에 없었다는 점도 깨달은 셈이다.

'그럴 테지!'

흥선군 이하응은 중얼거린다. 척족의 세도에 빌붙어서 사는 아첨꾼만 보아 왔던 자신이 아니던가. 그 위엄당당한 척족의 세도를 시로써 야유하는 사람이 있음도 처음 알았다. 입지 못하고 먹지 못해서 죽어 가는 사람이 있음도 알았다.

'나는 무엇인가.'

그는 자신의 존재를 회의한다. 살아남기 위해 몸만 사리는 것이 온당한 일인가. 그래서 얻는 것이 무엇이던가.

'주상은 무얼 하고 있을까?'

임금은 무엇을 하고 있기에 세상일이 이렇듯 어수선해지는가. 취중인데도 갖가지 열기가 끓어오르고 있다. 그의 발걸음이 어느새 구름재에 이르렀다.

"아니, 나리!"

천희연이 나타나서 그를 부축한다.

"물러서렷다!"

흥선군 이하응은 언성을 높이면서 천희연을 물리친다. 그리고 다시 걷는다. 몸은 비틀거렸고, 눈앞은 어지럽다. 그는 어금니를 문다. 가늠할 수 없는 결기가 그의 온몸을 달아오르게 하고 있다. 이하응의 발길은 돈화문에서 멈추었다. 궐문은 굳게 닫혀 있다.

'궐문을 열라, 주상을 배알할 것이니라!'

이하응은 외치고 싶다. 그러나 목소리는 나오질 않는다. 그는 안간힘을 쓰듯 몸을 움직인다. 이번에는 창덕궁의 협문인 금호문金虎門으로 가고 있다. 그의 눈에는 핏기가 서려 있다.

# 방황의 시작

## 1

흥선군 이하응은 금호문 앞에 버티고 선다. 창을 든 문직 갑사들이 그를 쏘아보고 섰다.

"당장 궐문을 열지 않고 무얼 하고 있느냐!"

이하응이 야멸찬 목소리로 소리치자 병사들은 주춤거린다. 갓 도포 차림으로는 대궐을 출입할 수가 없다. 설사 관복을 입었다고 하더라도 문감門鑑이 있고야 출입이 허용되는 궐문이 아니던가. 그런데도 사복 차림의 낯선 사내가 궐문을 열라고 소리치고 있다. 가소로운 일이었으나, 5척 단구의 자그마한 몸에서 솟아나온 목소리가 어찌나 우렁찬지 오히려 문직 갑사들이 황당해 한다.

"허어, 궐문을 열라지 않았더냐!"

이하응은 금호문을 향해 당당한 발걸음을 옮겨 놓기 시작한다. 문직 갑사들은 창을 비껴 세우며 그의 발길을 막아 세운다. 순간 술내가 물씬 풍긴다.

"이런 못된 것이 있나, 감히 어디 와서 주정을 해!"

"닥치렸다. 종1품 숭록대부 흥선군 이하응이니라!"

아무리 취중이라 해도 대단한 호통이 아닐 수 없다. 문직 갑사들은 그제야 본색을 드러내듯 굽실거린다.

"몰라뵈어서 송구하옵니다만, 관복을 아니 입으셨기에…."

"허어. 관복이 무슨 소용이더냐. 종친이라지 않았느냐. 물러서렷다."

"나리, 하오시면 문감을 보여 주시던가요."

"이런 고연 것들이 있나. 종친더러 문감이라니? 주상 전하를 배알하러 왔느니라!"

"그만 돌아가시지요."

"이런 무례한 것들 같으니라고, 당장 궐문을 열라 이르지 않았더냐!"

"그리는 못 하오이다."

문직 갑사들의 어투가 거칠어지기 시작한다. 이하응도 물러서질 않고 버틸 참이다. 바로 그때 대사헌 김병기가 다가선다.

"웬 소란들이더냐?"

그가 우의정 김좌근의 양아들임을 모를 사람이 있을까? 문직 갑사들은 황급히 허리를 꺾으면서 조아린다.

"오, 대사헌이시고만. 이것 보시오, 사영. 하찮은 문졸들이 이렇듯 나를 박대할 수가 있소이까."

"쯧쯧쯧…."

김병기는 혀를 찬다. 술내가 진동해서다. 이하응을 쏘아보는 김병기의 시선은 조소와 경멸에 찰 수밖에 없다.

"어서 궐문을 열라 이르시오. 주상 전하를 배알할 작정이외다."

"이거야 원…, 그만 돌아가시지요. 많이 취하신 것 같소이다."

"아무리 취해도 할 일은 해야 하질 않소. 사영이 인도를 해 주시든가."

"체통을 차리시오. 종친 되신 분이 부끄럽지도 않소이까!"

"……."

김병기는 노골적인 불쾌감을 드러내 보인다. 그리고 문직 갑사들에게 호통 친다.

"대체 너희들의 소임이 무엇이더냐. 저 같은 주정뱅이와 어울려서 입씨름이나 하고 있다니. 그러고도 궐문을 지키는 갑사들의 소임을 다했다고 할 터이더냐. 당장 돌려보내렷다!"

문직 갑사들은 일제히 흥선군 이하응에게로 달려들면서 창대로 그의 가슴을 밀어내기 시작한다.

"네 이놈! 네놈들이 종친의 가슴에 창대를 들이대고서도 살기를 바랐더냐! 물러서렷다. 물러서라는데도…!"

"매질하기 전에 돌아가라는데도!"

김병기가 지켜보고 있음인지 문직 갑사들은 사나우리만큼 난

폭하게 이하응을 밀어붙인다. 이미 대취한 흥선군 이하응이라 중심을 잃고 비틀거리다가 기어이 길바닥에 나뒹군다. 그러나 이하응은 비틀비틀 몸을 일으키며 다시 소리친다.

"물러서렷다. 궐문을 열고서야 너희가 살아남을 수 있음일 것이니라."

술에 취한 이하응의 호통이 통할 리가 없다. 문직 갑사들은 더욱 세차게 밀어붙인다. 이하응은 그들의 완력을 당해 내지 못한 채 서너 번쯤 더 나뒹굴고서야 지친 듯 잠잠해진다.

이 사건은 곧 부풀대로 부풀리어지면서 장안의 화제가 된다.

'흥선군이 궐문 앞에서 주정을 했다!'

'대사헌 김병기가 흥선군을 때렸다!'

'흥선군이 실성을 했다!'

소문은 눈덩이처럼 커져 갈 수밖에 없다. 더러는 과장된 곳이 없지 않았으나 엄연한 사실인 데다가 대사헌 김병기가 개입되면서 장김과 종친 간의 갈등이 표면화되는 것으로 보이게 했기 때문이다. 다급해진 조정에서도 일단 이 일을 논의하기에 이른다. 아무리 종친이기로 궐문에 이르러 주정을 했으면 중벌을 받아 마땅하다는 강경론이 없지 않았으나, 이명섭 형제들이 극형을 받은 일이 있었던 터라 민심을 자극할 필요가 없다는 신중론이 우세하여 이 일은 흐지부지되고 말았지만, 김병기에게는 탐탁한 일일 수가 없다. 자신이 문직 갑사들에게 호된 꾸지람을 내린 것은 사실이었으나, 흥선군에게 손찌검을 했다는 풍설만은 도저히 수긍할 수가 없어서다.

'아무리 척족의 세도가로 종친의 몸에 손을 대다니!'

김좌근의 세도를 이어받을 김병기다. 어찌 되었거나 이로운 소문일 수는 없다. 그렇다고 지나가는 행인들에게 변명을 할 수는 더욱 없는 노릇이다.

"형님, 흥선군을 한 번 찾아가 보는 것이 어떨지요?"

김병학金炳學이 넌지시 묻는다. 김병학은 김수근金洙根의 아들이다. 지난해에 문과에 급제한 준재였고, 모나지 않은 인품으로 알려져 있는 척족이기도 하다. 김병기보다 세 살 밑이었으니 32세.

"내가 그자를 무엇 때문에 찾아가는가. 주정뱅이나 다름이 없었다는데도!"

김병기가 짜증스럽게 토해 낸다. 그러나 김병학은 잔잔한 목소리로 다시 설득해 본다.

"세인들의 이목이 있지를 않습니까. 형님이 구름재에 한 번 다녀오시면 듣기 거북한 소문도 가라앉을 것이고…."

"허어, 가려면 영초나 가보아. 세인의 이목을 두려워할 김병기가 아닐세."

영초潁樵는 김병학의 호다. 김병학은 내심 큰일이라고 생각하고 있다. 김병기의 노여움이 가시지 않는다면 흥선군 이하응과 불목을 할 것이라는 생각이 들어서다. 세도 장김이 종친과 불목을 해서 무슨 득이 있겠는가. 김병기의 불목은 곧 김좌근의 불목으로 받아들여질 수도 있을 것이기 때문이다.

"하오시면 저라도 다녀오겠습니다."

"……!"

"피해야 할 일이 아니기에 드리는 말씀이올시다."

"좋을 대로 하게나."

교동 김병기의 집을 나선 김병학은 무거운 발걸음을 구름재로 옮긴다. 그는 흥선군 이하응과 교분을 두터이 하고 지내는 사이다. 나이는 이하응이 김병학보다 한 살 위다.

"나리, 금호문 앞에서 있었던 일은…."

"허허허, 중벌을 받지 않은 것만도 큰 요행으로 알고 있어요. 주정뱅이 이하응이 문졸들에게 매를 맞았기로 무슨 대수오이까…. 허허허!"

흥선군 이하응은 태연히 너털웃음을 쏟아 놓는다. 김병학은 당혹해 하지 않을 수 없다. 이하응의 웃음은 이미 지난날의 그 호방했던 웃음이 아니었기 때문이다.

"영초, 기위 예까지 왔으니 술값이나 좀 놓고 가시오."

"……?"

"허허허, 놀랄 것 없어요. 술도 마시고… 투전도 해야겠고, 또 작첩作妾도 하면서 살려니 돈이 들겠더라 이말이외다."

"나리, 무슨 말씀을…?"

"남들이 다 하는 짓을 나라고 못할 게 무에 있어요. 엊그제는 시정의 잡배들과 어울려 투전판을 벌여서 용채를 몽땅 털리지 않았습니까. 궁여지책으로 난초 몇 장을 그려서 던졌더니, 이놈들이 석파란을 종이쪽으로 압디다. 어떻소. 내 석파란을 몇 장 사 주시든가."

이하응은 몸을 일으켜 문갑 서랍을 뒤지더니 난초 그림 몇 장을 김병학의 앞에 펼쳐 놓으면서 말한다.

"잘 보시오. 추사 선생께서 압록강 이동에는 이만한 난초가 없을 것이라 했소이다. 이걸 들고 추사 선생을 찾아가면 돈으로 바꾸실 게요."

"……!"

김병학은 터무니없이 딴사람이 되어 버린 이하응의 얼굴에 멈추었던 시선을 석파란으로 옮겼다. 과연 그랬다. 난초 잎은 마치 살아 움직이듯 돌 사이를 뚫고 있다.

"이 사람 영초, 시정의 잡배들이 무얼 알겠소. 허나 영초만은 아실 게요. 허허허… 후일 값이 나갈지도 모르는 일이니 적선하는 셈 치고 몇 점 사 주시오."

"나리, 말씀이 좀 지나친 듯싶습니다."

"지나칠 것 없어요. 궁한 놈이 무슨 짓인들 못 하겠소이까. 허허…"

"나리와 저의 교분은 이런 게 아니질 않습니까."

"내 몸에서 술내가 풍길 것이요. 내 옷자락에서는 작부의 냄새가 풍길 것이나, 이 난초만은 향기가 있질 않소. 적선하시오, 영초."

"제가 아무래도…."

김병학은 말을 마치지 못하고 몸을 일으킨다. 이하응은 다시 말을 이어 간다.

"저녁에라도 사람을 보낼 것이니 선처를 해 주시오. 난초는 지금 가지고 가시구요."

이하응은 방바닥에 널려 있는 석파란 몇 장을 집어 김병학의 소매 속으로 쑤셔 넣기 시작한다. 김병학은 어이없는 표정으로 서 있을 뿐이다.

"허허허, 부탁하오이다, 영초. 애들아, 손님 나가신다."

"……!"

김병학은 구름재를 나선다. 허허하게 비어 오는 가슴을 달랠 길이 없다. 그는 흥선군 이하응의 변모를 가슴 아파하고 있다. 언젠가 자신의 말발이 서게 되는 날이 온다면 흥선군 이하응을 요직에 천거하리라고까지 생각해 왔던 김병학이다. 그만큼 이하응의 학문과 인품에 매료되어 있었는데, 잠시 전 이하응의 모습은 어떠했는가. 후안무치한 잡배로 변해 있었질 않았든가.

'좀 더 두고 보면 알리….'

김병학은 일단 그렇게 생각하기로 한다. 금호문 앞에서의 실수가 계면쩍어서 얼버무리고 있는지도 모른다는 생각이 들어서다.

이날 해질녘, 김병학의 집을 다녀온 천희연은 50냥이나 되는 큰돈을 내민다.

"석파란 값으로는 예가 아닌 줄 아나 소중히 전해 올리랍시는 각별한 당부가 계셨사옵니다."

"그래, 영초는 그런 분이니라…."

흥선군 이하응의 얼굴에 쓴웃음이 스친다. 비감悲感이 서려서일 것이리라.

"허허허, 그렇게 살 수도 있는 것을… 허허허."

흥선군 이하응은 울고 싶다. 소리 내어 펑펑 울고서만 응어리진 가슴이 시원하게 트일 것 같아서다. 그러나 이하응은 울 수가 없다. 웃어야 한다. 껄껄 웃을 수밖에 없다. 그 웃음은 장김 일족에 대한 응어리일 수도 있다.

"나리, 흥인군께서 납시셨사옵니다."

김응원의 아룀이 끝나기도 전에 방문이 벌컥 열리면서 흥인군興寅君 이최응李最應이 들어서며 소리친다.

"대체 어찌된 일인가. 주정은 무엇이며, 매질을 당했다는 것은 또 무슨 소리야?"

이하응은 일어서며 자리를 내준다. 흥인군 이최응은 그의 막내 형이기 때문이다.

"이거 어디 얼굴을 들고 다닐 수가 있나. 명색이 종친 아닌가. 오직 변변치 못하면 문졸 따위에게 손찌검을 당해. 이기지도 못할 술은 왜 퍼마시고!"

"……."

"허허, 이거야 원…, 사영이 지켜보고 있었다면서?"

"……"

"죽어 지내고도 목숨이 부지될까 말까 한 판국에 주정을 하다니, 더구나 사영이 지켜보는 앞에서…!"

"형님!"

흥선군은 자신도 모르는 사이에 언성을 높이면서 이최응의 얼굴을 무섭게 쏘아보다가 곧 후회하고 만다. 할 말이 없어서가 아니라, 정녕 할 말이 있어서다.

'형님, 살자고 하는 짓이 아니오이까. 이젠 제게도 갓 태어난 자식이 있소이다. 가솔들을 지키고, 우리 집안을 지키자면 그 밖에는 다른 방도가 없지를 않소이까. 나는 형님처럼 굽실거리면서는 살지 않겠소이다. 형님처럼 저들을 두려워하지도 않겠소이다. 수모를 받는 것이 이기는 길임을 왜 모르시오이까!'

흥선군은 발광을 하면서라도 자신의 울분을 토해 내고 싶은 것을 용케 참고 있다. 흥인군 이최응은 아우와 달리 우유부단한 사람이다. 그는 김좌근이나 김병기가 받아만 준다면 문객이라도 지낼 사람임을 이하응은 알고 있었기에 구태여 변명까지 할 필요는 느끼지 않는다. 그런 이하응의 태도가 형인 이최응에게는 만만히 보였던 것일까?

"자네가 주정뱅이 노릇을 하면 내 체모는 무엇이 되고, 형님들의 체모는 또 어찌 돼! 장김의 위세가 하늘을 찌르고 있어. 하옥이나 사영의 눈 밖에 나고서는 살아가지를 못해. 이 간단한 이치를 정녕 모른다는 말인가, 정녕!"

"유념하겠습니다…."

흥선군 이하응은 눈시울을 적시며 몸을 일으킨다. 도저히 더는 듣고만 있을 수가 없었기 때문이다. 그는 방문을 열고 밖으로 나간다.

"아니, 저… 이 사람 흥선, 흥선!"

이최응은 손을 들어 휘저으며 아우를 외치듯 불렀으나 이미 이하응은 보이질 않는다. 이최응은 밖으로 달려 나가 청지기 김응원과 천희연에게 호통 친다. 상전을 어찌 모시고 다니느냐는 힐문이다. 그는 그래도 성이 차지 않았는지 내당으로 달려가서 민씨 부인을 들볶는다. 이하응의 망둥이 같은 행패가 집안을 망치고 말 것이라고 호통을 친다. 이때 비로소 민씨 부인은 지아비 이하응이 금호문 앞에서 주정을 했고, 문졸들로부터 매를 맞은 사실을 알게 된다. 가슴이 미어지는 아픔과 솟구쳐 오르는 눈물을 주체할 길이 없다.

민씨 부인은 그날로 친정에 기별하여 동생 민승호閔升鎬를 불렀다. 아직 등과하지는 않았으나 스물세 살 난 믿음직한 동생이다.

"대체 어찌된 연유라더냐, 들은 대로 말해 보아라. 그게 사실이라면 얼굴을 들고 다닐 수가 없는 일이 아니더냐."

민씨 부인의 목소리는 이미 젖어 있다. 매부 이하응의 일을 민승호가 모를 까닭이 있을까? 그러나 민승호는 머뭇거릴 뿐 입을 열지 않는다.

"어서 말을 하라는데도…."

"누님, 한 번 실수는 병가지상사라는 말도 있지를 않습니까. 별일 아니거니 하시고…."

"별일이 아니라니, 네 매부가 어떤 분인데 별일이 아니라고 하느냐, 필시 무슨 연유가 있을 것이니라…."

"딱히 연유가 있었다면… 왕실과 조정 되어 가는 꼴이 마음에 들지 않아서겠지요."

"……!"

민씨 부인은 흠칫 놀란다. 그래서는 안 될 일이기 때문이다. 달걀을 바위에 던지는 일이 아니던가. 민승호는 진지하게 말을 이어 간다.

"누님, 저는 매부를 믿고 있습니다. 학문도 인품도 남 못지않은 어른인데 그런 실수를 하셨다면 반드시 감추어 두신 내심이 계실 것으로 봅니다. 앞으로 그보다 더한 일이 계셔도 누님께서는 모르시는 일로 해 두는 것이 옳을 것입니다."

"……?"

"또 밖에서 하시는 일이 아닙니까. 모르는 것으로 하세요. 그것이 매부의 심기를 편하게 해 드리는 일입니다."

민씨 부인은 아무 대답도 없이 눈물만 흘리고 있다. 민승호의 타이름에 깊은 뜻이 담겨 있어서다. 그러나 민씨 부인은 간절한 눈빛을 굴리며 입을 연다.

"승호야."

"예, 누님…."

"네 뜻을 따를 것이다만…, 한 가지 당부가 있다."

"말씀하세요."

"아이들을 시키든지, 불연이면 네가 나서서라도 매부가 하시는 일을 소상히 살펴 주었으면 좋겠다. 세상이 어수선하다고들 하는데 행여라도 불미한 일이 있을까, 두려워서 하는 소리다."

"명심하겠습니다, 누님."

민씨 부인은 김응원과 천희연을 불러서 또 같은 말을 수없이 되풀이해서 당부하고 강조한다.

구름재의 흥선군 저는 태산에 짓눌리듯 침울하게 가라앉는다. 그러나 아무 변화도 일어나지를 않는다. 흥선군 이하응은 난초를 그리는 일로 소일할 뿐이다. 내객이 있다면 정수동뿐이다. 그가 다녀가는 날이면 이하응은 대취했고 언성도 거칠어진다. 민씨 부인은 정수동의 인품을 알아 보게 했으나 영의정 김흥근, 추사 김정희와 조두순 등과도 친분이 두텁다는 전언에 할 말을 잃을 뿐이다.

## 2

가을이 가고 겨울이 왔다.

어느 몹시 추운 날, 흥선군 이하응은 성묘를 가겠다고 나선다.

천희연만이 그의 뒤를 따른다. 이하응의 표정은 벌써 몇 달째 굳어 있다. 천희연으로는 이하응의 그런 심중을 알 길이 없다. 또 그것은 당연한 일이기도 하다.

흥선군 이하응의 아버지 남연군南延君 구球가 세상을 떠난 것은 이하응이 17세가 되던 해다. 그에게는 네 아들이 있다. 흥녕군興寧君 창응昌應, 흥완군 정응, 흥인군 최응, 그리고 흥선군 하응이다. 남연군의 산소를 정하던 때 형제간에 큰 다툼이 있었다. 막내인 흥선군 이하응이 충청도 덕산德山 땅에 대길지大吉地가 있다 하여 그리로 모시자고 주장한 때문이다. 게다가 그 대길지라는 자리가 대덕사大德寺 경내의 고탑古塔 밑이다. 위로 세 형제들은 극력 반대했다. 사찰의 경내, 그것도 탑 밑에다 어찌 아버지의 시신을 묻을 수 있음이던가. 그러나 흥선군 이하응은 자신의 의지를 관철했다.

"꿩이 알을 품고 있는 명당 올시다. 모두가 후일을 위한 일이요, 태어날 자손들을 위한 일이라니까요!"

그 후, 대덕사는 불탔고 고탑은 파헤쳐진다. 결국 흥선군 이하응의 뜻으로 남연군의 시체는 그 탑 밑에 묻힌다. 또 도굴을 방지하기 위해 만 근 쇠를 녹여 부었다. 그런 일이 있은 지 16년 세월이 흘렀으나, 집안 형편은 조금도 나아지지를 않았다. 생각하기에 따라서는 전보다 못한 지경이기도 하다.

흥선군 이하응이 아버지 남연군의 산소를 찾아 나선 것은 견딜 수 없는 자신의 심중이나 호소해 보려는 심산에서다. 기우는 햇살은 붉었고, 바람은 칼날과도 같다. 이하응은 아버지 남연군의 무덤에 재배를 올리고 얼어붙은 땅바닥에 주저앉는다. 그리고 소리 없이 자신의 울분을 토한다.

"아버님, 아버님의 유택幽宅을 마련한 지도 어언 열여섯 해가 지났습니다. 그때 소자는 아버님의 영혼이 돌보아 주시리라고 믿었습니다. 하온데 지금의 형편은 어떠하옵니까. 척족 장김의 전횡은 날로 더해지고, 아버님의 자손들은 종친이라는 것 하나로 숨도 제대로 쉬지 못하는 지경에 이르렀습니다. 왕실이 힘을 쓰지 못하는 것이 아무리 시운時運 때문이라 해도 종사의 앞날이 이래서야 아니 될 것으로 압니다. 강화섬에서 지게발이로 목숨을 부지하던 더벅머리 총각이 용상에 앉았는데, 그분을 에워싼 장김들은 가문만을 알고 종사는 모릅니다. 그러자니 피폐된 백성들의 회한은 또 얼마이겠습니까. 아버님, 소자의 고집으로 아버님께서는 천하제일의 유택을 마련하시었습니다. 그 자식이 피눈물을 쏟으면서 사는 지경이면 한 번쯤 보살펴 주시는 것이 자애가 아니옵니까. 이대로는 못 살겠사옵니다. 정녕 이대로 끝장을 볼 수는 없음이옵니다. 영혼이 계시다면 이 절박한 막내 자식놈을 어여삐 굽어 살펴 주셔야 할 것으로 아옵니다."

이하응의 양 볼을 적신 눈물이 찬바람에 얼어붙는다. 볼은 쓰리고 아프다. 이하응은 돌덩이로 굳어진 듯 몸을 움직이지 못한다.

"나리…."

보다 못한 천희연이 나직이 부른다. 이하응은 천천히 몸을 일으키며 몇 번 비틀거린다. 추위 탓인지 그의 얼굴은 창백해 보인다.

"날씨가 차옵니다요, 나리…."

"그래, 가자…."

흥선군 이하응은 비틀비틀 걸음을 옮긴다. 사위는 어두워 오고 있다. 바람막이조차 없는 벌판이다. 바람도 어수선히 소리 지르며 울고 있다.

귀경하는 흥선군 이하응의 발길이 더디고 느리다. 술청이 있는 곳에서는 막걸리로 목을 축였고, 역참이 있는 곳에서는 나그네와 어울려 새우잠을 잤다. 일종의 방황인지도 모른다. 그러나 그런 방황으로 인해 흥선군 이하응은 비로소 시정의 처지를 알게 된다. 구름재의 고대광실에서 난초를 그리며 음풍농월吟風弄月하던 이하응이다. 지금까지 종친이라는 자긍심만으로 천하에 으뜸가는 신분임을 과시하면서 살아왔다. 그러나 그의 눈에 비친 시정의 잡사는 전혀 딴 세상이다. 술청에는 작부가 있고, 불량배들은 투전판을 벌이고 있다. 그 투전판에서는 손톱 같은 이득을 취하기 위해 살인도 서슴지 않는다. 지방 관아의 미관말직들은 백성들에게 도륙을 일삼고 있었으며, 백성들은 아무 항변도 못하고 그들의 도륙과 횡포를 고스란히 받아들이고 있지를 않던가.

'몹쓸 놈의 세상!'

이하응은 정수동의 야유를 떠올려 본다. 양반이 도둑이면 사대부도 도둑이며, 그런 난장판에서도 편하게 먹고 사는 종친의 팔자를 신랄하게 꼬집었던 정수동의 야유가 이제야 무슨 뜻인지를 확연히 알 수가 있다.

"희연아, 투전판이 어디에 있는지 너는 알고 있을 터 아니냐?"

광주 땅을 지나면서 이하응이 묻는다. 처음에는 주춤거리기만 하던 천희연은 몇 번 더 채근을 받고서야 입을 연다.

"알기는 아옵니다만…."

"성문을 들어서거든 그리로 인도하렷다."

"인도라니요?"

"나도 한 판 어울려 보았으면 해서다."

"당치 않으신 분부십니다요, 그 판이 어떤 판이라굽쇼."

"어떤 판이라니, 돈을 잃으면 그만이지 죽기까지야 하겠느냐."

"나리, 속임수가 판을 칩니다요."

"제 놈들이 속이면, 나도 속일 것이니라."

"나리…."

"사람이 하는 일이면… 나도 할 수 있음일 테지."

이하응의 표정에는 쓴웃음이 담겨 있다. 천희연은 되도록 빠른 걸음을 걷는다. 구름재로 가는 것이 상책이라는 생각에서다.

"투전판으로 가자는데도…."

"나리…."

"시키면 따르는 것이 네놈의 소임일 것이니라."

"……."

"이제부터는 그냥 이 서방이니라. 함부로 군호를 입에 담고서는 중벌을 면치 못할 것이야. 명심하렷다."

도리 없는 일이다. 천희연은 이하응을 투전판으로 인도한다. 술청의 행랑채와 같은 곳이다. 천희연은 주모에게 이하응을 소개한다. 주모는 잠시 안으로 들었다가 다시 나온다. 꾼들의 허락을 얻었다고 한다.

이하응은 성큼 방으로 들어간다. 건장한 사내들이 둘러앉아 있다. 주고받는 대화는 험하고 거칠다. 그는 뒷전에 앉아 패가 돌아가는 것을 살펴본다.

처음에는 전혀 알 수가 없었으나 숫자를 맞추는 것임을 곧 알 수가 있다.

"한 판 하겠으면 끼여 앉으슈…."

우악스럽게 생긴 사내가 험상궂게 말한다.

"거, 좀 더 보겠소이다."

"헛! 상투뿐인 양반이라더니, 투전판도 구경 다니는 놈이 있나."

"……!"

이하응은 몸을 움츠린다. 승록대부의 신분으로는 어울리지 않는 자리임을 모른대서야 말이 되는가.

"끼여 앉아, 이 서방…."

이하응은 헛기침을 뱉으며 우악스럽게 생긴 사내 곁으로 머뭇머뭇 다가앉는다. 패가 돈다. 이하응은 패를 집어 들어 본다. 천희연이 황급히 들어와서 이하응의 뒤에 앉는다.

"아니 이놈들이!"

맷돌 같은 손바닥이 이하응의 얼굴을 후린다. 눈앞에서 불이 번쩍 나는가 싶더니 코끝에서 이상한 냄새가 돈다. 그리고 코피가 쏟아진다.

"무엄하다, 이놈들!"

천희연이 소리친다. 사내가 세차게 받아친다.

"두 놈이 하는 투전도 있더냐, 뒈지기 싫으면 당장 나가!"

"가시지요, 나리…."

천희연은 이하응을 밖으로 밀어낸다. 이하응은 잠자코 그에게 밀려 나간다.

"용서해 주오소서, 소인은 그저…."

"그만 되었다…."

이하응은 앞장서 걷는다. 무서운 인심이다. 투전을 하는 사람들의 눈에 살기가 돌고 있는 것을 이하응은 비로소 보았다.

"많이 잃는 놈은 하루에 얼마나 잃느냐?"

"그야 판 나름입지요. 재수 없는 날은 집 한 채도 날아갑니다요."

"집이 한 채…."

흥선군 이하응은 중얼거린다. 각박한 세상이다. 살기가 어려우면 인심이 사나워지는 것은 이를 두고 하는 소리인지도 모른다. 구름재로 돌아온 이하응은 단 하루를 넘기지 못하고 방황의 골짜기로 빠져 든다. 그는 천희연으로 하여금 투전 패를 만들게 했다. 그리고 노는 방법을 배운다. 우선 재미가 있다. 이하응은 김응원, 천희연을 거처로 불러들여서 투전을 한다. 물론 돈을 거는 노름이 아니었고 노는 방법을 손에 익히는 정도였으나, 날이 갈수록 재미가 붙는다.

"이것을 하면서도 속임수를 쓰는 놈이 있다고 했더냐?"

"그러합니다요, 상대가 들고 있는 패를 훤히 아는 놈도 있굽쇼."

"그래, 그 속임수에 능한 놈이 네 주변에도 있느냐?"

"지금은 손을 끊고 있사옵니다만, 투전으로 패가망신을 한 녀석이 있기는 하옵니다만…."

"어서 가서 그놈 좀 불러 오너라."

"……?"

"그놈의 손놀림을 좀 보아야겠다."

천희연은 밖으로 나갔다가 얼마 지체되지 않아서 건장한 사내 하나를 달고 왔다.

"문안 여쭈어라, 흥선군 나리시다."

건장한 사내가 제법 그럴듯하게 큰절을 올리고 앉자 천희연이 사내를 소개했다.

"하정일이라고, 투전에는 도가 튼 놈이 올시다요."

"하정일…."

하정일河靖一이라고 불린 사내는 체격답지 않게 고개도 들지 못한다.

"허허허, 투전판 속임수를 좀 배우고 싶어서 너를 불렀느니라."

"……?"

하정일은 어이없다는 표정으로 이하응과 천희연의 얼굴을 번갈아 가며 살핀다.

"패를 돌려봐…."

그제야 하정일은 번개 같은 손놀림으로 패를 섞는다. 이하응의 날카로운 눈매는 그의 손끝을 주시하고 있다. 하정일은 패를 돌린다. 이하응이 물었다.

"남의 패를 보지 않고도 안다면 내 패가 무엇인지 알 수 있느냐?"

"그, 그러하옵니다."

"어디 한번 맞히어 보아라."

하정일은 거침없이 이하응의 앞에 놓인 패를 말했다.

"삼과 육으로 가보올시다."

이하응은 패를 들어 보았다. 하정일의 말대로 3과 6이다. 참으로 놀라운 지경이 아닐 수 없다.

"다시 한 번 돌려라!"

하정일은 이하응의 명을 받고 다시 한 번 패를 돌린다. 이하응의 시선은 더욱더 예리하게 그의 손놀림을 살폈다. 패가 돌려지고 하정일은 이하응, 김응원, 천희연의 앞에 놓인 패를 귀신같이 알아맞힌다.

"허어!"

몇 번을 되풀이해도 결과는 마찬가지다. 이하응은 탄복을 금할 수 없다. 아무리 눈을 부릅뜨고 살펴도 허사다.

"너도 내 집에서 머물 수가 있겠느냐?"

"거두어만 주시오면…."

하정일은 천희연으로부터 이하응의 인품을 이미 듣고 있다. 할 일이 없었던 처지라면 크나큰 광영이 아닐 수 없다.

"허허허, 네가 내 스승이니라…."

흥선군 이하응은 이 해 겨울을 집 안에서만 보낸다. 투전의 묘미에 빠져든 셈이다. 그 수가 무궁무진한 것이 여간 재미있는 것이 아니다.

"일맹인중맹一盲引衆盲이라 했거늘…."

이하응은 중얼거린다. 맹인 한 사람이 여러 맹인을 거느리면 갈 길을 찾지 못하여 방황한다고 하지를 않았던가. 이하응은 맹인이 되리라고 생각했다. 보지 않으면 세상을 편하게 살 수 있을지도 모른다. 그의 방황은 이렇게 깊어 가고 있다.

# 영의정 김좌근

## 1

1853년(철종 4).

해가 바뀌어도 달라진 것은 없다. 백성들의 얼어붙은 가슴은 봄이 와도 풀리지 않는다. 허수아비와 같은 임금은 풀이 죽은 채 할 일이 없고, 척족의 세도는 하늘로만 치솟을 뿐이다.

척족의 세도가 극악해지면 덩달아 날뛰는 무리가 있게 마련이다. 그들로부터 벼슬을 산 사람들은 들어간 밑천을 뽑기 위해서 가렴주구苛斂誅求를 일삼아야 하고, 그러자니 거기에 매달린 미관말직과 하인종속 들까지 설치고 다니게 마련이다. 이래저래 죽어나는 것은 이름 없는 민초民草들뿐이다.

철종이 보위를 이은 지도 햇수로 5년, 그간에 한 일은 아무것도 없다. 아니 그렇지가 않다. 지난 해 섣달이던가, 대왕대비 순원왕후가 철렴을 선포하면서 철종은 명실상부한 친정을 맞은 것으로 착각을 한 일이 있다. 임금에게는 임금 나름의 위엄이 있어야 하고, 그 위엄이 곧 애민愛民으로 이어진다는 남원군 이광의 가르침을 상기하면서 이양선에 관한 일들을 극렬한 어조로 입에 담은 일이 있었질 않았는가. 얼마나 신나는 일이던가. 철종이 알고 있는 엄연한 사실을 정승과 판서 들이 까맣게 모르고 있다. 그 때 철종은 청나라가 망하고 있다는 사실을 거론하여 조정에 큰 충격을 주었다. 장김 일족은 그것을 반격의 빌미로 삼았다. 그리고 남원군 이광을 혹세무민으로 몰아 사사한다. 철종은 분노하고 항거한다. 그 분노와 항거가 강화섬으로 쫓겨난 양순의 목숨을 앗아 낼지도 모른다는 범 숙의, 그리고 왕대비 신정왕후의 타이름에 다시 숨소리까지 죽이고 살아야 하는 허수아비 임금이 되고 말았다.

비록 임금의 버릇은 따끔하게 가르친 셈이었어도 그것이 곧 피폐해질 대로 피폐해진 백성들의 삶을 온전하게 보전하는 길은 될 수가 없다. 따지고 보면 척족인 장김 일문은 자신들의 체제를 굳히는 일에만 매달려 있었을 뿐, 백성들의 삶을 보살필 겨를이 없었다는 뜻이 될 수도 있다.

'이래가지고야 원…!'

장김의 두령 격인 김좌근은 탄식한다. 서정庶政의 쇄신이 없고서는 흔들리는 민심을 바로잡을 수가 없다는 것을 그가 모른대서야 말이 되는가. 자신이 장김의 두령인 것은 사실이었으나, 조정의 실권은 영의정인 김흥근에게 있었고, 세도의 근원은 중전 김씨의 아버지인 김문근에게 있다. 그렇다고 그들의 사임을 종용할 형편은 아니다.

'영남 지방의 민심이 심상치 않다!'

김좌근도 민심의 동향을 알고 있다. 영남에서도 진주지방의 민심이 예사롭지 않다고들 했고, 황해도에는 도둑 떼가 창궐한다는 소문도 돌고 있다. 김좌근은 넌지시 영의정 김흥근의 의사를 타진해 본다.

"민심이 지금과 같고서는 조정인들 온전하게 부지되겠습니까. 시급한 대책이 있어야 할 것으로 봅니다만…."

"시급한 대책이라니…?"

"명색이 왕도정치가 아닙니까. 백성들을 으뜸으로 여긴다는 표시라도 있어야 되지를 않겠느냐 이 말씀입니다."

그랬다. 유명무실이라도 용상에는 임금이 있다. 그 임금을 뒷전으로 밀어 놓고, 척족들에 의하여 조정의 대소사가 척결되고 있다 해도 왕도정치王道政治의 틀에서 벗어난 것은 아니다.

– 君行仁政 斯民親其上 死其長矣.

임금이 어진 정사를 펴면 백성들은 윗사람에게 가까이 굴고, 그들의 상전을 위해 기꺼이 죽는다는 맹자孟子의 말이다. 또 맹자는 백성이 중하고 사직은 그 다음이며, 임금은 가볍다고도 했다. 왕도정치의 바탕은 보민정책保民政策에 있다.

김좌근은 영의정 김흥근에게 보민정책을 써야 하지 않겠느냐고 묻고 있었으나, 김흥근의 대답은 전혀 다르다.

"백성들의 살림이야 나을 것도 못할 것도 없질 않은가. 또 어제오늘의 일도 아닐 테구…."

"……!"

김좌근은 충격을 받는다. 그 또한 척족들의 세도정치를 바라고 있는 사람이다. 그러나 백성들의 살림이 피폐해지고 민심이 흉흉해지고서는 척족의 세도정치는 원망의 대상일 뿐이다. 그 원망이 커지면 민란民亂이 일게 되고, 척족의 세도정치는 그 민란으로 인해 무너지게 마련이다.

'조정을 개편해서라도….'

흉흉해진 민심을 달래야 한다. 김좌근은 근根 자 돌림의 척족들을 불러 모으고 그 대책을 논의하기 시작한다. 그러나 누구도 시원한 대책을 피력하지 않는다.

마침내 김좌근은 단호히 말한다.

"일찍이 당나라 태종께서 말씀하셨소이다. 위에는 지휘하는 사람이 있고, 가운데에는 다스리는 사람이 있고, 아래는 따르는 사람이 있다구요. '예물로 받은 비단옷을 입고, 곡간의 곡식을 먹는다. 너희들이 나라에서 받은 봉록은 백성의 기름이다. 아래에 있는 백성들은 학대하기 쉽지만, 위에 있는 푸른 하늘은 속이기 어렵다'는 것이 무엇을 뜻하는 말이오이까?"

"……."

"왕실에 힘이 없으면 척족이 세도에 임하게 되는데, 나는 이를 탓하고자 하는 것이 아닙니다. 무릇 관직에 있는 자는 청렴함과 신중함과 근면함이 있어야 하는데, 지금의 대소 관원들이 이를 지키지 않고 있어 백성들의 원성이 모두 우리 일문으로 쏠리고 있어요. 이 같은 일을 과연 주상 전하의 허물로만 돌릴 수 있다고 보시오이까!"

김좌근의 칼날 같은 설변舌辯에는 빈틈이 없다. 자리를 함께한 장김의 두령들은 얼굴을 붉힐 뿐이다. 이 같은 김좌근의 힐문이 있은 며칠 뒤, 영의정 김흥근이 사임을 청한다. 실세의 등장을 위해 길을 터 주고 있음이 아니겠는가.

어차피 철종에게는 영의정 김흥근의 사임을 처결할 능력이 없다. 아니 후환이 두려운 터이라 관여할 수가 없다. 마침내 대왕대비 순원왕후가 김좌근을 불러들인다.

"내 비록 발을 거두고 뒷전으로 물러앉기는 했으나, 이번 일만은 관여하는 게 도리라고 생각되어 하옥을 불렀네."

"……."

"하옥이 영상의 자리를 맡아 줘야지."

"누님, 저는 아직 좌의정의 자리에도 올라본 일이 없지를 않습니까."

이 같은 일이 있으리라 예견한 김좌근이다.

"잠시 전에 영은부원군이 다녀갔는데, 하옥이 영상의 자리에 오르는 것이 일문의 소망이라 했어…."

영은부원군 김문근은 철종비 철인왕후의 아버님이 아니던가.

척족의 세도만으로 따진다면 김흥근보다 윗자리에 있는 사람이다.

"맡아 주시게. 어차피 맡아야 할 자리가 아닌가."

"……."

"그렇다고 오늘과 같이 어려운 때 타문의 사람으로 종사를 이끌어 가게 한다면 책임회피를 면할 길도 없는 일, 하옥밖에 나설 사람이 없지를 않은가."

김좌근으로서도 사양할 수가 없다. 어차피 짊어져야 할 책무임에랴.

"미력을 다하겠습니다, 누님."

5월에 들어서자 김좌근은 일인지하요 만인지상이라는 영의정의 자리에 오른다. 연치 57세, 깊은 학문과 결단력을 갖춘 인물이 아니던가. 비록 좌의정을 거치지 않았다고는 해도 실세의 등장이라는 점에서 모두들 당연한 것으로 받아들인다. 철종도 언젠가는 이리 될 것임을 알고 있었던 처지다.

"잘 부탁하오이다. 내가 강화섬을 떠날 때, 마음속으로라도 믿고 의지했던 사람은 하옥뿐이었어요. 무공대사를 보아도 그렇고요."

"성은이 망극하옵니다."

"내 조정이 아니라 하옥의 조정을 만들어 주시오."

얼핏 들으면 비아냥 같기도 했으나, 지금의 처지로는 그럴 수밖에 없다.

영의정 김좌근은 자신의 후임 우의정으로 조두순을 발탁한다. 조두순은 노론대신의 이름을 떨쳤던 조태채趙泰采의 5대손이요, 서윤庶尹 조진익趙鎭翼의 아들로 태어났다. 1826년(순조 26)에 문과에 급제하여 여러 요직을 거쳐 대제학의 자리에 있다가 일약 우의정으로 발탁이 된다. 이때 조두순의 나이 58세, 추사 김정희 · 정수동 등과 두터운 교유를 하고 있었으니 재야在野에서의 발탁이라 해도 과언이 아니다. 좌의정 이헌구李憲球는 유임을 한다.

"어려운 땝니다. 공들의 경륜에 큰 기대를 걸고 있습니다. 시급히 서둘러야 할 일은 민심의 수습이라 여겨집니다."

"……."

"사람들이 이르기를 척족의 세도니, 장김 일문의 전횡이니 하여 마치 그로 인해 종사의 일이 여의치 않다고들 비방하고 있으나, 척족의 세도야 이미 순조 조 · 헌종 조에서부터 있어온 일이 아닙니까. 종사의 일이 바로 되고 주상 전하의 성은이 고루 내려지기만 한다면 나는 구태여 개의치 않을 요량으로 있습니다. 현실의 일은 그대로 받아들여야 하는 것이 현명한 때문입니다."

김좌근은 당당하게 자신의 의지를 펼쳐 보인다. 그 명분을 어찌 나무랄 수 있음이던가.

"내게 과실이 있다면 거침없이 말씀해 주시리라 믿습니다. 고쳐야 할 일이라면 지체 없이 고칠 것이나, 잘하는 일에는 힘을 모아 주시기를 당부합니다."

우의정 조두순은 김좌근의 의연한 모습에서 존경과 두려움을 함께 느낀다. 어차피 그에게 주어진 시대가 아니던가. 소명召命 받은 사람의 독단과 전횡이 있는 것은 불가피한 일, 조두순은 되도록 정도를 가리라 다짐한다.

김좌근은 조정의 요직도 거침없이 개편해 나간다. 자신의 양아들이자 후계자인 김병기에게 호조판서를 제수하여 조정의 재정을 관장하게 하였고, 성품이 모나지 않은 김병국을 홍문관 부제학에 제수하여 유림들과의 유대를 공고하게 한다. 김수근을 병조판서로 삼아 병권을 장악하게 하는 등 조정의 안정과 내실을 다짐하는 빈틈없는 인사이기도 하다.

그리고 김영근을 불러 당부했다.

"황해감사를 맡아야겠어요."

"외직을…."

"외직 · 내직을 가릴 때가 아닐 것이오. 지금 황해도 일원은 많은 백성이 기아에 허덕이고 있질 않소이까. 그 민심을 누가 수습해야 합니까. 당연히 우리 일문에서 맡아 해야 할 일이면 거절해서는 아니 될 것으로 알아요."

"알겠소이다."

김영근은 황해감영으로 부임할 수밖에 없다. 명분과 실리를 함께하려는 김좌근의 조처를 따르지 않을 수가 없어서다. 이 같은 조정의 개편은 나태해진 풍조를 새롭게 진작한다는 명분도 있었으나, 그 반면에는 장김 일족의 실세를 한층 더 강화하는 실리도 겸하고 있다.

## 2

김좌근이 영의정의 자리에 오르고 며칠 되지 않아서 무공선사가 나합의 집으로 들어선다.

"아이고 선사님, 벌써 소문이 강화도까지 갔사옵니까."

"이렇게 멍청이 같기는…, 지금 이 판국에 하옥이 아니고 영의정을 맡을 사람이 있던가! 어서 곡차 상 채비하게."

"시중은 나합이 들어야 하구요?"

"당치 않아. 국사를 의논하러 온 사람일세."

무공선사는 김좌근이 퇴청하기까지 무료하게 기다린다. 기어이 나합이 주안상을 받쳐 들고 들어와 앉는다. 세간의 소식을 듣기 위해서라도 자신이 김좌근을 대신하겠다는 생각에서다. 아니나 다를까, 무공선사는 단숨에 술잔을 비우면서 퉁명스럽게 뱉어 낸다.

"자네들이 양순의 일을 이 같이 무심하게 보내면 천벌을 면치 못할 것이야!"

"저, 선사님.…."

"사람이 산다는 게 뭔가. 자네가 하옥을 섬기고 받들어야 하는 일이 뭔지나 알고 있는가!"

"저기, 그것이 아니옵고요…."

"아무리 나무꾼도 임금 노릇을 오 년이나 했으면…, 그 입에서 나오는 말은 모두가 왕명이야. 무슨 말인지 알아듣겠는가. 군왕이 마음먹고 하겠다고 나서면 하옥이 백 사람 있은들 그 한마디를 이겨 낼 수가 있느냐 이 말이야!"

무공선사의 서릿발 같은 추궁이 나합의 등판에 식은땀을 흐르게 한다. 공연히 술시중을 자청한 것까지 후회막급이다.

"지난번 남원군 때는 주상이 한 발 물러섰으니까 망정이지…, 차마 입에 담기 민망한 노릇일세만, 주상이 죽기로 작정하고 자네에게 사약을 내리고자 했다면, 하옥의 힘으로 자넬 살려 낼 수가 있었겠느냐 이 말이야!"

"…아이고 선사님, 왜 하필이면 지가…?"

"이렇게 칠칠치 못하긴. 남원군의 일은 자네가 고자질하지 않았어!"

"……!"

나합의 가슴속이 곤두박질친다. 대체 무슨 말을 하려고 자신에게 사약이 내려지는 일과 비유하려 드는가.

"이젠 나무꾼 임금을 다시 구할 수가 없기에 하는 소리야!"

나합의 고개가 떨어진다. 무공선사의 말뜻을 조금은 깨달은 탓이다. 철종을 잘 보살펴 드려라. 그만큼 임금의 자리에 있었으면 임금이 누릴 수 있는 영화를 알고 있을 것이라는 경고의 의미도 포함되어 있음을.

김좌근이 돌아온 것은 제법 밤이 이슥해서다. 그는 무공선사와 엉거주춤 맞절을 하고 나서 술상 가까이에 앉는다.

"중놈 술 한 잔 받게. 하례의 잔일세."

"하긴 그렇지요. 좌의정도 거치지 않고 영상의 자리에 앉았으니까요, 허허허."

"그 허물도 하옥이기에 가려지고 말겠지. 어서 비우고 내게도 한 잔 따르게나."

"아, 예."

영의정 김좌근은 가득 채워진 술잔을 단숨에 비우고 무공대사에게 다시 올린다.

"허허허. 오래 살긴 했나보이. 중놈이 배불숭유하는 나라의 영의정에게 술잔을 받다니. 허허허 광영이로고."

그리고 잠시 침묵이 흐른다. 무공선사는 승려의 처지로 국사를 입에 담기가 민망하였고, 김좌근은 그 나름대로 듣기 거북한 말이 쏟아져 나올 것에 대한 대비를 궁리해야 하기 때문이다.

"거두절미 하겠네. 주상의 생각을 그토록 참혹하게 짓밟으면서는 외척의 세도가 오래가지 못할 것일세."

"……!"

김좌근의 입가에 비웃음이 스쳐 지나간다. 호되게 반박해서라도 계속될 험담을 막아야 했기 때문이다. 그러나 무공선사는 그런 기회조차도 주지 않는다.

"청나라가 망하고 있는 것은 엄연한 사실이고, 이미 망하고 있는 나라에 조공을 바친다면 조정에 나라 밖 사정에 밝은 사람이 없었다는 뜻이 아닌가…."

"형님…!"

"듣게. 난 하옥과 그 일을 아옹다옹하자고 온 게 아니야!"

무공선사의 어조는 단호하다. 아무리 척족의 세도라 하여도 임금을 섬기는 일이 우선임을 깨우치려고 온 무공선사다. 그의 어조는 더욱 강경해진다.

"대체 하옥의 조정은 주상의 위엄을 어찌하려는 참이야. 옳고 바른 정도를 가겠다는 주상의 기를 꺾겠다고 남원군 이광에게 사약을 내린다면…."

"말을 삼가세요!"

김좌근은 끝내 언성을 높이고야 만다. 철종의 기를 꺾기 위해 남원군 이광에게 사약을 내렸다고 하더라도, 그런 식으로 매도되어서는 안 될 일이기 때문이다. 그러나 무공선사는 태연하기만 하다.

"들으라고 일렀네. 지게 작대기도 용상에 오 년 남짓 세워 두면 임금의 소임이 무엇인지를 알진대, 항차 왕실의 피를 받은 주상이겠는가. 그 주상이 나라의 앞날을 걱정하고 나섰는데 그 기를 꺾은 게 자네들 부자가 저지른 소행 아닌가. 두고 봐, 주상은 반드시 한 번은 더 나서실 것일세."

"한 번이라니요!"

"그럼 두 번 나서실 것으로 하지. 주상이 사생을 결단하고 두 번 세 번 자네들 장김 일족과 맞서고 나서시면 어쩌려는가. 더 심하게 말하지. 자네 하옥이나, 사영에게 사약을 내리겠다고 우기시면 어쩌시려는가. 대책이 있는가. 있다면 말해 봐. 이미 임금의 자리에 오 년이나 계셨어. 그분도 바로 전주 이씨 중에서 왕실의 피를 받은 분이야. 어쩌시려는가. 이래도 맞붙어 싸우시겠는가. 그래서 이길 수가 있겠는가."

"……쩝!"

영의정 김좌근은 단숨에 술잔을 비우고 탕 소리 나게 술상을 내리친다. 무공선사의 목소리에 칼날 같은 살기가 번뜩인다.

"죽이지 않고는 이기지 못해! 죽인들, 그런 나무꾼이 다시 있겠는가!"

"형님, 말을 삼가세요."

"삼갈 것도 없어. 벌써 다 끝냈으니까!"

두 사람은 거칠어진 숨결을 가다듬으려고 무척 애쓰는 모습이다. 조정 모든 실권을 손아귀에 틀어잡은 김좌근이다. 학문과 경륜만으로 따져도 아직 이 나라에는 김좌근만 한 인물이 없다. 그가 무공선사의 말뜻을 못 알아들었을 까닭이 없다. 또한 김좌근의 앞에서 임금을 죽여서까지 독단을 이어 갈 것이냐는 험담을 입에 담을 사람도 무공선사가 아니고는 찾을 수가 없다.

마침내 김좌근은 지친 듯한 목소리를 토해 낸다.

"아직은 미욱해서요. 길이 있으면 일러 주세요."

"길이라는 게 따로 있을 수가 없지. 주상의 명을 받는 것이 신하된 도리가 아닌가?"

"……!"

영의정 김좌근의 입에서 신음이 새어 나온다. 뭘 알아야 왕명을 받들 것이 아니겠는가. 아무 것도 모르는 주상이 무슨 수로 국익을 위한 왕명을 입에 담겠는가. 그렇게라도 항변하고 싶은 김좌근이다. 그러나 다시 그렇게 입을 연다면 무공선사의 입에선 더 험한 말이 나올 것이 뻔하다. 그래서 참아야 하고, 참으면서 배울 수밖에 없는 것이 김좌근의 처지다.

"주상 전하와 자네가 은밀하게 소통하면 될 일일세. 그리하여 주상의 입에서 위민爲民하고, 민본民本을 우선하는 왕명을 내리게 하면 될 일이 아닌가?"

"…형님."

김좌근은 쉽사리 깨닫는다. 이토록 쉬운 일을 왜 진작 헤아리지 못했던가.

"주상이 알고 있는 모든 지식은 내가 가르치고 일러 주었다고 생각하시게. 사람 살기 좋은 나라를 꿈꾸어 온 이 늙은 중놈이 주상에게 왕도를 가르쳐 준 것으로 믿고, 그 일을 하옥이 대신해 주면 될 일이 아닌가. 주상의 심려하심이 없어야 결국 자네가 편할 것일세."

비로소 영의정 김좌근의 얼굴에 굵은 눈물줄기가 주룩 흘러내린다. 회한의 눈물일 수밖에 없다. 등잔 밑이 어두워서 등화불명燈火不明이라 했던가. 오 년 전, 나무꾼 원범을 찾아 강화섬에 갔을 때 김좌근은 전등사의 승방에서 무공대사의 경륜에 머리를 숙였던 일이 있다. 그 존경의 뜻을 왜 이어 가지 못했던가. 후회막급이 아닐 수가 없다. 그 후회가 그간의 시행착오로 반복되고 있었다면 결국 자신의 오만을 다스리지 못한 것이 원죄가 된다. 김좌근의 탄식과 후회가 끝이 이어지면서 밤이 깊어 가고 있다.

## 3

김좌근은 도승지 홍종응을 앞세우고 자주 편전에 들어 철종을 배알한다.

"전하, 바로 어제 있었던 일이옵니다…."

이렇게 화두를 연 김좌근은 철종이 알아야 할 일, 해야 할 일들을 마치 사설私說처럼 입에 담곤 하였으나, 철종의 반응은 언제나 신통치 않다. 그러나 김좌근의 진언은 마치 부자간의 소통처럼 진지하게 반복 되면서 철종의 마음도 조금씩 열리게 된다. 그렇게 철종의 이해가 이루어진 일들은 반드시 다음 날 어전에서 다시 거론되고, 김좌근은 철종의 비답을 청한다.

"좋은 생각이요. 아뢴 대로 시행하세요."

또 어느 날은,

"영상의 뜻을 하나로 모아서 백성들의 삶에 보탬이 되도록 하세요."

대소 신료들의 주청이 있을 때마다 철종은 그 일의 진위와 전말을 알고 있다. 그야말로 아름다운 소통이 아닐 수 없다. 영의정 김좌근의 포용력이 넓어지면서 철종의 왕명에도 위엄이 실린다. 대소 신료들도 비로소 정무를 살피는 여유를 찾게 된다.

정무에 임하는 철종의 뜻에 무게가 실리면서 김좌근의 지도력도 빛을 발하게 된다. 그런 여력을 몰아 김좌근은 자신의 서정쇄신 방침을 철종에게 주청하는 형식을 빌려 대신들의 가슴을 섬뜩하게 한다.

"전하, 무엇보다도 시급한 것은 백성들의 생업을 보장해야 하는 일이옵니다. 이를 위해서는 반가와 사대부 들의 사문봉채私門捧債를 금해야 하옵고, 조정의 대소 신료들은 물론 지방 관아의 미관말직에 이르기까지 사욕으로 인한 가렴주구를 엄중단속 해야 할 것으로 사료되옵니다. 윤허하여 주소서."

"훌륭한 생각이요. 시행하시오."

철종은 선뜻 가납의 어의를 밝힌다. 김좌근과는 이미 의논이 되었던 일인 데다 자신의 의견까지 반영된 일이기 때문이다.

김좌근의 주청은 곧 철종의 교지가 되어 반포된다. 의정부와 육조는 물론 백성들에게까지 기쁜 소식이 아닐 수 없다. 그것의 실천여부는 미지수라 해도 양반, 사대부의 가렴주구를 금하겠다는 의지는 말로만 들어도 숨통이 트이는 백성들이다.

김좌근이 두 번째로 제시한 것은 외교정책이다. 이 무렵 조선의 각 해안에는 일본의 배를 비롯하여 미국, 프랑스, 네덜란드 국적의 함선들이 몰려와 교역을 요구하는 일이 잦았고 이로 인한 불상사가 끊이지 않고 있다.

철종 4년이면 서기로는 1853년이다. 조선은 비록 동방의 작은 은둔국에 불과했으나 서양은 20세기를 맞기 위해 몸부림을 치고 있었던 시절이다. 이웃 나라 일본만 해도 네덜란드의 의학이 들어와 있었고 미국으로부터 개항開港을 요구받는 형편에 있었으며, 중국 땅에도 서양 사람들이 몰려왔고 마카오가 자유항으로 선언되는 등의 우여곡절을 겪고 있다.

유럽도 다를 바가 없다. 프랑스는 국민투표國民投票로 제제帝制를 정하고 루이 나폴레옹이 제위에 올랐으며, 러시아와 터키는 전쟁 상태에 있다. 이와 같은 국제정세의 급변을 오직 조선 조정만 까맣게 모르고 있다. 그러므로 연안에 나타나서 교역을 청하는 낯선 사람들의 요구를 해적들의 난동쯤으로 여기는 것은 당연할 수밖에 없다.

"지금까지는 이양인과의 사무역은 눈감아 주고 있었으나, 이로 인해 저들 무도한 무리는 자신들의 이득에만 눈이 어두워 때로는 약탈하고, 때로는 인명의 살상까지를 서슴지 않고 있사옵니다. 앞으로는 일체의 사무역도 인정해서는 아니 될 것이옵니다. 윤허하여 주소서."

이양선의 출몰을 거론하였다가 남원군 이광을 잃었던 철종이다. 그러나 김좌근은 지난밤 철종의 탑전에서 자신의 무지함을 입에 담았고, 철종의 선견지명에 할 말이 없었노라는 자책의 말까지 입에 담았던 터이다. 그래서 철종의 비답은 명쾌하다.

"그리하시오."

이때까지만 해도 조선의 연안에 표류한 외국의 선박이 있으면 그 선원들에게 먹을 것은 제공했지만, 곧 청나라에 압송하는 것으로 조선의 임무는 끝나는 것으로 되어 있다. 물론 이 같은 일은 계속되어야 하는 것이었지만, 양민들과의 접촉을 엄중히 단속한다는 교지가 내렸다. 바로 이 점이 철종에게는 불만이었지만, 먼저 의논해 준 김좌근의 뜻이 고마워서 토를 달지 않았을 뿐이다.

김좌근은 영부사 정원용, 판부사 김도희 등과 더 세밀한 대책을 의논한다.

"왜구와의 접촉은 재고되어야 할 것으로 압니다. 이를 국법으로 금한다면 왜인들은 다시 도적으로 변하여 조선 연안을 어지럽힐 것으로 봅니다."

정원용의 의견이다. 왜인들을 위해서는 동래에 왜관倭館이 있어 공식화된 무역의 길이 열려 있다. 이를 금지한다면 3남 지방의 연안에는 왜구가 다시 들끓을 것이 아니겠느냐는 우려다.

"도리 없겠지요. 동래 왜관을 다시 지어 주어 저들의 마음을 달래기로 합시다."

이리하여 동래 왜관이 다시 지어지고 왜인들은 이를 거점으로 소규모의 무역을 재개하기에 이르렀으나, 특히 함경도와 황해도 일원에서 성행하던 사무역은 일체 금지되기에 이른다.

"청나라로 가는 사신들과 그들을 따라다니는 상인들의 사무역도 차제에 금하는 것이 도리일 것이오."

“당연하지요. 관직에 있는 자의 상행위부터 근절시켜야 하오이다.”

조선의 사신들이 청나라로 갈 때면 호종을 가장한 수많은 상인들이 따라다닌다. 이들의 밀무역은 그 규모나 액수에 있어 상당한 수준에 있었으므로 사행길에 함께 갈 수 있다는 것은 크나큰 이권이다. 이 또한 금지되기에 이른다.

이런 와중에서 청나라 어민들과의 마찰이 생겨났다. 해주, 옹진, 장연, 풍천 등지에서 청나라의 어선들이 자주 출몰하여 어종을 닥치는 대로 남획한다는 파발이 자주 올라온다. 조선의 어민들은 이들을 퇴치하여야만 생업의 길이 열린다. 그러기 위해서는 싸울 수밖에 없었는데, 청나라의 어부들은 배 밑창에 숨겨 둔 병장기로 조선 어민들을 살해하기가 일쑤였고, 때로는 어선까지도 격침하는 일이 잦았다. 가장을 잃은 식솔들과 배를 잃은 어민들은 감영으로 몰려와 대책을 세워줄 것을 호소하는 지경에까지 이르게 된다.

황해감사 김영근은 이를 감당하지 못했다. 무엇보다도 상국으로 섬기고 있는 청나라 어민들의 행패라 맞서서 싸울 형편도 아니었거니와, 만에 하나라도 싸워서 피해를 입힌다면 청나라에서 보복을 가해 올 것이기 때문이다. 고심 끝에 김영근은 영의정 김좌근에게 사신私信을 올려 황해도 연안의 사정을 소상히 적고, 내직으로 옮겨 줄 것을 간청한다.

김좌근은 김영근의 사신을 대수롭게 여기지 않는다. 단순한 불만쯤으로 생각했기 때문이다. 그러면서도 황해도에 관원을 보내 그 실태를 조사해 오게 했다. 그 보고를 접한 김좌근은 크게 놀란다. 방치해 둘 일이 아니었기 때문이다. 내버려 둔다면 청나라와의 분쟁이 일어날 것이 분명하다.

김좌근은 빈청으로 중신들을 불러 모으고 대책을 숙의한다.

"상국의 어선이라는 데 어려움이 있지를 않소이까. 이를 시급히 해결하지 않는다면 청나라와 마찰을 빚게 됩니다. 수습책을 말씀해 주시오."

병조판서 김수근은 기다리고 있었다는 듯이 대응책을 제시했다.

"추포선과 추포무사의 제도를 되살려야 할 것으로 봅니다. 우선은 예방해야 하고, 설사 마찰이 있다 해도 힘으로 제압할 수 있어야만 분쟁도 미연에 방지할 수가 있으리라 봅니다."

모두들 고개를 끄덕이며 수긍한다. 이를 계기로 추포선追捕船과 추포무사追捕武士의 제도가 부활된다. 추포선이란 글자의 뜻대로 도망하는 적선을 뒤쫓아가 나포하는 전선戰船이었고, 추포무사란 추포선에 타는 수군水軍을 말한다. 이 제도는 특히 황해도 연안을 중심으로 활용이 되었으나, 병자호란丙子胡亂 이후 청나라의 압력으로 폐지되었던 제도다.

조정은 추포선, 추포무사의 제도를 부활하여 황해도 연안에 배치한다. 모두 23척의 전선을 배치하되 주진主鎭에 10척, 금사사金沙寺에 5척, 옹진과 허사포에 각 2척, 해주 · 풍천 · 장연 · 조니포에 각 1척씩을 상주케 했다. 추포선의 배치는 큰 성과를 거두었다. 무장은 하고 있었으나 되도록 발포는 자제했고, 청나라의 어선이 나타나면 위협만으로 물러가게 했다. 이렇게 황해도 연안이 안정되어 가자 어민들은 감격한다. 삶의 터전을 다시 찾은 때문이다. 이들은 장김 일족으로부터 아무 혜택도 받아 보지 못한 사람들이었으나, 연안자원이 보호된다는 사실 하나만으로 김좌근을 하늘같이 우러러보게 된다.

'백성들이란 그렇듯 단순한 것을!'

김좌근은 그제야 무공선사의 가르침에 고마움을 느낀다. 철종과의 우선 소통이 모든 불화를 밀어내면서 자신감을 충만하게 한다. 민심을 자신의 것으로 만들고서도 척족의 세도는 얼마든지 누릴 수가 있었기 때문이다.

"충청도 홍주에 진을 설치하여 어민들의 생업을 돌보아 주도록 하라!"

홍주洪州의 원산도元山島에 진이 설치된다. 연안의 방비를 목적으로 하는 군사시설의 확충이다.

"전국의 호구를 조사하라!"

호구를 조사하면 장정들의 수를 알 수 있다. 그것을 기준으로 군역軍役을 정비하기로 한다. 사람들은 혀를 찬다. 김좌근이 영의정의 자리에 오르면서 부실한 제도가 하나하나 개선되었으니 백성들이 이를 마다할 까닭이 없다. 조정의 대소 신료들도 김좌근의 정치적인 결단력에 오금을 펴지 못한다. 백성들에게 많은 이득이 돌아가게 하면서도 장김 세력을 탄탄한 대로 위에 나서게 하였기 때문이다.

급한 불은 껐다고 생각한 김좌근은 자신의 양아들이자 자신의 뒤를 이어 갈 세도의 중추인 호조판서 김병기를 불러 다짐한다.

"어느 만큼은 자리가 잡혔질 않느냐?"

"그러하옵니다. 이젠 아버님의 호령이 왕명이나 다름이 없게 되었사옵니다."

"허허허, 왕명이라니… 말이 되느냐. 다만 네 소임이 막중해졌음이니라."

"……?"

"사소한 일은 네가 알아서 처결하는 것이 좋을 것이야. 다만 국정을 좌우할 만한 일이거든 나와 의논하는 게 좋겠구…."

"명심하겠사옵니다, 아버님…."

"아무리 민초들이 무지렁이와 같기로… 다독거려서 다루는 것이 치도의 근본임도 명심하구…."

"알겠사옵니다."

김좌근을 당대의 큰 정치가라 해도 손색이 없을 것이리라. 철종을 품안에 두었다고 자신한 그는 권도의 일부를 아들 김병기에게 이양한다. 어차피 후계자로 다듬어야 할 사람은 그 외에 다른 대안이 없다. 김좌근은 그 정해진 길을 걷고 있을 뿐이다.

# 4

대왕대비 순원왕후는 철종의 변화가 대견하기 그지없다. 그녀는 철인왕후를 불러 넌지시 하문한다.

"호호호. 중전의 노고가 얼마나 대견합니까. 주상이 마음을 잡고 정무에 임하다니요?"

"대왕대비 마마 아뢰옵기 송구하오나…, 범 숙의의 말에 따르면 어느 하루도 강화섬의 양순의 일을 거론하지 않으시는 날이 없다고 하옵니다."

"……!"

대왕대비 순원왕후의 얼굴이 창백하게 바래진다. 사가의 동생 김좌근의 노고로 철종이 평상심을 찾았다고 믿고 있었던 때라 놀랍기 그지없어서다.

"양순의 일만 아니면 참으로 훌륭하신 성군의 도량이라는 말도 하였습니다."

"성군이셔야지. 그리 되었으면 얼마나 좋을고…."

누가 순원왕후의 속내를 탓하랴. 보위에 앉아 있는 사람은 당연히 성군이어야 한다. 근자 철종의 모습에서 성군의 풍모를 볼 수 있음이 모두가 김좌근의 정치적인 역량에서 비롯되는 것으로 알았던 순원왕후다. 그런데도 어느 하루도 양순의 일을 잊지 않고 있는 철종이라면 아직 보필이 미진한 것이 분명하다.

"중전도 나서 주셔야지요. 국모의 후덕함이 주상을 바른길로 인도하곤 하였지요. 역대 어진 왕후가 계실 때 나라가 태평하지를 않았습니까."

"명심하고 있사옵니다."

"성군 세종께서는 슬하에 스무 명도 더 되는 자손을 두었어도 그로 인한 시비가 전혀 없었던 것은 소헌왕후昭憲王后의 후덕함 때문이 아니겠습니까."

"미력이라도 보탤 생각입니다. 심려 마오소서."

얼마나 대견한 중전인가. 아직 애티도 가시지 않은 춘추 열일곱 살의 철인왕후는 국모의 자질을 완벽하게 갖추어 가고 있다.

철인황후는 숙의 범씨를 가까이로 불러 산책하기를 즐긴다. 자신이 중전으로 간택이 될 무렵 궐 안의 법도는 물론 지아비 철종의 심중을 눈에 본 듯이 알려 주었던 숙의 범씨다. 그때 두 사람은 방 안에서만 만난 것이 아니라 삼청동 흐르는 맑은 냇가를 거닐며, 혹은 중학동의 솔밭을 거닐며 대궐의 이야기를 나누었던 기억이 새롭다. 그때는 상궁의 신분이었으나, 지금은 철인왕후의 발의로 숙의로 봉해져 있고, 영혜옹주를 생산한 왕실의 일원이기도 하다.

"중전 마마의 하해와도 같은 대은을 아직 갚아 드리지 못하고 있사옵니다. 용서해 주소서."

숙의 범씨의 마음 씀은 아름답고 고결하다.

"당치 않아요. 내가 입궐하여 이 만큼 지내는 것도 범 숙의의 도움이 있어서가 아니요. 아직도 더 배워야 우리 주상 전하께서 심기가 편하실 것을요.”

창덕궁 비원의 연지蓮池에는 부용정芙蓉亭이 두둥실 떠 있다. 그 부용정 난간에서 바라보이는 어수문魚水門과 주합루宙合樓의 어울림은 한 폭의 그림보다도 더 아름답다.

“범 숙의. 주상 전하에게 미행을 하시게 하면….”

“……!”

숙의 범씨의 가슴팍이 쿵하고 울린다. 미행微行이 무엇인가. 임금이 사복 차림으로 궐 밖으로 나가 백성들의 삶을 몸소 살펴보는 일을 말한다. 옛날 성종대왕은 이 미행의 결과를 정무에 반영하여 어진 임금의 반열에 올랐다. 그러나 숙의 범씨는 철종의 미행이 양순과의 재회를 이루어지게 할 수도 있을 것이라는 기대부터 앞선다.

“내가 전하께 미행을 나가시게 한다면…, 범 숙의는 주상 전하와 양순의 재회를 주선해 줄 수가 있겠오?”

아, 이 얼마나 성스러운 자태인가. 철종이 양순이만을 찾는 일에 투기를 한다 해도 나무랄 수 없는 지위에 있으면서, 오히려 철종과 양순의 재회를 주선하고 나서는 철인왕후의 모습이 숙의 범씨에게는 하늘의 선녀보다 더 성스럽고 아름다울 수밖에 없다.

“중전 마마. 어려운 일이 아닐 것이옵니다만…, 만에 하나라도 그 일을 대왕대비께서 아시게 된다면….”

“호호호. 그때의 일은 심려할 게 없어요. 모든 책임과 죄업은 저 혼자 짊어지겠습니다.”

"…중전 마마!"

숙의 범씨의 얼굴에 울컥 눈물이 쏟아져 내린다. 철종의 승은을 받고 있는 숙의 범씨는 철인왕후의 앞에서 얼굴을 들 수조차도 없는 처지인데, 철인왕후는 그보다도 더 아름다운 일에 나서고 있다.

"물론 내가 시키더라는 말은 입 밖에 내지 말고, 범 숙의가 알아서 서둘러 주었으면 좋겠어요."

"예, 마마."

거처로 돌아가는 숙의 범씨의 뇌리에는 성스럽고 아름다웠던 철인왕후의 모습이 지워지지 앉는다. 그것은 자신의 무능함을 돌아보게 하는 채찍일 수도 있다. 철인왕후의 생각이 철종의 내심을 족집게무당처럼 짚어 내고 있는데도 자신은 무위도식하고만 있었다는 생각에 숙의 범씨는 마음 둘 곳을 찾질 못한다.

숙의 범씨는 대전 내관 기세석을 불러 은근하게 타진한다.

"주상 전하에게 미행을 권할 수가 있겠는가?"

"……!"

기세석은 흠칫 놀랄 뿐, 대답을 못한다. 대전 내관이면 미행 이후의 문제까지를 재빠르게 간파해야 하기 때문이다.

"어렵게 생각할 일이 아니고…, 미행이라도 하신다면 무료함은 달래실 게 아닌가."

"그야, 전하께서도 춤을 추실 일일 것으로 아옵니다만…."

"허면…."

숙의 범씨는 기세석을 가까이로 다가앉게 하고, 철인왕후의 엄명을 전달한다. 기세석도 벌겋게 달아오른 안색을 식혀 내지 못한다.

"미행을 한두 번 하신 연후에…, 숭례문崇禮門 안쪽쯤 술청의 별당을 빌리고, 그 별당에 양순이를 부른다면…."

"마, 마마."

내관 기세석이 황당해 한다. 대왕대비 순원왕후를 비롯해서 장김의 두령인 김좌근은 고사하고 그 사실이 김병기에게 알려진다면 살아날 사람이 없을 것인데도 이 일이 무사히 이루어질 수가 있겠는가.

"탈이 있고 난 다음의 일은 자네가 걱정할 일이 아닐세. 중전마마께서 온몸으로 막아 주실 것으로 아네만…, 내가 자청해서라도 사약을 받을 것일세. 무슨 말인지 알아들으시겠는가."

"……!"

"이렇게 답답한 사람이 있나. 자네가 주상 전하를 가까이 모시면서 전하의 심기를 헤아리지 못하는 것도 불충이려니와 전하의 심기를 바로 모시지 못하고서야 어찌 대전 내관의 소임을 다한다 하겠는가."

기세석으로서도 결단하지 않을 수가 없다. 철인왕후나 숙의 범씨의 처지에 비한다면 자신은 미물이나 다름이 없기 때문이다.

"소인에게 맡겨 주소서."

"고맙네. 다만 한 치의 유루遺漏도 있어서는 아니 될 것일세."

내관 기세석은 대전으로 돌아온다. 철종에게 미행을 입에 담는다면 펄쩍펄쩍 뛰면서 반길 것이 분명하다. 다만 한 가지, 그 길로 강화섬으로 달려가자고 할지도 모른다. 그 위험한 일만 모면할 수 있다면 철종의 미행은 여러 가지 뜻에서도 의미 있는 일이 아닐 수 없다.

"전하, 미행이라는 말씀을 들어 보셨는지요?"

"미행이라…?"

철종의 관심은 첫마디부터 불타오른다. 기세석은 자신이 알고 있는 역대 제왕들의 미행을 입에 담는다. 그 미행의 결과가 선정善政으로 연결이 된다면 만세에 성군의 이름을 남길 수 있다는 기세석의 설명은 귓등으로 들린다. 철종에게는 오직 갖가지 제약으로 자유롭지 못했던 몸이 얼마간이라도 자유롭게 된다는 사실이 관심사일 뿐이다.

"나가자. 오늘 당장이라도 미행을 나가자."

"전하. 미행은 달이 없는 그믐이여야 하옵니다. 통촉하소서."

"그래, 그믐이 언제더냐. 암 기다리다마다."

철종의 심기는 들뜨기만 한다. 강화섬의 나무꾼 도령에서 임금이 된 지도 어언 5년…, 그 오 년 동안을 철종은 창덕궁에 갇혀 살았다. 수라상은 산해진미로 가득하고, 철인왕후나 숙의 범씨는 아름답기 그지없는 여인이다. 밤마다 비단금침에 휘감기며 잠을 자면서도 철종에게는 대궐이 감옥과 다름이 없다. 대궐의 법도는 철종의 심신을 밧줄로 동여매어 사방에서 잡아당기는 형국이었고, 순원왕후, 신정왕후 등 내명부 상전의 웃음 담긴 얼굴에도 법도만을 강요하는 가시가 성크렇다. 어찌 그뿐이던가. 김좌근, 김병기를 비롯한 외척의 실세들은 철종의 손가락 놀리는 일까지 간섭하지를 않았던가.

미행이면 무슨 상관인가. 밤이면 어떤가. 심신을 옭아매는 대궐을 빠져나가서 백성들과 막걸리 잔을 나누노라면 잃었던 사람의 냄새를 찾을 수가 있을 것만 같아서 철종은 그믐밤이 되기를 손꼽아 기다린다.

## 5

기다리고 기다리던 그믐밤이 온다. 철종은 갓 도포 차림의 선비가 되었고, 따르는 내시 기세석 또한 선비와 교유하는 친구의 관계가 되어야 한다.

"전하, 불공하옵게도 미행 중에는 신은 전하를 이 서방이라 부르게 되옵고, 전하 또한 신을 대하기를 귀하고 절친한 벗으로 대하셔야 하옵니다."

"오냐, 오냐. 네가 나를 이 서방이라 부르면, 나는 너를 기 서방으로 부르면 될 것이니라. 허허허허."

삐걱, 금호문이 열린다. 미복 차림의 철종과 기세석은 궐문을 나서면서 어둠 속으로 잠긴다. 두 사람은 두리번거리면서 걷는다. 행인이 있을 까닭이 없다. 그러나 철종에게는 자유롭다는 그 하나만으로도 신바람이 솟아난다. 실로 오 년여 만에 주변에 널려진 가시덤불을 걷어 낸 듯한 홀가분함이 있어서다.

멀리 술 주酒 자가 쓰여진 목로가 보인다. 철종의 발걸음이 빨라진다. 마당에 펼쳐진 평상에는 제법 많은 사람들이 술을 마시고 있다. 철종의 얼굴에 웃음꽃이 피어난다. 자신이 있어야 할 자리를 찾았다는 희열일지도 모른다. 두 사람은 평상의 빈자리를 차고앉으면서 술을 청한다.

아무 가식도 없는 백성들의 소리가 철종의 귀에까지 거침없이 들려온다.

"거, 외척인지 뭔지 하는 것들… 아, 귀신들은 뭐하고 있는 게야. 하옥 부자부터 데려가질 않고!"

철종은 무심결에도 몸을 웅크린다. 듣기가 민망했던 모양이다. 기세석은 재빨리 술 사발을 채워 철종에게 내밀면서 말했다.

"이 서방, 쓰잘 데 없는 생각을 말고, 어서 비우게."

철종이 술 사발을 비우는 동안에도 옆자리의 화제는 거침이 없다.

"그 나합인가 하는 년의 집에서는 약식이 썩어서 돼지에게 먹인다는 게야. 사람도 못 먹는 약식을 돼지가 먹는 판국이면 세상은 이미 말조가 아닌가. 거 병신 같은 임금 놈은 뭐하고 있다는 게야!"

"……!"

철종의 용안이 실룩실룩 요동친다. 기세석은 이 자리를 떠야 하는지, 그대로 있어야 하는지를 미처 가늠하지 못하고 있을 때 철종이 먼저 새 화두를 꺼내 든다.

"기 서방. 빠르게 걸으면 강화섬까지도 갈 수 있지를 않겠느냐?"

"저, 저…, 이 서방 그 무슨 당치 않은…."

"밤새워 달리면 다녀올 수가 있다. 어서 떠나자!"

철종은 거침없이 몸을 일으키며 술청을 달려 나간다. 기세석은 황급히 술값을 치루고 밖으로 따라 나가면서 두리번거린다. 천만다행으로 철종은 담장 곁에 서 있다.

"전하…!"

"누가 듣는다. 이 서방이라면서. 어서 떠나자. 길을 아는 기 서방이 앞장을 서야 할 것이 아니냐."

"설혹 간다 하여도 성문을 열 수가 없사옵니다."

"없다니, 임금의 행보니라."

"미행은 임금의 행보가 아니옵니다. 불량한 사람들을 만나면 봉변을 당할 수도 있사옵니다. 오늘은 이만 환궁하소서."

"그렇게는 못 한다. 우선 성문까지만이라도 가 보자. 그 다음에는 네 뜻을 따를 것이니라."

기세석은 철종을 숭례문으로 인도한다. 밤이었어도 횃불을 든 문직 갑사들의 움직임이 선명하게 보인다.

"저 문직들은 왕명도 따르지 않는다는 말이더냐?"

"저들이 전하의 용안을 모르는데 왕명이 서겠사옵니까?"

"네가 대신하면 될 일이지. 나는 대전 내관이고, 이 사람이 임금이라 해도 왕명이 안 통하느냐?"

"신 또한 대전 내관임을 입증할 방도가 없사옵니다."

"제기랄, 임금 노릇 헛하는 것 같다."

철종은 한숨처럼 내뱉으면서 몸을 돌린다. 의지할 곳 없는 외톨이나 다름이 없는 철종의 모습은 처량하기 그지없다. 내시 기세석은 조용히 철종의 곁으로 다가서면서 철인왕후, 숙의 범씨의 생각을 은밀하게 고해 올린다.

"뭐라, 양순이를…!"

철종은 걸음을 멈춘다. 들떠 오르는 심회를 가늠하지 못해서다.

"그러하옵니다. 강화섬에 인편을 보내 배 별감을 다시 부르고, 그로 하여금 양순이를 데리고 도성으로 오게 한다면, 전하께서는 미행 때마다 양순일 만날 수가 있을 것이옵니다."

"좋다. 언제부터냐. 언제면 그리 되겠느냐?"

"지금 당장 기약할 수는 없사옵니다. 기다리시면 성사될 일이옵니다만…, 왕실 웃전이나 하옥 대감께서 아시게 되는 날이면 모두가 중벌을 받게 되옵니다. 통촉하소서."

"……!"

내시 기세석은 영리하다. 그는 철종의 조급함을 다스릴 수 있는 모든 방도를 숙지하게 한 다음에야 다음 일을 시작하겠다고 한다. 철종은 모든 것을 기세석에게 맡겨 둔 채 평상으로 돌아간다.

하옥 김좌근이 실권을 장악한 영의정이라면 대사동 나합의 집은 언제나 문전성시다. 보다 나은 벼슬을 얻으려는 지방방백들이나, 이권을 챙기려는 사대부들에게 김좌근은 언제나 호조판서 김병기와 의논하도록 한다.

"허허허. 그런 자질구레한 일이야 사영과 의논하면 될 것을…!"

자신의 대범함을 과시하면서 김병기의 위엄을 챙겨 주려는 일거양득의 능란함이 아닐 수 없다. 나합의 집에 들렀던 내객들은 우르르 교동으로 김병기를 찾아가야 소망을 이룰 수가 있게 된다.

"대감, 참으로 능란하시옵니다."

말은 그렇게 해도 나합은 속이 상한다. 교동에서 될 일이면 대사동에서도 되어야 살맛이 돌 것이 아니겠는가. 그러나 김좌근의 신념은 확고하다.

"허허허, 그건 능란한 게 아니라 사람을 바로 보고 있음일 것이니라. 아직은 이 나라 조선 팔도에 사영만 한 인물은 없을 것이야."

김좌근은 김병기를 믿고 또 믿는다. 꼭 자식이어서만이 아니다. 김병기에게는 불타는 야망이 있고, 굽히지 않는 고집도 있다. 또 사람을 휘어잡을 수 있는 눈빛과 설변까지 갖추고 있다. 게다가 사내다운 호방한 성품까지 지녔음에랴.

"하오시면 저는요…."

"오, 허허허…, 합부인이야말로 이 하옥의 하늘이지. 허허허."

김좌근은 나합을 아끼고 사랑한다. 천하를 호령하면서도 나합에게만은 언제나 범부에 불과했다. 그런 김좌근을 치마폭에 묶어 둘 수 있는 나합의 묘미는 어디에 있는 것일까.

"믿을 수가 있어야지요, 대감…."

"이것아 믿을 수가 없다니, 궐 밖에서 정승 노릇을 하면 되었지… 무슨 욕심이 다시 있어…."

"있사옵니다, 소망이 하나 있사옵니다."

"소망이라… 합부인의 소망이라면 아니 들어줄 수가 없지…."

"교동에 가서 의논하라고는 아니 하실 테지요."

"예끼, 허허허…."

나합도 함께 웃는다. 그녀의 소망은 얼핏 민망하게 들릴 수는 있어도 김좌근에겐 장난거리만도 못하다.

"대감, 일인지하요, 만인지상이신 천하의 하옥 대감께서 기거하시는 곳이옵니다. 또 나주 합부인이 사는 집이옵구요. 고대광실은 못 되어도 버젓한 외양은 갖추어야 하질 않사옵니까?"

"그게 무에 어려운 일이야, 내일이라도 역사役事를 시작하도록 하게나…."

"정말이시옵니까?"

"허허, 영의정의 명이니라, 허허허…."

대사동 나주 합부인의 집은 대폭적인 수리에 들어갔으나, 수리는 말뿐이었고 다시 짓다시피 하는 건물도 있다. 재목과 석재를 뇌물로 바치는 사람들이 있고, 노역을 자청하는 사람도 있다. 역사는 빠르게 진척될 수밖에 없다. 이웃집이 헐려 나가기도 했으나 아무도 탓하는 사람이 없다. 나합의 손짓 하나로 건물의 방향이 틀어지는 일은 다반사다.

내당의 역사가 완공될 무렵이다. 나합은 새로 놓은 대청마루에 나와 섰다가 미간을 찌푸린다. 시계가 막혀 있어서다.

"원 세상에…."

김좌근이 천하의 하옥이라면 자신도 천하의 합부인이다. 앞이 가린 대청에서는 살맛이 없다. 그녀는 김좌근에게로 달려가 다시 조른다.

"내당 앞을 가린 지붕을 낮추어 주오소서. 그것만 없다면 목멱산木覓山이 시원하게 바라보일 것이옵니다."

"목멱산이라… 허면 내당 앞을 가린 것이 뉘 집 지붕이라더냐?"

"대감의 거처가 아니옵니까."

"무에야…?"

김좌근은 놀라는 시늉을 해 보인다. 자신이 거처하고 있는 사랑채의 지붕이 나합이 거처할 내당을 가렸다고 하지를 않는가.

"대감, 두 자만 낮추면 될 것으로 여겨지옵니다."

"두 자씩이나!"

"그러하옵니다."

"허허, 아무리 합부인이기로 이 하옥의 거처를 두 자나 낮추고도 무사하리라 여겼더냐."

"허락해 주시오소서…."

김좌근은 너털웃음을 터뜨린다. 손자를 귀여워하면 상투 끝에 올라앉는다는 속언이 있다. 그러나 김좌근은 나합에게만은 약하기 그지없다. 어찌 정인의 소망을 못 들은 척하랴. 김좌근은 지체 없이 공감工監을 불러서 명했다.

"사랑채의 기둥을 두 자만 잘라 내도록 하라."

"아니, 대감…."

"합부인께서 그리 청하질 않느냐, 당장 시행하렷다."

"예, 대감…."

공감이 물러가자 나합은 김좌근의 가슴으로 파고든다. 나합이 풍기는 묘미는 이런 데 있는지도 모른다. 김좌근은 그녀의 달아오른 몸을 보듬어 안는다. 환갑을 바라보는 나인데도 김좌근은 나합의 앞에서는 언제나 젊다. 그 젊음에 대한 확인이 나합의 곁에 머물게 되는 요인일 수 있다.

대사동 나합의 집은 새롭게 단장이 되었다. 김좌근이 기거하는 사랑채는 낮았으나 나합이 거처하는 내당은 높아서 대청으로 나서면 목멱산이 훤히 바라다보인다는 소문은 시정의 화제가 되기도 한다. 또 그것은 나합의 위세가 영의정에 버금간다는 실증이기도 했다. 나합의 집 대문 앞은 언제나 성시를 이루었다. 8도에서 진상하는 진귀한 물건들은 광을 채우고도 남아돈다. 찾아온 내객들, 아니 조정의 관원들까지도 김좌근보다 그녀를 만나기를 소망했고, 그녀를 부를 때는 언제나 '합부인마님' 이라고 했다. 나합은 그 소리가 듣기 싫지가 않다. 기생 소실이라 정경부인은 될 수 없었어도, 그 위세만은 부러울 것이 없다.

이른바 장김, 척족의 이름으로 크나큰 세도를 누리는 사람들을 분류해 보면 영의정 김좌근을 중심으로 교동의 김병기가 있었고, 대사동에 나합이 있다. 그리고 철인왕후의 아버지 김문근으로 대별된다. 이들과 줄이 닿으면 재물도, 입신도, 뜻한 바 모든 소망을 이룰 수가 있다. 장김의 세도가 이같이 절정을 향해 치닫고 있을 때다.

# 스승과 제자

## 1

세도가 성하면 아첨도 성하게 마련이다. 학문에 몰두하여 입신의 길을 찾느니, 아첨을 배워서 지름길을 달리는 것이 더 편하기 때문이다. 그러나 아무리 세상이 혼탁해져도 의로운 길을 가는 사람들도 있게 마련이다.

— 차라리 탈 없이 집안이 가난할지언정, 탈이 있고서 부유하지 말 것이다. 차라리 탈 없이 허름한 집에서 살지언정, 탈이 있고서 좋은 집에서 살지 말 것이다. 차라리 병 없이 거친 밥을 먹을지언정, 병이 있고서 좋은 약을 먹지 말 것이다.

《익지서益智書》에 있는 말이다. 조선의 선비들은 어려서부터 이런 글귀를 읽으면서 자란다. 지행知行하는 사람들은 이를 지키면서 의로운 삶을 영위할 것이지만, 배워도 행할 줄 모르는 사람들은 교동으로 김병기를 찾아가고 대사동으로 나합을 찾아갈 수밖에 없다 한들 어찌 사람들이 모두 한결같기를 바랄 수가 있으랴. 동서고금을 막론하고 의로운 일에 목숨을 거는 사람은 흔치가 않다. 그러나 분명한 것은 그 흔하지 않은 의로움이 등불이 되어 어지러웠던 시대를 밝혀 놓는 경우를 우리는 얼마든지 볼 수가 있다. 역사는 그래서 적어야 한다. 역사를 적은 기록에 거울 감鑑 자를 쓰는 것도 바로 그 때문이 아니겠는가.

철종 조 중엽, 세상은 장김의 세도로 날로 혼탁해지고 있다. 그런 혼탁 속에서도 학문과 사상이 우뚝한 거목巨木이 있다. 화서華西 이항로李恒老가 바로 그 사람이다. 스승의 인품이 높으면 그에 준하는 제자들이 모여들게 마련이다. 이항로의 문하에 수많은 제자들이 모여든다. 그 제자들을 일러 사람들은 '화서문하華西門下'라고 한다.

이항로는 1792년(정조 16) 2월 13일에 양근군楊根郡 벽계리蘗溪里에서 이회장李晦章의 아들로 태어났다. 아버지 이회장은 비록 벼슬을 하지는 않았으나(贈吏曹參判) 지조와 행실이 뛰어났으며, 언도와 풍도風度가 옛사람들을 능가한다 하여 세상 사람들이 존경하였다. 이항로의 출생지인 벽계리가 청화산靑華山의 서쪽에 있었다 하여 후일 그로부터 글을 배운 사람들이 그를 화서 선생으로 부르면서 호가 되었고, 자는 이술而述이다.

이항로는 세 살 때부터 글을 읽기 시작하여 여섯 살 때에는 이미 《십팔사략十八史略》을 읽으면서 글을 지었으며, 언행이 마치 어른과 같이 단정하였다고 전한다. 이항로의 총명함이 이와 같자, 아버지 이회장은 당시 학문과 행실이 으뜸이라는 화옥華玉 신기녕辛耆寧 등 너댓 사람의 스승을 맞아들여 경사經史를 담론하는 자리에 반드시 아홉 살이 된 어린 이항로를 동참하게 하였다. 그런 어느 날 설하雪下 남기제南紀濟가 주기론主氣論을 말한다.

"내가 근일에 한 가지 새로운 발견을 하였는데, 천지 사이에 있는 천만 가지 일이 오직 한 개의 기氣일 뿐이라는 것이오."

모두 그의 말을 경청하고 있을 뿐이었는데, 신기하게도 아홉 살 난 이항로가 나선다.

"소자의 소견으로는 천지 사이의 천만 가지 일은 오직 한 개의 이理일 뿐으로 압니다."

참으로 놀라운 일이다. 그러나 남기제는 웃으면서 이항로의 견해를 일축한다.

"허허허, 그것은 아직 네가 알 바 아닐 것이니라. 천지 사이에 가득한 것이 기氣일 뿐이지 무엇이 다시 있겠느냐?"

소년 이항로는 굽히지 않고 끝까지 자신의 뜻을 주장한다.

"장씨丈氏께서 끝까지 기氣라는 말씀을 역설하신다면, 앞으로 대로 상에서 장씨가 보는 앞에서 반드시 사람을 치는 자가 있게 될 것인데, 장차 그것을 어찌 막고자 하시렵니까?"

"……!"

좌중은 경악을 금치 못한다. 이로 미루어 이항로가 평생 동안 주이론主理論을 펼치게 된 근거는 하늘이 그에게 준 명제였다는 설도 있다. 이항로는 열두 살이 되면서 화옥 신기녕으로부터 《서경書經》을 배웠고, 열다섯 살에 박최환朴最煥의 따님을 아내로 맞이한다.

이항로는 17세에 아버님의 명에 따라 반시泮試를 보러 갔다가 되돌아온 일이 있었는데 그 연유가 재미있다. 이때 이미 이항로의 문장이 조숙하여 그 이름이 장안을 떠들썩하게 하였으니 어느 정승이 사람을 보내 이항로에게 청을 넣었다.

"만일 정승 댁 도련님과 같이 상종해 준다면 올해 과거에 등과할 수 있을 것이라 합니다."

이 말에 이항로는 분격했다.

"이곳은 사자士子가 발 딛을 곳이 아니로군!"

이항로는 시험을 포기하고 집으로 돌아오고 말았다. 그가 한성시漢城試에 합격한 것은 다음 해인 18세 때의 일이다. 그 성품이 얼마나 강직했고 학문에 대한 열의가 얼마나 강했는지에 대한 일화도 있다.

이항로는 19세 때 심한 학질을 앓았다. 학질은 하루 건너서 심하게 발열한다 하여 재귀열再歸熱이라고 하는데 그 심한 발열을 '직'이라고 한다. 이항로는 무려 200직의 학질을 앓았으니 그 고통이 얼마나 컸겠는가. 후일 이항로는 이때의 일을 회상하여 다음과 같이 말한 일이 있다.

— 내가 학질에 걸려 아프기 시작하면서부터 이 병과 싸우기 위해 날마다 세수하고 의관을 갖추고 방 안에 꿇어앉아 강작强作하며 글을 보았는데, 강작이 맹렬하게 될수록 병이 더욱더 지독하여 거의 지탱하지 못하게 되었다. 그러나 중간에 그 뜻을 변동하지 않으려고 무려 200직을 앓으면서도 하루도 눕지 않았다. 이 때문에 원기를 손상하여 평생을 해를 보았다. 이 일은 연소한 시절 몰지각한 때의 일이었으니 경계로 삼는 것이 좋겠다.

이 일화로 미루어 이항로가 그 의지를 가다듬어 혈기를 통솔한 것은 이미 젊었을 때부터 시작된 일이 아닌가 싶다. 이항로는 서른을 전후하여 고달산사高達山寺에서 독서를 하면서 지낸 일이 있다. 그때 시를 지어 토로하기를,

石泉三十年 幾來此山曲
亹亹千古懷 讀書常不足
돌샘을 찾은 지 30년 동안
구달산 굽이를 찾은 지 몇 번이나 될까.
간단없이 생각나는 천고의 회포여
아무리 독서해도 늘 부족함일세.

라 했지만 결단코 겸손이 아니다. 이항로는 4서와 3경을 수백

번 읽고서도 길을 다니면서 늘 중얼거리며 외웠고, 특히 《중용中庸》에 대해서는 스스로 이렇게 말하기도 했다.

"내가 중용을 외기를 만 번까지 하였는데, 욀 때마다 새로 얻는 것이 있으니… 앞으로 한 번만 더 왼다면 소득이 얼마나 될 것인지 알 수가 없다."

이 같은 이항로의 학문과 명성이 널리 퍼지면서 수많은 선비들이 그의 집을 찾아들었다. 그러나 서사書舍가 좁아서 모두 수용할 수 없는 형편이었다.

## 2

강화도령 원범이 보위를 이었다는 소식에 접한 이항로는 사설邪說이 난무하여 해가 커질 것을 우려하는 시를 지어 시절을 탓하기도 했다.

弊屋寬如斗 安儲萬斛憂
乾坤春寂寂 風雨夜悠悠
黑水波瀾濶 西洋鬼魅幽
東溟猶未淺 吾道詎長休

헐어지고 좁은 말[斗]만 한 집에
만곡도 넘는 근심이 차곡차곡 쌓였네.
천지는 봄소식이 적적한데
바람과 비는 밤새도록 그칠 줄 모른다.
흑수의 파란은 요란만 하고
서양 귀신 도깨비는 깊숙이 도사렸구나.
동쪽 바다가 아직 얕아지진 않았거니
어찌 우리 도가 길게 잠잘거나.

시절의 어수선함과 종사의 어려움을 함께 우려하는 우국애민憂國愛民의 사상이 절절히 스며 있는 시가 아닐 수 없다. 이렇듯 이항로의 학문은 공자와 맹자를 바로 배우기 위해 정자와 주자를 숭상하였고, 정자와 주자를 옳게 배우기 위해서는 송시열의 학문을 존중하였다. 그러나 무엇보다도 중요한 것은 그의 사상이 애군여부愛君如父 우국여가憂國如家, 다시 말하면 '아버지를 공경하듯 임금께 충성하고, 집안을 염려함과 같이 나라를 염려하라'에 있었다는 점이다. 바로 이 사상이 훗날 존왕양이尊王攘夷, 위정척사衛正斥邪로 이어지고 있음을 볼 때, 그가 살았던 시대와 시대적 의미가 더욱 새로워진다.

1854년(철종 5), 이때 화서 이항로의 나이 63세. 그의 학문과 인품이 원숙의 절정에 올라 있을 때다. 이때까지도 이항로는 벼슬에 관심을 두지 않았다. 그가 49세 되던 해인 1840년(헌종 6)에 참봉 벼슬이 내렸으나 사양을 했고, 그 뒤 세도가 조인영趙寅永이 그를 지방의 수령으로 기용하기 위해 사람을 보낸 일이 있었으나,

"사람을 등용할 때에는 어디까지나 그 재능의 유무를 가지고 할 것이지, 본인의 의사를 먼저 물어보는 것은 어불성설이다. 더구나 나는 그런 벼슬을 할 능력이 없다"라고 단호히 거절했다.

이 같이 강직한 화서 이항로의 문하에 지조 높은 선비들이 몰려드는 것은 당연하다. 김평묵金平默, 유중교柳重教, 유인석柳麟錫, 양헌수梁憲洙, 홍재학洪在鶴 등 쟁쟁한 면면들이 입문해 있었고, 최익현崔益鉉은 입문한 지 8년째를 맞고 있다. 그러니까 8년 전, 최익현이 처음으로 화서 이항로를 찾아왔다. 아홉 살 때부터의 스승인 김기현金琦鉉 노인과 동행이었다. 김기현은 최익현의 문재를 극구 칭송하면서 화서문하에 받아들일 것을 청한다.

이항로는 열네 살 난 소년 최익현을 찬찬히 살펴본 후에 입을 연다.

"익현은 비록 체구는 작다 하나 눈이 빛나고 두상이 큰 데다 골격이 야무져 보통 사람과 다르다. 성격 또한 이와 같이 강인한 의지와 대쪽 같은 절개가 엿보이니 장차 나라를 위해 능히 큰일을 할 인물이오."

"바로 보셨습니다. 거두어 주셨으면 합니다."

이 같은 경위로 소년 최익현은 화서문하에 입문한다. 그날부터 최익현은 선배 문인인 김평묵과 함께 이항로의 아낌과 사랑을 받게 된다. 이항로는 소년 최익현을 볼 때마다 자신의 소년

시절을 회상하곤 한다. 한 번 뜻을 세우면 어떠한 어려움이 있어도 관철하고 마는 기개와 불의를 멀리하고 타협하지 아니하는 결기는 판에 찍은 듯 닮은 데가 있다. 그런 연유에서인지 이항로는 최익현을 따로 불러 강론할 때도 잦다.

— 학문을 하는 데는 가장 오래 견디어 내지 못하는 것이 두렵거니와 오래 견디지 못하면 조그만 일도 해내지 못하는 것인데, 요사이 젊은 사람들은 어른들을 모시고 있을 때에 단정히 꿇어앉아 공수拱手하는 것을 견디지 못하여 조금 있다가 바로 사양하고 나가 버린다.

— 대인大人의 말은 번번이 도리에 의거하고, 소인小人의 말은 번번이 기세에 의거한다.

이 같은 이항로의 가르침은 어린 최익현에게 크나큰 영향을 주었고, 그의 일생의 좌우명이 된다. 후일에 이르러 최익현이 대원군을 권좌에서 끌어내리고, 위정척사를 부르짖으며 호국의 기치를 높이는 일과 무관할 수가 없다. 게다가 최익현은 칠십 노구를 이끌고 의병장이 되기까지 하였음에랴. 그만치 최익현은 스승인 이항로를 받들고 따랐으며, 스승인 이항로는 또 최익현을 극진히 아끼고 사랑했다.

"이젠 네게도 호가 하나 있어야 하지를 않겠느냐."

"아직은…."

최익현은 얼굴을 붉히면서 사양했으나, 이항로는 '면암勉菴' 이라는 두 글자를 커다랗게 써 준다.

"네게 썩 어울리지 않느냐."

"한평생 소중히 간직하겠사옵니다."

최익현의 감동은 이루 헤아릴 수가 없다. 하늘 같은 스승으로부터 호를 지어 받는다는 것은 더없는 광영이다. 그날부터 이항로는 최익현을 부를 때 언제나 '면암'이라 한다. 화서문하의 선배들도 후학인 최익현을 모두 '면암'이라고 부른다. 또 최익현은 '면암'이라고 쓰인 이항로의 필적을 액자에 담아 평생을 간직하게 된다. 그 필적은 지금도 모덕사慕德祠(최익현의 사당)에 남아 있다.

이렇듯 화서 이항로와 면암 최익현은 그 학문과 사상을 서로 떼 놓고 생각할 수 없을 만큼 큰 봉우리를 이루어 나가게 된다.

추수가 끝난 지 오래인 텅 빈 들녘에 탐스러운 함박눈이 펑펑 쏟아진다. 산과 들은 삽시간에 은백색의 눈으로 덮였고, 날이 저물 무렵부터는 행인들의 발걸음마저 뜸해 마을은 죽은 듯이 고요하고 적막하다. 그날 화서사숙에선 즐거운 떡 잔치가 벌어진다. 매년 세모가 되면 한 번씩 갖는 연례행사로 스승인 이항로가 문하생들에게 베푸는, 오늘날로 치면 종강파티 겸 송년회가 아닐까 싶다.

추운 겨울날, 김이 무럭무럭 나는 시루떡을 먹는 맛이란 경험해 보지 않은 사람은 결코 모를 것이리라. 시원한 동치미를 곁들여 떡을 먹는 정취를 상상해 보라.

화서사숙의 문하생들은 오랜만에 글공부에서 풀려난 해방감과 보기만 해도 침이 넘어가는 시루떡을 보자 들뜬 마음을 감추지 못한다. 모두들 유쾌하고 즐겁게 담소하며 떡을 먹기 시작한다.

초경쯤 되었을까. 안채에서 지우들과 몇 잔의 술을 마신 화서 이항로는 흐뭇한 얼굴로 제자들이 모여 있는 서사로 나온다. 그는 매년 이날이면 운자를 주어 문하생들로 하여금 시문을 짓게 한다. 스승이 나타나자 떠들썩하던 방 안은 일시에 조용해진다. 재빨리 자리를 정리하고 나서 스승 이항로 앞에 종이와 필묵을 대령한다.

고개를 끄덕이며 천천히 좌중을 둘러보던 이항로의 눈에 의아한 빛이 떠오른다.

"면암이 보이지 않는구나."

스승의 이 말에 문하생들은 자리를 살펴보며 비로소 최익현이 없는 것을 알게 된다. 몇 사람이 밖으로 나가 마당과 측간 등을 둘러보았으나 최익현의 모습은 어디에도 없다.

"효성이 지극하더니…."

화서 이항로는 중얼거린다. 그는 짐작되는 바가 있었으므로 더는 최익현을 찾지 않는다. 최익현은 떡을 보는 순간 어머니를 생각했을 것이기 때문이다. 차마 혼자만 먹을 수가 없었기에 그는 자신의 몫을 싸서 가슴에 품고 집으로 달렸던 것이리라. 최익현의 집은 화서의숙에서 30리 남짓 떨어져 있다.

'식기 전에… 식기 전에….'

최익현은 걸음을 재촉한다. 가슴에 품고 있는 떡이 더 식기 전에 어머니에게 올리고 싶다. 그러나 걸음은 좀체 나아가지 않는다. 차가운 바람이 거세었을 뿐 아니라 무릎까지 빠지는 눈밭을 누비기가 그리 쉽지를 않아서다. 최익현은 천신만고 끝에 가채리 마을로 들어선다.

천만다행으로 내당의 불은 꺼지지 않고 있다. 최익현은 언 손을 녹이며 바느질을 하고 계실 어머니의 모습을 떠올리자 가슴이 아파진다. 그는 방문 앞으로 다가서며 뭉클하게 젖은 목소리를 토해 낸다.

"어머니, 소자옵니다."

방문이 열리면서 어머니의 얼굴이 드러난다. 그러나 반가워하는 기색은 조금도 없다. 최익현은 황급히 방으로 들어간다. 그리고 가슴에 품었던 떡 봉지를 어머니 앞으로 밀어 놓고 예를 올린다.

"어머니, 떡이옵니다. 식기 전에 드소서."

말을 마친 최익현은 어머니의 얼굴에 노기가 일렁거리고 있음을 본다.

"내 언제 떡이 먹고 싶다고 기별을 했더냐!"

"어머니…."

"천하에 으뜸가는 화서문하라고 들었는데… 네 학업은 아직 여기에 머물러 있음이더냐."

"……."

최익현은 고개를 숙인다. 어머니의 모진 힐문이 이어진다.

"어리석고 귀먹고 고질 있는 벙어리인 사람의 집안이 크게 부유하기도 하고, 지혜롭고 총명한 사람의 집안이 도리어 가난할 수도 있음이 아니더냐. 황금을 상자에 가득히 채워 주는 것이 자식에게 경서 한 권을 주는 것만 못하다고 했거늘, 어찌 내가 떡을 얻어먹자고 네가 스승님의 곁을 떠나온 것에 찬사를 보낼 것이더냐!"

"……."

"남들이 모두 구슬과 같은 보배를 사랑하더라도, 나는 너의 현명한 것만을 사랑할 것이니라. 당장 돌아가렷다."

최익현의 눈시울이 젖어 든다. 오직 자식의 일만을 심려하는 어머니의 자애 앞에서 몸 둘 바를 찾지 못해서다. 어머니에게 드리고자 떡 한 봉지를 가슴에 품고 30리 눈길을 달려온 아들의 효행을 어머니가 어찌 모르겠는가. 그러나 최익현의 어머니는 이를 용인하지 않는다.

"어머니, 못난 소자를 위해 온갖 고초를 다 겪으시는 어머니를 생각하면 잠을 이루지 못하는 날도 많았사옵니다."

"네가 어미의 고초를 알겠거든… 등과했다는 소식을 전해 주어야 할 것이 아니더냐."

"……."

"집안 걱정, 어미 걱정일랑은 말고 어서 스승님의 곁으로 돌아가거라."

"밤이 이미 깊었사옵니다. 어머니 곁에서 하룻밤 자고 갈 수만 있다면…."

"당치 않은 소리. 그 또한 어미가 원하는 일이 아니니라!"

어머니 이씨는 다시 입을 열지 않는다. 등촉에 비친 어머니의 모습은 더욱 늙어 보인다. 최익현은 어려서 안겨 놀던 어머니의 따뜻한 품속으로 달려가서 소리 내 울고 싶은 심정을 애써 달래며 몸을 일으킨다. 그리고 작별의 문안을 다시 올리고 방을 나선다.

바람이 매섭게 불고 있다. 마당으로 내려서자 최익현의 옷자락이 소리 내며 펄럭거린다. 그는 다시 화서의숙을 향해 무거운 발걸음을 옮겨 놓기 시작한다.

면암 최익현. 그는 1833년(순조 33) 경기도 포천 땅 가채리에서 의정부 찬정贊政을 지낸 최대崔岱의 둘째아들로 태어났다. 위로 형이 하나 있었으나 출계出系(양자)를 했던 탓으로 가업을 이어 가게 되었다. 키가 작았으되 골격은 남 못지않았고 눈빛은 거셀 만큼 형형하다. 그의 어렸을 때의 이름이 기남奇男인 것만 보아도 남다른 곳이 있음을 알 수가 있다.

최익현은 태어나면서부터 총명했다. 《천자문》은 아버지로부터 배웠으나, 아홉 살 때부터 한학자 김기현에게 학문을 익혔다.

김기현은 곧 자신의 학문이 최익현에게 미치지 못하는 것을 알게 되어 앞서 적은 대로 화서 이항로의 문하에 입문하게 하였다.

최익현은 의숙으로 돌아와 자리에 누웠다. 좀체 잠이 오지를 않는다.

'과장科場에 나가리라!'

최익현은 스승인 이항로와 같이 벼슬에 관심을 두지 않았다. 그러나 어머니 이씨로부터 호된 꾸지람을 받고부터는 생각을 달리하게 된다. 등과를 하고 난 다음에 벼슬길에 나서고 아니 나서는 것은 그때 가서 생각해도 늦지 않다. 다만 등과를 하는 것이 어머님을 기쁘게 해 드리는 일이라면 못할 것도 없다. 또 자신의 학문이 과거에 낙방을 할 만큼 미진한 것이 아님도 잘 알고 있다.

## 3

최익현에게 과장에 나갈 수 있는 기회가 찾아온 것은 철종 6년 4월이다.

조선시대의 과거는 식년시式年試로 되어 있었으나, 왕실이나 조정에 경사가 있으면 그것을 기리는 과거가 있다. 이를 경과慶科라고 한다. 이 해의 경과는 경모궁景慕宮을 추상追上하는 것으로

4월 4일에 춘당대春塘臺에서 있을 것이라고 공고된다. 최익현은 스승인 이항로의 허락을 받았으나, 뜻하지 않은 어려움이 따랐다. 그날의 과정에 철종이 친림한다 하여 과거를 보는 선비들은 관복을 입어야 하기 때문이다. 그러나 최익현에게는 관복이 없다. 그렇다고 응시를 포기할 수도 없다. 최익현은 망설이고 생각한 끝에 화서문하의 선배인 양헌수를 찾아간다.

"어려운 소청이 있어 찾아뵈었습니다."

"소청이라니, 어서 말씀해 보시게…."

"다름이 아니옵고…, 이번 춘장春場에 나가기로 했사온데, 저에게는 아직 관복이 없사옵니다."

"……."

순간 양헌수의 얼굴에 난감해 하는 표정이 스쳐 지나간다.

"내일 하루, 관복을 좀 빌려 주셨으면 하옵니다."

양헌수는 미안하다는 표정을 지으며 어렵게 입을 연다.

"대체 이 일을…, 면암의 그만한 소청이면 내 당연히 들어주어야 할 것이나, 내 자식 놈도 이번 춘장에 나가기로 되어 있어요."

"……!"

최익현은 하늘의 뜻이라고 생각한다. 남다른 학문을 갖추고서도 관복이 없어 과장에 나가지 못한다면 하늘의 뜻이 아니고 무엇이랴. 양헌수는 관복을 빌려 주지 못한 것이 미안했는지 자신의 집에서 유하는 것이 좋겠다고 말했으나 최익현은 이를 정중히 사양하고 밖으로 나왔다. 무르익은 봄바람은 훈훈했다. 최익현은 옷자락을 날리며 한양의 밤거리를 걸었다.

최익현은 친구의 집에서라도 하룻밤을 지내고 포천으로 돌아가리라고 다짐을 한다. 무겁게 가라앉은 그의 마음은 좀체 밝아지지 않는다.

과거 날인 4월 4일, 춘당대.

전국 각지에서 몰려든 응시자들은 서로 다투듯 자신의 학문과 필력을 과시한다. 철종은 김좌근, 김흥근, 조두순 등의 옹위를 받으며 과장을 둘러보고 있다. 이때 허술한 관복 차림의 사내가 달려오고 있다. 최익현이다. 그러나 시관은 그의 발길을 막았다. 시간이 늦었기 때문이다. 시관에게 사정하는 최익현의 모습을 본 철종이 하문한다.

"무슨 연유요?"

"너무 늦은 듯싶사옵니다."

"그래도 무슨 까닭이 있을 터 아니오?"

김좌근은 시관을 불러서 묻는다. 시관은 정중히 대답한다.

"이름은 최익현이라 하옵니다. 경기도 포천에 있는 화서문하에서 학문을 익혔다 하옵고, 과장에 늦게 온 것은 남의 관복을 빌려 입고 온 탓이라 하옵니다."

"……."

철종은 중신들의 얼굴을 둘러본다. 우의정 조두순이 청한다.

"화서문하에서 학문을 익혔다면 쓸 만한 인재일 것이옵니다.

응시케 하심이 옳은 줄로 아옵니다."

"그리하시오."

그야말로 어명이다. 최익현은 철종 임금에게 예를 올리고 자리에 앉는다. 그는 잠시 명상에 잠겼다가 답안을 써 내려가기 시작한다.

이날 최익현은 병과丙科의 등과자 열다섯 사람 중 하나로 당당히 등과의 영예를 안는다. 그는 포천으로 달려가 등과의 영광을 어머니 이씨에게 전한다. 어머니의 기쁨은 이루 헤아릴 길이 없다. 이때의 일을 최익현은 그의 문집인 《면암집勉菴集》에 남기고 있다.

최익현이 빌려 입은 관복은 양헌수의 것이었는데, 그의 아들이 갑자기 토사곽란吐瀉癨亂을 일으켜 응시가 어렵게 되자 양헌수는 밤새도록 최익현이 유숙하고 있는 곳을 찾아 헤매다가 아침 늦게야 전해 줄 수가 있었다는 것이었고, 또 최익현은 사흘 동안을 굶다시피 한 탓으로 기력이 없었으나… 자신의 답안을 낭독할 때는 그의 우렁찬 음성으로 희정당熙政堂 지붕 위의 기왓장이 울리는 것 같았다고….

이 같은 기록으로 미루어 본다면 그의 강단과 정신력이 얼마나 강인했는가를 알 수 있으며 또 그것은 스승 이항로의 정신력과 너무도 흡사함을 알 수 있다.

최익현은 등과한 지 두 달 뒤인 6월에 이르러 승문원承文院 부정자副正字의 직을 제수받았으나 1년 뒤에는 순강원順康園의 수봉관守奉官으로 차임된다. 순강원은 원종대왕元宗大王의 사친인 인빈仁嬪 김씨金氏의 능역이다. 그러니 왕실의 묘소를 관리하는 직이 아닌가. 최익현에게는 어울리지 않는 자리였으나, 그는 남다른 강직성으로 맡은 소임에 몰두한다. 그런 어느 날 최익현은 순강원의 묘역에 민간의 묘가 감추어져 있는 것을 발견한다. 도무지 말이 되지를 않는 일이다. 왕실의 묘역이 명당이라 하여 암매장을 한 것이라고 생각한 최익현은 그 묘의 임자를 찾아냈다. 뜻밖으로 예조판서의 조카였다.

"당장 이장하시오. 이장하지 않겠다면 내가 파묘를 하겠소."

예조판서의 조카는 100냥의 돈을 내놓으며 한 번만 눈감아 줄 것을 애원했으나, 화서문하의 최익현에게 통할 까닭이 없다.

"당장 파서 옮기라 하질 않았소!"

최익현의 호통에 예조판서의 조카는 암매장한 선조의 시신을 파서 다른 곳으로 옮겼다.

면암 최익현, 그의 관직생활은 평탄하지가 않았다. 그의 눈에는 모든 것이 썩어 있다. 그것을 바로 해 놓지 않고서는 하루도 견디지 못하는 최익현이다. 그러자니 상부와의 마찰이 잦을 수밖에 없다. 후일 최익현은 불과 30세의 나이로 신창현감新昌縣監으로 발탁이 되었으나 이미 지방 관아는 돌이킬 수 없을 만큼 부패되어 있다. 안일무사하기 위해서는 위법도 적법으로 둔갑하는 풍토, 아첨하기 위해서는 불법을 감행해야 하는 풍토…, 관직은 이미 최익현이 몸담을 곳이 아니었다. 최익현은 스스로 관직에서 물러난다. 그러니 그의 인품을 존경하고 따르는 후학들이 많을 수밖에 없다.

면암 최익현이 화서 이항로를 하늘같이 섬기듯, 최익현을 섬기며 따르는 젊은 선비들도 늘어만 간다. 이 같은 젊은 결기가 위정척사의 사상으로 싹터 자라고 있음이 아니겠는가.

## 4

최익현이 등과하던 바로 그날, 철종의 미행이 약속된 날이다.

조정 중신들과 함께 과장을 둘러보면서도 철종의 머릿속은 온통 미행에만 쏠려 있다. 강화섬의 양순이와 만나는 날, 생각만 해도 가슴 뿌듯한 노릇이 아닐 수 없다.

철종은 지난 얼마간 철인왕후의 배려로 미행의 재미에 흠뻑 빠져 있다. 대궐의 법도에서 벗어나는 것이 좋았고, 백성들의 소리를 들을 수 있는 것도 좋다. 철종은 미행의 묘미에 빠져 들면서 강화섬으로 달려가고자 하였다. 빠른 걸음으로 달린다면 새벽까지는 돌아올 수가 있을 것만 같았고, 불연이면 하루 동안만이라도 거기서 머물 수 있다면 양순이는 물론 배만석, 감동호, 서제민 등은 말할 것도 없고 전등사의 사미승 명찬과도 만날 수가 있지를 않겠는가.

"가자, 부리나케 달리면 당일치기도 가능하다!"

내관 기세석은 철종의 앞에 무릎을 꿇는다. 만에 하나라도 철종이 대전을 비웠음이 알려진다면 목숨을 부지할 수가 없다. 그런 다급한 사정이었기에 기세석은 양순을 불러올 것이라고 다짐하였다. 고육지책이 아닐 수 없다. 결국 그렇게 위기를 넘긴 채 기세석은 강화섬의 배만석 별감에게 인편을 보냈고, 마침내 양순이 숭례문 근처의 술청 별채에 당도하였다는 전언을 받아 놓고 있다.

초승달은 있었으나 구름이 낀 날이어서 어둠은 깊다. 철종은 갓 도포 차림의 미복으로 갈아입고 궐문을 나갈 시각만을 기다리고 있다. 가슴은 부풀 대로 부풀었으나 내관 기세석으로부터는 아무 기별도 없다.

"당장 기 내관을 대령하라 이르라!"

철종은 초조하다. 촌음이 아까워서다. 조금이라도 더 길게, 더 오래 양순과 만나기 위해서는 서둘러 대궐을 나가는 것이 최선이다.

"전하, 대왕대비 마마께오서 혼절하셨다 하옵니다."

"……!"

이 무슨 청천벽력이랴. 대왕대비 순원왕후가 혼절하였다면 달려가지 않을 수 없다. 대왕대비 전에는 신정왕후는 물론, 상태에 따라서는 영의정 김좌근도 들 것이 아니겠는가. 생각해 보면 미행을 나가기 전에 알려진 것이 천행이기는 하였어도 철종은 답답해지는 마음을 가늠할 길이 없다.

미복을 벗고 곤룡포 익선관을 챙기면서 철종은 가슴앓이를 거듭한다. 철종을 돕는 기세석은 곧 철종의 주먹이라도 날아올 것만 같아서 마음 둘 곳이 없다. 천만다행으로 철종은 군왕의 체통을 차리고 있다. 철종은 서둘러 대왕대비 전으로 달려간다.

"대왕대비 마마…!"

춘추 어언 예순 일곱 살, 천만다행으로 대왕대비 순원왕후는 혼절에서 깨어나고 있다. 그녀는 일어나지 못한 채 철종의 어수를 다독이며 힘겹게 말한다.

"늙어서 그런 것을…, 주상에게 큰 폐를 끼치지 않았나."

"당치 않으시옵니다. 서둘러 쾌차하소서."

철종의 옥음에는 정감이 젖어 흐른다. 철종에게 있어 대왕대비 순원왕후의 존재는 친할머니나 다름이 없다. 철종이 입궐한 이래 순원왕후의 배려는 정겹고 따뜻하였다. 비록 한때는 양순을 내치고, 배 별감에 대한 지엄한 분부를 내린 때도 있었지만, 철종의 여려진 심기를 어버이의 심정으로 보살펴 왔음을 철종이 모른대서야 말이 되는가.

철종은 미행을 나가야 한다는 생각은 까맣게 잊은 채 순원왕후의 쾌차함을 빌고 있다.

"주상, 그만 돌아가서 쉬세요. 이젠 견딜 만합니다."

대전마당으로 들어서는 순간의 철종은 전혀 딴사람처럼 돌변한다. 잠시 전 대왕대비 전에서의 엄숙하고 정연했던 모습은 찾아볼 길이 없다.

"서둘라. 당장 서둘라!"

다시 미복으로 갈아입은 철종은 눈 깜짝할 사이에 대전을 나간다. 궐문을 나선 철종의 걸음은 더욱 빨라서 쏜살과도 같다. 내관 기세석이 숨을 헐떡거리면서 달려도 따라잡을 방도가 없다.

"아무리 내시의 걸음이기로 원…."

철종은 숭례문 안쪽 술청의 앞에 당도하면서 몸을 굳힌다. 배만석이 서 있었기 때문이다.

"얌마, 만석아…!"

"전하…!"

"이런…, 인마. 여기서는 이 서방이야!"

철종은 덥석 배만석의 손을 잡아 흔든다. 이게 얼마 만의 재회인가.

"인마, 부들방죽을 몽땅 주었으면, 죽었는지 살았는지는 알려주어야지!"

"죽을죄를 졌사옵니다. 전…, 이 서방."

"오, 오냐 그래. 허허허."

철종의 너털웃음이 끝나고서야 내관 기세석이 헐레벌떡 달려왔다. 배만석과 기세석의 해후도 찐득하다. 철종은 그런 두 사람을 바라보면서 용안에 웃음을 가득 담는다.

"어서 안으로 드소서."

배만석은 철종을 인도하여 술청의 별채로 들어간다. 제법 아늑하게 들어앉은 초가지만 사람 사는 냄새가 흠씬 풍긴다.

"마마님…."

배만석이 조용히 속삭이자 방문이 열린다. 그리고 양순의 모습이 드러난다. 양순은 버선발로 마당으로 내려선다.

"저, 전하…!"

철종은 대답대신 두 팔을 활짝 벌린다. 양순은 첫사랑 원범의 가슴으로 왈칵 뛰어든다. 바다보다도 깊고, 하늘보다도 넓은 가슴팍이다. 철종은 그런 양순을 으스러지듯 끌어안는다. 아름답다. 그리고 눈물겨운 모습이 아닐 수 없다.

내시 기세석이 초가 별채의 방문을 연다. 그리고 말없이 두 사람에게 안으로 들 것을 채근한다. 철종은 양순을 안은 채 어보를 옮긴다. 두 사람이 방 안으로 사라지는 것을 확인하고서야 내시 기세석과 별감 배만석이 울컥 손을 잡아 흔든다. 온 얼굴에 웃음이 가득 피어나 있다. 감히 상상조차도 하기 어려운 큰일을 해냈다는 자부심일 수도 있다.

초가 별채의 방에는 단출한 술상이 마련되어 있다. 그리고 아랫목에는 비단금침까지 깔려 있다. 배만석의 극진한 배려일 것임은 말할 나위도 없다. 양순은 두 손을 이마에까지 올렸다가 내리는 큰절로 재회의 감격을 빚어내지만, 고운 얼굴에는 눈물이 줄기줄기 쏟아져 흐른다. 철종은 양순의 예를 말리지 않는다. 군신 간의 예가 아니라 멀리 떠나갔다 돌아온 지아비에 대한 예라면 어떨까. 참으로 애틋한 모습이다.

"전하, 신첩은 오직…."

"양순아, 얘기는 천천히 하자. 우선 한 잔 따루어라."

섬섬옥수라 했던가. 양순의 손은 눈부시게 하얗다. 철종에게는 양순의 모든 것이 새롭고 정겹다. 여자의 몸을 더듬기로 하면 숙의 범씨의 능란함도 경험하였고, 정숙하면서도 뿌리치기 어려운 철인왕후의 매력도 안다. 그러나 양순의 모습에서는 어느 하나도 버릴 것이 없다. 짐승들이나 살 법한 초가 움막에서 함께 뒹굴어 준 양순이다. 배가 고파 죽을 지경이면 양순이가 죽을 쑤어다 주었다. 세상의 모든 사람들이 자신을 멀리하고 구박할 때도 오직 양순만이 피붙이처럼 살갑게 대해 주지를 않았던가.

"오늘은 너도 한 잔 해야 한다. 임금이 내리는 술이 아니라 너 없이는 죽고 못 사는 정인이 주는 술이니라. 단숨에 비워라."

양순은 철종이 채워 준 술잔을 조심스럽지만 단숨에 비운다. 철종의 환한 용안은 촛불보다도 밝다. 두 사람의 재회는 밤이 깊은 만큼 따라서 깊을 수밖에 없다.

축시를 넘기면서 내관 기세석이 초조해지기 시작한다. 환궁해야 할 시각이기 때문이다. 미행도 미행이려니와 대왕대비 순원왕후의 환후가 깊어질 수도 있기에 더욱 초조하다. 아니다. 이미 대전으로 사람을 보내 철종을 찾았다면 대궐은 발칵 뒤집히고도 남았을 일이다.

그때 별채의 방문이 조용히 열리고 철종이 마당으로 내려선다.

"환궁해야지."

내관 기세석은 눈물이 쏟아질 정도로 감읍해 한다. 혹시라도 환궁을 미룬 채 밤이라도 새면 어쩌나 했던 기세석이다. 그러나 철종은 사리를 판단할 줄 아는 임금이다.

이날 이후, 철종의 미행은 하루도 거르지 않은 채 밤마다 강행된다. 대전을 비우는 빈도가 점점 더해지면서 기세석은 초조해지기 시작한다. 대궐의 일이라는 게 설사 임금의 사사로운 일이라 하더라도 이만한 일이면 숨겨 두지 않는다. 그래서 사람들은 상궁, 무수리 들의 입방아라고 하지를 않던가.

철종은 기세석의 간곡한 만류를 뿌리치고 술청의 별채에서 밤을 새울 때도 있다. 그런 다음 날에는 날이 밝은 아침녘에야 대전으로 돌아오게 된다. 말이 새어 나가지 않을 수가 없다. 영의정 김좌근은 호조판서 김병기로부터 이 엄청난 사실을 보고 받는다. 그야말로 폐위廢位를 거론해도 될 만한 대사건이 아닐 수 없다.

"이 일이 공론화되어서는 아니 될 것이니라. 각별히 유념하렷다."

영의정 김좌근은 단호하게 말한다. 조용히 수습하는 것이 최선일 것이기 때문이다. 그는 의정부로 영은부원군 김문근을 불러들인다. 먼저 중궁전의 반응을 살펴보기 위해서다.

"이거 원, 주상의 꼴이 이래서야…!"

아니나 다를까. 영은부원군 김문근의 얼굴에 노기가 일렁거린다. 어질고 착한 철인왕후의 가슴에 못을 박는 철종의 행태가 마음에 들지 않아서다.

"그렇다고 이런 일들이 밖으로 새어 나가서야 쓰겠습니까. 일단은 중전 마마의 의향을 알아야 수습의 방도가 열릴 것으로 압니다."

영은부원군 김문근은 그 길로 중궁전으로 든다. 영특한 철인왕후는 사가의 아버지 김문근의 울그락불그락 하는 안색을 정확하게 읽어 낸다.

"아버님, 모두 제가 주선한 일입니다. 이 일이 공론으로 논란되는 일이 있어서는 아니 될 것으로 압니다."

"……!"

"전하의 심기를 편하게 하시자면 미행하시게 하는 일밖에는 다른 길이 없지를 않사옵니까. 그렇다고 정무에 관여하게 하시겠습니까. 이도 저도 아니라면…."

"중전 마마."

"끝까지 들어 주셨으면 합니다. 이 일은 대왕대비 마마께오서도 양해를 하신 일입니다. 미행을 나가시어 주무시는 일만은 없도록 하겠습니다. 그 대신 열흘에 한 번, 혹은 닷새에 한 번 미행을 나가시는 일만은 모르시는 것으로 해 주소서."

영은부원군 김문근은 따님인 철인왕후의 후덕함에 머리를 숙일 수밖에 없다. 더구나 대왕대비의 양해가 있었다는 말에는 더 꼬리를 달 수가 없다.

철인왕후의 아름다운 후덕은 그대로 영의정 김좌근에게로 전해진다.

'주상의 심기를 뒤틀어서 정무에 관한 일에 개입하게 하느니, 차라리 미행을 하게 하면서라도 마음 붙일 곳을 찾게 한다면….'

철인왕후와 숙의 범씨는 철종을 설득한다. 왕실의 법도도 지켜야 하지만 그보다는 주상의 옥체를 보전하는 일도 소홀히 할 수 없음을 간곡히 청한다. 철종은 두 여인의 주청을 받아들이면서 미행을 계속한다. 물론 그 후로는 미행 처에서 밤을 지새우는 일은 없어진다.

〈2권 계속〉

# 조선왕실가계도

## 제1대 태조(1335~1408)

신의왕후 한씨(1337~1391)
- 진안대군(방우)
- **영안대군(방과) – 2대 정종**
- 익안대군(방의)
- 회안대군(방간)
- **정안대군(방원) – 3대 태종**
- 덕안대군(방연)
- 경신공주
- 경선공주

신덕왕후 강씨(1356~1396)
- 무안대군(방번)
- 의안대군(방석)
- 경순공주

성비 원씨

정경궁주 유씨

화의옹주 김씨
- 숙신옹주

후궁 某씨
- 의녕옹주

## 제2대 정종(1357~1419)

정안왕후 김씨(1355~1412)

성빈 지씨
- 덕천군
- 도평군

숙의 지씨
- 의평군
- 선성군
- 임성군
- 함양옹주

숙의 기씨
- 순평군
- 금평군
- 정석군
- 무림군
- 왕자(早卒)
- 숙신옹주
- 상원옹주
- 옹주(早卒)

숙의 문씨
- 종의군

숙의 이씨
- 진남군

숙의 윤씨
- 수도군
- 임언군
- 석보군
- 장천군
- 인천옹주

가의궁주 유씨
- 불노

후궁 某씨
- 덕천옹주
- 고성옹주
- 전산옹주
- 함안옹주

시비 기매
- 지운

## 제3대 태종(1367~1422)

원경왕후 민씨(1365~1420)
- 원자(早卒)
- 대군(早卒)
- 대군(早卒)
- 정순공주
- 경정공주
- 경안공주
- 양녕대군
- 효령대군
- **충녕대군 – 4대 세종**
- 정선공주
- 성녕대군

효빈 김씨
- 경녕군

명빈 김씨
- 숙안옹주

신빈 신씨
- 함녕군
- 온녕군
- 근녕군
- 정신옹주
- 정정옹주
- 숙정옹주
- 소신옹주
- 숙녕옹주
- 숙경옹주
- 숙근옹주

선빈 안씨
- 옹주(早卒)
- 익녕군
- 소숙옹주
- 경신옹주

의빈 권씨
- 정혜옹주

소빈 노씨
- 숙혜옹주

숙의 최씨
- 옹주(早卒)
- 희령군

덕숙옹주 이씨
- 후령군
- 숙순옹주

의정궁주 조씨
혜순궁주 이씨
순혜옹주 장씨
혜선옹주 홍씨
신순궁주 이씨
서경옹주
후궁 고씨
- 혜령군

## 제4대 세종(1397~1450)

소헌왕후 심씨(1395~1446)
- 정소공주
- **세자 – 5대 문종**
- 정의공주
- **수양대군 – 7대 세조**
- 안평대군
- 임영대군
- 광평대군
- 금성대군
- 평원대군
- 영응대군

영빈 강씨
- 화의군

신빈 김씨
- 옹주(早卒)
- 계양군
- 의창군
- 옹주(早卒)
- 밀성군
- 익현군
- 영해군
- 담양군(早卒)

혜빈 양씨
- 한남군
- 수춘군
- 영풍군

귀인 박씨
귀인 최씨
숙의 조씨
소용 홍씨
소용 정씨
숙원 이씨
- 정안옹주

상침 송씨
- 정현옹주

사기 차씨
- 옹주(早卒)

## 제5대 문종(1414~1452)

현덕왕후 권씨(1418~1441)
- 공주(早卒)
- 경혜공주
- **세자 – 6대 단종**

휘빈 김씨(폐빈)
순빈 봉씨(폐빈)
숙빈 홍씨
- 옹주(早卒)

사칙 양씨
- 경숙옹주(早卒)

숙의 문씨
소용 권씨
승휘 정씨
- 왕자

소훈 윤씨
궁인 장씨
- 왕자

유씨

## 제6대 단종(1441~1457)

정순왕후 송씨(1440~1521)
숙의 김씨
숙의 권씨

## 제7대 세조(1417~1468)

정희왕후 윤씨(1418~1483)
- **의경세자 – 추존 덕종(성종의 父)**
- 세희공주
- 의숙공주
- **해양대군 – 8대 예종**

근빈 박씨
- 덕원군
- 창원군

## 제8대 예종(1450~1469)

장순왕후 한씨(1445~1461)
- 인성대군(早卒)

안순왕후 한씨(1445?~1498)
- 현숙공주

제안대군
대군(早卒)
혜순공주(早卒)
귀인 최씨
상궁 기씨

## 추존왕 덕종(1438~1457)

소혜왕후 한씨(1437~1504)
월산대군
명숙공주
**잘산대군 – 9대 성종**
귀인 권씨
귀인 윤씨
숙의 신씨

## 제9대 성종(1457~1494)

공혜왕후 한씨(1456~1474)
제헌왕후 윤씨(폐비, 1455~1482)
**세자 – 10대 연산군**
대군(早卒)
정현왕후 윤씨(1462~1530)
순숙공주(早卒)
신숙공주(早卒)
공주(早卒)
**진성대군 – 11대 중종**
공주(早卒)
명빈 김씨
무산군
귀인 정씨
안양군
봉안군
정혜옹주
귀인 엄씨
공신옹주
귀인 권씨
전성군
숙의 김씨
휘숙옹주
경숙옹주
휘정옹주
왕자(早卒)
왕자(早卒)
숙의 홍씨
혜숙옹주
완원군
회산군
견성군
정순옹주
익양군
경명군
운천군
양원군
정숙옹주
숙의 하씨
계성군
숙용 심씨
경순옹주
숙혜옹주
이성군
영산군
숙용 권씨
경휘공주
숙원 윤씨

## 제10대 연산군(1476~1506)

거창군부인 신씨(폐비, 1472~1537)
원자(早卒)
휘순공주(폐)
세자 황(폐)
대군 영수(早卒)
대군 총수(早卒)
창녕대군(폐)
숙의 이씨
양평군
숙의 윤씨
숙의 곽씨
숙의 권씨
숙의 민씨
숙용 장씨(장녹수)
옹주(영수)
숙용 전씨
숙원 최씨
숙원 이씨
숙원 장씨
후궁 某씨
왕자(돈수)
정금
옹주(함금)

## 제11대 중종(1488~1544)

단경왕후 신씨(1487~1557)
장경왕후 윤씨(1491~1515)
효혜공주
**세자 – 12대 인종**
문정왕후 윤씨(1501~1565)

의혜공주
효순공주
경현공주
**경원대군 – 13대 명종**
인순공주
경빈 박씨
복성군
혜순옹주
혜정옹주
희빈 홍씨
금원군
봉성군
창빈 안씨
영양군
정신옹주
**덕흥군 – 추존 덕흥대원군(선조의 父)**
귀인 한씨
숙의 나씨
숙의 홍씨
해안군
숙의 이씨
덕양군
숙의 김씨
숙정옹주
숙원 이씨
정순옹주
효정옹주

## 제12대 인종(1515~1545)

인성왕후 박씨(1514~1577)
숙빈 윤씨
혜빈 정씨
귀인 정씨

## 제13대 명종(1534~1567)

인순왕후 심씨(1532~1575)
순회세자(早卒)
순빈 이씨
경빈 이씨
숙의 신씨
숙의 정씨
숙의 정씨
숙의 신씨
숙의 한씨

## 덕흥대원군(1530~1559)

하동부대부인 정씨
하원군
명순(女)
하릉군
**하성군 – 14대 선조**
첩 순단
혜옥(女)

## 제14대 선조(1552~1608)

의인왕후 박씨(1555~1600)
인목왕후 김씨(1584~1632)
정명공주
공주(早卒)
영창대군(早卒)
공빈 김씨(1553~1577)
임해군
**광해군 – 15대 광해군**
인빈 김씨
의안군(早卒)
신성군
정신옹주
**정원군 – 추존 원종(인조의 父)**
정혜옹주
정숙옹주
의창군
정안옹주
정휘옹주
순빈 김씨
순화군
정빈 민씨
인성군
정인옹주
정선옹주
정근옹주
인흥군
정빈 홍씨
정정옹주
경창군
온빈 한씨
흥안군
경평군
정화옹주
영성군
귀인 정씨
숙의 정씨

# 조선왕실가계도

## ● 제15대 광해군(1575~1641)

문성군부인 유씨(폐비, 1576~1624)
- 원자(早卒)
- 세자 지(폐)
- 왕자(早卒)

소의 윤씨
- 옹주

소의 홍씨
숙의 허씨
숙의 권씨
숙의 원씨
소용 정씨
소용 임씨
숙원 신씨
후궁 조씨

## ● 추존왕 원종(1580~1619)

인헌왕후 구씨(1578~1626)
- **능양대군 – 16대 인조**
- 능원대군
- 능창대군

김씨
- 능풍군

## ● 제16대 인조(1595~1649)

인열왕후 한씨(1594~1635)
- 소현세자
- **봉림대군 – 17대 효종**
- 인평대군
- 용성대군(早卒)
- 공주(早卒)
- 대군(早卒)
- 대군(早卒)

장열왕후 조씨(1624~1688)
귀인 조씨(폐)
- 효명옹주
- 숭선군
- 낙선군

귀인 장씨
숙의 나씨
숙의 박씨

## ● 제17대 효종(1619~1659)

인선왕후 장씨(1618~1674)
- 숙신공주(早卒)
- 숙안공주
- 원자(早卒)
- **세자 – 18대 현종**
- 숙명공주
- 숙휘공주
- 숙정공주
- 대군(早卒)
- 숙경공주

안빈 이씨
- 숙녕옹주

숙의 김씨
숙원 정씨

## ● 제18대 현종(1641~1674)

명성왕후 김씨(1642~1683)
- 명선공주
- **세자 – 19대 숙종**
- 명혜공주(早卒)
- 명안공주

## ● 제19대 숙종(1661~1720)

인경왕후 김씨(1661~1680)
- 공주(早卒)
- 공주(早卒)

인현왕후 민씨(1667~1701)
인원왕후 김씨(1687~1757)
희빈 장씨
- 세자 – 20대 경종
- 왕자(성수, 早卒)

화경숙빈 최씨
- 왕자(영수, 早卒)
- 연잉군 – 21대 영조
- 왕자(早卒)

명빈 박씨
- 연령군

영빈 김씨
귀인 김씨
소의 유씨

## ● 제20대 경종(1688~1724)

단의왕후 심씨(1686~1718)
선의왕후 어씨(1705~1730)

## ● 제21대 영조(1694~1776)

정성왕후 서씨(1692~1757)
정순왕후 김씨(1745~1805)
정빈 이씨

옹주(早卒)
**효장세자(早卒) – 추존 진종**
화순옹주
영빈 이씨
화평옹주
화덕옹주(早卒)
옹주(早卒)
옹주(早卒)
화협옹주
**장헌(사도)세자 – 추존 장조(정조의 父)**
화완옹주
귀인 조씨
옹주(早卒)
화유옹주
숙의 문씨(폐)
화령옹주
화길옹주

## ● 추존왕 진종(1719~1728)

효순왕후 조씨(1715~1751)

## ● 추존왕 장조(1735~1762)

헌경왕후 홍씨(1735~1815)
의소세손(早卒)
**세자 – 22대 정조**
청연공주
청선공주
숙빈 임씨
은언군
은신군
경빈 박씨
청근옹주
은전군
양제 가선

## ● 제22대 정조(1752~1800)

효의왕후 김씨(1753~1821)
수빈 박씨
**세자 – 23대 순조**
숙선옹주
의빈 성씨
문효세자(早卒)
옹주(早卒)
원빈 홍씨
화빈 윤씨
옹주(早卒)

## ● 제23대 순조(1790~1834)

순원왕후 김씨(1789~1857)
**효명세자 – 추존 문조(헌종의 父)**
공주(早卒)
명온공주
복온공주
대군(早卒)
덕온공주
숙의 박씨
영온옹주

## ● 추존왕 문조(익종, 1809~1830)

신정왕후 조씨(1808~1890)
**세자 – 24대 헌종**

## ● 제24대 헌종(1827~1849)

효현왕후 김씨(1828~1843)
효정왕후 홍씨(1831~1903)
경빈 김씨
정빈 윤씨
숙의 김씨
옹주

## — 은언군(1754~1801)

상산군부인 송씨
상계군(완풍군)-정조 후궁 원빈홍씨의 양자
풍계군
**전계군 – 추존 전계대원군(철종의 父)**
女

## ● 전계대원군(1785~1841)

완양 부대부인 최씨
회평군
영평군
용성 부대부인 염씨
**덕완군 – 25대 철종**

## ● 제25대 철종(1831~1863)

철인왕후 김씨(1837~1878)
원자(早卒)
귀인 박씨
왕자(早卒)
귀인 조씨
왕자(早卒)
왕자(早卒)

숙의 방씨
옹주(早卒)
옹주(早卒)
숙인 김씨
옹주(早卒)
숙의 범씨
영혜옹주
궁인 이씨
왕자(早卒)
옹주(早卒)
궁인 박씨
옹주(早卒)

## _ 은신군(1755~1771)

군부인 홍씨
인조의 아들 인평대군의 후손인 이병원의 아들 남연군을 양자로 입적

## _ 남연군(1788년~1836)

군부인 민씨
홍녕군
홍완군
홍인군
**홍선군 – 추존 홍선대원왕(고종의 父)**

## ● 추존왕 홍선대원왕(1820~1898)

여흥 부대부인 민씨(1818~1898)
홍친왕
익성군 – 26대 고종
女
女
계성월
완응군

## ● 제26대 고종(1852~1919)

명성왕후 민씨(1851~1895)
원자(早卒)
공주(早卒)
**세자 – 27대 순종**
대군(早卒)
대군(早卒)
귀인 엄씨
의민황태자(영친왕)
귀인 이씨
완친왕
옹주(早卒)
귀인 장씨
의친왕
귀인 정씨
황자 우(早卒)
귀인 양씨
덕혜옹주
귀인 이씨
황자 육(早卒)
귀인 이씨
옹주(早卒)
삼축당 김씨
정화당 김씨
상궁 염씨
문용옹주
상궁 서씨
상궁 김씨

## ● 제27대 순종(1874~1926)

순명왕후 민씨(1872~1904)
순정왕후 윤씨(1894~1966)